VINCENT KLIESCH

# Der Todeszauberer

Vincent Kliesch

# Der Todeszauberer

Thriller

blanvalet

MIX
Papier aus verantwortungsvollen Quellen
FSC® C014496
FSC www.fsc.org

Verlagsgruppe Random House FSC-DEU-0100
Das FSC®-zertifizierte Papier *Holmen Book Cream*
für dieses Buch liefert Holmen Paper, Hallstavik, Schweden.

1. Auflage
Originalausgabe Mai 2011 bei Blanvalet, einem Unternehmen der
Verlagsgruppe Random House GmbH, München

Dieses Werk wurde vermittelt durch die
Literarische Agentur Thomas Schlück, 30827 Garbsen
Umschlaggestaltung: © Artwork HildenDesign, München,
unter Verwendung von Motiven von Stefan Hilden und
rocksunderwater/iStockphoto
Redaktion: Rainer Schöttle
NB · Herstellung: sam
Satz: Buch-Werkstatt GmbH, Bad Aibling
Druck und Bindung: GGP Media GmbH, Pößneck
Printed in Germany
ISBN 978-3-442-37493-9

www.blanvalet.de

*Für alle, denen die Bühnenbretter die Welt bedeuten.*

# PROLOG

»Stell dir vor, draußen in der Dunkelheit lauert jemand. Er wartet nur auf dich, darauf, dass du das Haus verlässt. Was ist das für ein Gefühl? Diese Ungewissheit, diese unsägliche Ungewissheit darüber, was er von dir will! Warte noch ein wenig, bald wirst du es wissen.«

Die junge Frau saß in einem alten Polstersessel, der seine beste Zeit schon hinter sich hatte. Das warme Licht flackernder Kerzen erhellte ihr Gesicht, die Schatten der Flammen tanzten über ihre Wangen und ihre Stirn. Sie hatte ihre Augen geschlossen und lauschte seinen Worten mit wachsender Anspannung. Seine Stimme drang direkt aus dem sie umgebenden Dunkel an ihr Ohr und ließ ihr dabei feine Schauer über den Rücken laufen.

Er hatte ihr an diesem Abend unglaubliche Dinge gezeigt. Doch das Faszinierendste, so hatte er ihr versprochen, würde nur sie selbst vollbringen können. Allein mit der Kraft ihrer Fantasie.

»Jetzt bist du noch in Sicherheit, beschützt von den großen, starken Mauern eines alten Hauses. Obwohl es nicht dein Haus ist, fühlst du dich sicher und beschützt. Aber bald wirst du es verlassen müssen, ganz allein, ohne irgendjemanden an deiner Seite, der dich beschützen könnte. Doch zuvor wirst du noch einige Gegenstände einpacken. Du wirst sie gut gebrauchen können, draußen, in deiner beängstigenden Ungewissheit. Jeden Schritt, den du von jetzt an gehst – gehe ihn mit Bedacht;

jede Entscheidung, die du zu treffen hast – triff sie weise, denn ändern wirst du sie nicht mehr können.«

Sie nickte leicht, ohne es zu bemerken. Er betrachtete einen Augenblick lang ihr kräftiges, dunkles Haar und versuchte sich vorzustellen, wie es roch. Dann fuhr er fort.

»Drei Gegenstände wirst du aus dem Haus mitnehmen. Du wirst sie in eine Tasche legen, die du niemals aus den Augen lassen darfst. Denn ohne diese Gegenstände bist du verloren dort draußen. Du wirst sie alle drei benötigen, also wähle sie mit Sorgfalt.«

An der steigenden Geschwindigkeit ihrer Atmung merkte er, dass sie mit jedem seiner Sätze unruhiger wurde.

»Den ersten der drei Gegenstände holst du aus dem Keller. Nur widerwillig steigst du die alte, knarrende Treppe hinunter, hältst dich mit der linken Hand am Geländer fest. Du nimmst jede Stufe mit Bedacht und tastest dich langsam in die Dunkelheit vor. Die Kälte kriecht unter deine Kleidung und lähmt jede deiner Bewegungen. Schritt für Schritt steigt deine Unruhe, und du wünschst dir nichts sehnlicher, als so schnell wie möglich wieder zurück nach oben zu gelangen. Nun bist du am Fuß der Treppe angekommen und gehst an der nackten Lehmwand entlang in den nächsten Raum, den Werkzeugraum. Gegenüber am Fenster siehst du im schwachen, flackernden Licht der Deckenlampe einen Werkzeugkasten auf dem Boden stehen. Leise gehst du durch den Raum, bückst dich, hebst mit beiden Händen den schweren Deckel an und ertastest verschiedene Werkzeuge darin. Nur eines davon kannst du auf deinen Weg mitnehmen. Entscheide dich, damit du diesen dunklen Ort so schnell wie möglich wieder verlassen kannst. Egal, welches Werkzeug es ist, greife es rasch und stecke es in deine Tasche. Und dann: Lauf so schnell nach oben, wie du nur kannst!«

Es war ganz still in der kleinen Souterrainwohnung, in die er sie für sein magisches Experiment eingeladen hatte. Die junge Frau war nicht hypnotisiert, nur vollkommen entspannt und tief in seine Geschichte eingetaucht.

»Schnellen Schrittes nimmst du jetzt jede zweite Stufe und fühlst kurz darauf wieder die wohlige Wärme der oberen Räume. Von der Diele gehst du nun in Richtung Wohnzimmer. Im Türrahmen bleibst du stehen und betrachtest das beruhigende Bild, das sich dir bietet: Der Raum ist sanft erhellt durch das Licht von zahlreichen Kerzen, und während die Wärme in deine Glieder zurückkehrt und sich dein ganzer Körper wieder entspannt, betrachtest du den kunstvoll arrangierten Blumenstrauß, der in einer großen Vase auf dem dunklen Eichentisch in der Mitte des Raumes steht. Gebannt betrachtest du eine Weile lang die Szenerie. Doch dann lockt dich der Duft der Blumen. Du gehst langsam durch den Raum und riechst vorsichtig an dem Strauß. An jeder einzelnen Blume. Nimm jetzt die heraus, deren Duft dir am besten gefällt und leg sie in deine Tasche neben das Werkzeug.«

Er genoss es, sie anzusehen. Sie war eine schöne Frau, intelligent und freundlich. Genau nach seinem Geschmack.

»Jetzt gehst du hinaus in den Flur, die Tasche mit der Blume und dem Werkzeug fest an deinen Körper gedrückt. Der Gang ist lang, viel länger, als es normale Flure sind. Du siehst dich aufmerksam um und stellst dabei fest, dass es hier alles gibt, was man gebrauchen kann, wenn man die verlässliche Sicherheit eines Hauses verlässt, um sich auf den Weg in die ungewisse Ferne zu machen. Sieh dich um, ganz in Ruhe. Dann wähle einen der nützlichen Gegenstände aus und lege ihn in die Tasche zu dem Werkzeug und der Blume. Doch vergiss nicht: Sobald du dich entschieden hast, kannst du deine Wahl nicht mehr rückgängig machen.«

Er saß ihr direkt gegenüber. Seinen Stuhl hatte er so nah an ihren Sessel gerückt, dass sie seine Worte förmlich spüren konnte. Er beugte sich etwas weiter zu ihr vor, um die Intensität seiner Worte noch zu steigern.

»Es ist so weit. Die Tür öffnet sich, und plötzlich wird es dunkel im Haus. Wo eben noch Wärme und Licht waren, gibt es plötzlich nur noch Kälte und Dunkelheit. Hörst du die Schritte, die sich dir nähern? Lauf! Lauf aus dem Haus, so schnell du kannst. Aber vergewissere dich, dass du die Tasche mit den drei Gegenständen bei dir trägst, denn ohne sie bist du verloren. Im Freien angekommen siehst du eine Weggabelung. Das Licht des Mondes, das ab nun deine einzige Orientierungshilfe ist, scheint gerade hell genug, um sie zu erkennen. Entscheide dich für einen Weg und geh ihn, so schnell du kannst. Beeile dich – es ist alles andere als sicher hier draußen in der Dunkelheit. Und vergiss nicht, dass dir noch immer jemand folgt.«

Er sah die kleinen Regungen in ihrem schönen Gesicht und lächelte überlegen. Dann fuhr er fort.

»Du weißt noch immer nicht, wer es ist, der hier draußen auf dich gelauert hat, aber du glaubst, seine Schritte zu hören. Ganz langsam kommen sie dir näher. Du wagst es nicht, dich umzudrehen. Wie lange wird es noch dauern, bis er dich erreicht hat?«

Er spürte, wie tief sie in ihre Fantasie eingetaucht war, und las in ihrem Gesicht wie in einem offenen Buch.

»Du läufst immer weiter, so schnell du kannst, die drei Gegenstände sicher bei dir. Da, plötzlich versperrt dir etwas den Weg. Ein großes, schwarzes Eisentor ragt vor dir in den Nachthimmel, zu hoch, um darüberzusteigen. Außerdem wird es von einem Wächter bewacht; unbemerkt kannst du es nicht überwinden. Aber du kannst nicht zulassen, dass es dich aufhält. Nicht jetzt, während dein Verfolger dir immer näher kommt. Was, so überlegst du fieberhaft, kannst du nur tun, um den

Wächter dazu zu bringen, dir das Tor zu öffnen? Sieh in deine Tasche. Du trägst ein Werkzeug, eine Blume und einen nützlichen Gegenstand darin. Meinst du, der Wächter wird vielleicht etwas davon gebrauchen können? Welchen Gegenstand kannst du entbehren, und welchen willst du auf keinen Fall hergeben, hier draußen in der feindlichen Kälte der Nacht? Überlege nicht zu lange, deine Zeit wird knapp, und dein Vorsprung vor der Gestalt, die dir folgt, schmilzt mit jedem Augenblick, den du zögerst. Du nimmst jetzt einen Gegenstand aus deiner Tasche und reichst ihn dem Wächter. Er mustert dich mit kritischen Blicken. Seine Uniform ist schwarz, mit hohen Stiefeln und einer Mütze, die er tief in sein zerfurchtes Gesicht gezogen hat. Jetzt greift er nach dem Gegenstand, den du ihm reichst, und betrachtet ihn kritisch. Dann verziehen sich seine Mundwinkel zu einem Lächeln, und er öffnet das Tor gerade so weit, dass du hindurchpasst. Immer noch lächelnd, hebt er seine Hand zum Gruß und weist dir mit einem leichten Nicken den Weg. Lauf! Du hast wertvolle Zeit verloren.«

Er machte eine kurze Pause. Sie hatte jetzt klare Bilder vor ihrem geistigen Auge und konnte es kaum erwarten, das Ende der Geschichte zu erfahren.

»Zwei Gegenstände trägst du noch bei dir. Du läufst immer schneller, und irgendwo weit hinten am Horizont glaubst du Lichter zu sehen. Die Lichter einer großen, modernen Siedlung, die Sicherheit versprechen. Mit jedem Moment, den du zögerst, wird die Dunkelheit mächtiger, die dich umgibt. Dein Weg führt dich jetzt in einen Wald; die hohen Bäume stehen sehr dicht. Das Licht des Mondes dringt dort nur noch spärlich zu dir vor. Du musst jetzt etwas langsamer gehen, wenn du nicht fallen willst. Und das, obwohl du noch immer verfolgt wirst. Angst und Kälte schnüren dir die Kehle zu und beschleunigen deine Schritte wieder. Du rennst so schnell du kannst. Die kalte Luft brennt unangenehm in deinem Hals und lässt deine Augen tränen. Plötzlich dringt ein Schluchzen an dein Ohr und lässt dich innehalten. Du schaust dich um und erkennst gerade noch, wie ein Kind aus der Dunkelheit tritt. Der Anblick des kleinen Mädchens hier draußen, mitten im Wald, lässt dich frösteln. Obwohl es kalt ist, trägt sie nichts weiter als ein hauchdünnes Seidenkleid, das gerade bis zu ihren Knien reicht. Ihre kleinen Füße sind nackt, Schuhe trägt sie keine. Allein ihre großen blauen Augen leuchten in der Dunkelheit.«

Mit einer Kunstpause verstärkte er ihre Anspannung.

»In den Augen des Kindes siehst du Tränen; du spürst in diesem Augenblick keine Angst, nur Mitgefühl. Du weißt nicht, zu wem das Kind gehört und wie es hierhergekommen ist, aber du weißt, dass du ihm helfen musst. Öffne deine Tasche. Was befindet sich noch darin? Das Werkzeug, die Blume, der nützliche Gegenstand? Entscheide, was davon du nun dem Kind gibst, aber vergiss dabei nicht, dass du den letzten Gegenstand noch brauchen wirst.«

Er spürte ihre Erleichterung, als sie anscheinend glaubte, eine gute Wahl getroffen zu haben. Er wartete noch einige Sekunden, bevor er fortfuhr. Das Finale musste präzise inszeniert werden.

»Deine Füße tragen dich jetzt immer weiter, immer schneller. Du erreichst das Ende des Waldes, und der Mond erhellt nun wieder mit seiner vollen Kraft den kurzen Rest des Weges, der noch vor dir liegt. Die Lichter der Siedlung kommen näher, die Umrisse der Häuser werden schärfer. Dein Weg führt dich jetzt direkt ins Innere des Dorfes, und du entdeckst ein Haus, das dir bekannt vorkommt. Du bist heute Abend schon einmal hineingegangen. Und jetzt verstehst du, wohin dein Weg dich geführt hat. Du vergisst alles um dich herum und gehst noch einmal in dieses Haus, die Tasche dabei noch immer fest im Griff. Ein letzter Gegenstand befindet sich noch darin. Als du das Zimmer betrittst, kommt es dir vertraut vor, denn du hast es heute Abend schon einmal betreten. Du siehst einen gemütlichen Sessel, den du bereits kennst. Du hast heute schon einmal darauf Platz genommen. Jetzt tust du es ein weiteres Mal, stellst die Tasche mit dem verbliebenen Gegenstand neben dir ab und schließt die Augen. Atme noch einmal tief durch, sodass Fantasie und Wirklichkeit langsam wieder miteinander verschmelzen können. Was wird geschehen, wenn du gleich deine Augen öffnest?«

An dieser Stelle lag eine Spannung in der Luft, die er über alles liebte. Diese Spannung war für ihn mehr als bloßer Nervenkitzel. Sie war magisch.

»Öffne deine Augen«, sagte er schließlich.

Es dauerte einige Sekunden, bis sie seiner Aufforderung folgte.

»Und?«, fragte sie vorsichtig.

»Sieh neben den Sessel.«

Sie tat, was er sagte, und bemerkte, dass dort eine alte Ledertasche stand, die zuvor noch nicht da gewesen war.

»Du hast sie eben selber dort hingestellt, oder etwa nicht? In deinen Gedanken.«

Antworten konnte sie nicht; sie hatte einen dicken Kloß im Hals, der sie am Sprechen hinderte. Deshalb nickte sie nur.

»Nimm jetzt die Tasche auf den Schoß und mach sie auf«, fuhr er fort.

Sie hob die alte Tasche vorsichtig an und öffnete den rostigen Verschluss. Nur ganz langsam traute sie sich hineinzusehen. Nur ein einziger Gegenstand befand sich darin.

»Hast du diesen Gegenstand im Haus gewählt? Und ist er während deiner Wanderung bis jetzt in der Tasche geblieben?«, fragte er.

Sie nickte völlig verstört.

»Nimm ihn jetzt heraus.«

Sie griff in die Tasche und zog einen blank polierten Hammer hervor.

»Die Rose hast du ja schon verschenkt«, hauchte er.

Woher wusste er das? Sie sah ihn fassungslos an. Er streckte seine Hand aus und deutete mit einem Nicken an, dass sie ihm den Hammer geben solle.

»Es waren allein deine Entscheidungen, die du auf deinem Weg getroffen hast«, stellte er flüsternd fest. »Wir alle sind allein das Ergebnis der Entscheidungen, die wir treffen.«

Er erhob sich, bedacht darauf, mit der Wirkung seiner theatralischen Bewegung die Dramatik des Augenblicks noch zu steigern. Dann sagte er: »Ich war es, der dir aufgelauert hat. Und ich war es auch, der dir gefolgt ist, draußen, in der Dunkelheit.«

Noch bevor sie begreifen konnte, was geschah, holte er auch schon aus und schlug ihr den Hammer mit einem präzisen Hieb gegen die Schläfe.

# 1

Egal, wie sehr man Berlin auch liebt, manchmal kann es einen wirklich in den Wahnsinn treiben.

Über zehn Minuten hatte Julius Kern allein dafür gebraucht, seinen Dienstwagen die zwei Kilometer vom Ende der Friedrichstraße bis zur Kreuzung Mehringdamm/Gneisenaustraße zu bewegen. Von dort war es nur noch ein Katzensprung bis zum Hauptgebäude des LKA Berlin. Kern würde es trotzdem nicht pünktlich ins Büro schaffen, darüber war er sich im Klaren. Irgendwo an einer Ampel weiter vorn war jemand seinem Vordermann aufgefahren. Anstatt nun aber die Fahrbahn frei zu machen, war der offensichtliche Unfallverursacher mit dem Geschädigten in eine lautstarke Diskussion über die vollkommen unstrittige Schuldfrage geraten. Es war bereits der zweite Stau auf Kerns Weg ins Büro.

Julius Kern war Hauptkommissar beim Dezernat *Delikte am Menschen,* seit er drei Jahre zuvor aus dem benachbarten Brandenburg in die Hauptstadt versetzt worden war.

Bestimmt zum zehnten Mal an diesem Vormittag spielte er mit dem Gedanken, seine Sirene auf das Wagendach zu setzen, um so dem Stop and Go des Großstadtverkehrs zu entkommen. Als wohlerzogener Sohn eines Schuldirektors war er dafür aber viel zu pflichtbewusst. So hielt er geduldig vor einer weiteren roten Ampel und wartete.

»Welchen Teil von *Nein* hast du Arschloch nicht verstanden?!«, schrie plötzlich jemand aus dem Wagen, der vor Kern an der Ampel stand. Die Kreuzung war seit Jahren ein Treffpunkt von Punks, die auf der Mittelinsel warteten, um für Trinkgeld oder Zigaretten die Windschutzscheiben der an der Ampel wartenden Fahrzeuge mehr schlecht als recht zu säubern. Im Normalfall gegen den Willen der Fahrer.

»Jeden beschissenen Tag komme ich an diese Ampel! Jeden beschissenen Tag kommt einer von euch Pennern an und winkt mit seinem Scheißwischer! Jeden beschissenen Tag sage ich *Nein* und jedes Mal malt ihr mir ein verkacktes Herz auf die Scheibe!«, schrie der zierliche Mann, der offensichtlich vollkommen mit den Nerven am Ende war.

Der Punk hätte gut daran getan, einfach weiterzugehen. Offensichtlich aber war er sich dessen nicht bewusst.

»Halt doch die Fresse, du Wichser!«, rief er dem Mann entgegen und klatschte ihm einen großen Spritzer seines schmutzigen Wischwassers auf die Scheibe.

Kern hoffte, dass die Ampel schnell grün werden würde. Er hätte sich ungern zum Eingreifen gezwungen gesehen; das konnte die Lage nur verschärfen. Die anderen Punks hatten jetzt aber mitbekommen, was passiert war, und liefen auf das Fahrzeug des Mannes zu. Von mehreren Seiten näherten sich die ungepflegten Männer dem Wagen. Mit ihren zahlreichen Tattoos und Piercings wirkten sie auf den akkurat und gepflegt gekleideten Autofahrer höchst bedrohlich, was seine Aufregung weiter steigerte.

»Jetzt reicht's!«, rief er und sprang aus seinem Wagen.

Endlich schaltete die Ampel auf Grün. Sofort begannen die anderen Autofahrer lautstark zu hupen. Die Punks, zwei davon mit Hunden, liefen zügig auf den außer sich geratenen Mann zu und schienen ihn angreifen zu wollen. Kern entschied, nun doch auszusteigen und die Situation zu klären.

Doch bevor er dazu kam, zog der Mann plötzlich einen Revolver und richtete ihn mit zittriger Hand auf die herannahenden Punks, die ihre Schritte daraufhin verlangsamten.

»Habt ihr ein Problem, ihr Wichser?«

Der Punk, der noch immer vor dem Bewaffneten stand, war zu betrunken, um sich der Gefahr bewusst zu werden, in der er sich plötzlich befand.

»Komm doch her, wenn du was willst!«, provozierte er sein gereiztes Gegenüber.

Kern musste innerhalb von Sekunden entscheiden, was zu tun war. Nicht nur die Punks waren in Gefahr. Schaulustige standen überall um die belebte Kreuzung herum und sahen sich das Spektakel an, als sei es eine Theaterinszenierung. Einige von ihnen verschärften die angespannte Situation sogar noch mit provozierenden Rufen. Unter keinen Umständen durfte es zu einem Schusswechsel kommen. Was aber, wenn Kern seine Pistole ziehen und den Mann damit bedrohen würde? Gereizt und in die Enge gedrängt, wie er war, hätte er womöglich sofort abgedrückt.

*Seine Waffe ist wahrscheinlich nicht echt. Aber wenn doch …?*

Kern griff nach seiner Pistole. Er hatte keine Wahl und musste sofort handeln. Als er die Tür seines Wagens gerade öffnen wollte, hörte er eine Stimme.

»Lassen Sie die Waffe fallen und legen Sie die Hände auf den Kopf!«

Der Streifenwagen, der wegen des Auffahrunfalls gerufen worden war, war eingetroffen. Die Beamten hatten den Streit bemerkt und sofort reagiert. Der bewaffnete Autofahrer starrte die beiden Schutzpolizisten mit schweißbedeckter Stirn an und überlegte fieberhaft, was er tun sollte. Kern blieb jetzt doch in seinem Auto.

Besonnen und konzentriert griff er zum Handy und rief die Zentrale an.

»Ich brauche sofort den Halter eines Fahrzeugs«, sagte er und gab das Kennzeichen des Wagens vor ihm durch.

»Endlich zeigt's denen mal einer!«, rief ein kleiner, drahtiger Mann, der sich offenbar ebenfalls von den Windschutzscheibenwischern belästigt fühlte. »Die sollen sich Arbeit suchen, statt ehrliche Bürger zu belästigen!«

Die aufgebrachten Hunde der Punks, die langsam zurückwichen, bellten ohne Unterbrechung. Zudem riss das Hupkonzert der gereizten Autofahrer nicht ab. Das lärmende Durcheinander von Schreien, Hupen und Hundegebell vermischte sich zu einem einzigen quälenden Geräusch, das jeden der Beteiligten unter immer stärkeren Druck setzte und die Gefahr einer fatalen Kurzschlusshandlung von Sekunde zu Sekunde steigerte.

»Es ist meine letzte Warnung: Lassen Sie die Waffe fallen!«, wiederholte der Polizist.

*Hoffentlich hat der Kollege keinen nervösen Finger. Sonst gibt es hier gleich ein Blutbad.*

Der Angesprochene folgte der Aufforderung nicht. Stattdessen sprang er auf den Punk schräg vor sich zu und presste ihm den Lauf seines Revolvers gegen den Kopf.

»Schnappt euch lieber den hier!«, schrie er wütend. »Jeden Tag wird man von denen belästigt! Und vor dem Supermarkt stehen die Penner mit ihren Scheißzeitungen, in denen nur Rotz drinsteht! Und die Zeugen Jehovas quatschen einen voll! Und wenn man nach Hause kommt, rufen diese beschissenen Callcenter an und wollen einem Dreck verkaufen. Überall geht einem jemand auf den Sack!«

Die immer zahlreicher werdenden Schaulustigen riefen weiter ihre Kommentare. Die einen unterstützten den Mann mit dem Revolver, die anderen die Punks.

»Hey, Lars, lange nicht gesehen! Wie geht's dir?«, fragte Kern den Geiselnehmer plötzlich in einem lockeren Ton, der absolut nicht in die angespannte Situation passte. Er war aus seinem Wagen ausgestiegen und von hinten an den wütenden Mann herangetreten. Der Angesprochene drehte sich um, ohne dabei seinen Revolver zu senken.

»Kennen wir uns?«, fragte er überrascht.

»Klar, erinnerst du dich nicht? Na ja, ist lange her. Wollten wir nicht mal einen trinken gehen?«

Die Polizeibeamten, die weiter ihre Pistolen auf den Autofahrer richteten, kannten Kern nicht.

»Steigen Sie sofort wieder in Ihr Fahrzeug!«, riefen sie ihm schroff zu.

Kern ignorierte die Aufforderung und sprach weiter in freundlichem Ton zu dem Geiselnehmer.

»Wie geht's Linda?«

Er hatte über die Zentrale die Namen des Fahrers und seiner Frau herausgefunden. Lars Varbelow war achtundvierzig Jahre alt, auf seinen Namen war keine Waffe registriert.

*Sie ist bestimmt nicht echt. Eine Gaspistole. Damit laufen Hunderte durch Berlin.*

»Was? Äh … gut«, stotterte Varbelow verwirrt.

»Ein schönes Auto hast du. War sicher nicht billig«, fuhr Kern fort.

*Er ist total aus dem Konzept.*

Unaufhörlich bellten die Hunde, und das Hupen der Fahrzeuge zerrte unerträglich an den Nerven. Varbelow stand unter enormem Stress. Zudem hatte er keine Chance zu entkommen. Und genau das machte Kern Angst.

»Gib mal her«, sagte er mit unglaublicher Selbstverständlichkeit und deutete auf den Revolver.

Varbelow sah Kern an. Er würde innerhalb der nächsten Sekunden eine Entscheidung treffen. Wäre es die falsche, konnten

Menschen sterben. Daran hatte Kern, der jetzt selbst im Schussfeld stand, keinen Zweifel.

»Ich knall euch alle ab!«, brüllte Varbelow plötzlich und stieß den Punk von sich.

*Jetzt!*

Der Rest dauerte keine drei Sekunden. Varbelow richtete seine Waffe auf Kern. Der bekam blitzschnell dessen Arm zu fassen, drehte ihn mit einem geübten Griff herum und warf ihn auf den kalten Asphalt. Ein Schuss löste sich.

*Verdammt!*

Kern griff sofort nach dem Revolver, brachte ihn in seine Gewalt und warf sich dann mit seinem ganzen Gewicht auf den Liegenden. Sofort stürmten die Polizisten auf die beiden zu, rissen Kern zur Seite und fixierten Varbelow am Boden.

»Geben Sie den her!«, rief ein Beamter Kern zu und streckte seine Hand nach dem Revolver aus.

»LKA«, antwortete er und zog seinen Dienstausweis.

Der Beamte nickte und legte dem vollkommen perplexen Varbelow zügig Handschellen an. Dann öffnete Kern die Trommel des Revolvers. Es war keine Attrappe. Kern sah sich suchend um, inständig hoffend, nur niemanden am Boden liegen zu sehen. Der Punk saß schimpfend auf dem schmutzigen Bordstein, die Hunde bellten weiter, und die Schaulustigen hörten nicht auf, den Einsatz zu kommentieren.

*Keiner verletzt. Zum Glück.*

Gerade als Kern die Kollegen von der Schutzpolizei unterstützen wollte, klingelte sein Handy. Auf dem Display sah er, wer ihn anrief.

»Daniela, was gibt's denn?«, meldete er sich.

Daniela Castella war die Dezernatsleiterin der Abteilung 1, *Delikte am Menschen,* im LKA Berlin. Eine kleine, entschlossene Frau, ebenso hart wie gerecht.

»Wo sind Sie?«, erkundigte sie sich.

»Gneisenaustraße.«

»Da, wo immer die Punker stehen?«

Kern schmunzelte.

»Die machen gerade Pause«, antwortete er. »Die Autofahrer sind heute ein bisschen gereizt.«

»Gut, dann fahren Sie mal schnell in die Havelchaussee. Wir haben Besuch.«

Kern kannte den Unterton, den seine Vorgesetzte in ihre Worte gelegt hatte. Ihm war schlagartig klar, dass etwas Außergewöhnliches geschehen sein musste.

»Wen?«, fragte er besorgt.

»Den *Schläfenmörder.* Er ist jetzt bei uns.«

Während die Kreuzung in einem absoluten Chaos zu versinken drohte, erfasste Kern die Bedeutung dessen, was Castella gerade gesagt hatte.

»Verwechslung ausgeschlossen?«, fragte er sicherheitshalber nach.

»Scheint so«, erhielt er zur Antwort. »Also fahren Sie los! Der Erkennungsdienst ist schon da. Und Dennis kommt auch gleich.«

Castella beendete das Gespräch.

Das wüste Geschehen um ihn herum war für Kern mit einem Schlag bedeutungslos geworden. Alles schien sich auf einmal in Zeitlupe abzuspielen, und da, wo eben noch tosender Lärm gewesen war, schien plötzlich absolute Stille zu herrschen. Während die Beamten alle Hände voll zu tun hatten, die verworrene Lage unter Kontrolle zu bringen, war das Einzige, das Kern nun im Gewirr bemerkte, eine Wildtaube. Sie flog gemächlich vom Dach eines kleinen Imbisses in Richtung Berlin-Mitte.

In Kerns Magen regte sich ein Gefühl, das er seit Jahren nicht gespürt hatte. So absurd es jetzt auch erscheinen mochte: Kern fühlte sich allein. Denn wenn der Schläfenmörder wirklich in Berlin war, hatte er es soeben mit einem Serienmörder zu tun bekommen, an dem sich bereits ganze Sonderkommissionen jahrelang die Zähne ausgebissen hatten.

Einen Wimpernschlag lang huschte ein Lächeln über seine Lippen, als ihm ein Gedanke kam:

*Wenigstens kann ich jetzt die Sirene benutzen.*

# 2

Die Havelchaussee im Süden Berlins ist über zehn Kilometer lang. Sie führt mitten durch den Grunewald am Ostufer der Havel entlang und ist wegen ihrer wunderschönen Landschaft ein beliebtes Ausflugsziel der Berliner.

Auch Kern war an manchen Wochenenden mit seiner Frau Nathalie und seiner Tochter Sophie dort hinausgefahren. Es war ein traumhafter Ort, vor allem im Sommer. Weit ab vom Trubel der anonymen Großstadt. Auch an diesem Sommertag schien die Sonne warm auf die Chaussee hinunter. Wären die beiden Säcke mit den Leichenteilen nicht gewesen, hätte sich Kern wie auf einem Ausflug gefühlt.

Die Schutzpolizei hatte einen großen Teil des Ufers abgesperrt; mehrere Einsatzwagen sicherten den Fundort. Der Erkennungsdienst tat, was er konnte, aber viel gab es für ihn nicht zu finden. Schließlich waren die Säcke nur zufällig gerade hier ans Havelufer geschwemmt worden.

Kern näherte sich bedächtig dem einen der beiden Säcke. Der zweite lag etwa hundert Meter weiter westlich. Er würde ihn sich später ansehen.

Der abgetrennte Oberkörper der jungen Frau war weder verwest noch aufgeschwemmt. Ihr Mörder hatte ihn mit viel Mühe wasserdicht eingewickelt. Kern erkannte sofort das typische Merkmal des mysteriösen Serientäters, den seine Kollegen bereits in neun Bundesländern vergeblich suchten: die Wunde an der rechten Schläfe.

*Du warst eine schöne Frau. Warum hat er dir das angetan?*

Dr. Adrian Homann von der Gerichtsmedizin war bereits eingetroffen, um die erste Leichenschau am Fundort vorzunehmen. In einem weißen Schutzanzug hatte sich der großgewachsene Mediziner bereits einen Eindruck vom Zustand des Opfers gemacht. Er war sofort zu Kern gelaufen, als er ihn bemerkt hatte.

»Als er sie zersägt hat, war sie da …?«, fragte Kern ohne aufzublicken.

»Noch am Leben?«, erwiderte Homann. »Ich fürchte schon. Aber nicht mehr bei Bewusstsein, sonst gäbe es Kampfspuren. Und der Schnitt wäre unsauberer.«

Der Arzt deutete auf die Verletzung an der Schläfe.

»Schweres Schädelhirntrauma«, erklärte er. »Sonst wäre sie wach geworden. Niemand bleibt bewusstlos, wenn er zerteilt wird. An der Kopfverletzung wäre sie übrigens auch gestorben.«

»Aber dazu hat er es nicht mehr kommen lassen«, entgegnete Kern mit einem mitfühlenden Unterton. »Wer hat sie gefunden?«

»Ein Spaziergänger. Genauer gesagt sein Hund.«

»Ist der Mann vernehmungsfähig?«

»Dem geht's gut. Er hat den Kollegen schon alles erzählt, aber viel war das natürlich nicht.«

Kern sank auf die Knie, um sich den angeschwemmten Müllsack genauer ansehen zu können. Im ersten war der Oberkörper des Opfers gefunden worden, im zweiten der Unterleib.

»Die Säcke kriegt man in jedem Supermarkt. Ich hab selber solche zu Hause«, stellte Kern fest. »Hat der Erkennungsdienst denn schon was Interessantes gefunden?«

Dr. Homann zuckte mit den Schultern.

»Na ja, außen ist alles weg. Das Wasser … Aber im Innern der Säcke finden die sicher was.«

»Wie lange ist sie denn schon tot?«

»Schwer zu sagen«, antwortete der Arzt. »Es gibt drei sichere Todeszeichen: Totenflecken, Leichenstarre und Fäulnis. Das Problem ist: Er hat sie zersägt. Im Körper ist kein Blut mehr.«

»Also gibt es auch keine Totenflecken«, kombinierte Kern.

Adrian Homann nickte mit einer Note von Resignation, ging auf die Knie und griff den linken Arm der Toten. Er war steif. Es gelang dem Arzt nur mit einiger Kraft, ihn nach innen zu beugen. Danach fiel er dann von selbst auf den Boden zurück.

»Also, nach dem Status der Leichenstarre ist sie zwischen acht und vierundzwanzig Stunden tot. Genauer finde ich das hier nicht raus.«

Kern sah prüfend auf die Havel hinaus.

»Die Strömung ist nicht besonders stark. Wenn sie hier angetrieben ist, dann hat er sie auch irgendwo in der Nähe ins Wasser geworfen. Also ist sie länger als acht Stunden tot.«

»Wie kommst du darauf?«, fragte Homann neugierig.

»Die Havelchaussee ist zwischen Mitternacht und sechs Uhr für den Privatverkehr gesperrt. Mit einer Leiche im Auto wird er nicht riskiert haben, angehalten zu werden.«

Homann nickte.

»Wenn er die Säcke beschwert hätte, wären sie erst viel später aufgetaucht. Vielleicht sogar gar nicht«, bemerkte er dann. »Der wollte doch, dass wir sie finden.«

Kern sah noch einmal in das tote Gesicht des Opfers. Was mochte das Letzte gewesen sein, das ihre Augen gesehen hatten? Welche Schrecken mochten ihrem grausamen Tod vorangegangen sein?

»Wir *sollten* ihre Leiche finden. Aber wir sollen nicht wissen, *wo* er es getan hat«, sagte er dann. »Der Fundort ist vollkommen beliebig. Das macht der seit Jahren so. Ich wüsste nicht, dass die Kollegen jemals einen seiner Tatorte gefunden hätten.«

»Haben sie nicht«, fügte plötzlich jemand hinzu, der von hinten unbemerkt an die beiden herangetreten war.

Kern kannte den jungen, sportlichen Mann gut und begrüßte ihn mit einer freundschaftlichen Umarmung.

»Dennis, warum so spät? Hat Suzi dich nicht aus dem Bett gelassen?«

Dennis Baum war Oberkommissar beim LKA und Kerns Kollege. Bei einem Schusswechsel drei Jahre zuvor hatte er den größten Teil seines rechten Ohres verloren, den jetzt eine kaum erkennbare Prothese ersetzte. Gleichzeitig hatte er damals aber auch seine große Liebe gefunden. Suzana Kostic, die alle nur Suzi nannten.

»Wenn's mal an Suzi gelegen hätte«, antwortete er. »Die ganze verdammte Stadt spielt mal wieder verrückt. Am Mehringdamm ist ein Bekloppter mit einer Waffe auf Punks losgegangen. Stau ohne Ende.«

»Sachen gibt's …«, entgegnete Kern kopfschüttelnd. Dann wandte er sich wieder der Leiche zu. »Wissen wir schon, wer sie war?«

»Noch nicht«, antwortete Homann. »Ihre Taschen waren leer.«

Kern wunderte sich nicht.

»Das sollen wir schön selber rausfinden.«

»Was glaubst du, warum er das macht?«, fragte Dennis.

Er kannte Kerns besonderes Gespür für die Psyche von Mördern. Kaum jemand konnte sich so in seine Gegner hineinversetzen wie er. Und auch, wenn alle Kollegen im LKA Kerns Fähigkeiten bewunderten, gab es doch nicht wenige, denen sie ebenso unheimlich waren.

»Es kostet zunächst mal Zeit«, antwortete Kern. »Er fährt durchs Land und tötet Frauen. Und je länger wir brauchen, deren Identität zu finden, umso mehr Zeit hat er weiterzuziehen.«

Dr. Homann warf noch einmal einen Blick auf den Fundort.
»Hier findet ihr jedenfalls keine Spuren«, stellte er fest.

»Ich fürchte auch. Fahr lieber in die Gerichtsmedizin und untersuch sie da«, entgegnete Kern. »Dennis, du checkst die Blitzanlagen in der Gegend, vor allem auf Mietwagen und Fahrzeuge von außerhalb. Er ist nicht aus Berlin.«

»Ich kann mir sogar vorstellen, dass er schon gar nicht mehr in der Stadt ist«, entgegnete Dennis.

Kern überlegte. Er hatte sich mit dem Fall nie wirklich beschäftigt; schließlich hatte sich bislang keiner der Morde in Berlin oder Brandenburg zugetragen. Trotzdem war der geheimnisvolle Schläfenmörder in Polizeikreisen bekannt.

»Kann sein«, antwortete er schließlich. »Aber selbst wenn nicht: Er *war* hier. Und er kann diese Sauerei nicht begangen haben, ohne etwas von sich zurückzulassen.«

Dennis kannte diesen ganz bestimmten Glanz in den Augen seines Kollegen. Kern hatte sich offensichtlich vorgenommen, dieser schrecklichen Mordserie ein Ende zu setzen. *Gut möglich, dass er es sogar schaffen wird,* dachte Dennis. Aber so, wie er Kern kannte, bewegte den in diesem Moment ein ganz anderer Gedanke: Was, wenn es ihm *nicht* gelingen würde?

»Er ist ein Phantom«, gab Dennis zu bedenken. »Die Kollegen haben seit Jahren keine echte Spur.«

Kern antwortete nicht. Er sah nur noch einmal den verstümmelten Körper des Opfers an und lief auf das Wasser zu. Er kniff die Augen leicht zusammen, als sich die Sonne auf der Oberfläche des Wassers spiegelte. Dann ging er noch einige Schritte weiter durch den Sand auf das Ufer zu und blickte eine Weile still auf die weit entfernten Bäume, die das Wasser umgaben.

Erst, als niemand ihn mehr hören konnte, hauchte er schließlich leise in den Wind:

»Egal, wo du dich versteckst. Ich werde dich finden. Bald.«

## 3

Das Institut für Rechtsmedizin befand sich in der Invalidenstraße in Berlin-Moabit. Der Sektionssaal bot eine kalte, unfreundliche Arbeitsumgebung. Allein die gelben Wandfliesen und die blauen Kittel des Rechtsmediziners und seines Assistenten brachten ein wenig Farbe in den tristen Raum, der durch Milchglasscheiben vor Blicken von außen geschützt war. Die Leichenhälften der unbekannten Frau lagen mit etwas Abstand zueinander vor Dr. Adrian Homann auf dem Sektionstisch, als Kern und Dennis den Raum betraten.

»Und, wie sieht's aus?«, begann Kern.

Man konnte Dr. Homann, der in seiner Laufbahn bereits viele hundert Sektionen vorgenommen hatte, anmerken, dass der Fall selbst für ihn sehr ungewöhnlich war.

»Also, ich habe zwei konkurrierende Todesursachen festgestellt«, begann er so sachlich, wie es ihm angesichts der Situation möglich war. »Zum einen die Prellmarke an der Stirn. Zum anderen Verbluten nach Durchtrennen des Körpers. Schwer zu sagen, was zuerst zum Tod geführt hat. Ich tippe aber auf Verbluten.«

Homann griff zu einem Klemmbrett, auf dem er sich zwischendurch Notizen zu seinen Untersuchungsergebnissen machte. Sein Kugelschreiber funktionierte nicht; er rieb erst langsam, dann immer energischer damit auf dem Papier herum.

»Die Mine habe ich gerade erst eingesetzt«, grummelte er.

»Was ist mit der Tatwaffe?«, wollte Dennis wissen.

»Mit ziemlicher Sicherheit ein Hammer. Hier, seht mal.«

Homann richtete die Sektionslampe auf die Stirn der Frau.

»Das ist ganz eindeutig ein Hammerabdruck. Das kann man vor allem an den Abrundungen der Ränder gut erkennen. Ich habe zwar noch keine Unterlagen aus den anderen Bundesländern, aber ich sage euch jetzt schon, dass die Ausprägung der Wunde, die Schlagrichtung und die Form mit denen der anderen Opfer übereinstimmen werden. Zumal unser Täter auch Linkshänder ist.«

Kern nickte. Er ging ebenfalls davon aus, dass es sich hier wirklich um ein neues Opfer des Schläfenmörders handelte.

»Was ist mit der anderen Verletzung?«, fragte er dann.

»Das ist wirklich außergewöhnlich«, begann Homann und sah zu seinen Gästen auf. »Er hat die Frau nämlich an der unsinnigsten Stelle durchtrennt, die man sich überhaupt nur aussuchen kann.«

Homann schraubte seinen Kugelschreiber auf und entnahm die leere Mine. Dann lief er zu einer Schublade, öffnete sie und suchte darin nach einer neuen.

»Wie meinst du das?«, wollte Kern wissen.

»Hätte er ein paar Zentimeter weiter oben gesägt, hätte er nur die Wirbelsäule durchtrennen müssen. Das hätte so etwa fünf Minuten gedauert. Aber stattdessen hat er sich das Becken ausgesucht.«

»Und wie lange dauert das?«

»Also, wenn er mit Engagement dabei ist und es ihm wirklich wichtig ist, dann vielleicht fünfzehn Minuten. Aber es ist ja nicht nur der massive Knochen, den er durchtrennen muss. Er trifft dabei die Beckenarterie, und das Blut spritzt in großen Stößen aus der Wunde. Das gibt eine Riesensauerei. Und es dauert bestimmt fünf bis sieben Minuten, bevor das Opfer verblutet ist. Dazu kommt, dass er sehr wahrscheinlich mit einer grobzackigen Säge zu Werke gegangen ist.«

Homann gab seine Suche nach einer Kugelschreibermine auf und richtete jetzt das Licht der Sektionslampe auf die Schnittstelle.

»Das ist total unsauber und ausgefranst gesägt«, fuhr er fort. »Er hat mehr gerissen als geschnitten, zumindest die Weichteile. Das ist ihm hier alles aufgefasert – grausam.«

»Kann es sein, dass er sie foltern wollte?«, fragte Kern.

Homann schüttelte den Kopf.

»Sie war da schon so gut wie gestorben. Nein, aus medizinischer Sicht war sein Ziel der Tod. Und natürlich das Zerteilen der Leiche an sich.«

»Aber warum sucht er sich dann die schwierigste Stelle zum Sägen aus?«

»Vielleicht wollte er es genießen. Oder weil er einfach keine Ahnung von Anatomie hat. Ein Arzt wäre jedenfalls nicht so vorgegangen«, antwortete Homann.

»Vielleicht hat sie am Stück nicht in sein Auto gepasst. Oder sie war zu schwer für ihn«, überlegte Kern.

»Jedenfalls muss er sich am Tatort sehr sicher gefühlt haben«, warf Homann ein. »Nachdem er fertig war, muss es da ausgesehen haben wie in einem Horrorfilm. Und er selber muss auch vollkommen mit Blut beschmiert gewesen sein. Und dann hat das alles auch noch angefangen zu riechen ...«

»Er musste also absolut sicher sein, dass ihn niemand überraschte?«

»Bei *der* Sauerei? Absolut, ja«, entgegnete Homann.

»Wann haben wir den Bericht?«, wollte Kern wissen.

»Das hängt davon ab, wann ich einen Stift finde, der funktioniert.«

Kern griff in seine Tasche und zog einen Kugelschreiber hervor. Er reichte ihn Homann.

»Aber nicht verbummeln! Das ist Staatseigentum«, sagte er.

»Ich werde ihn im Safe aufbewahren«, entgegnete Homann schmunzelnd. »Also, ich mache sie noch auf, gucke mir den Mageninhalt und die Leber an. Und die Blutreste, falls ich noch welche finde. Toxikologische Untersuchung, Fingerabdrücke und Zahnstatus wegen Alter und Identität. Ein paar Tage wird das Labor brauchen, den Rest bekommt ihr morgen. Ach so, ich habe übrigens noch was gefunden. Das könnte euch helfen herauszufinden, wer sie ist.«

Kern und Dennis horchten auf. Homann fasste vorsichtig unter die rechte Schulter der Toten und drehte ihren Oberkörper so herum, dass man einen Teil ihres Rückens sehen konnte. Jetzt erkannten sie eine kleine Rose, die mit sorgfältigen, gekonnten Stichen auf das Schulterblatt der toten Frau tätowiert war.

»Die ist ziemlich frisch, vielleicht ein paar Wochen alt«, schätzte Homann.

»Sehr gut«, entgegnete Dennis. »Dann klappern wir mal die Tattoostudios ab. Machst du uns ein Foto davon?«

»Klar, habt ihr in einer Stunde auf dem Tisch.«

Kern war seine Erleichterung deutlich anzumerken.

Es ist nicht immer einfach, die Identität unbekannter Opfer zu ermitteln. Erwachsene werden oft erst nach Wochen vermisst gemeldet, manchmal auch gar nicht. Gelegentlich muss sich das LKA sogar mit Fotos der unbekannten Toten an die Öffentlichkeit wenden, um deren Identität herauszufinden. Eine Tätowierung dagegen kann unter Umständen so gut wie ein Fingerabdruck sein.

Dennis trat noch einmal näher an die Leiche heran und betrachtete die Spuren der unglaublichen Gewalt, die der Mörder hinterlassen hatte. Er musste unwillkürlich an seine Freundin denken, die etwa im selben Alter wie die Tote war.

»Wie halten wir das eigentlich jedes Mal wieder aus?«, fragte er kopfschüttelnd.

Sowohl Kern als auch Homann, die beide deutlich älter als Dennis waren, hatten sich diese Frage während ihres Berufslebens oft gestellt. Deswegen dauerte es auch nicht lange, bis Homann antwortete:

»Weil wir die Letzten sind, die noch etwas für sie tun können.«

# 4

Serienmörder gehen normalerweise nach einem immer gleichen Muster vor. Sie sind in einem engen Umkreis um ihren Wohnort herum aktiv und töten in Zeitabständen, die sich verringern, je länger sie unentdeckt bleiben. Durchschnittlich töten deutsche Serienmörder gut vier Jahre lang, bevor sie ergriffen werden.

Der Schläfenmörder war anders. Er hatte seinen ersten bekannten Mord bereits vor sieben Jahren begangen. Im niederbayerischen Viechtach war die Leiche einer jungen Frau in einem Straßengraben gefunden worden. Er hatte sie mit einem heftigen Schlag gegen die Schläfe getötet und ihre Leiche anschließend mit mehreren Stichen einer langen Klinge durchbohrt.

Danach war mehr als ein Jahr vergangen, bis man erneut eine Frauenleiche fand, die man später demselben Täter zuordnete. Allerdings hatte er dieses Mal in einer vollkommen anderen Stadt zugeschlagen, im rheinland-pfälzischen Trier. Zudem war die junge Frau nicht erstochen worden. Ihr Mörder hatte sie an den Händen gefesselt und anschließend ertränkt. Trotz der räumlichen Trennung und der vollkommen unterschiedlichen Vorgehensweisen war man sich dennoch sicher, es mit demselben Täter zu tun zu haben. Denn auch die zweite Frau war mit einer Schlagwunde an der Schläfe aufgefunden worden. Sie war aber, anders als das erste Opfer, nicht daran gestorben. Es ließ sich eindeutig nachweisen, dass es sich in beiden Fällen um einen Hammer des gleichen Fabrikats gehandelt hatte, sehr wahrscheinlich sogar um denselben.

In den folgenden Jahren hatte der unbekannte Täter insgesamt sechzehn Frauen in fast allen Teilen Deutschlands getötet. Manchmal in Abständen von wenigen Tagen, dann wieder erst nach Monaten. Er hatte seinen Opfern dabei die verschiedensten Grausamkeiten angetan. Nur eines war an seinem Vorgehen immer gleich geblieben: der Schlag gegen die Schläfe. So war er in Polizeikreisen zu seinem Spitznamen gekommen.

»Julius, ich möchte Sie mit jemandem bekannt machen«, begrüßte ihn Dezernatsleiterin Castella in ihrem Büro.

Sie trug ein geschmackvolles Kostüm und war dezent geschminkt, was ihre eher strenge Wirkung noch unterstrich. Obwohl sie klein und zierlich war, hatte sich die intelligente, zielstrebige Frau im Laufe ihrer Karriere bis an die Spitze des LKA Berlin hochgearbeitet. Niemand, der sie kannte, hatte es jemals gewagt, sie zu unterschätzen. Denn wenn es darauf ankam, konnte Castella, die mit einem italienischen Geschäftsmann verheiratet war, eiskalt durchgreifen. Auch Kern hatte es zunächst schwer gehabt, sich bei seiner Vorgesetzten Respekt zu verschaffen. Mittlerweile war ihr Verhältnis jedoch von gegenseitiger Achtung und Sympathie geprägt.

»Das ist Eva Fuchs. Sie ist Fallanalytikerin beim LKA Bayern. Sie ist gleich mit der ersten Maschine nach Berlin gekommen, als das hier bekannt geworden ist«, fuhr sie fort.

Die süddeutsche Kollegin war eine gutaussehende Frau. Etwas jünger als Kern, sportlich, dabei aber elegant und geschmackvoll gekleidet. Sie saß mit übereinandergeschlagenen Beinen auf einem der unbequemen, quietschenden Besucherstühle vor Castellas Schreibtisch und wandte sich Kern mit einem umwerfend sympathischen Lächeln zu.

»Grüß Gott«, sagte sie und reichte Kern die Hand, ohne aufzustehen.

»Hauptkommissarin Fuchs ist seit seinem ersten Mord mit dem Fall befasst. Sie hat auch den Kollegen in Rheinland-Pfalz, Sachsen und dem Saarland beigestanden. Außerdem kennt sie alle Akten und Gutachten über ihn. Sie wird uns unterstützen.«

Kern lächelte etwas breiter, als er es sonst immer tat, und ergriff Fuchs' Hand. Die Kollegin aus dem Süden hatte einen kräftigen Händedruck. Kern gefiel das; es überzeugte ihn von ihrem Selbstbewusstsein. Kern mochte starke Frauen.

»Ich möchte, dass Sie den Fall leiten, Julius«, fuhr Castella fort. »Frau Fuchs wird Ihnen dabei beratend zur Seite stehen.«

»Genau so hat es bei mir damals auch angefangen«, entgegnete Kern in Richtung seiner neuen Kollegin. »Ich bin damals nur aus Brandenburg hergekommen, um bei der Suche nach einem Serienmörder zu helfen. Und am Ende haben sie mich dann gleich dabehalten. Ich hoffe, Ihnen gefällt Berlin.«

Fuchs lachte.

»Na ja, der Straßenverkehr ist hier angenehmer als der in München. Aber ich fürchte, meine Dienststelle gibt mich trotzdem nicht her.«

»Das kann ich mir vorstellen. Also, das mit dem Hergeben. Beim Straßenverkehr habe ich so meine Zweifel«, antwortete Kern mit einem Zwinkern.

»Sie waren noch nie in München, oder?«, erwiderte Fuchs und zwinkerte zurück.

»So, dann mal wieder zum Thema«, unterbrach Castella. »Wir müssen davon ausgehen, dass er sich nur kurz in Berlin aufhält. Falls er überhaupt noch da ist. Ich schlage vor, Sie beide ziehen sich zurück und entwerfen eine Strategie.«

Kern und Fuchs nickten zustimmend.

»Und danach, mein lieber Julius, unterhalten wir beide uns mal über Straßenkreuzungen und Windschutzscheiben.«

Natürlich war Castella inzwischen über die Vorfälle am Morgen informiert worden. Die Art, wie ihr Mitarbeiter Kern bei ihrem Telefonat damit umgegangen war, gefiel ihr aber. Auch wenn man es ihr nicht unbedingt ansah, besaß sie doch einen ausgeprägten Sinn für Humor.

»Ich kann es kaum erwarten«, antwortete Kern, bevor er sich wieder an Fuchs wandte. »Essen Sie nur Leberkäs-Semmeln oder darf es auch mal eine original Berliner Currywurst sein?«, fragte er.

Fuchs lachte erneut und strich sich dabei durch ihre langen Haare, die sie zu einem Zopf zusammengebunden hatte.

»Ehrlich gesagt – darauf freue ich mich schon den ganzen Vormittag!«

Gegenüber dem Hauptgebäude des LKA befand sich *Bärbel's Gourmet-Tempel,* eine alte Berliner Imbissbude, an die sich Kern gern zurückzog, wenn ihm die tristen Wände und das kalte Neonlicht seines Büros wieder einmal den Verstand vernebelten. Er hatte Eva Fuchs dorthin geführt, um mit ihr in einer angenehmeren Atmosphäre über den Schläfenmörder sprechen zu können. Die selbst gebastelten Schilder mit den grotesken Rechtschreibfehlern hatten ihn schon oft amüsiert, und er freute sich jedes Mal, wenn er einem Gast dieses urige Kleinod Berliner Gemütlichkeit vorstellen konnte.

»Was möchten Sie?«, fragte er.

»Dasselbe, was Sie nehmen«, antwortete Fuchs.

Kern bestellte zwei Currywürste mit Pommes frites. Dann ging er zu dem kleinen Stehtisch hinüber, an dem Fuchs gerade damit beschäftigt war, die Spuren von Ketchup abzuwischen, die einer der vorherigen Gäste hinterlassen hatte.

»Also, was wissen wir über ihn?«, begann er.

»Weniger, als uns lieb ist. Nach seinem ersten Mord sind wir noch davon ausgegangen, dass er aus der Stadt kommt, in der es passiert ist. Viechtach hat gerade mal neuntausend Einwohner. Da haben wir dann natürlich das ganz große Besteck aufgefahren. Im Umfeld des Opfers ermittelt, Vorbestrafte überprüft, das volle Programm halt. Nichts. Sogar einen Massen-DNA-Test haben wir gemacht.«

Kern horchte auf.

»Wir haben seine DNA?«

»Na ja, die Kollegen haben an der Leiche ein paar Haare gefunden. Aber ob die wirklich vom Täter sind, wissen wir natürlich erst ...«

»... wenn wir ihn haben. Klar.«

»Leider haben sich bei keiner der weiteren Leichen irgendwelche DNA-Spuren mehr gefunden. Er hat offenbar dazugelernt.«

Die beiden wurden von einem markerschütternden Ruf unterbrochen.

»Zweimal Curry-Pommes zu verjeben!«, schrie Bärbel, die korpulente Betreiberin des Imbisses. »Wer will nochma, wer hat noch nich? Aber Vorsicht, heiß und fettig!«

Eva Fuchs strahlte über das ganze Gesicht.

»Herzlich willkommen in der Hauptstadt«, kommentierte Kern die Situation.

Dann lief er zum Tresen und nahm die beiden Pappteller in Empfang.

»Wie ging's weiter?«, kam er zum Thema zurück, nachdem sie den ersten Bissen gegessen hatten.

»Wir haben ein Profil von ihm erstellt. Er ist Linkshänder; die Wunden sind immer an der rechten Schläfe. Seine Körpergröße haben wir anhand der Schlagwinkel herauszufinden versucht. Aber die waren extrem unterschiedlich. Die meisten Opfer müssen gesessen haben. Wir können aber sagen, dass er zwischen eins siebzig und eins achtzig groß sein muss.«

Kern zog sein Notizbuch hervor und wollte sich die Informationen aufschreiben.

»Brauchen Sie einen Schreiber?«, fragte Fuchs, die bemerkte, dass Kern nach einem Stift suchte.

»Wenn Sie einen haben. Meiner liegt in der Gerichtsmedizin.«

Fuchs setzte ein ernstes Gesicht auf.

»Der Arme«, sagte sie dann. »Ist ihm was zugestoßen?«

Wieder schmunzelten beide.

Fuchs reichte Kern einen Kugelschreiber und fuhr fort: »Dann haben wir sein Opferprofil analysiert. Alle Frauen stammten aus einer höheren Bildungsschicht. Und attraktiv waren sie auch. Wir nehmen also an, dass er gut aussieht und intelligent ist.«

»Wie alt?«

»Heute etwa vierzig. Das ergibt sich aus dem jeweiligen Altersdurchschnitt seiner Opfer im Laufe der Jahre. Und dann haben wir noch ein paar Phantombilder. Aber freuen Sie sich nicht zu früh.«

Fuchs öffnete ihre Tasche und zog einige Fotokopien heraus. Kern sah sich die Bilder aufmerksam an.

»Der sieht ja auf jedem anders aus«, stellte er schließlich fest.

»Es gab ein paar Zeugen, die gesehen haben wollen, wie die Opfer mit einem unbekannten Mann zusammen waren. Aber ob das stimmt und, vor allem, ob es auch unser Mann war – keine Ahnung.«

Kern bemerkte, mit welchem Appetit Fuchs ihre Currywurst aß.

»Sie haben Hunger, was?«, fragte er.

»Ehrlich gesagt ja. Und wenn Sie es nicht weitersagen: Bei uns in Bayern schmeckt die Currywurst nicht so gut.«

»Irgendwas müssen die Preußen ja auch können.«

»Sind Sie gebürtiger Berliner?«

»Nein, ich stamme aus der Gegend um Hannover. Aber ich lebe seit der Fachhochschulzeit hier. Mit Unterbrechungen.«

»Potsdam, ich weiß. Sie haben damals den *Putzteufel* gefasst, nicht wahr?«

Kern war überrascht.

»Sie sind ja gut vorbereitet.«

Der Fall war der Grund dafür gewesen, dass Kern drei Jahre zuvor aus Brandenburg nach Berlin gekommen war. Damals hatte ein mysteriöser Serienmörder, den sie nur den Putzteufel genannt hatten, die Kollegen in der Hauptstadt monatelang in Atem gehalten. Selbst Kern, der als ebenso unkonventioneller wie unerbittlicher Ermittler galt, hatte lange keine Spur des Mannes gefunden, der seine Opfer an perfekt gereinigten Tatorten zurückgelassen hatte. Erst, als er selbst schon kaum noch daran geglaubt hatte, war es ihm schließlich doch noch gelungen, ihn zu fassen. Aber die Ereignisse bei der Festnahme hätten Kern und seinen Kollegen Dennis fast das Leben gekostet.

Während sich Kern und Fuchs miteinander unterhielten, gesellte sich ein kleiner Hund zu ihnen, der Fuchs eifrig am Schuh schnupperte.

»Harras, komm bei Mutti bei!«, herrschte ihn daraufhin eine skurrile Frau an, die ihr grün kariertes Kleid offenbar bereits seit den Siebzigerjahren trug. Der Hund folgte dem Ruf seines Frauchens und lief wieder zu dem Stehtisch zurück, an dem sie eine Bulette mit Kartoffelsalat aß.

»Da muss man nicht besonders gut vorbereitet sein«, kam Fuchs auf den Putzteufel zurück. »Die Sache ist damals ja wohl keinem entgangen. Das war aber nicht der Einzige, den Sie geschnappt haben, oder?«, deutete Fuchs mit einem unmissverständlichen Unterton an.

Kern wusste sofort, worauf sie hinauswollte. Doch über *diesen* Fall hatte er seit Jahren nicht gesprochen. Und er hatte auch kein Interesse daran, das zu ändern. Der Mann, den sie meinte, hatte nicht nur beinahe Kerns Ehe zerstört. Auch seine Karriere wäre an dem schweren Misserfolg fast zerbrochen, den er am Ende zu verkraften hatte. Kern lenkte das Gespräch daher sofort wieder auf den Schläfenmörder.

»Was ist mit den Städten, in denen er tötet? Ergeben die ein Muster?«

Fuchs registrierte Kerns Reaktion und kam ebenfalls zum Thema zurück.

»Ich wüsste jedenfalls nicht, welches. Vielleicht ist er beruflich viel unterwegs. Oder er wirft Pfeile auf die Landkarte. Da ist absolut kein System zu erkennen. Wir haben Messen und Kongresse überprüft, aber das hat nichts gebracht.«

»Kreditkarten?«

»Das war eine Heidenarbeit. Wir haben Tausende von Daten überprüft. Aber es gab keine Karte, die in allen Städten zu den Zeiten der Morde eingesetzt wurde.«

»Viel ist das ja nicht«, fasste Kern zusammen.

»Was er tut, erzählt uns von seinen Bedürfnissen«, holte Fuchs aus. »Und daraus lernen wir seine Persönlichkeit kennen. Er schlägt die Frauen mit einem Hammer nieder. Der Hammer ist ein Symbol von Macht. Bei der ersten war der Schlag tödlich. Das scheint ihn beim Verstümmeln der Frau gestört zu haben. Daraus hat er gelernt und bei den nächsten Malen weniger fest zugeschlagen.«

»Das bedeutet aber, dass er kontrolliert handelt. Sonst könnte er unmöglich die Kraft seines Schlages so präzise steuern«, kombinierte Kern.

»Kontrolliert und professionell. Insgesamt waren nur vier der Frauen tot, bevor er seine Spiele mit ihnen getrieben hat. Und da sind wir beim nächsten Punkt: Warum macht er mit den Frauen immer etwas anderes? Er ersticht sie, ertränkt sie. Eine hat er verbrannt, eine von einem Hausdach geworfen. Ihre hat er durchteilt. Jedes Mal, wenn ein Täter handelt, verändert er damit etwas an seiner Umwelt. Was verändert er durch seine Taten? Und nimmt er trotz seiner immer anderen Methoden vielleicht trotzdem jedes Mal dieselbe Veränderung vor? Was will er uns sagen?«

Kern dachte nach.

»Vielleicht, dass die gewünschte Veränderung durch die Taten eben *nicht* eingetreten ist. Und er es deswegen immer weiter versuchen muss. Die Ideen gehen ihm jedenfalls nicht aus. Er ist kreativ«, antwortete er dann. »Vergewaltigt er sie?«

»Nein, keine einzige.«

»Kreativ, aber impotent. Mord als Sexersatz. Der hört nie damit auf.«

Fuchs nickte zustimmend.

»Die Psychologen vermuten das auch. Er dringt mit allem Möglichen in ihre Körper ein. Nur nicht mit dem *Einen.*«

Plötzlich wurden sie unterbrochen.

»Soll's für die Herrschaften noch wat sein?«, rief die Budenbesitzerin, während sie sich mühsam hinter ihrem Tresen hervorstreckte.

»Vielleicht noch ein Kaffee?«, fragte Fuchs und sah Kern dabei an.

Kern kannte den Imbiss gut. Mit all seinen Stärken und Schwächen.

»Nicht hier«, antwortete er deshalb. »Lieber oben im Büro.«

Fuchs widersprach nicht. Noch nie zuvor hatte jemand den Kaffee eines LKA einem anderen vorgezogen.

»Na, dann los«, nahm sie Kerns Impuls auf. »Genug zu tun haben wir ja.«

Kurz bevor sie aufbrachen, nahm Fuchs das letzte Stück Currywurst auf ihre Plastikgabel und hielt es dem Hund am Nebentisch hin.

»Darf er?«, fragte sie dabei seine Besitzerin.

»Dit müssen Se ihn selber fragen, der redet nich mit mir«, antwortete die Frau, bevor Harras sich die Wurst schnappte und genüsslich verschlang.

# 5

Früher war der Kurfürstendamm das kulturelle Zentrum Berlins gewesen. Theater, Kinos, Diskotheken und Nachtklubs füllten dort die Metropole mit Leben. Später, nach dem Fall der Mauer, hatte sich das Zentrum des vereinten Berlins verschoben. Eine neue Kultur hatte sich im früheren Ostteil gebildet. So hatte der Kurfürstendamm sein Monopol verloren, seine kulturellen Angebote wurden weniger.

Das *Mes Amis* lag etwas abseits vom Ku'damm, wie die Berliner ihn liebevoll nennen, in einer Seitenstraße. Ein kleines Varieté, wie es hier nur noch wenige gab. Kritiker hätten es zweifellos als baufällig bezeichnet. Die wenigen, denen es am Herzen lag, sprachen dagegen von *Flair.* Das Varieté war zu einer Zeit erbaut worden, als Theater noch etwas Mystisches an sich hatten. Bedeutende Künstler ihrer Zeit hatten sich dort damals die Klinke in die Hände gegeben. Der große rote Samtvorhang hatte die Bühne vor jeder Vorstellung wie ein Geschenk verhüllt und die Spannung der Zuschauer in die Höhe getrieben. Dem Publikum war der Atem stehen geblieben, wenn dann die großen Magier Menschen und Tiere vor ihren Augen hatten verschwinden lassen. Musiker, Artisten und Clowns hatten die Zuschauer immer wieder zu Begeisterungsstürmen hingerissen und sie oft noch Jahre später davon erzählen lassen.

Jetzt war nicht mehr viel vom Glanz dieser goldenen Ära übrig geblieben. Seit Langem hatte kein bedeutender Künstler mehr auf der Bühne des Theaters gestanden. Nur die alten vergilbten Plakate an den Wänden erinnerten noch an sie. Die Luft roch längst schon nicht mehr nach dem mondänen Flair der sorgenfreien Nachkriegsjahre. Sie war jetzt muffig, die Stühle abgenutzt, der Samtvorhang verstaubt. Überall knarrten Dielen und Gebälk; es war fast schon ein bisschen unheimlich.

Doch so grotesk die Fratzen der Clowns auf den alten Plakaten ihre Betrachter auch angrinsten, so furchteinflößend einen die längst verstorbenen Magier und Hypnotiseure auch von den Wänden anstarrten – irgendwie schien der Geist dieser Vergessenen noch immer in den Mauern zu wohnen und über jeden, der sich hierherbegab, auf eine seltsame Weise zu wachen.

»Ihr glaubt, dieser Abend war schlimm? Dann erzähle ich euch jetzt mal die Geschichte von einem *wirklich* schlimmen Abend«, sagte *Madame* und schmunzelte voller Vorfreude auf ihre eigene Geschichte.

Madame war die Besitzerin des *Mes Amis*. Eine alte, dicke Tunte. Nicht, dass der Ausdruck despektierlich gemeint wäre – sie selber bezeichnete sich so. Sie verstand sich nicht als *Paradiesvogel, Travestiekünstler* oder *Damenimitator*, wie es damals, als sie noch jung war, geheißen hatte. Sie wollte so bezeichnet werden, wie sie selbst sich sah: als alte, dicke Tunte.

»Ich war damals jung, auch wenn ihr euch das wahrscheinlich nicht vorstellen könnt«, begann sie in ihrem prunkvollen Bühnenkleid zu erzählen. Die männlichen Züge ihres Gesichts waren unter einer dicken Schminkschicht verborgen.

Die anderen Künstler lächelten. An diesem Abend hatte das neue Programm des Varietés Premiere gehabt. Wie üblich war der Saal nicht einmal zur Hälfte gefüllt gewesen. Ein Publikumsmagnet war das *Mes Amis* wahrhaftig nicht, denn die Show war trotz stolzer Eintritts- und Getränkepreise nicht einmal zweitklassig. Genau so wie Madame, die als Conférencière durch das Programm führte. Eine gewisse Peinlichkeit hatte über dem Abend geschwebt, und der Applaus war mehr als verhalten ausgefallen.

Jetzt, nachdem der Vorhang gefallen und die Zuschauer gegangen waren, saßen die Künstler mit Madame im Foyer des Theaters und lauschten bei einer Flasche Wein ihrer Geschichte.

»Ich kann euch sagen, diesen Abend werde ich nie vergessen. Ich hatte noch nicht sehr viel Erfahrung damals. Aber ich hatte mir für meine Nummer etwas ganz Besonderes ausgedacht. Ein Freund von mir hatte einen kleinen Hof mit Hühnern. Und ein Stinktier hatte er auch. Na ja, ich habe mir natürlich gedacht, das gäbe doch eine witzige Nummer. Ich wollte das Mädchen vom Lande spielen, das seine Hühner füttert und am Ende einen verwunschenen Prinzen in Gestalt eines Stinktiers erlöst.«

Schon jetzt schmunzelten die Kollegen. Sie konnten sich ungefähr vorstellen, worauf das Ganze hinausgelaufen war.

»Leider habe ich nicht daran gedacht, dass die Tiere nicht an klatschendes Publikum gewöhnt waren. Als ich den Korb mit den Hühnern hinter der Bühne aufgemacht habe, sind die Viecher sofort rausgeflattert und direkt auf die Bühne. Und das, während diese bezaubernde Kontorsionistin ihre Schlangenfrau-Nummer gezeigt hat. Was hätte ich machen sollen?«

»Sie sind doch wohl nicht etwa hinterhergelaufen?«, fragte Daphne, die Thereminspielerin.

Daphne war die Älteste im Ensemble. Das Theremin, das neben ihr nur eine Handvoll Menschen wirklich zu spielen verstanden, war seit vielen Jahrzehnten ihre große Liebe. Das Spiel auf dem elektronischen Instrument, das ein russischer Physiker erfunden hatte, erforderte jahrelange Übung. Ohne es zu berühren steuerte Daphne dabei mit ihren Händen und Körperbewegungen Lautstärke und Tonhöhe des Instruments und erzeugte dadurch Klänge, die wunderschön waren. Vorausgesetzt, man verstand sich auf die Kunst, sie ihm zu entlocken.

Trotz ihrer seltenen Begabung hatte Daphne es nie zu einer echten Karriere gebracht. Aber sie verhielt sich dennoch stets so, als läge ein Leben auf den größten Bühnen der Welt hinter ihr. Sie war vornehm reserviert und sprach ihre Kollegen mit »Sie« an, was in Künstlerkreisen sehr unüblich war. Daphne gab sich wie eine wahre Diva. Hätte sie dabei nicht so viel Haltung besessen, wäre es wohl morbide erschienen.

»Und ob ich hinterher bin!«, antwortete Madame. »Ich also in meinem Fummel raus auf die Bühne und den Hühnern nachgejagt. Das Publikum hat sich kaputtgelacht. Die dachten, das gehört zur Show. Und weil der Inspizient mitgedacht hat, hat er schnell den Korb mit dem Stinktier auf die Bühne gebracht. Ich dachte, wenn ich das raushole, dann rette ich die Nummer wenigstens noch mit einem Lacher. Die Artistin war sowieso schon stinksauer, aber die hat ihre Nummer todernst weiter durchgezogen. Und dabei immer die Hühner um sie rum! Und wer war der Einzige, der absolut nicht auf die Bühne wollte? Das blöde Stinktier! Es hat sich mit seinen Krallen in dem Korb festgeklammert. Ich musste auf die Knie und mit aller Kraft versuchen, das Vieh da rauszuzerren, während die ganze Zeit die Hühner über die Bühne geflattert sind. Aber das Beste kommt noch!«

Madame nahm noch einen Schluck Wein, bevor sie zum Finale ihrer Anekdote kam.

»Genau in dem Moment, als ich das Stinktier endlich hatte, ist mir das Kleid am Hintern aufgerissen – den ich dabei dem gesamten Publikum entgegengestreckt hab!«

Sie lehnte sich zurück und sah in die Runde.

»Und ihr denkt, wir hatten *heute* einen schlimmen Abend?«

Alle lachten, auch wenn sie sich denken konnten, dass Madame der Geschichte im Laufe der Jahre vermutlich einige Details hinzugefügt hatte.

Es waren nur vier Künstler, die sie engagiert hatte. Die Einnahmen des Varietés waren schon lange mehr als dürftig. Deshalb waren auch die Gagen niedrig.

»Ich hatte auch mal so einen Abend«, sagte jetzt Fredo, der Messerwerfer.

Er stammte ursprünglich aus Rumänien, sah aber eher wie ein Italiener aus. Er hatte sich deshalb eine Legende geschaffen. Als Kind einer sizilianischen Zirkusfamilie habe er sein Geld früher damit verdient zu wetten, dass er eine bestimmte Karte aus einem Spiel mit dem Messer treffen könne, wenn man das ganze Deck vor ihm in die Luft warf. Der alt gewordene Fredo war schon lange in keinem großen Varieté mehr aufgetreten. Messerwerfer waren längst aus der Mode gekommen. Nur noch die Furchen in seinem Gesicht deuteten darauf hin, dass er in seinem Leben weit bessere Tage gesehen haben musste.

»Das ist meine beste Nummer; ihr habt sie vorhin gesehen«, begann er mit leuchtenden Augen zu erzählen. »Ich stelle eine Dame aus dem Publikum an die Wand und verbinde ihr die Augen. Dann werfe ich mit zehn Messern auf sie, immer haarscharf vorbei. Normalerweise traut sich da nicht mal jemand zu atmen.«

»Mich hätte vorhin fast der Schlag getroffen, Darling«, warf Madame ein. »Ich glaube, du bist verrückt. Mit dem Messer auf mein Publikum werfen. Ich hoffe, du weißt, was du tust.«

Fredo winkte ab.

»In vierzig Jahren habe ich niemals einen Menschen verletzt«, entgegnete er und streichelte dabei die Tasche, in der sich seine Wurfmesser befanden. Fredo gab seine Messer niemals aus der Hand; er trug sie stets bei sich. »Aber an diesem Abend war alles anders als sonst. Sie hatten keine Angst um die Zuschauerin, sie haben gelacht! Und je mehr sie gelacht haben, umso ernster habe ich geguckt. Und darüber haben sie noch mehr gelacht. Ich war total verunsichert. Und die Frau an der Wand konnte ja nichts sehen. Sie hat nur das Lachen gehört und gedacht, ich mache irgendeinen Blödsinn mit ihr. Normalerweise hat der Zuschauer, auf den ich werfe, so eine Angst, dass er stocksteif dasteht. Aber in dieser Situation hat sie mich nicht mehr ernst genommen und sich dauernd bewegt. Also musste ich weit neben sie werfen; das sah wie bei einem Anfänger aus. Und die Zuschauer haben immer lauter gelacht.«

»War deine Hose offen?«, fragte Jannis, der Artist.

Jannis war der einzige im Ensemble, der keine gescheiterte Karriere hinter sich hatte. Er war jung, sportlich und frisch von der Berliner Artistenschule. Seine Agentur setzte große Stücke auf den ehrgeizigen Nachwuchskünstler. Das Engagement im *Mes Amis* bedeutete für ihn keinen Abstieg: Es war ein erster kleiner Schritt auf seinem Weg nach oben.

»Schlimmer«, antwortete Fredo. »Irgendeiner Tänzerin ist bei der Nummer vor mir die Perücke runtergefallen. Jetzt hatte das Publikum die ganze Zeit auf diese blöde Perücke gestarrt. Und was mache ich? Drauftreten! Und das verdammte Ding verhakt sich natürlich an meinem Schuh.«

»Du hast die ganze Nummer über eine Perücke hinter dir hergezogen?«, fragte Madame.

»Und es nicht gemerkt«, antwortete Fredo. »Ganz schön peinlich ...«

Die Künstler hatten jetzt sehr viel mehr Spaß als während ihrer Show.

Nur einer von ihnen saß still mit einem Glas Wasser in der Ecke. Er hatte schon den ganzen Abend über nicht viel gesagt.

»Und was ist mit dir, Rufus?«, versuchte Fredo ihn ins Gespräch zu integrieren. »Was war dein schlimmster Auftritt?«

Rufus hatte befürchtet, dass sie ihn das fragen würden.

Er war Zauberkünstler, ein nach außen ruhiger, intelligenter Mann. Seine Körperhaltung ließ kaum erkennen, dass er unter ständigen Rückenschmerzen litt, und seinem Gesicht war nicht anzusehen, was er in seinem Leben alles hatte durchleiden müssen. Madame kannte Rufus seit vielen Jahren, auch wenn sie einander selten begegnet waren. Sie hatte ihn oft ins *Mes Amis* eingeladen, doch erst jetzt hatte es endlich mit dem Engagement geklappt.

»Na, komm schon. Du hast doch bestimmt ein paar Dinger erlebt, oder?«, hakte Jannis nach. »Was war das schlimmste?«

»Das schlimmste?«, wiederholte Rufus zögerlich.

Sein Puls beschleunigte sich, während die scheinbar harmlose Frage schreckliche Erinnerungen in ihm weckte. Was sollte er ihnen erzählen? Belanglose Anekdoten von heruntergefallenen Eiern oder neugierigen Zuschauern, die seine Tricks entlarvt hatten? Kindheitsgeschichten von zerplatzten Luftballons oder misslungenen Vorhersagen?

»Ich weiß nicht«, versuchte er sich schließlich herauszureden. »So wirklich schlimm war bisher eigentlich nichts.«

Die Kollegen waren sichtlich unzufrieden mit dieser Antwort.

»Na, komm schon«, hakte Madame mit einem Zwinkern nach.

Es half alles nichts. Um der für ihn äußerst unangenehmen Situation zu entkommen, begann Rufus, eine kleine, heitere Anekdote zu erzählen, die seine Kollegen zufriedenstellen sollte.

Er konnte unmöglich von seinem wirklich schlimmsten Auftritt erzählen. Die trostlose Abscheulichkeit dieser Erinnerung war zu gewaltig, die Vorstellung zu furchtbar. Das Bild seiner zerrissenen Seele, das sie in ihrer Grausamkeit zeichnete, war zu abstoßend. Sie hätten es nicht verstanden.

Sie hätten *ihn* nicht verstanden.

# 6

Der Hammer lag gut in der Hand, schwer und ausgewogen. Es war ein angenehmes Gefühl, ihn zu halten. Fast genau so, als ob man eine durchgeladene Pistole auf sein Ziel richtete.

Kerns Puls beschleunigte sich, als er ausholte und zuschlug.

Julius Kern stützte seine Untersuchungen nicht gern allein auf das, was in den Fallakten nachzulesen war. Akten waren geordnet, systematisch und chronologisch. Sie bildeten Vorgänge linear ab. Sie rückten die Dinge, die geschehen waren, in Zusammenhänge und beleuchteten ihre Hintergründe. Nicht, dass daran etwas auszusetzen gewesen wäre. Die Kriminalistik war eine präzise Lehre, die gerade im Bereich der Kapitalverbrechen zu besonders hohen Aufklärungsraten führte. Trotzdem war das, was einen Serienmörder antrieb, in den seltensten Fällen klar, strukturiert und geordnet. Kern war der festen Überzeugung, dass man diese Menschen nicht fassen konnte, indem man nur analysierte, was sie getan hatten.

Er wollte es *erleben.*

Der Schlag mit dem schweren Hammer hatte die Melone zerschmettert.

*Aber das ist dir nur bei der Ersten passiert. Es hat dir die ganze Freude verdorben. Du hast sofort beschlossen, es wieder zu tun, aber beim nächsten Mal besser.*

Nachdem er sich mit Eva Fuchs intensiv in den Schläfenmörder-Fall eingearbeitet hatte, war Kern in einen nahegelegenen Supermarkt gefahren, um einige Wassermelonen zu kaufen. In seinem Büro hatte er sich dann an einen Versuchsaufbau gemacht, von dem er sich Aufschlüsse über das Wesen des Schläfenmörders erhoffte. Dazu hatte er seinen mit allerlei Unterlagen bedeckten Schreibtisch vollkommen leer geräumt. Sogar seinen Computer und die Telefonanlage hatte er auf den Fußboden in die Ecke unter den Heizkörper gestellt und mit Handtüchern abgedeckt, um sie vor dem Schmutz zu schützen, den er bei seinem Experiment verursachen würde.

Jetzt, ganz allein und nur mit sich und seinen Gedanken beschäftigt, versuchte er, Kontakt zum Schläfenmörder aufzunehmen.

*Du hast dazugelernt und bei den nächsten Malen weniger fest zugeschlagen. Du handelst kontrolliert. Du mordest nicht im Blutrausch; alles ist genau geplant.*

Kaum, dass er das gedacht hatte, schlug Kern wütend auf seine Schreibtischplatte, auf der überall Melonenstücke herumlagen. Ein paar Kerne flogen dabei hoch und beschmutzten sein Hemd. Kern war sauer auf sich selbst, denn er hatte sich dabei ertappt, in Denkmuster zu verfallen, gegen die er eigentlich ankämpfen wollte. Hastig stand er auf, um sich am Waschbecken neben der Tür die Melonenspritzer abzuwischen.

»Das ist doch genau die Scheiße, die wir in unseren Teamsitzungen vor uns hinsülzen«, zischte er in den kleinen Spiegel, der über dem Waschbecken hing. »Das ist alles klar und offensichtlich. Was ich rausfinden muss, ist, *warum* du so kontrolliert zuschlagen kannst.«

Entschlossen packte er die größeren Teile der zerschlagenen Melone, schob sie notdürftig beiseite und positionierte eine weitere auf dem Schreibtisch. Dann markierte er mit einem dicken Filzstift die Stelle, an der bei einem Schädel die Schläfe gewesen wäre. Zügig griff er den Hammer und holte aus. Dann zögerte er.

*Es ist erst mein zweiter Schlag. Dein erster hat die Frau getötet, dein zweiter schon nicht mehr. Das war kein Zufall.*

Jetzt erst schlug Kern zu.

Obwohl er versuchte, den Schlag noch kurz vor seinem Ziel abzubremsen, bohrte sich der Hammer so tief in das Fruchtfleisch, dass die Oberfläche der Melone mit einem Knacken aufplatzte und sie in zwei Teile zersprang. Ein Mensch hätte diesen Schlag nicht überlebt.

*Verdammt, das ist schwer. Warum kannst du das so gut?*

Kern krempelte seine Ärmel hoch und wiederholte den Versuch so oft, bis letztlich alle Melonen zerschmettert waren.

Sein Schreibtisch sah danach schlimm aus. Überall lagen Melonenstücke und Kerne. Nicht nur die Schreibtischplatte, auch der Fußboden war klebrig und verschmiert. Kern hatte es kaum ein einziges Mal geschafft, seinen Schlag so zu steuern, dass eine Frau ihn überlebt hätte.

*Ich treffe nicht mal immer die Schläfe; du schon. Das Opfer muss stillhalten, aber du betäubst sie ja nicht. Sie sehen dich dabei an. Warum halten sie still, wenn du mit einem Hammer ausholst?*

Kern sank erschöpft auf seinen Drehstuhl. Er ließ die Eindrücke des Tages noch einmal Revue passieren. Er stellte seine Rückenlehne so ein, dass er sich ganz entspannt zurücklegen konnte. Während er seine Hände in den Nacken legte, dachte er an das, was Fuchs ihm erzählt hatte. Die Berichte waren furchtbar gewesen.

Vor drei Jahren hatte man eines der vier Opfer, das bereits an der Kopfverletzung gestorben war, mit abgeschlagener Hand in einer Abfalltonne hinter einem Wanderzirkus in Saarbrücken gefunden. Die ermittelnden Beamten hatten zunächst angenommen, dass der Schläfenmörder die Frau in die Tonne geworfen hatte, weil er sie tot nur noch als Abfall angesehen hatte. Die Hand, so hatten sie vermutet, habe er entweder als Souvenir behalten oder abgetrennt, weil sich an ihr DNA-Spuren befunden haben konnten.

Kurz darauf hatte ein Mitarbeiter des Zirkus dann aber eine furchtbare Entdeckung gemacht: Teile der Hand fanden sich im Käfig seiner Tiger. Eine der Raubkatzen hatte probiert, ob sie ihm schmeckte, sie dann aber doch nicht vollständig aufgefressen.

*Nur die Hand. Wie hättest du auch die ganze Leiche in den Käfig bekommen sollen?*

Einer anderen Frau hatte der Schläfenmörder rostige Nägel in den Rücken geschlagen. Einen nach dem anderen. Selbst dann noch, als sie längst an ihren inneren Blutungen gestorben war. Die Obduktion hatte ergeben, dass er sich sehr viel Zeit dabei gelassen hatte.

*Das hat dir Spaß gemacht, oder? Hast du versucht, die Nägel mit dem Daumen reinzudrücken? Oder hast du deinen Hammer dafür benutzt?*

So kreativ und grausam der Schläfenmörder in den Jahren vorgegangen war, so gründlich hatte er sich auch offensichtlich auf seine Taten vorbereitet. Natürlich hatte Kern die Idee gehabt, dass die Methoden des Mörders in ihrer Abfolge möglicherweise ein System ergaben, das sich erst von Opfer zu Opfer weiter entschlüsseln ließ. Doch auch die Experten der anderen LKAs hatten diese Idee bereits verfolgt. Ohne jedes verwertbare Ergebnis.

Während Kern sich die Fotos der siebzehn ermordeten Frauen ansah – er hatte die grausigen Bilder in seinem Büro aufgehängt –, musste er plötzlich an eine Collage denken, die er während seiner Schulzeit im Kunstunterricht gesehen hatte. Von Weitem betrachtet zeigte sie das Gesicht einer lachenden Frau. Trat man aber näher an das Bild heran, konnte man erkennen, dass es aus unzähligen einzelnen Fotos zusammengesetzt war. Jedes dieser Bilder zeigte eine vollkommen andere Person, die mit der lachenden Frau nichts zu tun hatte.

*Alle betrachten dein Bild von Weitem. Alle siebzehn Frauen zusammen. Aber was sehe ich, wenn ich ganz nah an das Bild herantrete? – Ich sehe siebzehn einzelne Bilder. Siebzehn Frauen, die nichts miteinander zu tun hatten.«*

Kern wandte sich von den Fotos ab und krempelte die Ärmel seines Hemdes hoch. Er hatte noch einen zweiten Versuchsaufbau vorbereitet.

Der Hausmeister des LKA hatte ihm ein Brett besorgt, das ungefähr die Breite eines weiblichen Beckens hatte. Dieses Brett hatte Kern in einer Werkbank festgeschraubt, um es nun so zu zerteilen, wie der Schläfenmörder es mit seinem Opfer getan hatte. Zug um Zug trieb er das grobzackige Sägeblatt durch das Holz. Schnell bemerkte er Ermüdungserscheinungen im Arm. Seine Handfläche wurde langsam wund, und immer mehr Schweiß tropfte auf das Brett, während sich der Fußboden mit Sägemehl bedeckte.

*Das Brett ist festgeschraubt, und es spritzt kein Blut in mein Gesicht. So ist es einfacher. Du hast für den Körper sicher länger gebraucht als ich für das Holz. Und du musst genauso geschwitzt haben. Warum ist kein Schweiß auf der Leiche? Hast du sie etwa abgedeckt?*

Kern warf die Säge erschöpft zu Boden, nachdem er das Brett endlich durchtrennt hatte. Dann lief er wieder zu der Pinnwand hinüber, an der die Fotos der Opfer hingen. Er sah sich das Bild des Opfers von der Havelchaussee lange an.

*Was gibt sie dir in diesem Zustand, was sie dir lebend nicht geben konnte? Was ist mit dem Blut? Wie riecht es? Und wie sieht die Säge jetzt aus? Hängen Fleischfetzen daran? Was konntest du nicht mit ihr tun, dass du sie so zurichten musstest?*

Kern lehnte sich noch einmal in seinen Schreibtischstuhl. Ohne darüber nachzudenken, griff er ein Stück Melone und biss davon ab. Er war vom Sägen durstig geworden, und das kühle Fruchtfleisch erfrischte ihn. Dann sah er sich noch einmal alles an. Die zerschmetterten Melonen, das Sägemehl, das durchgesägte Brett. Er versuchte sich vorzustellen, das Sägemehl wäre Blut gewesen, die Melonenstücke Fleischfetzen und das Brett die zerteilte Leiche einer jungen Frau, die kurz zuvor noch mit ihm gesprochen hatte.

*Wenn man zu lange in den Abgrund sieht, dann blickt irgendwann der Abgrund in einen hinein.*

Kern ließ die Melone zu Boden fallen, als ihm etwas in den Sinn kam. Er dachte noch einen Augenblick lang über seine Idee nach.

*Wir finden deinen Tatort nicht, weil du ihn immer bei dir hast. Überall.*

Ohne auf die Uhr zu sehen griff er zu seinem Handy und rief Eva Fuchs an. Sie meldete sich bereits nach wenigen Sekunden.

»Kommen Sie doch bitte noch mal zu mir ins Büro«, bat Kern seine neue Kollegin.

»Was ist denn passiert?«, wunderte sie sich.

»Ich habe gerade eine Frau ermordet. Und jetzt muss ich ihre Leiche loswerden.«

# 7

»Er fährt einen Bus oder einen Van. Irgendwas Großes, in das man nicht hineinsehen kann.«

Während Kern und Fuchs sich der Havelchaussee näherten, erklärte er der Fallanalytikerin seine Idee.

»Er kann nicht siebzehn Frauen ermorden, ohne dass wir wenigstens einen Tatort finden. Außer, wenn er es in seinem Haus machen würde. Aber das kann er ja nicht quer durch Deutschland mitnehmen.«

»Ein Fahrzeug schon. Da ist was dran«, stimmte Fuchs zu.

»Er fährt in seinem Tatort herum.«

Sie erreichten die Zufahrt zur Havelchaussee, die in Berlin-Zehlendorf kurz hinter dem Strandbad Wannsee lag. Kern hielt den Wagen an und wandte sich Fuchs zu.

»Sie haben etwas mit ihm gemeinsam; darum brauche ich Sie hier«, erklärte er.

»Was für ein bezauberndes Kompliment«, scherzte Fuchs.

»Sie kennen sich nicht in Berlin aus. Genau wie er. Ich mache jetzt, was er gemacht hat: Ich fahre die Chaussee entlang und suche mir eine Stelle aus, an der ich eine geteilte Leiche ins Wasser werfen würde.«

Fuchs hatte bereits von mehreren Kollegen gehört, dass es zu Kerns Ermittlungsmethoden gehörte, das Denken von Mördern nachzuvollziehen. Sie war neugierig, was ihr Kollege vorhatte, und freute sich darauf, ihn bei seiner Arbeit zu unterstützen.

»Also dann, pack mer's«, erwiderte sie und lehnte sich zurück.

Kern wurde jetzt ganz still. Seine Augenschlitze wurden schmaler, als er bedächtig aufs Gas trat und schließlich langsam in die Havelchaussee einfuhr.

»Wir hatten eine Radarfalle an der Strecke; er ist aber nicht geblitzt worden. Er ist also dreißig gefahren, die ganze Strecke über. Er hatte viel Zeit. *Ich* hatte viel Zeit.«

Von jetzt an war es nicht mehr Kern, der den Wagen fuhr. Er versuchte jetzt, sich zu fühlen, als sei er selbst der Schläfenmörder.

»Ich kann nirgendwo halten; die ganze Strecke ist voll mit Barrieren. Das habe ich nicht gewusst, sonst wäre ich nicht bis hier rausgefahren. Ich dachte, es sei ein guter Platz, um eine Leiche loszuwerden. Viel Wald. Und nachts ist es ganz ruhig hier draußen. Das alles wusste ich. Aber nicht, dass ich hier nirgendwo halten kann.«

Fuchs sah auf das Armaturenbrett. Es war in sanftem Orange beleuchtet. Ihr Blick fiel auf das Navigationssystem. Es war ausgeschaltet.

»Ich würde mein Navi benutzen. Das führt mich direkt zu Wäldern oder Seen in der Umgebung«, sagte sie.

Kern gab ein leises Brummen von sich, das Zustimmung signalisieren sollte.

»Aber es sagt mir eben nicht, ob ich am Straßenrand halten kann«, ergänzte er den Gedanken seiner Kollegin. »Was soll ich machen? Ich hab die Leiche im Wagen. Ich suche weiter ... Irgendwo muss ich doch halten können.«

Kern fuhr immer weiter an der Strecke entlang, bis er schließlich an einen Parkplatz kam, von dem aus man ans Wasser gelangen konnte. Er bog ein. Es war ruhig dort um diese Zeit. Jetzt, kurz vor Beginn des nächtlichen Fahrverbotes, war die Straße kaum noch befahren.

»Ich bin erst mal ausgestiegen und habe mir einen Überblick verschafft.«

»Aber er hat sie hier nicht ins Wasser geworfen«, fügte Fuchs hinzu. »Ich als Ortsfremde würde als Erstes hier halten. Und so würden es alle anderen auch machen. Hier kann er sich doch nicht sicher sein, dass er ungestört ist.«

Kern nickte kurz, öffnete seine Tür und stieg dann vorsichtig aus. Er zog seine Taschenlampe hervor und leuchtete den schmalen Weg ab, der ans Wasser führte. Er war uneben und schlecht einsehbar. Dennoch verfolgte er ihn bis ans Ufer der Havel, dicht von Fuchs gefolgt. Der Himmel war klar, und der Mond spiegelte sich auf den schwachen Wellen.

»So geht das nicht«, überlegte er, als er auf den Fluss hinaussah. »Wenn ich meine Säcke einfach ins Wasser lege, werden sie sofort wieder zurück ans Ufer geschwemmt.«

»Die wären nie rausgetrieben«, stimmte Fuchs zu. »Besser wäre es, sie direkt vom Wasser aus loszuwerden. Aber wo soll er um diese Zeit ein Boot herbekommen? Mit zwei Leichensäcken im Gepäck?«

Kern schnalzte mit der Zunge.

»So hast du es also angestellt. Du bist mit den Leichensäcken rausgeschwommen«, sagte er mit einem zufriedenen Lächeln auf den Lippen. »Du bist also ein guter Schwimmer.«

Fuchs warf Kern einen anerkennenden Blick zu.

»So einfach ... Und jetzt?«

»Jetzt suchen wir eine Stelle am Ufer, die er zwar mit den Leichensäcken erreichen konnte, an der er sich aber trotzdem sicher war, dass ihn niemand überraschen würde. Und an der er mit einem großen Wagen halten konnte. Und wenn wir dann noch die Strömung einrechnen, bleiben nicht mehr viele Möglichkeiten. Und dann suchen wir nach seinen Spuren. Jeder Mörder macht einen Fehler, wir müssen ihn nur finden.«

Fuchs schüttelte ungläubig den Kopf.

»Das würde ich auch gern können. Mich in diese Menschen hineinversetzen.«

Kern winkte ab. Dann fasste er Fuchs an die Schulter und sagte:

»Glauben Sie mir: Das möchten Sie nicht.«

# 8

Es war schon spät, als Kern nach Hause kam. Seine Frau Nathalie saß mit einer Zeitschrift in der Hand auf dem Ecksofa vor dem Fernseher, der aber nicht eingeschaltet war.

»Ist dein Handy kaputt?«, begrüßte sie ihn vorwurfsvoll.

Kern ließ erschöpft seine Tasche auf den Boden fallen und zog seine Jacke aus.

»Es gibt Ärger«, antwortete er. »Ein neuer Fall.«

»Nicht so laut! Sophie schläft.«

Sophie, die gemeinsame Tochter der beiden, war zwölf Jahre alt. Nathalie hatte mit ihr eine Zeit lang getrennt von Kern gelebt. Erst nach den Ereignissen vor drei Jahren, als er die Jagd nach dem mysteriösen Putzteufel nur knapp überlebt hatte, waren sie wieder zusammengezogen.

Es war nicht einfach gewesen, das gegenseitige Vertrauen wieder aufzubauen. Aber sie hatten es wirklich gewollt und die Chancen, die sie einander gegeben hatten, genutzt. Die kleine Familie war im Laufe der Zeit wieder zusammengewachsen, und niemand sprach mehr über die Probleme, die zur Trennung geführt hatten. Auch wenn weder Kern noch seine Frau sie vergessen hatten.

»Ich werde in den nächsten Tagen nicht viel Zeit für euch haben«, begann Kern, nachdem er neben seiner Frau Platz genommen und die Füße auf den Couchtisch gelegt hatte.

Nathalie seufzte.

»In den nächsten Tagen? Wann hattest du denn das letzte Mal

Zeit für uns, vor allem für deine Tochter?«, erwiderte sie. »Du willst schon seit zwei Wochen mit ihr in den Zoo gehen, du hast es ihr versprochen. Sie ist total enttäuscht.«

Für einen Augenblick sagte keiner der beiden etwas. Kern hätte geschworen, dass seine Tochter ihm weit wichtiger als seine Arbeit war. Dennoch konnte er einfach nicht anders, als seinem Beruf immer wieder den Vorrang zu geben. Seine Arbeit war für ihn wie eine Sucht, von der er einfach nicht lassen konnte.

»Was ist denn das für ein neuer Fall?«, fragte Nathalie dann.

»Was Großes.«

Kern war klar, dass es am nächsten Tag ohnehin in allen Zeitungen stehen würde. Die Journalisten hatten sich bereits am Mittag scharenweise auf das Ereignis gestürzt. Also wurde er konkreter.

»Ein Serienmörder ist in Berlin. Und es wird höchste Zeit, dass er endlich gestoppt wird.«

Kern kannte den Blick, den seine Frau ihm daraufhin zuwarf. So hatte sie ihn bereits zu ihrer gemeinsamen Schulzeit angesehen, kurz nachdem sie einander kennengelernt hatten und ein Paar geworden waren. Denn selbst wenn Kerns vergangene Dienstjahre ohne spektakuläre Mordserien oder lebensgefährliche Situationen geblieben waren, hatte sie nicht vergessen, dass ihr Mann jeden Tag aufs Neue sein Leben riskierte. Und er hatte für seine Fahndungserfolge schon zu oft einen viel zu hohen Preis zahlen müssen. Insgeheim hatte es ihr nie gefallen, dass er sich für eine Laufbahn bei der Polizei entschieden hatte. Sie kannte ihn aber viel zu gut, um ernsthaft zu glauben, dass sie ihn davon hätte abbringen können. Kerns Sinn für Gerechtigkeit war ebenso ausgeprägt wie sein Einfühlungsvermögen in die Psyche von Verbrechern. Er war, auch wenn sie es nicht gern zugab, der perfekte Polizist.

»Warte kurz«, flüsterte sie, legte ihre Zeitschrift beiseite und stand auf.

Dann ging sie zu Sophies Kinderzimmer und öffnete die Tür einen Spalt breit. Die Wohnung war hellhörig, und das Kind sollte nicht mitbekommen, worüber die beiden sprachen.

Ihre Tochter lag ruhig im Bett und atmete gleichmäßig. Nathalie betrat leise das Zimmer, um die Lampe auszuschalten, die Sophie zum Einschlafen gern brennen ließ. Dann ging sie wieder zu ihrem Mann zurück.

»Ist das dieser Frauenmörder aus den Nachrichten?«, fragte sie leise.

Kern nickte.

»Er hat sechzehn Frauen ermordet?«, fragte Nathalie besorgt.

»Jetzt schon siebzehn. Schatz, du musst mit Sophie reden. Ich kann mich jetzt einfach nicht um sie kümmern.«

»Sie ist in einer schwierigen Phase. Sie fühlt sich von dir im Stich gelassen.«

Kern seufzte. Dann sah er in die Richtung von Sophies Kinderzimmer und nickte.

»Vielleicht komme ich die Woche noch dazu, was mit ihr zu machen. Aber der Fall hat jetzt Vorrang. Diese tote Frau heute, das war auch die Tochter von jemandem.«

Nathalie ging es nahe, wenn ihr Mann so sprach. Sie wusste, wie viel ihm seine Arbeit bedeutete. Und in solchen Momenten erkannte sie, was es wirklich war, das ihn antrieb. Zumindest hoffte sie es.

»Ich habe ein schlechtes Gefühl bei der Sache«, gab sie zu. »Kannst du dich da nicht raushalten?«

Es war nicht nötig, dass Kern die Frage beantwortete.

»Und wie geht's jetzt weiter?«, fragte Nathalie stattdessen.

»Ich habe ein paar Fußabdrücke gefunden. Vielleicht sind die von ihm. Die Kollegen sichern sie gerade. Und bis morgen werden wir auch wissen, wer das Opfer war. Dann sind wir schlauer.«

Kern sah Nathalie an, dass sie mit ihrer Frage nicht auf den Fall abgezielt hatte. Bevor sie noch etwas sagen konnte, fügte er deshalb hinzu: »Ich spreche noch mal mit Sophie.«

»Mach das bitte. Sie braucht dich! Und bring diesen Fall schnell zu Ende. Ich mache mir Sorgen.«

»Um mich?«

»Um uns.«

Kerns Blick fiel auf ein Foto im Regal, das seine Tochter bei ihrer Einschulung zeigte. Die Kleine verschwand fast völlig hinter der riesigen Schultüte, die sie fest umklammert hatte.

»Niemand kommt jemals wieder zwischen uns. Das verspreche ich«, sagte er und drückte Nathalie einen sanften Kuss auf die Stirn.

Sie hatten beide nicht mitbekommen, dass ihre Tochter wach war und das Gespräch belauscht hatte. Leise flüsterte die Kleine in ihr Kopfkissen:

»Du musst mir gar nichts mehr versprechen.«

# 9

Die Sonderkommission, die Kern leitete, hatte die Identität der toten Frau herausgefunden, kurz bevor er im LKA eingetroffen war. Sie war niemals mit dem Gesetz in Konflikt geraten; deshalb ergab der Vergleich ihrer Fingerabdrücke mit der Datenbank des BKA keinen Treffer. Dafür hatte die frische Tätowierung aber schneller als erwartet zu ihrer Identifizierung geführt. Der Inhaber des Tattoostudios, in dem sich das Opfer die rote Rose mit dem Schriftzug *forever yours* auf das Schulterblatt hatte stechen lassen, konnte sich noch gut an die Frau erinnern.

»Sie hieß Heike Weber, hat in einer Buchhandlung gearbeitet«, sagte Castella und legte Kern die Unterlagen vor. »Ihr Vater wohnt in Ketzin, die Kollegen sind schon bei ihm. Sie selbst hat aber in Berlin gewohnt.«

»Ist schon jemand in der Wohnung?«, wollte Kern wissen.

»Nur die Schutzpolizei ist vor Ort. Reingegangen ist noch keiner. Am besten, Sie fahren gleich los. Und nehmen Sie Frau Fuchs mit.«

»Was ist mit den Fußabdrücken?«, erkundigte sich Kern.

Er war gemeinsam mit Eva Fuchs so lange am Ufer der Havelchaussee entlanggefahren, bis sie schließlich eine Stelle gefunden hatten, von der aus es dem Schläfenmörder möglich gewesen sein konnte, mit den Leichenteilen hinauszuschwimmen, ohne dabei gesehen zu werden. Neben den Fußabdrücken, die sie im feuchten Sand gefunden hatten, verliefen auch Schleifspuren. Vermutlich hatte der Mörder die schweren Säcke streckenweise neben sich hergezogen.

»Das war gute Arbeit, Julius«, antwortete Castella. »Die Kollegen sagen, es ist etwas mit seinem linken Fuß. Er rollt ihn nicht richtig ab. Kann sein, dass der Mann humpelt. Vielleicht ist der Fuß sogar amputiert.«

»Na bitte! Ich setze gleich jemanden dran«, antwortete Kern.

Dann griff er die Unterlagen mit den Informationen, die seine Kollegen in der Kürze der Zeit über das Opfer ermittelt hatten, und wollte das Büro seiner Vorgesetzten verlassen.

»Darf ich Sie noch was fragen?«, rief Castella ihm hinterher.

Kern drehte sich um und sah sie an. Ihr strenger Blick war in einer Weise auf ihn gerichtet, wie er sie zum letzten Mal gesehen hatte, als man ihn wegen des Putzteufels nach Berlin geholt hatte. Castella war damals nicht begeistert davon gewesen, Kern in die Ermittlungen einzubeziehen.

»Der Putzteufel hätte Sie damals fast getötet. Sie hatten seitdem keinen Serienmörder mehr«, begann Castella.

»Worauf wollen Sie hinaus?«, wunderte sich Kern.

»Das wissen Sie genau. Sie sind ein guter Ermittler. Aber Sie neigen dazu, Ihre Arbeit ein bisschen ernster zu nehmen, als ich mir das wünschen würde.«

Kern verstand.

»Er ist keine Mission für mich. Er ist nur mein Job«, antwortete er.

Castella lehnte sich in ihrem Sessel zurück und tippte mit einem Kugelschreiber auf das Glas ihrer Schreibtischplatte.

»Ihr Job *ist* Ihre Mission. Sie wissen das, und ich weiß das«, erwiderte sie mit zweideutigem Unterton und fügte noch hinzu: »Seit sieben Jahren haben wir keine Ahnung, wer er ist. Sieben lange Jahre. Und die Kollegen haben bereits alles getan, was sie konnten. Diese Nummer hier kann schiefgehen. Und ich möchte nicht, dass Sie dann anfangen, wie ein Wilder hinter diesem Gespenst herzujagen. Wir können sie nicht *alle* fassen; damit habe ich gelernt zu leben. Wie ist das mit Ihnen?«

Kern konnte Castella nicht widersprechen. Auch wenn ihm absolut nicht gefiel, was sie sagte. Es war gut möglich, dass der Schläfenmörder längst aus Berlin verschwunden war und Kern ihn möglicherweise niemals finden würde.

»Sieben Jahre«, antwortete er dennoch. »Aber erst seit heute wissen wir, dass er humpelt. Mal sehen, was wir morgen über ihn wissen. Und übermorgen.«

Ohne Castellas Antwort abzuwarten, drehte er sich um und verließ ihr Büro. Erst, als sie wieder allein war, fügte Castella leise hinzu: »Wenn es einer schafft, dann er …«

Heike Weber hatte in Berlin-Friedrichshain gewohnt. Sie lebte allein im vierten Stock eines baufälligen Hauses, an dem offenbar seit Ewigkeiten nichts renoviert worden war.

Außer Eva Fuchs hatte Kern auch seinen Kollegen Dennis Baum zu der Begehung mitgenommen.

»Sie sehen die Opfer nie?«, fragte Kern die neue Kollegin.

»Ich glaube, das würde meinen Blick trüben«, antwortete Fuchs.

Fallanalytiker sind bei Verbrechen nicht direkt in die Ermittlungen eingebunden. Sie nehmen keine Befragungen vor und sehen die Opfer nur in Ausnahmefällen. Die Aufgabe einer Fallanalyse ist die Rekonstruktion des Tatgeschehens. Die Schlüsse, die der Analytiker aus den Spuren und den Erkenntnissen über den Tathergang zieht, sind für die Ermittler dann maßgeblich für die Ausrichtung ihrer Arbeit.

»Ihnen ist klar, was uns da drinnen erwarten könnte?«, fragte Dennis, während er sich daranmachte, die Wohnungstür zu öffnen.

»Er hat noch keine der Frauen in ihrer Wohnung ermordet«, erwiderte Fuchs und fügte hinzu: »Und er ändert garantiert nichts an seiner Vorgehensweise.«

Dennis öffnete.

»Wartet kurz«, sagte Kern und betrat als Erster den Flur.

Er wusste, dass es nach Kupfer riechen würde, wenn in der Wohnung Blut geflossen war. Stattdessen hing ein schwerer Vanillegeruch in der Luft. Heike Weber hatte einen Duftstecker benutzt.

»Er *hat* nichts geändert«, stellte Kern fest, nachdem seine prüfenden Blicke in Bad und Wohnzimmer den ersten Eindruck bestätigt hatten.

Jetzt traten auch Dennis und Fuchs näher. Sie waren äußerst vorsichtig; schließlich würde der Erkennungsdienst gleich eintreffen und mit der Spurensicherung beginnen.

»Ja, diese Frau hat er gemocht. Das kann ich mir vorstellen«, begann Fuchs, nachdem sie sich einen Augenblick lang umgesehen hatte. »Keine, die mit jedem mitgeht. Eine Frau mit Niveau. Sie liest Hemingway, hält Ordnung und stellt Fotos von ihrer Familie auf. Der zuverlässige Typ.«

»Könnte sie mit ihm hier gewesen sein?«, fragte Dennis.

»Nein«, entgegnete Fuchs. »Er ist bei keiner von ihnen zu Hause gewesen.«

»Sonst hätten wir ihn schon«, ergänzte Kern. »Mit was für einem Mann würde so eine Frau wohl mitgehen?«

»Nicht mit einem Aufreißertyp«, antwortete Fuchs. »Etwas älter, seriös, dem Anschein nach harmlos. Wenn er wirklich humpelt, könnte ihr das sogar gefallen haben. Das lässt ihn weniger gefährlich erscheinen und weckt ihre Helferinstinkte.«

Fuchs war, ebenso wie die gesamte Mordkommission, über die aktuellen Ermittlungsergebnisse informiert.

»Er muss gebildet sein«, fügte Dennis hinzu, nachdem er

die zahlreichen Bücher und Bilder des Opfers näher betrachtet hatte.

»Seriös und gebildet. Haben Sie eigentlich ein Alibi, Herr Kern?«, fragte Fuchs mit einem Zwinkern.

Bevor er darauf antworten konnte, fuhr sie fort: »Was ich hier sehe, passt genau zu den bisherigen Opfern. Alles intelligente, attraktive Frauen.«

»Ich wette, er fühlt sich denen unterlegen«, sagte Dennis.

»Ja, das sehe ich auch so. Trotzdem komme ich seit Jahren nicht an ihn ran. Er verrät uns einfach nicht, was ihn wirklich antreibt. Dafür müsste ich seine Tatorte sehen«, antwortete Fuchs.

»Und den Gefallen tut er uns nicht.«

Fuchs seufzte.

»Jede Entscheidung, die er trifft, wird von seinen Bedürfnissen angetrieben. Sicher, das Ergebnis wechselt. Aber nie das Bedürfnis dahinter.«

»Und nur der Tatort zeigt uns ein echtes Bild von dem, der diese Entscheidungen getroffen hat«, ergänzte Dennis.

Kern sah sich inzwischen in der Wohnung um. Sie war überwiegend mit Möbeln aus Massenproduktion eingerichtet, dies aber durchaus mit einigem Sinn für Geschmack. Es lag kaum Staub auf den Oberflächen, und alles war ordentlich in Schränken und Schubladen verstaut. Weber hatte sich möglicherweise auf Besuch vorbereitet. Kern wirkte abwesend, während er sich umsah. Dennis kannte diesen ganz bestimmten Gesichtsausdruck.

»Was ist? Spricht er zu dir?«, fragte er deshalb.

War Kern an Orten, an denen sich Mörder aufgehalten hatten, konnte es passieren, dass sie zu ihm zu sprechen schienen. Kern horchte noch einmal tief in sich hinein.

»Nein«, antwortete er dann ohne einen Hauch von Zweifel in seiner Stimme. »Er hat diesen Raum nie betreten. Wir sollten zu ihrer Arbeitsstelle fahren. Hier kommen wir nicht weiter.«

Die Buchhandlung lag nicht weit von Heike Webers Wohnung entfernt. Es war ein kleiner, gemütlicher Laden, in dem man neben aktuellen Veröffentlichungen auch Raritäten und antiquarische Erstauflagen kaufen konnte. Das Geschäft erinnerte ein wenig an eine Rumpelkammer. In allen Ecken befanden sich Stapel unsortierter Bücher, leere Kartons und Zettel mit Notizen, die sich der Inhaber gemacht hatte. Zudem erfüllte der warme Geruch von Papier den Raum. Arno Brüske, ein älterer Herr mit Vollbart, empfing die Beamten.

»Ist das nicht furchtbar?«, sagte er und schüttelte ungläubig den Kopf. »Vorgestern hat sie noch hier gestanden und sich mit den Kunden unterhalten. Und heute …«

»Wie gut kannten Sie sich denn?«, fragte Kern.

Brüske, der sich für seine Besucher erhoben hatte, nahm wieder Platz und atmete tief durch. Auf seinem Schreibtisch lag eine Zeitung, in der über den furchtbaren Mord an seiner Mitarbeiterin berichtet wurde.

»Drehen wir den Spieß doch mal um«, begann er. »Wenn Sie jetzt und hier die Gelegenheit hätten, einen Freund des Mörders zu sprechen, sagen wir, einen Menschen, den er seit über zwanzig Jahren kennt. Was glauben Sie, würde er Ihnen auf diese Frage antworten? *Wie gut kannten Sie sich?* Hätte er gedacht, dass sein bester Freund wehrlose Frauen mit einem Hammer niederschlägt? Und danach zu einer Säge greift, um sie durch ihren Körper zu treiben? Was, glauben Sie, würde er antworten?«

»Solche Gespräche führe ich oft«, antwortete Kern mit ernstem Ton. »Und dann frage ich mich, was mir mehr Angst machen sollte: zu wissen, wozu Menschen fähig sind, oder die Tatsache, dass so etwas wirklich jeder tun könnte. Selbst der beste Freund.«

»Lupus est homo homini«, antwortete Brüske. »Ein Wolf ist der Mensch dem Menschen.«

In diesem Augenblick trat eine junge Frau durch einen Türvorhang aus Holzkugeln aus dem Hinterzimmer der Buchhandlung hervor.

»Sie wollte eine Freundin treffen«, sagte sie.

»Das ist Sylvia, meine Tochter«, stellte Brüske sie vor.

Die junge Frau war auffallend ruhig. Fuchs erkannte an ihrer Schminke, dass sie kurz zuvor geweint haben musste. Das Schicksal von Heike Weber schien ihr nahegegangen zu sein.

»Wissen Sie auch wen?«, fragte Dennis interessiert und zog sein Notizbuch aus der Tasche.

»Sie hat sie nicht getroffen.«

»Woher wissen Sie das?«

»Weil es diese Freundin nicht gab. Das hat sie immer gesagt. *Ich treffe eine Freundin.* Ich kannte das schon von ihr.«

»Erzählen Sie«, forderte Kern die junge Frau mit einfühlsamer Ruhe auf.

»Na ja, sie hat halt gesucht, was wir alle suchen: den Mann fürs Leben. Ganz schön schwer zu finden.«

Fuchs schmunzelte dezent.

»Da haben Sie recht«, warf sie ein.

Dennis glaubte, dass ihr Blick dabei einen Augenblick lang auf Kern gefallen war.

»Na ja, wie es aussieht, hat sie den Mann fürs Leben nicht gefunden. Nur den fürs Sterben«, sagte Sylvia Brüske und senkte den Blick. »Ich schreibe Ihnen die Bars auf, in die sie immer gegangen ist.«

Damit drehte sie sich um und verließ den Raum so plötzlich

wieder, wie sie hereingekommen war. Ihr Vater zog seine buschigen Augenbrauen hoch.

»Um Ihre Frage noch zu beantworten«, begann er. »Ich kannte sie so gut wie gar nicht. Und das, obwohl sie seit vier Jahren für mich gearbeitet hat. Wissen Sie, die eigentliche Tragödie ist nicht der Tod eines Menschen. Es ist das, was man durch ihn erkennt. Über den Toten, sich selbst und darüber, was man miteinander versäumt hat.«

Dann sah Brüske noch einmal auf die Schlagzeile der Zeitung und fügte hinzu: »So etwas tun nicht mal Wölfe. Bitte sorgen Sie dafür, dass dieser Mensch niemals wieder jemandem so etwas antun kann.«

# 10

Spiegel bewerten nicht. Sie zeigen uns nur, was sie sehen. Sie fügen nichts hinzu und lassen nichts weg. Die Bewertung nimmt derjenige vor, der vor ihm sitzt.

Rufus saß jetzt bereits seit mehr als einer Stunde in seiner Garderobe und starrte in den Spiegel. Seine Rückenschmerzen waren eine Vier, weniger stark als am Tag zuvor. Er pflegte die Schmerzintensität auf einer Skala von eins bis zehn zu bewerten, um sich von Tag zu Tag die Veränderungen bewusst zu machen. Zu dieser Art der Selbstbeobachtung hatte eine Ärztin ihm einmal geraten.

Sein Bühnenanzug war aufwendig geschneidert. Überall im Innern waren kleine Haken und Taschen eingenäht, die er für seine Illusionen benötigte. Der Stoff war weiß und mit Pailletten verziert. Etwas altmodisch für einen Zauberkünstler, aber immerhin nicht so sehr aus der Mode wie Frack und Zylinder. Er atmete konzentriert ein und aus, während er versuchte, seinen Zorn unter Kontrolle zu halten.

Rufus hieß eigentlich Dirk Weihrich, aber so hatte ihn seit Jahren niemand mehr genannt. Als Kind hatte er eine Zeit lang einen Kater gehabt, der ihm zugelaufen war. Ihm hatte er den Namen Rufus gegeben. Seine Großmutter, bei der er seit dem frühen Tod seiner Eltern aufgewachsen war, hatte das Tier zunächst geduldet. Aber der Junge hatte schon bald immer öfter Kratzwunden gehabt, die vom Spielen mit dem Kater herrührten. So hatte Dirks Großmutter irgendwann die Geduld verloren und Rufus ins Tierheim gebracht. Der kleine Dirk hatte deswegen tagelang geweint und gebettelt.

»Deine Eltern sind so früh gestorben; willst du das etwa auch? Weißt du nicht, was diese Viecher für Krankheiten mit sich rumschleppen?!«, hatte sie immer wieder gesagt.

Dirks Großmutter war eine strenge Erzieherin gewesen. Aber wenn er als Kind geglaubt hatte, unter ihrem Regiment leiden zu müssen, so sollte er doch auf furchtbare Weise eines Besseren belehrt werden. Wenn auch erst Jahre später, als ihr Verstand sich langsam auszublenden begann.

Nachdem der Junge damals nicht aufhören wollte, nach seinem Kater zu fragen, war seine Großmutter schließlich mit ihm in ein Spielzeuggeschäft gegangen. Er sollte sich zum Trost etwas aussuchen.

Die Verlockungen lagen in allen Regalen. Die Welt, die ihn beim Betreten des Spielzeuggeschäfts empfangen hatte, war bunt und aufregend. Überall gab es Stofftiere, Hubschrauber und Bälle. Dirks Augen hatten schon lange nicht mehr so gestrahlt wie in dem kleinen Laden, in den seine Großmutter sonst nie mit ihm ging. Aber so aufregend es dort auch war, kein Spielzeug der Welt hätte ihm seinen geliebten Rufus ersetzen können, dachte der Junge. Bis er schließlich vor diesem Regal stand. Von dem, was darin lag, ging eine Faszination, eine Sogwirkung aus, die so stark war, dass er sogar seinen geliebten Kater für einen Augenblick vergaß. Auf andere hätte das Bild von dem Mann mit Frack und Kaninchen sicher albern gewirkt, doch Dirk wusste genau, dass er ihn haben wollte:

»Den Zauberkasten!«

Üblicherweise verlieren Kinder schnell die Lust an einem Zauberkasten – spätestens dann, wenn sie bemerken, dass selbst wenig spektakuläre Effekte Fingerfertigkeiten erfordern, die sie sich in langer, ausdauernder Arbeit antrainieren müssten. Sie suchen sich einfach die Requisiten heraus, die von selbst funktionieren, und führen sie ihren Eltern vor. Egal, ob diese dann Staunen vortäuschen oder den Kindern auf den Kopf zusagen, wie der Trick funktioniert hat – jedenfalls landet der Zauberkasten nach kurzer Zeit im Schrank und verstaubt.

Bei Dirk, der sich inzwischen selbst Rufus nannte, war es anders gewesen. Er hatte fieberhaft ganze Tage in seinem Zimmer damit zugebracht, wieder und wieder Bälle zwischen seinen Fingern hin- und herrollen zu lassen. Er hatte Kartentricks trainiert und geübt, die Finger seiner Hände unabhängig voneinander zu bewegen. Schon sehr bald genügte ihm sein Zauberkasten nicht mehr. Immer neue Bücher über die Kunst der Magie hatte er studiert, und seine Großmutter hatte dieses Hobby unterstützt. Sie war zufrieden, dass ihr Enkel etwas gefunden hatte, das ihn im Haus hielt und zudem ungefährlich war. Rufus verbrachte oft tagelang allein mit seinen Kunststücken. Er hatte alle Zeit der Welt dafür, seine Fertigkeiten zu entwickeln, denn Freunde hatte er keine.

*Porky, Porky, fettes Schwein,*
*scheißt sich in die Hose rein!*

Rufus hatte in einem Zauberladen in seinem Wohnort Kurse besucht, bei denen sein besonderes Talent früh aufgefallen war. So hatte sich bald ein erfahrener Magier, der im Ort sehr angesehen war, des Kindes angenommen und ihm Zauberstunden gegeben. Dieser Magier war es auch gewesen, der den Jungen für die Aufnahmeprüfung des *Magischen Zirkel,* der deutschen Vereinigung von Zauberkünstlern, vorbereitete. Schon im Alter von neun Jahren hatte Rufus sie bestanden und später sogar eine Reihe kleinerer Wettbewerbe gewonnen. Dem hochtalentierten Jungen hätte vielleicht eine erfolgreiche Zukunft auf den Bühnen der Welt offengestanden. Doch nach seinem schrecklichen Unfall im Schwimmbad änderte sich mit einem Mal alles für ihn.

Es sollte danach zwanzig Jahre dauern, bis er wieder auf einer Bühne stehen würde.

An manchen Tagen konnte Rufus sein Spiegelbild besser ertragen als an anderen. Es hatte sich im Laufe seines Lebens so oft verändert, dass er inzwischen jede Fähigkeit verloren hatte, die Realität seiner Reflexion von den Bildern zu unterscheiden, die in seinem Gedächtnis abgespeichert waren. Das hatte ihn immer unfähiger werden lassen, sein Aussehen realistisch einzuschätzen.

Vorbereitet saß er im *Mes Amis* und wartete darauf, dass die Vorstellung beginnen würde. Er mochte die Stille in seiner Garderobe und liebte die alten Plakate an den Wänden. In seinem Keller hatte er damals auch welche gehabt. Das Murmeln des Publikums, das langsam in den Zuschauerraum trat, legte sich wie eine wärmende Decke über sein Gemüt und schien seine Schmerzen zu betäuben, wenn auch nur ein wenig.

Plötzlich zuckte er zusammen. Blitzschnell und ohne erkennbaren Grund waren Erinnerungsfetzen durch seinen Kopf geschossen. Erinnerungen an einen der schrecklichen Momente in seinem Leben. Es gab viele davon. Rufus nannte diese Erinnerungsblitze seine *Dämonen*. Seine Großmutter hatte einmal zu ihm gesagt, dass jeder Mensch welche habe. Sie versteckten sich in unseren Köpfen und warteten nur darauf, uns immer dann heimzusuchen, wenn wir am wenigstens mit ihnen rechneten. Schon Kleinigkeiten wie Worte, Geräusche oder Gegenstände, so hatte sie gesagt, konnten uns mit einem gewaltigen

Stoß in die dunkelsten Tiefen unserer Erinnerungen stoßen und die schlimmsten Gefühle, die wir jemals durchlitten hatten, gebündelt wie einen Stromschlag durch unseren Körper schießen.

Zu dieser Zeit war seine Großmutter noch klar im Kopf gewesen.

Rufus atmete tief durch und suchte einen beliebigen Punkt im Raum, der ihn von seiner furchtbaren Erinnerung ablenken sollte. Die Auswahl war groß, denn die Garderobe war voll von Bildern, alten Lampen und altertümlichen Möbeln. Es gab sogar ein ehrwürdiges, graues Sofa, das aber keiner der Künstler je benutzte, dem diese Garderobe zugeteilt wurde. Es war durchgesessen, die Sprungfedern standen bereits hervor, und es gehörte eigentlich längst auf den Sperrmüll. Während Rufus darüber nachdachte, verschwand der Dämon aus seiner Vergangenheit so schnell wieder, wie er gekommen war. Der Geruch der Bühnenschminke, den Rufus mit jedem Atemzug inhalierte, beruhigte ihn zusätzlich. Er wusste, gleich würde er wieder ein *Magier* sein. Dann konnte er diesen abstoßenden Mann im Spiegel endlich vergessen, wenn auch nur für wenige Minuten. Er nahm noch einen Schluck Wasser, etwas anderes trank er nicht. Dann erhob er sich schließlich, wie immer unter Schmerzen. Er würde gleich nach Daphne auftreten.

Als er langsam in Richtung Bühne humpelte, zuckte er noch einmal kurz zusammen.

*Kleine fette Kinder scheißen kleine fette Würste.*

## 11

Zurück im LKA hatte Kern einiges zu delegieren. Mitglieder seines achtköpfigen Kriminalistenteams wurden in die Bars geschickt, deren Namen Sylvia Brüske ihnen aufgeschrieben hatte. Es schien gut möglich, dass das Opfer ihren Mörder in einer davon getroffen hatte. Außerdem musste ausgeschlossen werden, dass der Mord an der jungen Frau von einem Trittbrettfahrer begangen worden war. Parallel dazu erfolgte die Auswertung der Spuren in der Wohnung, was allerdings wenig vielversprechend schien. Wie Fuchs bereits vermutet hatte, war der Täter wohl nicht dort gewesen.

Die Vermutung, der Schläfenmörder könne eine Gehbehinderung haben, stellte das Ermittlerteam vor besondere Schwierigkeiten. An Patienteninformationen von Kliniken zu gelangen war ausgesprochen schwer und die Erkenntnisse über die Art der Behinderung zu ungenau, um zielgerichtet fahnden zu können. Zudem wussten die Kriminalisten nicht, in welcher Stadt sie ihre Suche beginnen sollten.

»Und, gefällt sie dir?«, fragte Dennis seinen Freund, nachdem sie allein waren.

Sein Büro hatte Kern noch am Abend zuvor von den Überresten seines Melonenexperiments gereinigt; die Putzkolonne hatte zudem dafür gesorgt, dass Schreibtisch und Boden nicht mehr klebten.

»Wer?«, entgegnete Kern.

»Nun tu mal nicht so. Ist doch sexy, unser Bayernmadel.

So was könnten die uns öfter schicken. Und wie die das *R* rollt …«

Kern runzelte die Stirn.

»Ich bezweifle, dass man uns Frau Fuchs als Animationsdame geschickt hat.«

»Hast du nicht gesehen, wie sie dich die ganze Zeit angeguckt hat? Und dieser Spruch, von wegen *den Mann fürs Leben finden ist so schwer* …«

Dennis griff nach seiner Brieftasche, die mit allerlei Mitgliedsausweisen und Visitenkarten vollgestopft war, zog einen Geldschein heraus und legte ihn demonstrativ auf Kerns Schreibtisch.

»Ich setze zehn Euro, dass sie auf dich steht!«

Kern kannte die Offenheit seines Kollegen nur zu gut. Er überlegte, wie er reagieren sollte.

»Selbst wenn«, antwortete er dann knapp mit einem Achselzucken und versuchte sich der Situation zu entziehen, indem er zum Fenster lief und ziellos auf den Tempelhofer Damm hinaussah.

»Ja, Nathalie, ich weiß. Aber darum geht's ja nicht. Die Fuchs steht auf dich, da bin ich mir sicher.«

Kern wandte sich wieder um und griff nach der Liste mit den verschiedenen Aufgaben, die er zu verteilen hatte.

»Kannst du bitte die persönlichen Daten des Opfers mit denen der anderen abgleichen? Vielleicht ergibt sich eine Gemeinsamkeit, die wir bisher übersehen haben«, forderte er Dennis auf.

Dieser strahlte über das ganze Gesicht. Dann machte er eine Bewegung, die er sonst nur einsetzte, wenn er beim Bowling einen *Strike* geworfen hatte.

»Du findest sie also auch gut!«, behauptete er.

»Was sagt eigentlich Suzi dazu, wie du unsere Kolleginnen musterst?«

Dennis klatschte vergnügt in die Hände.

»Du hast was zu verheimlichen!«, sagte er mit einem Lachen.

»Wie kommst du denn darauf?«, fragte Kern jetzt leicht gereizt.

Dennis griff einen Unterlagenstapel, mit dem er sich gleich befassen wollte, lächelte Kern noch einmal an und antwortete: »Weil du vom Thema ablenkst. Verhörpsychologie, erstes Semester.«

Noch bevor sich Kern verteidigen konnte, drehte sich Dennis auf dem Absatz um und verließ das Büro.

Dennis war noch jung, und eigentlich gefiel Kern seine offene, unbekümmerte Art. Aber gerade ihretwegen hatte er den jungen Kollegen in den vergangenen drei Jahren auch immer wieder bremsen müssen. Sie hatte Dennis schon sein halbes Ohr gekostet, und es hatten damals nur wenige Zentimeter zu weit Schlimmerem gefehlt. Aber der Bursche verfügte auch über etwas, das Kern davon überzeugte, dass er ein sehr guter Kriminalist war. Er besaß Einfühlungsvermögen – wenn es ihm auch noch an dem erforderlichen Taktgefühl mangelte, damit umzugehen.

Kerns Telefon klingelte. Der Anruf war intern.

»Könnten Sie vielleicht kurz in den Analyseraum kommen?«, fragte Fuchs am anderen Ende der Leitung. »Ich würde gern etwas mit Ihnen besprechen.«

Kern glaubte hören zu können, dass sie dabei lächelte. Dann sah er Dennis' Geldschein, der noch immer auf seinem Schreibtisch lag. Er griff danach und wollte ihn einstecken, hielt dann aber doch inne.

»In zwei Minuten«, antwortete er und beendete das Gespräch.

Dann legte er den Geldschein wieder zurück.

*Die Wette habe ich noch nicht gewonnen.*

# 12

»Hören Sie auch manchmal diese Stimme, die zu Ihnen sagt: ›Gehe hinaus und suche nach dem Ende des Regenbogens. Vergiss deinen tristen Alltag, und sei es auch nur für einen Augenblick.‹?«

Madame stand hinter dem herabgelassenen Vorhang und sprach zu den Klängen melancholischer Musik in ihr Mikrofon. Die wenigen Zuschauer, die vor dem Vorhang saßen, warteten auf ihren knarrenden Theaterstühlen darauf, dass er sich jeden Augenblick heben und die Show beginnen würde.

»Hören Sie genau hin, und Sie erkennen diese Stimme. Es ist die Stimme eines Kindes. Es ist das Kind in Ihnen selbst. Es will Sie herauslocken aus Ihrem öden Alltagstrott, hinein in eine Welt voll Lachen und Tanzen, Singen und Staunen. Und, was meinen Sie? Wollen Sie diesem Ruf folgen?«

Die Musik setzte aus. Es wurde dunkel im vorher noch leicht beleuchteten Zuschauerraum, und der Vorhang hob sich. Dann erschien der Spot eines Scheinwerfers, der aber nur Madames Silhouette zu erkennen gab. Als es vollkommen still im Theater war, sagte sie: »Dann sind Sie hier genau richtig, meine Freunde. Oder wie wir bei uns sagen: Mes Amis!«

Das war das Stichwort. Das volle Bühnenlicht ging schlagartig an und erhellte den Schauplatz in den buntesten Farben. Jetzt war nichts mehr davon zu erkennen, wie abgenutzt und heruntergekommen das Podium, das zuletzt vor fünfzehn Jahren abgezogen und gestrichen worden war, bei Tage aussah.

Vom Band spielte das Lied des Conférenciers aus dem Musical *Cabarét,* mit dem Madame ihre Shows seit Jahrzehnten eröffnete. Auch wenn diese Eröffnung kaum abgedroschener sein konnte. Der Saal war wieder einmal fast leer, vielleicht vierzig Zuschauer hatten sich an diesem Abend eingefunden. Aber Madame spielte, als sei das Haus ausverkauft. So, wie sie es jeden Abend tat.

Ihr Kleid war aufwendig genäht, aber alt. Es sah aus wie eigentlich das ganze Theater: heruntergekommen und ausgefranst. Das abgetakelte Zeugnis einer Zeit, die längst vergangen war. Auch Madames Achtzigerjahre-Travestie mit den alten, lahmen Witzen und den Nana-Mouskouri-Imitationen war längst aus der Mode. Doch sie sang und tanzte gegen die Realität an, als könne sie die vergangenen Zeiten dadurch zurückholen. Ihr Mikrofon rauschte und verursachte Rückkopplungen. Ein überforderter Student bediente die veraltete Technikanlage gegen Freigetränke und ein paar Euro Taschengeld. Die Zuschauer stammten allesamt aus verschiedenen Teilen des Landes. Ein paar von ihnen kamen sogar aus dem Ausland und verstanden kein einziges Wort, das auf der Bühne gesprochen wurde. Auch daran hatte sich Madame längst gewöhnt. Wie immer fragte sie sich, was das Publikum wohl in ihr Theater gelockt hatte, denn Werbung konnte sie sich schon lange nicht mehr leisten. Vermutlich waren sie während eines Ku'damm-Bummels zufällig auf das Varieté gestoßen.

Hinter dem Vorhang spielten sich andere Dinge ab. Daphne, obwohl als Erste im Programm vorgesehen, saß noch immer in ihrer kleinen Garderobe und konzentrierte sich auf ihre bevorstehende Darbietung. Die anderen Künstler hielten sich direkt hinter dem Vorhang im Backstage-Bereich auf. Die Flure und Durchgänge hinter der Bühne waren mit allerlei verstaubten Requisiten zugestellt, die seit Jahren niemand mehr benutzt hatte. Der abgenutzte Boden war mit unzähligen Streifen Klebeband bedeckt, die irgendwann als Markierungen gedient hatten und danach nie mehr entfernt worden waren.

»Und, wie viele?«, fragte Jannis, während er sich auf einer dünnen Matte dehnte, um seinen Körper aufzuwärmen.

»Höchstens fünfzig«, antwortete Fredo, der durch ein Loch im Vorhang in den Zuschauerraum gesehen hatte.

»Kein Wunder«, erwiderte Jannis und glitt dabei scheinbar spielend in den Spagat. »Bei *der* Eröffnung.«

»Ach, Junge«, entgegnete Fredo mit sanftem Tonfall. »So hat Madame ihre Shows schon eröffnet, da warst du noch nicht mal auf der Welt.«

Der junge Artist rollte sich aus dem Spagat nach vorn ab und wechselte mit katzenhafter Geschicklichkeit in einen Handstand. Sein Körper war durch die Jahre harten Trainings an der Artistenschule bis in den kleinsten Muskel ausdefiniert.

»Eben«, gab er kopfüber zur Antwort.

»Wie alt bist du? Neunzehn?«, mischte sich Rufus etwas zu ruppig in das Gespräch ein. »Wenn du dich so gut im Varieté auskennst, mach doch selber eins auf.«

Sein Gegenüber aufgrund seines Alters zu disqualifizieren war eigentlich nicht die Diskussionskultur, die Rufus schätzte. Es war nur so, dass er Jannis gegenüber ein seltsames Unbehagen verspürte. Schließlich war der junge, attraktive Artist das genaue Gegenteil von dem, was er selber in dessen Alter gewesen war.

*Was war dein schlimmster Auftritt?*

Jannis zog es vor, nicht auf Rufus' Bemerkung zu reagieren. Stattdessen setzte er seine Dehnübungen fort, indem er sich seine Beine um den Hals legte. Auch Fredo mischte sich nicht ein, um keinen Streit zu provozieren. Er griff seine Wurfmesser und wiegte sie in den Händen, um ein Gefühl für sie zu entwickeln. So, wie er es seit Ewigkeiten vor jedem seiner Auftritte tat.

Rufus wandte sich von den beiden Kollegen ab und trat jetzt hinter das Loch im Vorhang, um sich auf die Zuschauer vorzubereiten, mit denen er es gleich nach Daphne zu tun bekommen würde. Bis auf einige Plätze in den hinteren Reihen konnte man von der Bühne aus alle Sitze sehen und die Gesichter der Zuschauer im Bühnenlicht gut erkennen.

*Kaum einer dabei,* dachte er. *Obwohl ... die blonde Mutti sieht ganz okay aus; wahrscheinlich heißt sie Gisela. Die könnte ich für die Vorhersage nehmen.*

Seine Rückenschmerzen waren jetzt fast ausgeschaltet. Das Adrenalin, das vor jedem Auftritt durch Rufus' Körper schoss, betäubte sie. Schon deswegen liebte er es, auf der Bühne zu stehen.

*Den Alten kann ich nicht nehmen; der versucht mich reinzulegen. Vielleicht der mit dem roten Hemd. Obwohl ... der sieht nicht aus, als ob er Deutsch kann. Dann geht's nicht.*

Während Rufus noch dabei war, die Zuschauer einzuschätzen, ging Madame auf der Bühne dazu über, ihren ersten Künstler anzumoderieren.

»Meine Damen und Herren, es ist mir eine große Ehre, Ihnen nun einen ganz besonderen Gast mit einem ganz besonderen Instrument ankündigen zu dürfen.«

Jannis verdrehte die Augen. Phrasen wie *Meine Damen und Herren* waren ebenso veraltet wie seelenlose Versatzstücke über *große Ehren* und *ganz besondere Gäste.* Besonders dann, wenn es sich weder um einen ganz besonderen Gast noch um eine wirkliche Ehre handelte, ihn zu präsentieren. Immerhin, das Theremin war wirklich ein außergewöhnliches Instrument. Nicht zuletzt deswegen hatte Madame es auch gleich an den Anfang des Programms platziert.

»Wenn die Herren bitte Platz machen würden.«

Rufus und Fredo drehten sich um. Daphne war aus ihrer Garderobe gekommen und stand nun für ihren Auftritt bereit. Da sich das *Mes Amis* keinen Pianisten leisten konnte, würde sie ihre Melodien zu Begleitmusik vom Band spielen müssen. Das war zweifellos unter dem Niveau, das Daphne für sich beanspruchte. Doch sie strahlte trotzdem über das ganze Gesicht, als auf der Bühne ihr Name fiel und das Publikum applaudierte, wenn auch spärlich. Keiner im Saal konnte sich unter dem merkwürdigen Instrument, das Madame für sie in die Mitte der Bühne geschoben hatte, etwas vorstellen. Als Daphne dann schließlich voller Würde hinaustrat, wurde es aber tatsächlich still im Saal. Ihre Ausstrahlung hatte in all den Jahrzehnten nichts von ihrer Wirkung verloren.

»Viel Spaß«, flüsterte Madame den drei Herren hinter dem Vorhang mit ironischem Unterton zu, nachdem sie von der Bühne abgegangen war.

In diesem Moment vernahmen sie die ersten magischen Klänge, die Daphne auf ihrem Instrument erzeugte. Das Publikum war ganz still geworden, als sie *Somewhere over the rainbow* auf ihrem Theremin intonierte. Der singende Klang des Instruments erfüllte den Saal und übte dabei eine Stimmung aus, die auf besondere Weise anrührend und wunderschön war.

»Ihr macht das schon«, ermutigte Madame ihre Künstler.

Dann lief sie eilig in ihre Garderobe, um das Kleid zu wechseln. Madame trat ihrem Publikum an keinem Abend zweimal im selben Kostüm gegenüber.

Rufus trat wieder an den Vorhang und sah durch das Loch darin ein weiteres Mal in die Gesichter der Zuschauer.

*Ich nehme die Gisela,* entschied er dann endgültig. *Das ist garantiert auch eine von denen, die den Hammer behalten.*

# 13

Ein vornehmer, gebildeter Mann saß weit ab vom Geschehen entspannt in seinem Ledersessel, einem edel verarbeiteten Designerstück. Schwarz mit weißen Ziernähten. Er mochte den Duft und das Knirschen des Leders; es beruhigte ihn.

Er hatte sehr viel Zeit, seinen Erinnerungen nachzuhängen, denn arbeiten musste er nicht mehr. Ein Buch, in dem er seine grausame Geschichte erzählt hatte, war um die halbe Welt gegangen und hatte ihm zu einigem Wohlstand verholfen. Spektakulär genug war es auch gewesen. Nicht weniger als fünf sadistische Morde waren darin beschrieben.

Er griff nach seiner Porzellantasse und nahm einen Schluck Rosenblütentee. Die Zeitung, die er dabei im weichen Licht seines Deckenfluters las, entsprach eigentlich nicht seinem Niveau. *Das Fadenkreuz,* ein Revolverblatt voller Sensationsberichte und Fotos spärlich bekleideter Damen, war selbst bei wohlwollender Betrachtung keine anspruchsvolle Lektüre. Aber der Mann verband persönliche Erinnerungen mit diesem Blatt. Erinnerungen an die Zeit, als er selbst regelmäßig dessen Schlagzeilen gefüllt hatte.

Doch das war lange her. Inzwischen genossen andere diese Aufmerksamkeit.

*Deutschlands gefährlichster Serienmörder ist in Berlin!,* war auf der Titelseite zu lesen. Autor des Sensationsberichtes war Jan Bittrich, der für den Bereich *Aktuelles* zuständige Ressortleiter der Zeitung. Der Mann im Sessel kannte Bittrich gut.

Ohne ihn wäre er nicht zu dem geworden, was er war: eine Legende, wenn auch eine äußerst zweifelhafte. Und noch jemand war seinerzeit durch Bittrich bekannt geworden: Julius Kern. Er war der Ermittler gewesen, der den Mann, der nun gemütlich seinen Tee trank, vor Gericht gebracht hatte.

»Mein lieber Julius …«, flüsterte er leise in die Leere seines geschmackvoll eingerichteten Wohnzimmers. »Sollte es etwa an der Zeit für ein Wiedersehen sein?«

Er lächelte milde.

Es sollte jetzt nicht mehr lange dauern, bis er in das Geschehen um den Schläfenmörder eingreifen würde. Sein Zutun, dessen war er sich bewusst, würde höchstwahrscheinlich Menschenleben kosten.

Doch er würde es nicht überstürzen. Er wollte sich noch ein wenig zurückhalten.

Schließlich kostete auch das Menschenleben.

## 14

Rufus war müde, als er nach Hause fuhr. Es war schon nach Mitternacht, und die U-Bahn polterte unsanft über die Gleise. Der Waggon, in dem er sich auf eine aufgeschlitzte Bank gesetzt hatte, befand sich auch sonst in einem schlechten Zustand. Die Sitze waren beschmiert, die Fenster zerkratzt. Auf Monitoren unter der Decke wurden Nachrichten angezeigt, um die Fahrgäste zu beschäftigen. Eine davon handelte von Heike Weber, die vor ein paar Tagen mit Rufus in der Bahn gesessen hatte. Doch er bekam es nicht mit. Er lehnte sich entspannt in seinen Sitz zurück und kämpfte gegen den Schlaf an.

Nach der Show, die wie üblich mäßigen Anklang gefunden hatte, war er nun zu der kleinen Wohnung unterwegs, in die er sich für die Dauer seines Engagements in Berlin eingemietet hatte.

Hotelzimmer konnte Madame ihren Gästen unmöglich finanzieren, aber Geheimtipps zu günstigen Wohnmöglichkeiten wurden unter Künstlern immer gern ausgetauscht. Die ältere Dame, die Rufus ihre Souterrainwohnung untervermietet hatte, beherbergte regelmäßig Künstler. Eine freundliche, unaufdringliche Frau. Rufus hätte sie eigentlich mögen müssen, doch er mied den Kontakt zu ihr. Sie weckte in ihm die schrecklichen Erinnerungen an den Tod seiner Großmutter.

Das Adrenalin in seinem Blut war inzwischen abgebaut, sodass die Rückenschmerzen langsam wieder einsetzten. Wieder dachte er daran, dass seine Ärztin in der Rehaklinik ihn damals oft aufgefordert hatte, die Stärke des Schmerzes auf einer Skala von eins bis zehn zu benennen. Im Augenblick war es eine Fünf. Rufus war sehr müde, und das leichte Schaukeln der U-Bahn, die um diese nächtliche Zeit fast leer war, wiegte ihn bald in einen kurzen Schlaf. Im Dämmern erinnerte er sich daran, dass seine Mutter ihn damals auch in den Schlaf gewiegt hatte.

Er war erst sechs gewesen, als seine Eltern ums Leben gekommen waren.

»Verpiss dich doch einfach, du fette Sau!«, rief plötzlich jemand quer durch den Wagon.

Rufus schrak so schnell auf, dass er sich dabei unglücklich verrenkte. Seine Rückenschmerzen schossen auf eine Sieben hoch. Als er sich auf der Suche nach Orientierung umsah, stellte er fest, dass der Ruf nicht ihm gegolten hatte. Er war zwar schon lange nicht mehr dick, aber er hatte nie wirklich gelernt, diese Veränderung anzunehmen.

Ein betrunkener Mann von vielleicht dreißig Jahren war an der vorigen Station zugestiegen und torkelnd gegen das Bein einer übergewichtigen Frau gestoßen. Als diese sich darüber beschwerte, war der Mann ausfallend geworden.

»Hat dein Arsch eigentlich einen eigenen Senator?«, fragte er die junge Frau.

»Hat dein Hirn einen eigenen Zivi?«, erwiderte sie schlagfertig.

Plötzlich waren die Bilder wieder da. Rufus sah sich auf den großen Sprungturm klettern. Er war dreizehn Jahre alt und wollte es den anderen beweisen.

»Porky, Porky, fettes Schwein, scheißt sich in die Hosen rein!«, hatten sie ihm zugerufen.

»Ja klar, wer nicht fett ist, ist entweder dumm oder magersüchtig«, reizte der Betrunkene die Frau weiter. »Hast du das in deinen Talkshows gelernt, Moby Dick?«

Jetzt wurde die grundlos angegriffene Frau wütend.

»Verzieh dich!«, rief sie dem Mann entgegen.

»Was passiert denn sonst?«, provozierte er sie weiter. »Bespritzt du mich mit Mayonnaise und frisst mich auf?«

Noch bevor die Frau reagieren konnte, sah sie im Augenwinkel, dass sich jemand mit großer Geschwindigkeit auf den Mann vor ihr zubewegte. Gerade, als dieser sich umdrehen wollte, riss es ihn auch schon mit gewaltiger Wucht von den Beinen. Rufus war aufgesprungen und hatte den Betrunkenen wütend zu Boden gerammt.

»Was ist dein Problem?«, schrie er den völlig perplexen Mann an, dessen Bierflasche ihm beim Sturz aus der Hand gefallen war und jetzt durch das Zugabteil rollte.

»Nicht, bitte!«, versuchte die Frau, die vor Schreck aufgesprungen war, die Männer zu beruhigen.

Aber Rufus war in seinem blinden Zorn nicht zu stoppen. Er packte sein Opfer am Kragen seines Mantels und rammte seinen Kopf wieder und wieder auf den Boden. Nur der Widerstand des Angegriffenen bremste die Wucht des Aufpralls und verhinderte Schlimmeres. Der Betrunkene schaffte es im Gerangel irgendwie, Rufus seinen Ellenbogen ins Gesicht zu schlagen, worauf dieser kurz von ihm abließ und es ihm so ermöglichte, sich aus der Umklammerung zu befreien. Der Mann sprang auf, doch als er Rufus mit der Sohle seines Lederstiefels ins Gesicht treten wollte, gelang es diesem, den Fuß seines Gegners zu packen. Er drehte ihn so herum, dass der Betrunkene erneut zu Boden ging.

»Jetzt helfen Sie doch mal!«, schrie die Frau durch das Abteil, während sie das Schauspiel entsetzt verfolgte.

So sehr sie es auch schätzte, dass ihr jemand zu Hilfe gekommen war, so sehr lehnte sie es auch ab, Konflikte gewaltsam zu lösen. Doch niemand griff ein. Die wenigen Fahrgäste, die um diese Zeit noch unterwegs waren, wandten ihre Blicke von den Kämpfenden ab. Einige liefen sogar zur Tür, um an der nächsten Station das Abteil zu wechseln.

»Hast du jetzt immer noch eine große Fresse?«, schrie Rufus außer sich vor Wut.

Er warf sich auf den Rücken seines Gegners und packte dessen Hals von hinten. Als Zauberkünstler hatte er nicht nur geschickte, sondern auch kräftige Hände. Er presste den Kehlkopf seines Opfers so fest zu, wie er nur konnte. Dieser trat in Todesangst mit aller Kraft nach hinten aus und traf dabei Rufus' Rücken. Fast genau an der Stelle, an der er damals auf den Rand des Schwimmbeckens geprallt war. Mit einem lauten Schrei ließ Rufus von dem Mann ab, der es erneut schaffte, sich aus der Umklammerung zu befreien und aufzuspringen. Dieses Mal nutzte der Betrunkene die Gelegenheit aber nicht zu einem erneuten Angriff, sondern zur Flucht. Die U-Bahn hielt gerade und ermöglichte es dem Mann dadurch, zu entkommen. Es gelang ihm gerade noch, aus dem Wagon zu springen, bevor sich die Türen wieder schlossen und die Bahn ihre Fahrt fortsetzte. Die übrigen Fahrgäste wandten ihre Blicke weiter ab.

»Ist alles okay?«, erkundigte sich die Frau bei Rufus.

Sie war auf die Knie gegangen und kümmerte sich um ihn, so gut sie konnte. Ihr rundes Gesicht strahlte Rufus liebenswürdig an. Er lag dabei mit schmerzverzerrtem Gesicht am Boden und krümmte sich.

Es war genau wie damals, im Schwimmbad, vor dreißig Jahren.

Rufus' Großmutter hatte den Jungen nach dem Tod seiner Eltern zu sich genommen. Gemeinsam waren sie nun die letzten verbliebenen Mitglieder der Familie. Ihren Mann hatte sie im Krieg verloren, und die Eltern von Rufus' Mutter waren gestorben, lange bevor der Junge auf die Welt gekommen war.

Von Anfang an plagten Rufus' Großmutter Schuldgefühle. Es war nicht so, dass sie etwas für den Tod ihres Sohnes und dessen Frau gekonnt hätte. Aber das Gefühl, sie hätte den furchtbaren Unfall verhindern können, verfolgte sie dennoch auf Schritt und Tritt. Was, wenn sie damals darauf bestanden hätte, gemeinsam noch eine Tasse Kaffee zu trinken, nachdem die beiden den Jungen bei ihr abgeliefert hatten, um ins Theater zu gehen? Sie wären zehn Minuten später aufgebrochen und hätten die defekte Bahnschranke erst erreicht, nachdem der Zug vorbeigefahren war.

In der Folge begann sie, den Jungen mit übergroßen Portionen ihrer deftigen Hausmannskost zu verwöhnen. Sie war kein Mensch, dem es leichtfiel, Gefühle zu zeigen. Daher ersetzte sie Wärme und Zuneigung durch das, was sie dem Jungen kochte. Dazu kamen Kuchen und Buttercremetorten an fast jedem Nachmittag. Ihre Sorge um das Wohl des Kindes wuchs von Jahr zu Jahr, doch während sie bemerkte, wie er immer mehr zunahm, verzerrte sich auch ihre Wahrnehmung der Situation. Seine wachsende Unbeweglichkeit fesselte ihn immer mehr ans Haus. Ihr gefiel das. Dort, so glaubte sie, konnte sie ihn bewachen und vor den Gefahren der Außenwelt schützen.

Dass dies jedoch nicht möglich war, sollte sich an diesem unglücklichen Tag im Freibad zeigen.

Im Alter von dreizehn Jahren war Rufus bereits so übergewichtig, dass die anderen Kinder ihn nur noch *Porky* nannten: das kleine Schweinchen. Er hasste diesen Spitznamen, doch er machte ihnen nicht die Freude, sich das anmerken zu lassen.

Während die sportlichen Jungs im Freibad mit den Mädchen flirteten, übernahm Rufus die Rolle des lustigen Dicken. Sein Talent, Menschen zu unterhalten, hatte unter seinem Gewicht schließlich nicht gelitten. Immer wieder warf er sich mit gewaltigen Sprüngen vom Beckenrand ins Wasser, um so hohe Spritzer zu erzeugen wie möglich. Wenn er dabei Unbeteiligte am Beckenrand nass machte, hatte er die Lacher auf seiner Seite. Ihm entging dabei natürlich nicht, dass die beliebten Jungs die anderen mit gewagten Sätzen vom Sprungturm beeindruckten.

»Na, Porky, traust du dich das auch? Oder kannst du nur Arschbomben?«, fragte schließlich Paul, einer seiner Klassenkameraden.

»Was glaubst du, was ich alles kann!«, antwortete er.

»Fünf Mark dagegen!«, wettete Paul.

»Lasst den Scheiß!«, ging Anne dazwischen.

Anne war Rufus' einzige echte Freundin. Ohne sie wären die täglichen Sticheleien gegen ihn weit schlimmer ausgefallen.

»Lass mal, die werden gleich ganz schön doof gucken«, wiegelte Rufus ab.

Eine Traube von schaulustigen Kindern hatte sich kurz darauf um den Sprungturm herum eingefunden, die nicht aufhören wollten zu rufen: »Porky, Porky, fettes Schwein, scheißt sich in die Hosen rein!«

Der Junge stieg ängstlich die rutschige Leiter hinauf, die ihm mit jeder Sprosse höher vorkam. Rufus hatte zwar Angst, aber seine Wut war größer. Wild entschlossen kletterte er immer höher.

»Kopfsprung!«, rief Paul ihm zu.

Paul, der ausgesprochen beliebt war, konnte sich seiner Wette ziemlich sicher sein. Porky galt an der Schule als nichtsnutziger Feigling. Nur aus diesem Grund kam Rufus auch auf den fatalen Einfall, seinen Mut dadurch unter Beweis stellen zu wollen, dass er sich auf das schmale Geländer setzte, das die Sprungplattform zu den Seiten absicherte.

Als er mit dem Rücken auf dem Rand des Schwimmbeckens aufprallte, zog er sich eine Trümmerfraktur am Wirbelkörper seiner Brustwirbelsäule zu. Die Ärzte bezeichneten es später als ein Wunder, dass er sich dabei keinen Nervenschaden zugezogen hatte. Die fatale Folge wäre eine Querschnittslähmung und der Verlust seiner Darmkontrolle gewesen. Trotzdem blieb der Unfall nicht folgenlos für den Jungen. In der langwierigen Heilungsphase wuchsen die zertrümmerten Wirbelkörper schlechter zusammen, als die Ärzte gehofft hatten. Einige Nerven wurden von den Knochenteilen dabei dauerhaft eingeklemmt. Die Folge waren furchtbare Rückenschmerzen, die Rufus fortan bis ans Ende seines Lebens quälen würden.

Seit inzwischen dreißig Jahren hatte Rufus nun schon diese Schmerzen. Rund um die Uhr.

»Können Sie aufstehen?«, fragte die Frau in der U-Bahn besorgt.

Rufus kam wieder zu sich, seine Wut hatte sich gelegt. Er sah die Frau an.

»Sie sind sehr schön«, antwortete er.

Als sich die noch immer beunruhigte Frau gerade nach seinem Namen erkundigen wollte, fuhr der Zug in die nächste Station ein. Ohne ein weiteres Wort sprang Rufus auf, humpelte aus dem Wagon und verschwand so schnell er konnte in die Nacht.

# 15

Rufus war erst in den frühen Morgenstunden in seiner Wohnung angekommen, nachdem er, so schnell es ihm sein verstümmelter Fuß erlaubt hatte, ziellos geflüchtet war. Am darauffolgenden Tag hatte er zunächst stundenlang im Dunkel seines Zimmers darauf gewartet, dass seine Rückenschmerzen schwächer würden. Bei ausgeschaltetem Licht und absoluter Stille hatte er sich vollkommen auf den stechenden Schmerz konzentriert, der hell und pochend von seinem Nacken in den rechten Arm ausstrahlte. So sehr die Schmerzen, die sein ständiger Begleiter waren, ihn auch quälten, so vertraut war er gleichzeitig auch mit ihnen geworden. Irgendwann hatte er sogar versucht, sie als einen Teil seines Lebens zu akzeptieren. Wie einen übermächtigen Feind, mit dem man sich verbündet, weil man ihn nicht besiegen kann. Wirklich gelungen war ihm das aber nie.

»Du bist schon da?«, riss ihn eine vertraute Stimme aus seinen immer gleichen Gedankenkreisen.

Im Spiegel sah er, dass Madame in seine Garderobe getreten war.

»Was ist mit dir?«, fragte sie besorgt.

Beide waren an diesem Tag früh ins *Mes Amis* gekommen.

»Mach dir keine Sorgen«, antwortete Rufus.

»Vielleicht sollte das aber mal jemand tun«, antwortete Madame, während sie einen wackeligen Stuhl griff und sich vorsichtig daraufsetzte.

Rufus wandte sich ihr nicht zu. Ihre Blicke trafen sich nur im Spiegel.

»Rufus, ich freue mich wirklich, dass es endlich mit uns geklappt hat. Ich dachte schon, du willst gar nicht in meiner kleinen Bruchbude auftreten.«

»Sprich nicht so«, entgegnete Rufus, der sehr genau spürte, dass das *Mes Amis* alles war, was Madame hatte. Und dass sie mit ihrem ganzen Herzen daran hing. »Ich mag dein Theater. Ich war nur immer engagiert, wenn du gefragt hast.«

»Vor zwei Jahren warst du in Kassel, das weiß ich noch. Da hätte ich dich gern in meiner Show gehabt; die war nämlich ein bisschen ... na ja. Und im letzten Jahr?«

Rufus musste nicht lange überlegen.

»Essen«, antwortete er knapp.

Madame hatte längst mitbekommen, dass Rufus auch seinen Kollegen gegenüber kaum gesprächiger war.

»Du nimmst dich immer so zurück. Außer auf der Bühne sprichst du fast nie mit jemandem; die anderen wundern sich schon. Ich hab seit Tagen das Gefühl, dass dich irgendwas belastet.«

Rufus ließ sich einige Sekunden Zeit mit seiner Antwort.

»Du weißt doch selber, was wir tun«, sagte er dann. »Wir stehen vor ihnen und lachen. Jeden Tag. Und sie starren uns an. Aber sie sehen uns eigentlich gar nicht. Sie wollen nicht wissen, wer wir wirklich sind.«

»Du warst lange weg«, entgegnete Madame. »Ich kannte Théodore. Er hat sehr viel von dir gehalten.«

Théodore war der Magier gewesen, der damals das Talent des jungen Rufus entdeckt und dessen Ausbildung übernommen hatte. Rufus hatte den Namen seines Förderers seit vielen Jahren nicht mehr gehört. »Ich muss eine große Enttäuschung für ihn gewesen sein«, antwortete er.

Madame legte ihre Hand mit den großen, auffälligen Fingerringen auf seine Schulter. Er empfand ihre Wärme als angenehm und schloss, ohne es zu bemerken, einen Moment lang die Augen.

»Im Gegenteil, er war sich immer sicher, dass du es sehr weit bringen würdest. Er fand es toll, dass du das Publikum nicht nur mit deinen Tricks begeistert hast, schon als Kind. Es war, wie du sie vorgeführt hast. Wir haben damals oft über dich gesprochen.«

»Das war vor dem Unfall.«

»Ich weiß. Théodore hat dich ein paarmal im Krankenhaus besucht. Du hattest nicht viele Freunde als Kind, oder?«

Rufus zuckte leicht.

*Was war dein schlimmster Auftritt?*

»Ich hatte die Zauberei.«

Madame hakte nicht weiter nach. Sie konnte spüren, wie schwer es Rufus fiel, über seine Vergangenheit zu sprechen.

»Ich war auch allein«, erzählte sie dann mit sanftem Ton. »Der kleine Junge, der mit Puppen gespielt hat, war nicht besonders beliebt im Dorf. Ich habe keine Ahnung, warum.«

Rufus wusste nicht, was er antworten sollte. Sein Blick wich unsicher auf die zahllosen Autogrammkarten aus, die wild und bunt um den großen, beleuchteten Spiegel herum aufgehängt waren.

Es ist in Varietés üblich, dass die Künstler, die dort gastiert haben, Andenken und Grüße zurücklassen. Einige von denen, die sich in den Garderoben des *Mes Amis* verewigt hatten, lebten inzwischen schon gar nicht mehr.

»Sie haben mir furchtbare Dinge nachgerufen, die ich nie vergessen werde. Aber was sollte ich schon dagegen machen? Das ist es eben, was ich bin.«

Madame setzte sich wieder, nahm eine Zigarette aus ihrem

silbernen Etui und zündete sie an. Dann sprach sie weiter: »Früher, auf den alten Jahrmärkten, haben die Menschen Bucklige und Kleinwüchsige ausgelacht. Einfach weil sie anders waren, abnorm. Aber das ist dann irgendwann aus der Mode gekommen. Lachen wollten die Menschen aber trotzdem noch. So haben dann wir Tunten irgendwann den Platz der Buckligen eingenommen.«

Madame zog genüsslich an ihrer Zigarette und pustete den Rauch weit nach oben unter die hohe Decke des alten Raumes.

»Ein Mann im Fummel. Einer von *denen.* Sie haben es nicht ausgesprochen, aber sie haben es gedacht.«

»Aber du hast es vorher gewusst«, erwiderte Rufus.

»Es waren die Regeln, und ich habe sie akzeptiert.«

Rufus sah noch immer in den Spiegel, wenn er auch den Blick dabei gesenkt ließ, um nicht ununterbrochen seinem eigenen Anblick ausgesetzt zu sein. Dann drehte er sich schließlich doch zu Madame um.

»Wie ist es, Eltern zu haben?«, brachte er mit brüchiger Stimme hervor.

Madame dachte kurz nach, dann holte sie aus: »Weißt du, was mich immer gestört hat, schon als Kind?«

Rufus schwieg.

»Dass man immer alles von irgendjemandem haben muss. *Der Junge hat aber blaue Augen; die hat er von seinem Vater. Seht nur, er kann so schön singen; das hat er von seiner Tante.* Niemand kann sich vorstellen, dass ein Mensch Eigenschaften haben kann, die zu ihm selber gehören, die Ausdruck seiner eigenen Persönlichkeit sind.«

Madame drückte ihre Zigarette auf einer Untertasse aus, die auf dem kleinen Tisch neben ihr stand, und erhob sich.

»Was war mit deinen Eltern?«, setzte Rufus nach.

»Was soll schon gewesen sein? Sie haben mich rausgeworfen, als ich sechzehn war.«

Rufus sah sie ungläubig an.

»Warum?«

Madame versuchte, sich nicht anmerken zu lassen, dass sie den Tränen nahe war. Und obwohl sie in ihrem roten, zu tief ausgeschnittenen Kleid und mit der viel zu dick aufgetragenen Schminke einem Clown ähnlicher sah als einer Frau, antwortete sie voll stolzer Würde: »Ich bin eine Tunte, Darling. Sie konnten sich wohl einfach nicht darauf einigen, *von wem ich das habe*. Rufus, lass nicht zu, dass sie dich zerstören. Du bist zu wertvoll dafür.«

Dann stand sie auf und legte ein Bund mit drei Schlüsseln daran auf den kleinen Tisch neben die Untertasse. In sachlichem Tonfall sagte sie: »Ich hab morgen einen Termin bei der Bank. Bitte schließ du auf, falls ich später komme.«

Dann verließ sie die Garderobe und schloss die Tür hinter sich.

Als sich das rhythmische Klacken ihrer Schuhe von Rufus entfernte, hob er seinen Blick zur Zimmerdecke. Der Zigarettenrauch hatte sich längst verzogen; der unangenehme Geruch war in dem großen Raum kaum wahrzunehmen. Es war lange her, dass jemand so vertraut und vorurteilsfrei mit ihm gesprochen hatte.

Er erinnerte sich unwillkürlich an das junge Mädchen, das damals in der Schule als Einzige zu ihm gehalten hatte. Dann zuckte er wieder zusammen.

*Was war dein schlimmster Auftritt?*

»Anne«, entfuhr es ihm unbewusst, während sich seine Stirn mit kaltem Schweiß bedeckte. »Bitte verzeih mir!«

# 16

Mit achtzehn Jahren wog Rufus bereits deutlich über einhundert Kilo. Sein schmerzender Rücken quälte ihn ununterbrochen, und seine Zauberkunst konnte er kaum noch weiterführen. Seine immer unbeweglicher werdenden Finger machten es ihm fast unmöglich, filigrane Kunststücke auszuführen, und sein gesamtes Erscheinungsbild hatte sich so dramatisch verschlechtert, dass er schon allein deswegen nicht einmal mehr in Seniorenheimen oder Kindergärten auftreten wollte.

So verbrachte er den größten Teil des Tages in seinem dunklen Kellerzimmer. Früher hatte er im ersten Stock des Hauses gelebt, aber dort war seine Großmutter oft unaufgefordert und verwirrt hereingeplatzt. Im unfreundlichen Keller passierte ihm das nicht, denn sie hatte Angst davor, nach unten zu gehen. So blieb sie stets oben am Treppenaufgang stehen und rief zu Rufus hinunter, wenn sie etwas von ihm wollte.

Seit seine Fingerfertigkeiten schlechter geworden waren, hatte Rufus sich anderen Gebieten der Zauberkunst zugewandt. Die Mentalmagie war schnell zu seiner neuen Leidenschaft geworden. Darin ging es nicht um körperliche, sondern um geistige Fähigkeiten. Bücher, die sich mit der Interpretation und Beeinflussung des menschlichen Denkens befassten, verschlang er oft an nur einem einzigen Tag. Rufus war sehr intelligent. Umso schwerer war es daher auch für ihn, den immer weiter voranschreitenden geistigen Verfall seiner Großmutter auszuhalten. Denn obwohl er sich bewusst war, dass sie nichts für ihre Krankheit konnte, war ihr Verhalten für ihn dennoch immer schwerer zu ertragen. Er fraß seine Frustrationen darüber schon seit Langem in sich hinein.

Bestätigung von außen blieb Rufus in dieser Phase seines Lebens versagt. Vor dem folgenschweren Unfall hatte er mit seinen verblüffenden Kunststücken regelmäßig Applaus und Zuspruch geerntet. Davon war nun nichts mehr übrig. Der immer ungepflegtere junge Mann wurde Schritt für Schritt zum vollkommenen Außenseiter. Seine Lehrer bemühten sich ihm gegenüber um Fairness, aber wenn sie ehrlich waren, mochten sie den unleidigen, vom Pech verfolgten Jungen ebenso wenig wie seine Schulkameraden. Die einzige Ausnahme war Anne.

Anne ging seit der Grundschule in dieselbe Klasse wie Rufus. Sie war klein und zierlich, fast zerbrechlich. Sie war keine Schönheit, aber ihre bescheidene, freundliche Art und ihr offenes Wesen ließen sie auf eine ganz besondere Weise von innen her strahlen. Neben dem Koloss Rufus wirkte Anne geradezu wie ein Strich in der Landschaft; die beiden hatten optisch nicht die kleinste Gemeinsamkeit. Und doch nahm allein sie ihn so an, wie er war.

Schon immer war sie die Einzige aus der Klasse gewesen, die den Einzelgänger zu ihren Geburtstagsfeiern eingeladen hatte. Auch wenn sie damit regelmäßig von ihren Mitschülern mit Kritik bedacht worden war. Später, nach seinem Unfall, besuchte sie ihn oft bei seiner Großmutter. Rufus selber wollte Anne nicht mehr zu Hause aufsuchen. Er hasste seine Erscheinung und wollte nicht, dass Anne sich vor ihren Eltern und Nachbarn für ihn hätte schämen müssen. Sie verstand das zwar nicht, respektierte es aber. Auch wenn es ihr wehtat zu erleben, dass ihr Freund sich zu seinem inneren Gefängnis nun auch noch ein äußeres gewählt hatte.

Anne wäre mit Sicherheit eine wundervolle Frau geworden.

»Hast du einen neuen Trick?«, fragte sie Rufus, als sie wieder einmal bei ihm zu Besuch war.

Überall in seinem Zimmer standen geheimnisvolle Truhen und Kisten, die er selbst gebaut hatte.

»Der funktioniert noch nicht«, antwortete er verlegen und schielte dabei auf seine Requisiten.

»Na, komm schon, irgendwas kannst du doch bestimmt machen.«

Rufus hatte sich zuvor intensiv mit einer Technik beschäftigt, die sich *Cold Reading* nennt. Dabei geht es hauptsächlich darum, seinem Gesprächspartner den Eindruck zu vermitteln, dass man geheime Dinge über ihn wisse. Die Körpersprache der Versuchsperson, ihre Reaktionen auf die vorgebrachten Behauptungen sowie eine breite Palette allgemeingültiger Aussagen, die sehr wahrscheinlich jeder auf sich beziehen wird, leiten den Magier dabei an.

»Okay, aber keinen Trick. Ich hab was viel Besseres. Ich glaube nämlich, ich kenne ein Geheimnis«, behauptete er. *»Dein* Geheimnis.«

Erwartungsgemäß wurde Anne neugierig.

»Okay, leg los«, entgegnete sie nach kurzem Zögern.

»Zünde erst mal die Kerzen an und mach das Licht aus«, bat Rufus.

Anne entzündete die zahlreichen Kerzen, die Rufus überall in seinem Zimmer verteilt hatte. Dann löschte sie das Licht. Jetzt sah es in dem dunklen Kellerraum wie bei einer Geisterbeschwörung aus. Das Flackern der Kerzen ließ kleine Formen und Gestalten an den Wänden tanzen und tauchte Rufus und Anne in ein mystisches Meer unheimlicher Assoziationen.

»Ich möchte, dass du dich direkt neben mich setzt«, fuhr Rufus fort.

Seine Stimme klang jetzt auf eine rätselhafte Weise unheimlich. Es war wichtig, Anne das Gefühl zu vermitteln, er wisse genau, was er tat. Sie würde dann mit einer positiven Erwartung in das Experiment hineingehen und es somit wesentlich zu Rufus' Vorteil beeinflussen. Die junge Frau setzte sich auf die abgenutzte Couch, auf der Rufus fast den ganzen Tag zubrachte. Sie war alt und fleckig, aber sie hielt sein Gewicht aus und dämpfte den Druck auf seinen Rücken.

»Näher«, setzte er flüsternd nach.

Anne rückte dichter an Rufus heran. Im Schein der Kerzen wirkten die vergilbten Zirkusplakate an den Wänden fast gruselig. Ein muffiger Geruch verstärkte die unwirtliche Atmosphäre des Raumes.

»Ich möchte, dass du die Augen schließt und tief einatmest«, begann er. »Befrei dich von allem, was dich beschäftigt, und lass dich auf unser Experiment ein. Hör nur noch auf meine Stimme, aber sprich nicht mit mir. Nicke nur oder schüttele den Kopf.«

Anne nickte vorsichtig.

»Jetzt denk an das Geheimnis, das dir in den Sinn gekommen ist, als ich gerade davon gesprochen habe.«

Rufus gab ihr einige Sekunden Zeit, sich an so viele Geheimnisse wie möglich zu erinnern. Später würde sie nicht mehr rekonstruieren können, an welches davon sie zuerst gedacht hatte.

»Jemand hat dich hintergangen. Er hat dir damit sehr wehgetan«, fuhr Rufus jetzt fort. »Es war jemand, dem du vertraut hast. Hab ich recht?«

Anne nickte vorsichtig.

»Es war schwer für dich, danach wieder Vertrauen zu fassen, oder? Aber du hast es geschafft. Du bist eine starke Persönlichkeit. Aber eine Narbe ist geblieben. Du hast gelernt, nicht mehr jedem Menschen blind zu trauen.«

Annes Atmung beschleunigte sich leicht. Sie hatte Rufus nie

von dem Vorfall mit ihrem älteren Bruder erzählt, der vor einigen Jahren heimlich in ihrem Tagebuch gestöbert hatte. Aber noch glaubte sie nicht, dass Rufus wirklich in ihren Gedanken lesen konnte.

Rufus sah Anne genau an. Im Kerzenlicht schien ihre Haut wie aus Porzellan zu sein, und der Duft ihrer langen, dunklen Haare drang zu ihm vor. Er hatte noch nie ein Mädchen geküsst, aber er stellte sich vor, dass es sich wundervoll anfühlen musste, warm und weich.

»Dein Geheimnis hat mit einem Menschen zu tun, der dir nahesteht«, fuhr er fort. »Ein Mann.«

Annes Reaktion ließ deutlich erkennen, dass er richtig geraten hatte. Nur ein leichtes Zucken von ihr, und er hätte sich auf eine Frau korrigiert, bevor sie etwas hätte sagen können.

»Er bedeutet dir mehr als die anderen.«

Wieder nickte Anne.

Rufus hatte den Rücken seiner Großmutter täglich mit Ölen und Cremes einreiben müssen. Ihre Haut fühlte sich dabei dick und rau an. *Annes Rücken,* dachte er jetzt, *ist bestimmt wundervoll zart. Mit kleinen, hellen Härchen darauf, die sich aufstellen, wenn man ihn streichelt.*

»Du hast dir nach der Enttäuschung damals vorgenommen, solche Geheimnisse zu hüten, oder?«

»Keiner weiß was davon«, flüsterte Anne.

»Nicht sprechen«, erinnerte Rufus sie.

Er hätte nur seine Hände ausstrecken müssen, um Anne zu berühren. Mehr als alles andere sehnte er sich nach Wärme und Geborgenheit. Beides war ihm seit dem Tod seiner Eltern verwehrt geblieben.

Rufus empfand schon seit vielen Jahren tiefe Gefühle für Anne, aber er hätte nie gewagt, ihr das mitzuteilen. An diesem Abend, so dachte er, würde er es vielleicht endlich wagen können. In seinen Gedanken hatte er diesen ganz besonderen Moment bereits unzählige Male durchgespielt.

»Du musst in die Schule!«, rief plötzlich seine Großmutter in den Keller hinunter.

Rufus verdrehte genervt die Augen. Er hatte mühsam eine magische Stimmung aufgebaut, und sie hatte sie zerstört.

»Es ist doch schon acht Uhr abends, Omi!«, antwortete er dennoch mit verständnisvollem Ton.

Die Demenz seiner Großmutter war damals noch nicht voll ausgebildet gewesen, aber die alte Dame baute von Jahr zu Jahr stärker ab. Immer öfter passierte es ihr, dass sie Tag und Uhrzeit durcheinanderbrachte, die Orientierung verlor oder sich Jahrzehnte weit in der Vergangenheit glaubte. Vor allem, wenn sie müde war, ließen ihre geistigen Kräfte nach.

»Soll ich gehen?«, fragte Anne besorgt.

»Hast du Angst?«

Der Keller, den Rufus in wochenlanger Arbeit selber ausgebaut hatte, war sehr groß. Die nackten, kühlen Ziegelwände waren nur mit den alten Plakaten geschmückt, die wenigen Möbel waren alt und passten nicht zueinander. Rufus legte keinen Wert auf die Gestaltung seines Zimmers. Außer Anne besuchte ihn sowieso niemand. Stattdessen standen überall die geheimnisvollen Requisiten, die er früher für seine Zaubershows gebraucht hatte. Die meisten davon hatte er selbst angefertigt. Seine besondere Leidenschaft gehörte dabei den klassischen Illusionen der großen alten Meister der Zauberkunst.

»Also gut, was ist mein Geheimnis?«

Annes Neugier war stärker als ihre Angst davor, wie Rufus reagieren würde, wenn er erfuhr, in wen sie verliebt war. Der Junge aus der Parallelklasse war schon lange ihr heimlicher Schwarm, doch sie hatte Rufus nie davon erzählt. Sie konnte sich gut vorstellen, dass er es nicht gern hören würde.

»Es ist ein Junge, der dir nahesteht«, fuhr er fort.

*Kann er es wirklich in meinen Gedanken lesen?*, überlegte Anne. Ihre Lippen waren jetzt ganz trocken. Rufus sehnte sich danach, sie zu küssen. Ihm war klar, dass er wohl nicht dem Bild entsprach, das Mädchen ihres Alters von ihrem Traumprinzen haben, aber seine verzweifelte Hoffnung verzerrte seine Realitätswahrnehmung.

»Wenn Opa dich holen muss, setzt es was!«, rief seine Großmutter jetzt.

Sie hatte die ganze Zeit über orientierungslos am Treppenaufgang gestanden. Rufus' Einwände konnten ihre fixen Ideen nicht beeinflussen. Anne fühlte sich unwohl. Der dunkle Keller mit der gruseligen Guillotine und den glänzenden Schwertern in der Ecke, Rufus' unheimliche Blicke, die krächzende Stimme der verwirrten Frau am Treppenabsatz ... Es wurde langsam zu viel für sie.

»Ich gehe lieber«, versuchte sie sich der Situation zu entziehen.

Und als sie aufstehen wollte, geschah es.

Was es gewesen war, das es ausgerechnet an diesem Abend ausgelöst hatte, konnte sich Rufus bis zum heutigen Tag nicht erklären. Es war einfach geschehen.

»Ich liebe dich«, entfuhr es ihm, ohne dass er sich dagegen wehren konnte.

Dann legte er seine große Hand in Annes zarten Nacken und zog sie an sich heran. Gegen Rufus' enorme Kräfte hatte das zierliche Mädchen keine Chance.

»Nicht, bitte, du verstehst das falsch!«, rief sie.

Aber Rufus konnte sich nicht mehr bremsen. Es war für ihn, als sehe er dabei zu, wie ein anderer das weinende Mädchen gegen sich presste. Er drückte seine wulstigen Lippen ungestüm auf Annes Mund und presste ihren Körper immer fester gegen seinen.

»Du bist ein ungezogener Junge! Deine Mutter ganz allein zu lassen!«, rief Rufus' Großmutter jetzt in den Keller hinunter, in dem Anne verzweifelt versuchte, sich gegen den Koloss zur Wehr zu setzen.

Rufus spürte ihre Gegenwehr. Er wusste, dass er sofort von ihr ablassen sollte. Aber er konnte nicht. Ihre Wärme zu fühlen, ihren Körper an seinem zu spüren, ihre Lippen zu küssen, ihr Haar zu berühren, dieses unbeschreibliche Gefühl – alles, was er sich bisher nur hatte vorstellen können, widerfuhr ihm innerhalb dieses einen einzigen Moments. Er war machtlos gegen sich selbst.

»Hilfe!«, schrie Anne in der Hoffnung, dass die alte Frau am Treppenabsatz es hören und reagieren würde.

»Und mach nicht solchen Krach!«, war deren einzige Reaktion.

Vielleicht hätte Rufus doch noch rechtzeitig von Anne abgelassen, wäre nicht plötzlich etwas geschehen, das er selber nicht erwartet hatte. Er verspürte Regungen und Gefühle, die ein anderer Mensch noch nie zuvor bei ihm ausgelöst hatte. Natürlich, diese Gefühle waren ihm nicht unbekannt, doch er pflegte sie heimlich auszuleben, mit Magazinen, die er sich am Bahnhof kaufte. Dass sie ihn in diesem Augenblick überkamen, überwältigte ihn so sehr, dass es ihm nun einfach nicht mehr möglich war, Anne loszulassen.

Immer wieder gelang es ihr, ein wenig Luft zu schnappen, doch ihre geringen Kräfte ließen schnell nach. Je stärker Anne sich wehrte, umso fester drückte Rufus sie an sich heran. Ohne es wirklich zu bemerken, presste er ihr Gesicht dabei immer wieder gegen seinen massigen Körper. Während die messerscharfe Klinge von Rufus' Guillotine im Schein der Kerzen blitzte und der große Houdini von einem der Plakate diabolisch auf das Geschehen hinabzusehen schien, wurde Anne schwächer und schwächer. Doch je weniger sie sich nun wehrte, umso fester konnte Rufus sie an sich drücken, um das wundervolle Gefühl ihrer Wärme zu spüren. So lange, bis sie sich schließlich gar nicht mehr bewegte.

Selbst, nachdem Anne sich nicht mehr rührte, schaffte es Rufus nicht, sie loszulassen. Und je klarer ihm wurde, was geschehen war, umso fester verschloss er seine Augen davor. Es dauerte noch mehrere Minuten, bis Anne schließlich aus seinen Armen glitt und leblos zu Boden sank.

Die großen Magier an den Wänden des düsteren Raumes waren die einzigen Zeugen dieses Augenblicks, nach dem nichts mehr so sein sollte, wie es einmal gewesen war.

Mehr als eine Stunde verbrachte Rufus danach mit Anne im Arm im schwächer werdenden Licht der langsam erlöschenden Kerzen. Die verzweifelte Hoffnung, sie könne vielleicht wieder aufwachen, schwand immer mehr, je kälter ihr Körper wurde. Seine Rückenschmerzen waren fast vollkommen ausgeblendet, so sehr stand Rufus unter Schock.

Was sollte er tun? Er dachte klar und vernünftig darüber nach, was geschehen würde, wenn er die Polizei rief. Man würde ihn einsperren, und er bekäme eine Zelle, in der ihn niemand mehr beschimpfen oder beleidigen konnte. Seine Großmutter würde man in ein Pflegeheim bringen. Dort wäre sie bestimmt gut aufgehoben.

Wahrscheinlich würde es das Beste sein, entschied er schließlich.

»Musst du nicht zur Schule?«, empfing ihn seine Großmutter, als er ins Wohnzimmer kam, in dem das einzige Telefon des Hauses stand.

»Ich gehe gleich«, antwortete er sanft und griff den Hörer.

»Aber komm schnell wieder nach Hause! Ich bin so einsam ohne dich.«

Rufus sah seine Großmutter an. Klein und hilflos saß sie in ihren Lieblingssessel gekauert. Die Angst in ihrem zerfurchten Gesicht zerriss ihm das Herz. Außer ihm hatte sie niemanden. Sicher, sie hatte ihn immer wieder an die Grenzen seiner psychischen Belastbarkeit getrieben. Aber jetzt, nachdem Anne nicht mehr da war, hatte auch Rufus niemanden mehr außer ihr.

»Hab keine Angst, du bist nicht allein«, antwortete er liebevoll.

»Wann kommt Papi nach Hause?«, fragte sie und senkte kurz darauf ihren Blick. »Ach nein, der ist ja tot. Papi ist doch tot, oder?«

Rufus hängte den Telefonhörer wieder ein. Dann streichelte er seiner Großmutter durchs Haar und antwortete: »Ich bin da, Omi. Ich bin da.«

# 17

An diesem Tag hatte der Mann, der abseits des Geschehens in einer Kleinstadt in Brandenburg lebte, Besuch von Martin, seinem Masseur. Martin, gebürtiger Ukrainer, war großgewachsen, blond und hatte blaue Augen. Er erinnerte seinen Kunden ein wenig an einen anderen jungen Mann, den er vor drei Jahren getötet hatte. Er hieß Raphael von Bergen – *der* Putzteufel.

Mit dem Bauch nach unten entspannte er sich auf der bequemen Massageliege, die Martin im ziegelrot gestrichenen Schlafzimmer aufgebaut hatte. Das schwarze Lederbett harmonierte ideal mit den beiden Nachttischen aus derselben Möbellinie. Symmetrie war dem Mann bei der Einrichtung seiner Räume sehr wichtig. Er glaubte, dass Harmonie von ihr ausging.

Das Massageöl duftete nach Zitronengras, und die kräftigen Hände des diplomierten Wellnessmasseurs glitten fachmännisch über seinen Rücken. Der junge Mann ertastete dabei eine besonders starke Verspannung im Rückenstrecker seines besten Kunden. Er bohrte seinen Daumen einige Sekunden lang in die verhärtete Stelle. Das verstärkte den Schmerz zwar kurz, vergrößerte aber die Erleichterung danach. Der Mann empfand, entspannt in seine Gedanken vertieft, Genugtuung, als ihm bewusst wurde, dass den fünf Menschen, die er seinerzeit ermordet hatte, Erleichterung verwehrt geblieben war.

Während entspannende Musik leise den Raum erfüllte und die gekonnten Massagegriffe seinem Körper schmeichelten, dachte der Mann an diese schönsten Momente seines bisherigen Lebens zurück.

Was für eine unbeschreibliche Genugtuung war es damals gewesen, der widerlichen Frau des Druckereibetreibers mit einem Ruck die Hand zu brechen und sie später so lange herumzudrehen, bis er sie schließlich mit einer scharfen Geflügelschere vom Unterarm abschneiden konnte. Und was für ein unglaubliches Gefühl war es gewesen, ihren eigenen Mann danach mit eben dieser Hand zu ersticken. Widerstand konnte dieser seinerzeit ohnehin nicht mehr leisten, nachdem der Mann mit einem scharfkantigen Glasaschenbecher sekundenlang wie im Rausch auf ihn eingeschlagen hatte. Ja, es waren schöne Stunden gewesen, damals in dieser verlassenen Scheune.

»Wenn es wehtut, geben Sie einfach Bescheid«, bat Martin, während er seinen kräftigen Daumen in eine weitere Verspannung bohrte.

»Sicher nicht«, antwortete der Angesprochene leise und lächelte.

Dann dachte er an Julius Kern. Die beiden kannten einander bereits seit vielen Jahren. Der Moment ihrer allerersten Begegnung gehörte zu den wenigen Augenblicken im Leben des Mannes, an die er mindestens einmal täglich denken musste. Später hatten sich ihre Wege dann immer wieder gekreuzt. So hatte Kern ihm vor sechs Jahren fast einen Strich durch die Rechnung gemacht. Fünf Menschen hatte der Mann damals in nur einer einzigen Nacht getötet, und niemand war ihm danach auf die Schliche gekommen. Bis auf Julius Kern. Und Kern hatte wirklich alles getan, um den brutalen Massenmörder ins Gefängnis zu bringen. Erfolglos.

Wenigstens hatte er diese Schmach damals ausgeglichen, indem er Kern das Leben gerettet hatte.

Das alles war drei Jahre her. Und seit dieser Zeit hatte er Kern weder gesehen noch gesprochen. Wieso auch? – Es hatte keinen Anlass gegeben. Doch nun lagen die Dinge anders. Der Schläfenmörder war nach Berlin gekommen und hatte damit einen Fehler gemacht, der seiner über siebenjährigen Karriere möglicherweise ein baldiges Ende bereiten konnte.

»Drehen Sie sich jetzt bitte um und rutschen Sie etwas tiefer«, forderte Martin den Mann auf.

Er war mit der Massage des Rückens fertig und würde sich nun der Vorderseite seines Kunden annehmen.

Die Berichterstattung um seine grausamen Morde und die Ereignisse in ihrer Folge hatten den Mann international bekannt gemacht. Er hatte zwar durchaus viel Geld mit dieser unfreiwilligen Popularität verdient, doch es hatte ihn auch einen hohen Preis gekostet.

Einen Preis, der so hoch war, dass er sich jetzt, da sein alter Bekannter Kern den Schläfenmörder jagte, durchaus vorstellen konnte, wieder in Aktion zu treten.

*Vielleicht liefere ich ihn dir,* dachte er selbstzufrieden.

In einem Karton, den er gut versteckte, bewahrte er etwas auf, das Kern sehr interessieren würde. Schon bald wollte er einen Teil davon preisgeben. Das würde endlich wieder Spaß in sein tristes Leben bringen, hoffte er.

*Und wenn du schön brav bist, gewinnen wir beide etwas dabei.*

Während Martin langsam und gründlich die gepflegten Füße seines Kunden massierte, dachte dieser darüber nach, welchen Teil seiner Sammlung er Kern zukommen lassen würde. Vielleicht eine dieser wundervollen DVDs, die er sich so gern vor dem Einschlafen ansah? Er wollte noch einmal genau darüber nachdenken.

*Ach Julius, ich kann es kaum erwarten, dich wiederzusehen …*

# 18

Es kam nur selten vor, dass die Kerns gemeinsam essen konnten. Nathalie betrieb einen kleinen Friseursalon, der sie zeitlich stark einspannte, und ihr Mann war ohnehin ständig unterwegs. Umso mehr genossen sie es, dass sie an diesem Morgen endlich wieder einmal beim Frühstück zusammen saßen.

»Wir schaffen das mit dem Zoo bestimmt noch diese Woche«, versprach Kern seiner Tochter, während er eine dünne Schicht Orangenmarmelade auf seine Toastscheibe strich.

»Nicht versprechen, sondern machen!«, antwortete das Mädchen ruppig und rührte dabei in ihrem Müsli herum.

Kern war sich schmerzlich bewusst, dass sie sich seit vielen Jahren immer wieder seine Entschuldigungen hatte anhören müssen. Dass er durch seinen Beruf seltener Zeit für sie hatte als andere Väter, war ihr bekannt. Das bedeutete aber nicht, dass sie damit auch einverstanden gewesen wäre. Enttäuscht fügte sie deshalb hinzu: »Du machst es doch sowieso wieder nicht. Aber so sind Bullen halt, ist ja kein Wunder.«

Nathalie verschluckte sich fast an ihrem Kaffee. Fassungslos setzte sie die Tasse auf der massiven Holzplatte des Esstischs ab.

»Sophie, ich möchte nicht …«, setzte sie an.

»Schon gut«, unterbrach Kern und sah zu seiner Tochter, die seinem Blick verschämt auswich. »Woher hast du denn das?«

Es war das erste Mal, dass Sophie vor ihren Eltern diesen Ton anschlug.

»Das sagen doch alle«, antwortete sie lapidar.

»In der Schule?«, hakte Kern nach.

»Du bist ein Bulle, und Bullen sind alle blöd.«

Kern und seine Frau sahen einander verwundert an. Sie schickten ihre Tochter auf eine gute Schule in einem bürgerlichen Bezirk, den man wirklich nicht als sozialen Brennpunkt hätte bezeichnen können.

»Von wem kommt denn das?«, wollte Nathalie wissen, nachdem sie sich wieder beruhigt hatte.

»Der Vater von einer aus meiner Klasse ist auch ein Bulle. Und der macht nie was mit ihr. Außerdem ist es ja wohl egal, wer das sagt. Es ist einfach so.«

Kern überlegte, was er antworten konnte. Dass seine Tochter so über ihn und seinen Beruf sprach, drückte schließlich eine tiefe Enttäuschung aus. Würde er ihr diesen Zungenschlag einfach autoritär verbieten, würde er sie damit nur in ihrer Meinung bestärken.

»Ich weiß, dass ich mich dir gegenüber oft falsch verhalte«, begann er. »Und ich will auch gar nicht *aber* sagen.«

Sophie sah ihren Vater immer noch nicht an. Bockig rührte sie weiter in ihrem Müsli herum, bis es nur noch ein undefinierbarer Brei war.

»Weißt du, wenn ich dir jetzt einen festen Termin verspreche, dann tue ich etwas, das ich einfach nicht kann. Wenn etwas Schlimmes passiert, dann muss ich mich darum kümmern. Ich kann doch nicht sagen: ›Liebe Verbrecher, genießt den schönen Tag, ich habe heute frei.‹ Das geht einfach nicht.«

»Toll«, antwortete Sophie und sprang bockig auf. »Dann gehen wir also erst in den Zoo, wenn es keine Verbrecher mehr gibt.«

Sie lief wütend in den Flur hinaus, schlüpfte schnell in ihre Schuhe, schulterte ihren Schulranzen und riss hastig die Wohnungstür auf.

»Jetzt bleib schon hier«, rief Nathalie und folgte ihr.

Sophie fuhr zwar durchaus schon allein mit dem Bus zur Schule; jetzt aber war es noch viel zu früh zum Aufbrechen. Als Nathalie sie erreicht hatte, fand sie das Mädchen zu ihrer Überraschung regungslos im Hausflur vor. Von ihrer Wut war mit einem Schlag nichts mehr zu spüren.

Stattdessen hielt das Kind plötzlich einen großen Briefumschlag in der Hand.

»Will uns einer was tun?«, fragte die Kleine ängstlich und starrte mit zitternden Händen auf den Brief.

Sie war ganz ruhig geworden. Kern, der zunächst sitzen geblieben war, um seine Tochter nicht noch weiter unter Druck zu setzen, sprang jetzt auf und lief eilig zu den beiden. Als er den Flur erreicht hatte, sah er, wie Nathalie ihrer Tochter gerade den seltsamen Umschlag abnahm, der an die Wohnungstür gelehnt gewesen war.

»Julius …«, stammelte Nathalie verwirrt und sah ihren Mann mit einem furchtsamen Blick an.

Jetzt erst konnte Kern erkennen, dass der Umschlag voll mit bunten Zeitungsschnipseln war, die jemand mit viel Mühe zu Worten zusammengesetzt hatte. Er streckte seine Hand danach aus und griff ihn vorsichtig am Rand, um keine Spuren zu verwischen oder hinzuzufügen.

»Sind wir in Gefahr?«, fragte Nathalie besorgt und zog ihre Tochter ganz nah an sich heran.

Sophie spürte, dass die Situation ernst war.

»Was steht denn da?«, fragte sie, die in der Aufregung nicht dazugekommen war, den Text zu entziffern.

Kern las zunächst still für sich, was der Verfasser auf den Umschlag geschrieben hatte. Erst dann wiederholte er es auch für seine Familie: »Ich denke niemals an die Zukunft. Sie kommt früh genug.«

Seine Gesichtszüge ließen deutlich erkennen, dass er genau wusste, was diese Worte zu bedeuten hatten.

»Julius, was ist los?«, fragte Nathalie mit Nachdruck. »Du weißt doch, was das soll. Oder?«

Kern zögerte einen Augenblick. Dann lief er zunächst zügig in den Hausflur hinaus und sah sich gründlich um. Erst, als er sich vergewissert hatte, dass niemand außer ihnen da war, ging er in die Wohnung zurück und schloss die Tür.

»Ich fürchte schon«, antwortete er. »Aber es wird dir nicht gefallen.«

Nathalie wurde immer unruhiger.

»Jetzt raus damit, verdammt!«, fuhr sie in ihrer Aufregung ihren Mann etwas zu schroff an.

Er wusste, dass er keine andere Wahl hatte, als seiner Frau die Wahrheit zu sagen. Nach weiteren scheinbar endlosen Sekunden des Zögerns sagte Kern schließlich: »*Er* ist zurück.«

Aus einem Reflex heraus wollte Nathalie fragen, wen ihr Mann gemeint hatte. Doch noch bevor sie dazu kam, wurde ihr bewusst, dass nur von einem einzigen Menschen die Rede sein konnte.

»Woher weiß er, wo wir wohnen?«, fragte sie besorgt.

»Das hat er schon mal rausgefunden«, gab Kern zu. »Wahrscheinlich hat er vor dem LKA auf mich gewartet und ist mir nachgefahren.«

»Mach den Umschlag auf«, flüsterte Nathalie ängstlich.

Kern gab seiner Tochter einen Kuss auf die Stirn. Dann wandte er sich wieder an seine Frau.

»Erst im Büro, wegen der Spuren. Aber ganz egal, was er schreibt: Es bedeutet in keinem Fall was Gutes. Schatz, ich möchte, dass du heute mit Sophie bei deiner Mutter bleibst. So lange, bis ich weiß, was los ist. Okay?«

Nathalie nickte.

*Warum ausgerechnet jetzt, da der Schläfenmörder in Berlin ist?*, fragte sich Kern, während Nathalie ihre gemeinsame Tochter langsam wieder zu beruhigen versuchte. *Das kann kein Zufall sein. Verdammt, was willst du, Tassilo?*

# 19

Kern hatte den geheimnisvollen Umschlag noch in seiner Wohnung in eine Plastiktüte gelegt und sie gut verschlossen. Die Kollegen von der Spurensicherung waren bereits auf die mysteriöse Fracht vorbereitet, als er kurz darauf im LKA eintraf. Sofort wurde der Umschlag in Empfang genommen, durchleuchtet, auf Spuren geprüft und analysiert. Erst als jegliche Gefährdung ausgeschlossen werden konnte, wurde er vorsichtig geöffnet. Um keine Zeit zu verlieren, hatte der Erkennungsdienst Castella versprochen, das Schreiben zu kopieren und ihr so schnell wie möglich zukommen zu lassen.

»Sie sind also der Meinung, dieser Brief sei Ihnen von Tassilo Michaelis zugespielt worden?«, fragte Carl vom Stein in nachdrücklichem Ton.

Vom Stein war als Vertreter der Staatsanwaltschaft ins LKA gekommen, nachdem Castella ihn über den Brief informiert hatte. Er war ein großer, kräftig gebauter Mann in maßgeschneidertem Anzug, über dessen linke Wange eine Narbe verlief, die er sich während seiner Studentenzeit in einer schlagenden Burschenschaft zugezogen hatte. Es war kein Zufall, dass ausgerechnet vom Stein auf Castellas Anruf hin erschienen war. Er war sechs Jahre zuvor der Ankläger gewesen, der Tassilo Michaelis wegen seiner grausamen Verbrechen vor Gericht gestellt hatte. Die bittere Niederlage von Polizei und Justiz damals saß ihm noch ebenso sehr in den Knochen wie Kern und Castella.

»Absolut sicher«, antwortete Kern. »Dieser Spruch über die Zukunft. Der stammt von Albert Einstein«, erklärte er.

Vom Stein war noch nicht überzeugt.

»Ich kann diesen beiden Herren wirklich keine Gemeinsamkeiten abgewinnen«, entgegnete er.

»Das ist eine Insidergeschichte zwischen ihm und mir«, erklärte Kern. »Tassilo hat mir eine Abschiedsmail geschickt, damals, nach dem Putzteufel-Fall.«

Vor drei Jahren, nachdem Tassilo maßgeblich daran beteiligt gewesen war, den Putzteufel zu fassen, hatten sich seine und Kerns Wege getrennt.

Tassilo hatte seinerzeit als Oberkellner des angesehenen Sternerestaurants *Lohengrin* eines der grausamsten Verbrechen der deutschen Kriminalgeschichte begangen. Er hatte fünf seiner ehemaligen Gäste unter verschiedenen Vorwänden in eine abgelegene Scheune nach Brandenburg gelockt und sie dort, einen nach dem anderen, brutal hingerichtet. Zwar hatte Kern Tassilo damals fassen können, das Verbrechen blieb aber dennoch ungesühnt. Denn Tassilo musste, nicht zuletzt dank der Arbeit seiner Rechtsanwältin, freigesprochen werden. Kern hatte dieser Misserfolg so hart getroffen, dass daran sogar fast seine Ehe zerbrochen wäre. Und auch Staatsanwalt vom Stein hatte seinerzeit keine gute Figur gemacht.

»Er hat damals in dieser Mail schwülstig zu verstehen gegeben, dass wir uns eine Weile nicht sehen würden. Und am Ende hat er dann Einstein zitiert. Genau mit diesem Satz«, erklärte Kern weiter.

»Also gut«, fuhr vom Stein fort. »Nehmen wir mal an, der Brief ist wirklich von *ihm*. Warum schickt er ihn dann anonym?«

Kern wippte ungeduldig auf seinem Stuhl hin und her. Jeden Augenblick würden sie erfahren, was der Inhalt des rätselhaften Umschlags gewesen war.

»Das ist wieder eines seiner Spiele«, antwortete er. »Ich soll wissen, dass er es ist, es offiziell aber nicht beweisen können.«

»Mit dieser Technik hat er ja bereits gewisse Erfolge erzielt«, kommentierte der Staatsanwalt trocken.

Castella dachte nach. Sie kannte Tassilo gut genug, um sich vorstellen zu können, worum es ihm ging.

»Er weiß aus der Presse, dass Sie den Schläfenmörder jagen. Das hat vermutlich Erinnerungen bei ihm geweckt. Es würde mich nicht wundern, wenn er gern wieder mitmischen würde.«

Endlich klopfte es, und ein Kollege von der Spurensicherung trat ein.

»Wir sind noch dran, aber das hier können Sie schon mal haben«, erklärte er und reichte Castella eine Kopie des Schreibens, das sich im Umschlag befunden hatte.

Castella begann sofort aufmerksam zu lesen. Kern und vom Stein bemerkten dabei den fragenden Ausdruck auf ihrem Gesicht. Eilig flogen ihre Blicke über die Zeilen. Nachdem sie das Schreiben gelesen hatte, dauerte es noch einige Sekunden, bis sie es schließlich an Kern weiterreichte.

»Was soll das?«, fragte sie ihn verwundert.

Kern las vor:

*Lieber      !*
*Ich habe es wieder getan! Gott, war das gut! Mein Lieblingsmoment war der, als die Klinge in sie eingedrungen ist. Die Knochen haben es mir schwer gemacht, aber egal – das war es wert. Sie so durch ihren Körper zu treiben, dass sie am anderen Ende wieder hinauskommt, das ist die eigentliche Kunst.*

*Gar nicht so einfach wie man meint. Nicht aus so vielen verschiedenen Winkeln. Ich habe auch wieder*
*ich hoffe, es gefällt Ihnen!*

*Wie können Sie mir nur antworten? Ich finde einen Weg und lasse Sie ihn wissen.*

*Mit Verehrung,        !*

Einen Augenblick lang schwiegen alle drei.

»Mit solchen Briefen hatte Tassilo sein ganzes Zimmer voll«, brach Kern schließlich das Schweigen. »Damals, als ich in seinem Haus war. Nach seinem Freispruch hat er viele Bewunderer gefunden. Diese Spinner fanden es toll, dass sich mal ein Dienstleister gegen die Willkür seiner Kunden gewehrt hat. Er hat hunderte Fanbriefe bekommen. Und mit denen hat er dann sein Esszimmer tapeziert. Buchstäblich.«

»Verstehe«, antwortete vom Stein. »Und jetzt glauben Sie, das hier ist einer dieser Briefe?«

Kern war sich absolut sicher.

»Allerdings. Die aufschlussreichen Stellen hat er natürlich ausgeschnitten. Dumm ist er ja leider nicht«, stellte er fest.

Castella rückte das Foto ihres Mannes auf dem Schreibtisch zurecht. Ein sicheres Zeichen dafür, dass sie nervös war.

»Jetzt nehmen wir mal an, dass Sie recht haben, Julius«, begann sie. »Ist dann jemand hier der Meinung, dass dieser Brief von *irgendeinem* Fan stammt? Oder stimmen Sie mir zu, dass er von einem ganz bestimmten geschrieben wurde?«

»Vielleicht will er sich ja auch nur interessant machen«, gab vom Stein zu bedenken, der sich keine falschen Hoffnungen machen wollte.

»Da sollten Sie ihn aber besser kennen«, entgegnete Kern. »Er durchdenkt alles, was er tut. Schritt für Schritt. Der Verfasser beschreibt hier präzise einen der Morde des Schläfenmörders. Und dieser Brief liegt gerade jetzt vor meiner Haustür. Also ein Zufall ist das nicht.«

Langsam begannen die Anwesenden sich mit dem Gedanken anzufreunden, dass sie womöglich wirklich einen Brief in der Hand hielten, den der Serienmörder geschrieben hatte, nach dem seit sieben Jahren erfolglos gefahndet wurde.

»Wenn das wirklich stimmt, dann haben unsere Ermittlungen gerade den größten Fortschritt seit Jahren gemacht«, betonte Castella. »Wie werden wir jetzt mit Tassilo verfahren?«

Der Staatsanwalt sah sich noch einmal kurz den Brief an. Dann griff er seine Aktentasche, warf sich seinen Mantel über den Arm und reichte Castella die Hand.

»Das kann ich Ihnen genau sagen«, antwortete er, während er sich von ihr verabschiedete. »Gar nicht.«

Weder Castella noch Kern waren von dieser Antwort wirklich überrascht.

»Alles, was wir haben, ist ein anonymer Brief unbekannter Herkunft. Wir wissen nicht, wer ihn geschrieben hat. Wir wissen nicht, wer sein Empfänger war. Und wir wissen nicht, wer ihn Herrn Hauptkommissar Kern vor die Tür gelegt hat. Bei diesem Faktenstand bekommen Sie von mir gar nichts. Genau genommen sollten Sie Herrn Michaelis noch nicht mal verdächtigen. Ich gebe zu, das Zitat Einsteins ist in diesem Zusammenhang sehr vielsagend. Aber für eine offizielle Maßnahme vollkommen ungenügend. Noch mal hole ich mir keine blutige Nase an diesem Kerl.«

Ohne einen weiteren Kommentar abzuwarten, öffnete der Staatsanwalt die Tür. Im Gehen gab er Kern mit einem dezenten Wink zu verstehen, dass er ihm auf den Flur folgen solle. Castella übersah die Geste elegant.

»Unter uns«, begann vom Stein, nachdem die beiden Männer allein auf dem Flur standen. »Natürlich ist der Brief von Tassilo. Und abgesehen davon, wie wir beide über diesen Kerl denken, finde ich seine kleine Aktion gar nicht mal so übel. Wenn er wirklich in Kontakt mit diesem Serienmörder steht, kann uns doch gar nichts Besseres passieren, als dass er vor Ihnen damit angibt.«

Allein der Gedanke daran, dass Tassilo wieder in sein Leben treten könnte, ließ Kerns Hände zittern. Nach all den Jahren, in denen er es endlich geschafft hatte, die Erinnerungen zu verdrängen und die Albträume loszuwerden, die ihn damals fast jede Nacht gequält hatten.

»Er platzt nach drei Jahren einfach wieder in mein Leben und will mich zu seiner Marionette machen«, zischte er zornig.

»Gut«, erwiderte der Staatsanwalt und klopfte Kern auf die Schulter. »Dann seien Sie eben seine Marionette. Hauptsache, er versorgt Sie weiter mit Informationen. Denn wenn wir mal ehrlich sind: Die können wir wirklich gut gebrauchen. Oder sehen Sie das anders?«

Kern schwieg. Schon sein Gesichtsausdruck war dem Staatsanwalt Antwort genug.

»Was wäre denn, wenn Sie einfach mal ganz privat bei ihm vorbeifahren und sich mit ihm unterhalten?«, schlug vom Stein vor. »Trinken Sie einen Kaffee mit ihm, lassen Sie sich Urlaubsfotos zeigen. Nehmen Sie von mir aus ein Schaumbad gemeinsam.«

»Ich soll bei ihm auf den Busch klopfen? Das kann nicht Ihr Ernst sein«, wunderte sich Kern.

»Warum denn nicht? Drohen Sie ihm nur nicht mit irgendwelchen Maßnahmen und tun Sie nichts, was ihn in die Lage versetzen könnte, Sie anzuzeigen. Ansonsten kann niemand etwas gegen einen Höflichkeitsbesuch unter alten Bekannten einwenden. Wir haben uns verstanden, oder? Und jetzt entschuldigen Sie mich.«

Mit einem vielsagenden Lächeln ließ vom Stein Kern zurück. Kaum, dass dieser über den Vorschlag des Staatsanwaltes nachgedacht hatte, näherte sich auch schon Eva Fuchs vom Analyseraum her dem Büro der Dezernatsleiterin.

Kern hatte auch sie unverzüglich über den Brief informiert. Die Fallanalytikerin hatte es daraufhin aber zunächst vorgezogen, den Verlauf der Untersuchungen bei den Kollegen der Spurensicherung mitzuverfolgen.

»Das ist ja der absolute Knaller!«, freute sie sich, während sie zusammen mit Kern in Castellas Büro kam.

»Jedenfalls ein echter Schritt nach vorn«, antwortete Kern. »Es kann ja kein Zufall sein, dass er mir gerade den Brief zuspielt, aus dem hervorgeht, dass die beiden miteinander in Kontakt treten könnten.«

»Woher kennt der Schläfenmörder eigentlich die Adresse von Herrn Michaelis?«, fragte Fuchs, die sich bereits die ganze Zeit darüber gewundert hatte.

»Er betreibt eine Internetseite«, erklärte Kern. »Tassilo bekommt seine Post an die Adresse, die im Impressum angegeben ist. Da ist er offiziell gemeldet, wohnt aber woanders. Früher hat seine Anwältin dann die Post weitergeleitet. Wer das heute macht, weiß ich nicht.«

»Was ist denn mit seiner Anwältin?«, fragte Fuchs.

»Das ist eine lange Geschichte«, wiegelte Kern ab.

»Okay, wie gehen wir jetzt am sinnvollsten vor?«, mischte sich Castella ein. »Die Graphologen analysieren die Handschrift, die Spurensicherung versucht etwas über den Absender herauszufinden. Und Julius, was machen Sie?«

Kern wusste, dass ihm das, was vom Stein vorgeschlagen hatte, nicht erspart bleiben würde. Er nickte mit stiller Resignation.

»Ich pflege alte Kontakte«, stöhnte er. »Selten habe ich mich so auf ein Wiedersehen gefreut.«

Nachdem sie Castellas Büro verlassen hatten, setzten Kern und Fuchs das Gespräch im Flur fort.

»Wie wollen Sie Tassilo denn finden?«, fragte Fuchs.

»Er hat mich damals in sein Haus eingeladen. Ich weiß zwar nicht, ob er da noch wohnt, aber ich versuche es.«

»Fahren Sie allein?«

»Das muss ich. Tassilo ist fixiert auf mich, seit ich ihn damals gefasst habe. Ich weiß nicht, was er mit dieser Nummer hier bezweckt. Aber was immer es ist: Er will, dass *ich* es tue. Allein.«

Fuchs verlangsamte ihre Schritte, als sie wieder den Analyseraum erreicht hatten.

»Ich hab jetzt zu tun«, erklärte sie. »Dieser Brief könnte wirklich eine Riesenchance sein, ihm endlich näherzukommen. Sogar handgeschrieben.«

Fuchs strahlte über das ganze Gesicht, als sie hinzufügte: »Wenn wir Sie nicht hätten, Herr Kern.«

*Ich habe immer noch die zehn Euro auf meinem Schreibtisch.*

»Rufen Sie mich bitte sofort an, wenn sich was ergibt«, bat Kern. »Wenn wir irgendeine Chance haben, ihn *ohne* Tassilo zu finden, dann möchte ich es als Erster wissen!«

Fuchs konnte sich gut vorstellen, was gerade in Kern vorging.

»Das hat Sie damals sehr getroffen, oder?«, fragte sie.

Kern war es auch nach all den Jahren noch immer sichtlich unangenehm, über Tassilo zu sprechen.

»Er hat uns alle reingelegt.«

Fuchs spürte, dass sie nicht weiter nachhaken sollte.

»Wenn Sie möchten, können wir über unsere Ergebnisse später beim Abendessen sprechen«, schlug sie stattdessen vor. »Um die Ecke habe ich ein kleines Restaurant entdeckt. Das sieht ganz gemütlich aus.«

*Könnte Dennis wirklich recht haben?*

Kern überlegte. Nathalie würde heute ohnehin mit Sophie bei ihrer Mutter übernachten. Außerdem, da machte er sich nichts vor, hatte er schon lange nicht mehr allein mit einer Frau zu Abend gegessen. Schon gar nicht mit einer so attraktiven.

»Um sieben?«, schlug er daher kurzerhand vor.

»Um sieben«, entgegnete Fuchs.

Die Fahrstuhltür öffnete sich bereits mit einem Poltern, als Kern noch hinzufügte:

»Ich freue mich schon!«

## 20

Einmal in der Woche blieb das *Mes Amis* geschlossen. Rufus nutzte seinen freien Tag, um sich ein wenig in der Gegend von Berlin umzusehen, in der er während der Spielzeit von Madames aktueller Show untergekommen war.

Engagements in Varietés sind für die Künstler meist sehr anstrengend. Sie haben so gut wie keine Freizeit und leben fast ausschließlich auf die Show des Abends hin, manchmal über Monate hinweg. Und das nicht selten bei mäßiger Bezahlung.

Rufus war nicht ausschließlich auf die Gagen angewiesen, die ihm seine Zauberkunst einbrachte. Seine Eltern hatten für ihn früh mit Lebensversicherungen vorgesorgt. Später waren dann noch die bescheidenen Hinterlassenschaften seiner Großmutter hinzugekommen, und auch seine Invalidität bescherte ihm Zuwendungen, wenn auch nur geringe.

Rufus genoss es, sich an diesem freien Tag ein wenig entspannen zu können.

Die Sonne schien strahlend, als er gemächlich über die Schlossstraße spazierte. Es war die größte Einkaufsmeile des Bezirks Steglitz, in dem Rufus zurzeit wohnte. In den vergangenen Jahren hatte sich auf der Lieblingsstraße der Südberliner viel getan. Moderne Einkaufszentren waren gebaut und viele in die Jahre gekommene Geschäfte renoviert oder sogar abgerissen worden. Zudem ragte eines der weniger repräsentativen Wahrzeichen Berlins, der von den Steglitzern liebevoll so genannte *Bierpinsel,* über die belebte Straße mit ihren zahlreichen Kaufhäusern und Restaurants. Der plumpe, klotzige Turm aus den Siebzigerjahren war zwar selbst bei freundlicher Betrachtung nicht als schön zu bezeichnen, thronte aber dennoch seit Jahrzehnten stolz über dem Boulevard.

Wegen seines teilamputierten Fußes musste Rufus bei seinem Bummel immer wieder Pausen einlegen. So setzte er sich an einen der Tische, die eine Kaffeehauskette vor ihrem Geschäft aufgestellt hatte. Während er in Ruhe ein Glas Wasser trank und die zahlreichen Menschen munter plaudernd an ihm vorüberzogen, schätzte er die Stärke seiner Rückenschmerzen auf eine Sechs.

Es hatte ihn sehr viel Kraft gekostet, die furchtbaren Erinnerungen an den Abend noch einmal zu durchleben, an dem Anne gestorben war. Zwar verfolgten ihn die abscheulichen Erlebnisse seiner Vergangenheit stets auf Schritt und Tritt. Wenigstens den tragischen Tod seiner einzigen Freundin hatte er jedoch bislang mit Erfolg verdrängen können.

Es war eine schreckliche Zeit gewesen, nachdem Anne damals nicht mehr nach Hause gekommen war. Rufus hatte beteuert, dass sie bereits vor Stunden bei ihm aufgebrochen sei und er nicht wisse, wo sie geblieben sein könne. Seine präzisen Kenntnisse über Körpersprache, Mimik und Analyse eines Gesprächspartners hatten es ihm dabei ermöglicht, absolut glaubhaft zu lügen. Eine wertvolle Fähigkeit, die ihm auch in den folgenden Jahren noch oft zugutegekommen war.

Bald darauf hatte es eine großangelegte Suchaktion der örtlichen Polizei gegeben. Ganze Hundertschaften waren durch die umliegenden Wälder gezogen, um herauszufinden, wo Anne geblieben war. Natürlich geriet der seltsame Rufus schnell in den Verdacht, mit ihrem plötzlichen Verschwinden etwas zu tun zu haben. Da sie bekanntermaßen seine einzige Freundin war, ließen die Ermittler diesen Verdacht nach einer Reihe ergebnisloser Untersuchungen jedoch wieder fallen.

Annes Verschwinden hatte nicht nur Rufus' Leben verändert. Auch ihre Familie verzweifelte an der schrecklichen Ungewissheit. Irgendwann hatten sie sich in ihrer hoffnungslosen Trauer gewünscht, dass wenigstens Annes Leiche gefunden werden würde. Doch weder ihre Tochter noch deren toter Körper waren jemals wieder aufgetaucht.

Rufus hatte in den folgenden Jahren immer wieder mit dem Gedanken gespielt, sich der Polizei zu stellen. Besonders dann, wenn die Demenz seiner Großmutter ihn wieder einmal an die Grenzen seiner Belastbarkeit geführt hatte. Irgendwann hatte er diese Idee dann aber endgültig aufgegeben.

Die Blicke einer Frau, die Rufus auffallend musterte, befreiten ihn plötzlich aus dem Gefängnis seiner Erinnerungen. Die Unbekannte, die auf dem Bürgersteig stand und ihn fixierte, als sei er eine prominente Persönlichkeit, wirkte vertraut auf ihn. Wenn auch auf eine unangenehme Weise.

»Porky, bist du's?«, fragte sie schließlich strahlend.

*Porky!* Seit seiner Schulzeit hatte Rufus diesen verhassten Spitznamen nicht mehr hören müssen. Er war verunsichert.

»Ich bin Josephine, weißt du noch? Aus der Schule. Bist du's, der Zauberer?«

Jetzt erkannte Rufus die Frau. Tatsächlich war er mit Josephine Radtke jahrelang in dieselbe Klasse gegangen. Sie hatten allerdings nicht oft miteinander geredet. Josephine war immer schon ein sehr hübsches Mädchen gewesen, das bei den Jungs ausgesprochen beliebt war.

Rufus konnte es auf den Tod nicht ausstehen, mit seiner unsäglichen Vergangenheit konfrontiert zu werden. Er hatte sie hinter sich gelassen. Weiter, als jeder Außenstehende es sich vorstellen konnte. Und jetzt, Jahrzehnte später, sollte er sich auf einmal wieder an dem Menschen messen lassen, den er in harten, disziplinierten Jahren der eigenen Neuerschaffung erfolgreich vernichtet hatte? Er überlegte kurz, ob er eine Verwechslung vortäuschen sollte, doch bevor er überhaupt dazu ansetzen konnte, hatte Josephine ihn auch schon eindeutig wiedererkannt. Unaufgefordert setzte sie sich zu ihm.

»Du siehst umwerfend aus«, stellte sie fest, während sie mit ihrem Terrassenstuhl näher an Rufus heranrückte. »Ich meine, du warst ja damals immer ziemlich gut dabei. Aber hey, wo ist denn der gute alte Porky geblieben? Wie viel hast du runtergeschafft?«

*Warum gehst du nicht einfach weiter?*

Sie strahlte und schien sich aufrichtig über das unerwartete Wiedersehen zu freuen. Rufus tat das nicht. Ganz und gar nicht.

»Über sechzig Kilo«, gab er abwiegelnd zur Antwort. »Musste ja mal was passieren.«

Josephine stellte ihre prall gefüllten Einkaufstüten ab und musterte ihr Gegenüber. Sie hatte Rufus noch nie zuvor so schlank gesehen. Er wog zwar noch immer fast einhundert Kilo; bei seiner Körpergröße und Statur wirkte er damit aber vollkommen normal. Josephine senkte leicht ihren Blick, als sie sagte: »Wir waren ziemlich gemein zu dir, oder? Das war blöd. Wenn man jung ist, macht man oft Sachen, über die man gar nicht richtig nachdenkt.«

*Kleine fette Kinder scheißen kleine, fette Würste!*

*Lass mich in Ruhe!*

Rufus war sich im Klaren darüber, dass sie nicht ansatzweise einschätzen konnte, was sie da sagte. Als Entschuldigung ließ er das aber nicht gelten. Für das, was sie ihm damals angetan hatten, gab es keine Entschuldigung.

»Ist lange her«, antwortete er dennoch lapidar, noch immer in der Hoffnung, sie würde sich schnell wieder verabschieden.

Stattdessen streckte Josephine ihren Hals vor, als suche sie nach einer Bedienung. Sie hatte offenbar nicht vor, bald weiterzugehen. Rufus' Anspannung wuchs, während Wut und Schmerz innerlich in ihm hochkochten.

»Über zwanzig Jahre, fast fünfundzwanzig. Wir sind ganz schön alt geworden, was?«, entgegnete sie dann und lachte dabei hell auf.

Sie war auch mit ihren über vierzig Jahren noch genauso attraktiv, wie sie es als junges Mädchen gewesen war.

»Ehrlich gesagt vermisse ich die Jugend nicht. Ich hatte nicht besonders viel Glück mit ihr«, gab Rufus zu.

Josephine setzte einen nachdenklichen Blick auf und beugte sich leicht zu ihm vor.

»Weißt du, die Vergangenheit können wir nicht mehr ändern«, sagte sie dann. »Aber die Zukunft. Muss ich dir ja nicht sagen. Ich komm immer noch nicht darüber weg, wie schlank du bist. Komisch, da sieht man sich Jahrzehnte lang nicht, und dann trifft man sich an der Schlossstraße wieder. Lebst du jetzt auch in Berlin?«

*Hör auf so zu tun, als wären wir Freunde!*

»Nur ein paar Wochen. Ich bin hier engagiert.«

Josephine klatschte vor Freude in die Hände.

»Ist ja cool! Du zauberst also immer noch?«

»Wieder. Ich musste ein paar Jahre aussetzen.«

Rufus' Unbehagen wuchs immer weiter. Dabei war Josephine so freundlich, wie er sie zu ihrer gemeinsamen Schulzeit nie erlebt hatte. Ihre offene Art verunsicherte ihn jedoch ebenso sehr, wie er sich von ihr verspottet fühlte.

»Wo trittst du denn auf?«, interessierte sie sich.

»Ein kleines Varieté am Ku'damm. *Mes Amis*. Kennst du das?«

»Hm, kann sein. Es gibt so viele Theater hier … weißt du ja selber. Da würde ich gern mal hinkommen. Ich weiß noch, du hattest immer so tolle Tricks drauf. Zeig doch mal was!«

Rufus hatte geahnt, dass sie ihn früher oder später bitten würde, ihr etwas vorzuzaubern.

Es gehört zu den unauslöschlichen Eigenschaften von Menschen, einen Zauberer in nahezu jeder Situation dazu aufzufordern, ein Kunststück vorzuführen. Früher war Rufus das auf die Nerven gegangen. Doch irgendwann hatte er verstanden, dass dies einfach zu seinem Beruf gehörte. Magier faszinierten die Menschen seit jeher. Es war wohl einfach normal, dass man neugierig war, welche scheinbaren Wunder sie mit ihren bloßen Händen bewirken konnten. Einem Zauberer zuzutrauen, in jeder Situation spontan etwas Verblüffendes vorführen zu können, drückte wohl lediglich aus, dass die Menschen tief in ihren Herzen an Magie glauben wollten.

Sich nun Josephine gegenüber beweisen zu müssen gefiel Rufus trotzdem ganz und gar nicht.

»Öffne mal deine Hand«, bat er sie dennoch.

Josephine setzte sich aufrecht hin und folgte seiner Bitte, während Rufus aus seiner Jackentasche zwei rote Schwammbälle herauszog.

»Einen davon lege ich in meine Hand, einen in deine«, erklärte er.

Wie angekündigt nahm er einen der Bälle in seine Hand und ballte sie zur Faust. Den zweiten legte er in Josephines Handfläche und forderte sie auf, ebenfalls die Faust zu ballen.

»Jetzt konzentrier dich bitte auf deine Hand. Spürst du schon was?«

»Weiß nicht«, zögerte Josephine, ohne dabei ihre Faust aus den Augen zu lassen.

»Lass sie geschlossen«, forderte Rufus sie auf und öffnete dann langsam und dramatisch seine Faust.

Sie war leer. Josephine starrte Rufus' nackte Handfläche ungläubig an.

»Jetzt du.«

Als Josephine daraufhin ihre Hand öffnete, befanden sich plötzlich beide Bälle darin, obwohl Rufus sie zu keinem Zeitpunkt mehr berührt hatte. Sie lachte verblüfft, während der stockende Verkehr unaufhörlich an den beiden vorbeirauschte.

»Das gibt's ja nicht. Hast du noch mehr davon drauf?«

*Unterhält dich der blöde, fette Porky gut? Willst du sehen, was er noch so alles drauf hat?*

Rufus sah sich unauffällig um. Die zahllosen Menschen im regen Treiben der Einkaufsstraße zogen an ihnen vorbei, ohne von den beiden Notiz zu nehmen.

»Hier nicht«, antwortete er daher. »Höchstens in meiner Wohnung. Aber du kannst auch einfach morgen ins Theater kommen. Ich hab noch Freikarten.«

»Super, dann kann ich ja auch meinen Mann mitbringen«, antwortete Josephine. »Bist du auch verheiratet?«

Josephine konnte nicht ahnen, dass Rufus sich in seiner eigenen Wahrnehmung noch immer als genau so abstoßend empfand wie zu seinen schlimmsten Zeiten. Die Frage kam ihm daher wie blanker Hohn vor, der seine aufgestaute Wut noch weiter verstärkte.

»Hat sich nicht ergeben«, antwortete er beherrscht, aber mit einem Unterton, der zu verstehen gab, dass er nicht über das Thema reden wollte.

Plötzlich fiel Josephine etwas ein, das sie vor lauter Aufregung über das unerwartete Wiedersehen vollkommen vergessen hatte: »Ach so, du kennst meinen Mann ja auch! Paul, du weißt doch.«

Rufus zuckte zusammen, wenn auch kaum sichtbar.

*Na, Porky, traust du dich das auch? Oder kannst du nur Arschbomben?*

»Ist ja witzig. Ihr wart doch damals schon zusammen, oder?«, antwortete er in dem Bemühen, sich seine Anspannung nicht anmerken zu lassen.

Rufus spürte seine Rückenschmerzen jetzt viel stärker als zuvor. Eine Neun. Noch einmal sah er sich um. Dann sagte er freundlich: »Wenn du noch eine halbe Sunde Zeit hast, kann ich eine Sache mit dir ausprobieren, an der ich gerade arbeite. Das geht aber nur in Ruhe; du musst dich konzentrieren können.«

Josephine wurde neugierig.

»Konzentrieren?«

»Ich arbeite mit den Gedanken von Menschen. Ich würde dich gern auf eine kleine Reise schicken, wenn du magst.«

Josephine sah ihn skeptisch, aber interessiert an.

»Klingt spannend.«

Rufus lächelte charmant.

»Oh, das ist es auch. Vor allem das Ende. Das ist wirklich der Hammer.«

## 21

Das kleine Haus, in dem Tassilo Michaelis nach seinem überraschenden Freispruch Zuflucht gefunden hatte, befand sich in einem Dorf im Berliner Umland. Kaum die Hälfte aller Häuser dort war noch bewohnt; Tassilo hatte sich dort draußen jahrelang unbemerkt aufhalten können.

Damals, als Kern den Putzteufel gejagt hatte, war er dorthin eingeladen worden. Tassilo selbst hatte ihn an den geheimen Ort gebracht, um ihm ein überraschendes Angebot zu unterbreiten, das den Verlauf der Ermittlungen entscheidend beeinflussen sollte.

Doch das war lange her, und Kern hatte das Dorf seitdem nicht mehr aufgesucht.

Er hatte ein flaues Gefühl im Magen, als er den Blinker setzte, um von der Autobahn abzufahren.

Kern erinnerte sich an viele Orte, an denen er im Laufe seines Lebens dem Bösen begegnet war. Manche von ihnen schienen das Grauen, das dort gewütet hatte, geradezu aufgesogen zu haben. Solche Orte strahlten oft noch Jahre später eine gespenstische Kälte aus. Geradezu so, als habe die verführerische Berührung mit dem Bösen sie verseucht.

In Tassilos Haus war niemals ein Verbrechen geschehen. Es war ausreichend gewesen, dass er darin gewohnt hatte, um es mit dem Bösen zu infizieren.

Kern war sich nicht sicher, ob er Tassilo antreffen würde, als er den ungepflegten Pfad vom kaputten Zaun des Vorgartens zur Haustür entlangging. Es gehörte zu den vielen unheimlichen Eigenschaften Tassilos, dass er sich höchst ungern finden ließ. Er selbst war stets derjenige gewesen, der fand.

Als Kern schließlich vor der Tür des alten Hauses stand, kehrte ein unangenehmes Gefühl in ihm wieder, das er seit Jahren nicht hatte spüren müssen. Die Begegnung mit Tassilo, die ihm möglicherweise unmittelbar bevorstand, schien ihm geradezu die Luft abzuschnüren. Sie drohte seine Vernunft zu lähmen und erfüllte ihn mit einer bizarren Form von Angst, die er nur bei Tassilo jemals gespürt hatte. Eine Angst, die zum ersten Mal über ihn gekommen war, als er die abgelegene Scheune betreten hatte, in der Tassilo damals fünf Menschen brutal abgeschlachtet hatte. Die grausamen Bilder der entstellten Leichen kamen in sein Gedächtnis zurück, als Kern endlich die Türklingel betätigte.

Nach scheinbar endlosen Sekunden bemerkte Kern Geräusche von einer Person, die sich auf die Tür zubewegte. Mehr torkelnd als gehend schleppte sich jemand durch den Flur, anscheinend unkoordiniert, ohne jeden Rhythmus.

*Tassilo läuft anders. Sein Gang ist entschlossen und selbstsicher.*

Das leise Schaben der Abdeckung des Türspions verriet Kern, dass er gemustert wurde. Sein Puls stieg. Dann vernahm er das Geräusch der Kette, die aus ihrer Verankerung gehoben wurde. Endlich öffnete sich die Tür mit einem leisen Knarren.

Es war eine traurige Gestalt, die vor Kern stand und ihn aus großen, leeren Augen unverwandt ansah. Der junge Mann war ausgezehrt, ungepflegt und stand offenbar unter dem Einfluss von Drogen. Er trug ein schmutziges Unterhemd, das viel zu groß für seinen ausgemergelten Körper war und den Blick auf die unsauber ausgeführten Tätowierungen an seinen Armen freigab. Außerdem war er mit einer schmutzigen Trainingshose und schwarzen, löchrigen Socken bekleidet. Kern kannte den Mann.

»Ist alles in Ordnung mit Ihnen, Jonathan?«, fragte er besorgt.

Kern hatte Jonathan kennengelernt, als Tassilo ihn drei Jahre zuvor zum ersten Mal in dieses Haus gebracht hatte. Damals hatte er nicht ein einziges Wort an Kern gerichtet. Auch jetzt schwieg er. Es war seinerzeit offensichtlich gewesen, dass der zierliche junge Mann eine sehr besondere Beziehung mit Tassilo geführt hatte. Jonathans selbstzerstörerische Tendenz schien sich im Laufe der vergangenen Jahre noch weiter ausgeprägt zu haben. Sein ausdrucksloses Gesicht war voller Narben, sein Blick leicht schief.

»*Er* ist nicht hier, wenn es darum geht«, hauchte Jonathan mit brüchiger Stimme und blieb weiter im Türrahmen stehen, als wollte er verhindern, dass Kern eintrat.

»Kann ich mit Ihnen reden?«

Jonathan sah Kern noch einen Moment lang an. Dann drehte er sich wortlos um und ging ins Haus zurück, ohne die Tür hinter sich zu schließen. Kern verstand dies als Aufforderung einzutreten und folgte ihm. Mit unsicherem Schritt schleppte sich Jonathan durch den verwahrlosten Flur auf den Endraum des Ganges zu, in dem Tassilo und Kern seinerzeit ein entscheidendes Gespräch geführt hatten. Es war zudem auch der Raum gewesen, den Tassilo mit den unzähligen Briefen seiner morbiden Anhänger tapeziert hatte.

»Ich kann Ihnen nichts anbieten«, sagte Jonathan, nachdem er das Zimmer betreten und sich gesetzt hatte.

Kern sah sich vorsichtig um. Als er das letzte Mal in diesem Raum gewesen war, hatte Tassilo eigens für ihn eine festliche Tafel gedeckt gehabt. Im Kamin loderte ein behaglich knisterndes Feuer, das die befremdliche Stimmung des Raumes noch verstärkt hatte. Zudem hatten überall Kerzen gebrannt. Jetzt war alles anders. Die Tafel, an der er damals Platz genommen hatte, war verschwunden, und der Kamin sah aus, als sei er lange nicht in Betrieb gewesen. In der Ecke lag eine schmutzige Matratze, auf der Jonathan offenbar seine Nächte verbrachte, und überall verschimmelten leere Pizzakartons und Tüten von Fast-Food-Restaurants. Zudem hatte Jonathan offenbar versucht, die Briefe von den Wänden zu entfernen. Einige waren teilweise heruntergerissen, andere mit Farbspritzern bedeckt. An einem Teil der Wand hatte der junge Mann damit begonnen, die Briefe zu übermalen, dies aber wieder aufgegeben. Kern hatte nicht den Eindruck, dass Jonathans Kräfte in seiner augenblicklichen Verfassung für eine Renovierung ausgereicht hätten. Kerns Blicke flogen konzentriert über die Briefe, die noch zu erkennen waren. Keiner davon trug die Handschrift des Schreibens, das er vor seiner Haustür gefunden hatte.

»Was ist hier passiert?«, fragte Kern, nachdem er sich in dem kahlen Raum auf einen umgedrehten Bierkasten gesetzt hatte.

Jonathan räusperte sich, hustete kurz und antwortete dann: »Er schickt mir Geld. Damit ich seine Post bearbeite. Er wohnt seit Jahren nicht mehr hier.«

»Wo ist er denn?«

»Mal hier, mal da. Er zieht von Stadt zu Stadt, keine Ahnung. Er sagt es mir nicht.«

Kern glaubte dem jungen Mann. So, wie das Haus jetzt aussah, hätte Tassilo unmöglich darin leben können. Er legte großen Wert auf Stil und gehobenes Niveau; eine solche Umgebung hätte er auf gar keinen Fall akzeptiert.

»Wann haben Sie ihn das letzte Mal gesehen?«, wollte Kern wissen.

Jonathan starrte abwesend an die Wand. Den Geruch von

Marihuana und Urin, der das ganze Haus unter sich zu erdrücken schien, nahm er dabei schon lange nicht mehr wahr. Erst nach einigen Sekunden antwortete er.

»Manchmal kommt er her. Immer unangemeldet. Was wollen Sie denn von ihm?«

»Ich bin mir sicher, dass Tassilo mir einen seiner Briefe zugespielt hat. Was wissen Sie über diese Briefe? Redet er mit Ihnen darüber?«

Jonathan versuchte zu lachen, doch es kam nur ein heiseres Krächzen heraus.

»Reden?«

Dann stand er auf und wandte sich Kern zu.

»Ich zeige Ihnen mal was.«

Jonathan griff an sein Unterhemd und zog es mit einer umständlichen Bewegung aus. Kern erschrak, als er den nackten Oberkörper sah. Überall waren Narben, die meisten schlecht verheilt. Zudem Brandwunden, die darauf hindeuteten, dass jemand Zigaretten auf ihm ausgedrückt hatte. Der ausgemergelte Körper ließ zudem schlecht verheilte Rippenbrüche erkennen. Die wenigsten Wunden machten den Eindruck, als seien sie von einem Fachmann behandelt worden.

»Das ist seine Signatur«, erklärte Jonathan sachlich. »Die Anordnung der Brandwunden folgt seinem System.«

»Sie meinen, er geht methodisch vor?«

»Er weiß, wo es die größten Schmerzen verursacht. Glauben sie mir, er weiß immer, was er tut. Auch beim Foltern. Er kommt manchmal rein, schlägt mich zusammen und fesselt mich. Dann geht er wieder. Zwei, drei Tage später kommt er zurück und öffnet die Fesseln wieder.«

Kern schwieg. Er hatte Schwierigkeiten, die Situation einzuschätzen. Jonathan fuhr fort: »Er ist gebildet und kultiviert. Er gibt sich als Mann von Welt, mit Stil und Etikette. Aber glauben Sie mir, das ist nur seine Fassade. Seine wahre Veranlagung ist die einer Bestie.«

Während Kern noch überlegte, wie er Jonathan helfen konnte, fragte dieser: »Was für ein Brief war das denn?«

»Es war nur ein Fragment von einem Brief. Die Namen und Teile des Textes hat er ausgeschnitten«, antwortete Kern, griff in seine Tasche und zog die Kopie des Schreibens heraus.

Er reichte sie Jonathan, der nur kurz daraufblickte.

»Von solchen Briefen hat er Hunderte.«

»Hat er noch mehr Briefe von *diesem* Absender?«

»Keine Ahnung. Ich habe vor Jahren aufgehört, die zu lesen. Krankes Gewäsch von kranken Typen.«

Dann reichte er Kern den Brief zurück und fügte hinzu: »Und jetzt versuchen Sie sich mal Typen vorzustellen, die sogar einer wie ich als *krank* bezeichnet.«

Kerns Hoffnung, dass er hier weiterkommen würde, begann zu schwinden. Jonathan stand offensichtlich unter Drogen. Allein die Tatsache, dass er noch über sich selbst reflektieren konnte, gab Kern Hoffnung, dass ihm vielleicht noch zu helfen sein mochte.

»Was machen Sie denn mit seiner Post?«, fragte er in einem letzten Versuch.

»Die leite ich weiter.«

Kern horchte auf.

»Wenn dieser Brief hier an Tassilo gerichtet war, wäre er dann zuerst bei Ihnen angekommen?«

Jonathan zuckte mit den Schultern.

»Kann sein. Ich öffne sie nicht.«

»Wohin leiten Sie die Briefe denn weiter?«

Jonathan hustete noch einmal. Dann stand er auf und lief aus dem Raum. Kern folgte ihm. Jonathan ging zur Haustür und öffnete sie.

»Gehen Sie jetzt lieber«, sagte er dann.

Kern verstand und folgte der Aufforderung. Als er auf der Türschwelle stand, sah er Jonathan noch einmal eindringlich an.

»Wenn er sich bei Ihnen meldet, dann sagen Sie ihm, dass ich ihn sprechen muss. Können Sie das für mich tun?«

»Er hat keinen großen Respekt vor mir, wissen Sie?«, antwortete Jonathan. »Ich bin für ihn eher eine Art Gebrauchsgegenstand.«

»Warum lassen Sie das mit sich machen? Kommen Sie einfach mit, ich kann Ihnen helfen«, bot Kern an.

Jonathan schien überrascht.

»Julius Kern, der Beschützer der Armen und Kranken«, spottete er und fügte hinzu: »Wer sagt denn, dass ich was dagegen habe?«

»Sie wissen doch, was er damals getan hat. Warum lassen Sie zu, dass er Sie ...«

»Davon verstehen Sie nichts«, fiel Jonathan ihm ins Wort. »Ich weiß nie, wann er kommt. Und wenn er mich gefesselt zurücklässt, dann weiß ich nicht, ob und wann er zurückkommt. Ich mache die Regeln nicht, ich bin ein Teil von ihnen.«

»Ich verstehe.«

»*Das* werden Sie niemals verstehen«, entgegnete Jonathan und fügte hinzu: »Ich sage ihm, dass Sie hier waren.«

Kern nickte beifällig und ging.

Nachdem Kern losgefahren war, schleppte sich Jonathan wieder ins Wohnzimmer zurück und ließ sich auf seine verrottete Matratze sinken. Die Federn waren so ausgeleiert, dass sie seinen Fall kaum noch bremsen konnten. Das Gespräch hatte ihn viel Kraft gekostet, und als er erschöpft die Augen schloss, hörte er den Applaus einer einzelnen Person, die sich ihm vom ersten Stock her näherte. Schließlich fiel der lange Schatten des Mannes, der sich bereits vor Kerns Eintreffen im Haus befunden hatte, auf Jonathan.

»Hervorragend«, sagte er mit höflichem Ton und zündete sich eine Zigarette an. »Er hat den Köder geschluckt.«

Jonathan starrte ängstlich auf die Glut der Zigarette, als Tassilo genüsslich daran zog.

»Bekomme ich es jetzt?«, fragte er bettelnd.

Tassilo zog ein kleines Tütchen mit einem weißen Pulver darin aus der Tasche und warf es mit verächtlicher Geste auf Jonathans verbrauchten Körper. Dieser griff sofort danach und verstaute es in seiner Hosentasche, als habe er Angst, man könne es ihm wieder wegnehmen.

»Den hier bekommt er morgen«, stellte Tassilo klar und zog eine Plastiktüte aus seiner Tasche, in der sich ein weiterer Umschlag befand. »Und mach keine Spuren dran, kleiner Penner.«

Tassilo legte die Tüte mit dem Brief darin auf die Kiste, auf der kurz zuvor Kern gesessen hatte. Dann ging er zügig zu Jonathan, zog noch einmal an seiner Zigarette und hielt sie dem jungen Mann direkt unter den rechten Augapfel, während er seinen Kopf an den Haaren in den Nacken zog.

»Du weißt, was passiert, wenn du es versaust?«, fragte er.

Jonathan nickte, wenn auch nur ganz vorsichtig. Dann ließ Tassilo wieder von ihm ab, drehte sich um, zog noch einmal an seiner Zigarette und sagte:

»Wie ich das vermisst habe. Wunderbar.«

## 22

Rufus genoss einen Augenblick lang die Ruhe, die eingekehrt war, nachdem er Josephine endlich niedergeschlagen hatte. Dann schaltete er den alten Kofferplattenspieler ein, den er von seiner Großmutter geerbt hatte, legte eine Aufnahme von *Cabaret* auf den Plattenteller und setzte die staubige Nadel an die Stelle seines Lieblingsliedes, das nun mit einem unheimlichen Knirschen aus dem kleinen Lautsprecher klang.

Rufus hatte diesen Augenblick herbeigesehnt, seit sie sich im Café zu ihm gesetzt hatte. Das verdammte Gerede über ihre gemeinsame Schulzeit. Die überdrehte Wiedersehensfreude, das ganze Gesülze von damals. Als wären es lustige Zeiten gewesen, in denen sie *so viel Spaß gehabt* hätten. Geradezu so, als wäre der *fette Porky* nur eine kleine, heitere Anekdote gewesen.

Nur ab und zu gab die bewusstlose Josephine ein paar kleine, gluckernde Laute von sich, während unaufhörlich Blut aus der Wunde an ihrer rechten Schläfe sickerte. Sie lag in seltsam verkrümmter Haltung auf dem alten, abgenutzten Sessel in Rufus' kleiner Souterrainwohnung. Er saß ihr direkt gegenüber, den Hammer noch immer in der Hand, und sah sie ruhig und aufmerksam an, während mit nostalgischem Klang die Musik aus dem alten Lautsprecher tönte. Wie viel Macht sie über ihn gehabt hatte, damals, in der Schule. Wie viel Macht *sie alle* über ihn gehabt hatten.

»Und was ist jetzt? Willst du immer noch über mich lachen?«, fragte er die reglose Josephine mit einem hellen Flüstern. »Bin ich noch lustig? Der dicke Porky, der immer von seiner Oma abgeholt wird? War leicht, sich über mich lustig zu machen, oder? Fett und tollpatschig war er, der kleine Idiot. Aber jetzt lachst du ja gar nicht mehr. Was ist denn passiert? Und dein hübscher Paul? Was meinst du, wird der noch lachen, wenn sie dich gefunden haben?«

Rufus streckte seine Hand nach Josephines weißer Bluse aus und öffnete die oberen drei Knöpfe. Gerade so weit, dass er den Ansatz ihrer Brüste sehen konnte. Dann streichelte er sanft mit seinem Zeigefinger über ihren leblosen Körper. Kurz darauf zog er seine Hand wieder zurück.

Er erhob sich. Während er humpelnd zu seinem Kleiderschrank schlenderte, pfiff er zu der Schallplatte die Melodie aus *Cabaret* mit, die stets der Auftakt von Madames Shows war.

Josephines überraschender Auftritt kam ihm eigentlich ungelegen. Rufus war nicht vorbereitet gewesen und musste jetzt umso konzentrierter vorgehen. Schließlich hatte sie ja auch eine ganz besondere Vorstellung verdient. Der silberne Bühnenanzug, den er einmal aus Las Vegas mitgebracht hatte, erschien ihm als angemessene Garderobe.

»Willkommen, bienvenue, welcome!«, sang er im Duett mit der alten Aufnahme und setzte dabei einen passenden Zylinder auf.

Dann ging er wieder zu Josephine, streckte die Arme von sich wie ein Star, der soeben die Bühne betreten hatte, und sagte: »Ladies and gentlemen, please welcome the incredible Rufus and his beautiful assistant – Josephine!«

Einen Moment lang behielt er seine professionelle Bühnenpose bei. Dann musterte er die leblose Frau mit geschulten Blicken und tastete sie zügig auf Gegenstände ab, die ihre Identität hätten verraten können. Er fand nichts. Alles, was Josephine mit sich geführt hatte, befand sich in ihrer Handtasche und den Einkaufstüten, die sie noch kurz zuvor im Flur abgestellt hatte.

Danach setzte Rufus den Zylinder wieder ab und legte ihn zu dem magisch glitzernden Anzug. Er hatte noch einige Vorbereitungen zu treffen; deswegen strich er der leblosen Frau noch ein letztes Mal mit dem Zeigefinger über ihre blutverschmierte Stirn und sagte in einem unheimlichen Singsang: »Wir sind alle das Ergebnis der Entscheidungen, die wir treffen, meine Liebe.«

Der Transporter, den Rufus fuhr, hatte eine große Ladefläche, die man von außen nicht einsehen konnte. Solche Fahrzeuge sind bei Zauberern sehr beliebt, denn sie müssen regelmäßig gewaltige Aufbauten verstauen und haben Kisten und Koffer über weite Strecken zu transportieren. Rufus' Vermieterin beherbergte oft Zauberkünstler. Sie wunderte sich deshalb nicht, wenn er große Kisten mit schwerem Inhalt durch den Hausflur schleppte.

Rufus war sich nicht ganz sicher, ob er wirklich die richtige Wahl für Josephines Körper getroffen hatte. Normalerweise lief es anders ab. Er entschied sich zunächst für eine Vorführung und suchte erst danach die passende Assistentin dafür aus. Jetzt musste er ein wenig improvisieren. Er hatte Josephine schließlich nicht gebeten, sich zu ihm zu setzen.

Es polterte auf der Ladefläche. Josephine war nicht so schwer getroffen wie Heike Weber und schien langsam wieder zu sich zu kommen. Sie bewegte sich anscheinend in der massiven Kiste, in der Rufus sie transportierte, hin und her. Im Falle einer Kontrolle würde er in Schwierigkeiten geraten. Aber Rufus war noch nie kontrolliert worden. Schon gar nicht, wenn er seine besonderen Ladungen mit sich führte.

»Nicht so ungeduldig, meine Gute. Conténance!«, rief er ihr zu, ohne sich umzudrehen.

»Weiter vorn links abbiegen«, empfahl die freundliche Stimme des Navigationsgerätes, das Rufus leitete.

Nach einem kurzen Blick in den Rückspiegel setzte er daher den Blinker und bog von der Hauptstraße auf einen kleinen Schotterweg ab, der in das Waldstück führen sollte, das er sich ausgesucht hatte. Das Internet war ihm bei seiner Suche nach einem geeigneten Ort behilflich gewesen. Über Satellitenbilder konnte er sich bequem darüber informieren, an welchen Stellen sie allein und unbeobachtet sein würden.

Noch einmal vernahm er ein leichtes Ruckeln von der Ladefläche.

»Meine liebe Josephine«, begann Rufus darauf mürrisch. »Es war deine eigene Entscheidung. Du hättest dem Kind auch den Hammer geben können. Aber nein, du musstest ihm ja die Rose schenken. Was für ein guter, mitfühlender Mensch du doch bist. Aber anders habe ich dich auch nie kennengelernt. Jetzt sei gefälligst still und bereite dich auf deinen Auftritt vor.«

Nach einigen weiteren Minuten erklang die Stimme aus dem Navigationsgerät erneut: »In hundert Metern haben Sie Ihr Ziel erreicht.«

Wieder begann Rufus zu pfeifen. Ab jetzt würde er sich ohne Navigation zurechtfinden müssen. Immerhin würde er schon ein gutes Stück in den Wald fahren müssen, um sich Josephine ungestört widmen zu können. Er hielt seinen Wagen noch einmal an und stieg aus, um sich umzusehen. Es war noch hell. Jetzt, im Sommer, ging die Sonne erst spät unter. Er würde sich also leicht zurechtfinden, konnte aber auch eher beobachtet werden. Doch Rufus konnte die Situation sehr gut einschätzen; er hatte Routine bei der Auswahl seiner *Veranstaltungsorte.*

Er stieg wieder in seinen Wagen und fuhr vorsichtig einen schmalen Holzweg entlang, der ihn tiefer in den Wald führen sollte. Er sah sich dabei sehr genau um. Jeder Jogger, Pilzsammler oder Hundehalter konnte ihm einen Strich durch die Rechnung machen. Doch es schien wirklich ein geeigneter Ort zu sein, den er ausgewählt hatte. So hielt er nach einigen Minuten erneut, um die Vorbereitungen für seine Vorführung abzuschließen. Zunächst schleppte er unter starken Rückenschmerzen die Kiste mit den Einzelteilen aus dem Wagen, die er nun zusammenbauen musste.

Rufus hatte, wie die meisten Zauberkünstler es tun, für jede seiner wertvollen Requisiten eine spezielle Transportkiste anfertigen lassen, in welche die zerlegten Einzelteile passgenau eingesetzt werden konnten. Die Geräte und Requisiten von Zauberkünstlern sind meist sehr wertvoll und werden von ihnen daher mit großer Sorgfalt behandelt.

Mit geübten, konzentrierten Griffen entnahm er die jeweils passenden Teile in der richtigen Reihenfolge und setzte sie Stück für Stück zusammen, bis schließlich seine mächtige Guillotine vor ihm stand. Rufus betrachtete sie stolz. In all den Jahren, in denen sie unbenutzt geblieben war, hatte sie nichts von ihrer unheimlichen Ausstrahlung verloren.

»Meine Schöne«, hauchte er liebevoll und strich über die messerscharfe Klinge, als sei sie der Körper einer wundervollen Frau.

Dann lief er zum Wagen zurück und baute das Stativ auf, das er zusammen mit seiner Videokamera in einem kleineren Koffer transportierte. Nachdem er die Kamera optimal vor der Guillotine positioniert hatte, machte er sich schließlich daran, sich umzuziehen.

Im nur langsam schwächer werdenden Licht der Sonne, die ihre Strahlen durch die dichten Baumkronen auf die unheimliche Szene warf, glitzerten die Silberpailletten seines Anzugs in allen Farben des Regenbogens. Rufus bog den großen Außenspiegel seines Fahrzeugs so zurecht, dass er sich darin betrachten konnte.

»Toi, toi, toi«, wünschte er seinem Spiegelbild und setzte den Zylinder auf, als wolle er sich damit krönen.

Dann stieg er auf die Ladefläche, öffnete die Kiste und sah Josephine an, die sich, obwohl noch immer nicht wieder voll bei Bewusstsein, langsam darin wand. Er fasste mit seinen kräftigen Armen unter ihren leblosen Körper und hob sie behutsam aus der Kiste. Dann stieg er umständlich mit ihr von der Ladefläche. Seine Rückenschmerzen ließen mit steigendem Adrenalinspiegel nach, und auch sein Fuß behinderte ihn jetzt weniger als sonst. Nun trug er Josephine zu der großen Guillotine und legte sie behutsam darauf ab. Rufus hatte das Gerät so konstruiert, dass die Frau jetzt waagerecht auf einer Bank lag, an deren Ende ihr Kopf fixiert werden sollte. Als er sie schließlich in die richtige Position gebracht hatte, humpelte er zu der Videokamera hinüber und schaltete sie ein. Noch einmal kontrollierte er die Bildeinstellungen im Sucher, bevor er tief durchatmete. Mit theatralischem Schritt trat er ins Bild. Die Show hatte begonnen.

»Meine Damen, meine Herren«, begann er. »Die Magie vermag, das Unmögliche zu tun. Sie überwindet die Grenzen unseres Verstandes, erstaunt uns, entführt uns. Was ist Schein, was Wirklichkeit? Lassen Sie uns diese Grenze für heute einfach vergessen. Erleben Sie eine ganz besondere Illusion.«

Er lächelte wie ein perfekter Gentleman in die Kamera und schritt dann bedeutsam zu der Guillotine hinüber, um Josephines Kopf endgültig zu fixieren.

»Meine bezaubernde Assistentin ist bereit, den Hauch des Todes zu spüren. Seien Sie sicher: Was ich Ihnen jetzt präsentiere, werden Sie niemals vergessen. Das verspreche ich Ihnen.«

Er überprüfte noch einmal den großen Hebel, mit dem er das Fallbeil auslösen würde. Bevor er aber dazu kam, dessen

Funktionsweise zu erklären, glaubte er gehört zu haben, dass Josephine etwas sagte. Zornig fiel er aus seiner Rolle und lief um die Guillotine herum, um nachzusehen, ob sie vielleicht zu sich gekommen war. Vor ein paar Jahren war ihm das schon einmal passiert. Damals hatte er der Frau wütend seine Hand auf Mund und Nase gepresst, bis sie sich schließlich nicht mehr geregt hatte.

»Deinetwegen muss ich noch mal anfangen!«, schrie er Josephine an, während er sich ihr mit angsteinflößendem Zorn näherte.

Doch noch bevor er sich's versah, hatte ihn auch schon die Wucht ihres Tritts ins Gesicht getroffen. Als er aus einem Reflex heraus versuchte, nach Josephines Bein zu greifen, traf ihn ein zweiter. Rufus' Kopf wurde durch die Wucht der Tritte so weit in seinen Nacken geschleudert, dass seine Rückenschmerzen auf Neun hochschossen. Mit einem schmerzerfüllten Schrei ließ er sich unkontrolliert fallen und schlug unsanft auf dem harten Waldboden auf. Josephine nutzte die Gelegenheit, um von der bedrohlichen Guillotine zu steigen. Mit blutverschmiertem Gesicht starrte sie Rufus an, der sich vor Schmerzen im Dreck wand. Sie war schwer verletzt, doch ihr Überlebenswille verlieh ihr die Kraft zu kämpfen.

»Schlampe!«, schrie Rufus wütend.

Benommen sah sich Josephine um. Das Erstbeste, was ihr ins Auge fiel, war ein kräftiger, abgebrochener Ast. Sie griff danach und schlug ihn Rufus gegen den Kopf, während er sich gerade aufrichten wollte. Mit dem Mut der Verzweiflung trat sie ihm, der auf allen vieren vor ihr kauerte, in den Magen und schlug ihm den Ast noch einmal gegen den Kopf. Endlich ging der kräftige Mann zu Boden, zuckte noch einige Male und rührte sich schließlich nicht mehr.

Als er wieder zu sich kam, war das Erste, was Rufus wahrnahm, das Zwitschern der Vögel. Sein Rücken sendete stechende Schmerzsignale an sein Gehirn, während die Blätter der Bäume sich ruhig im Wind wiegten. Die Luft war wunderbar frisch, und ein lauer Sommerwind umspielte ihn, als ihm ein Gedanke wie ein Blitz durch den Kopf zuckte: *Wo ist sie?!*

# 23

Das kleine Restaurant, in dem Eva Fuchs auf Kern wartete, lag in einer Seitenstraße des Tempelhofer Damms. Es war nur wenige hundert Meter vom Hauptgebäude des LKA entfernt, das direkt gegenüber dem stillgelegten Flughafen Tempelhof lag.

»Das mit der preußischen Pünktlichkeit müssen wir aber noch üben, Herr Hauptkommissar«, begrüßte Fuchs ihren Kollegen, als er etwa eine Viertelstunde zu spät eintraf.

Sie hatte sich extra für das Essen umgezogen. Ihr graues Kostüm hatte sie gegen ein leichtes Sommerkleid ausgetauscht, das ihr nicht nur hervorragend stand, sondern auch ihre langen, schlanken Beine zur Geltung brachte.

»Aber ab jetzt brauchen wir ja zum Glück nur noch die bayerische Gemütlichkeit«, konterte Kern.

Das kleine Lokal war für diese Gegend typisch. Die Eichenholzmöbel waren alt, aber stabil, die Fenster mit vergilbten Gardinen verhängt, und der Tresen stammte offensichtlich noch aus den Achtzigerjahren. Trotzdem war das Restaurant gepflegt und gemütlich. Kern setzte sich zu Fuchs an einen großen Fenstertisch und warf seine Jacke über die Lehne eines freien Stuhls.

»Haben Sie ihn gesprochen?«, fragte Fuchs, noch bevor sich Kern gesetzt hatte.

»Er war nicht da; nur sein Freund. Oder sein Ex, keine Ahnung.«

Kern griff die rustikal in Leder eingebundene Speisekarte und überflog das Getränkeangebot.

»Am liebsten würde ich seine Post abfangen. Ich hab noch mal mit der Staatsanwaltschaft telefoniert, aber das kriegen wir natürlich nie durch. Dieser verdammte Kerl ist einfach zu gerissen. Und er kennt die Gesetze.«

»Apropos, was war das heute Morgen eigentlich für eine Andeutung wegen seiner Anwältin?«

Kern erinnerte sich ungern an das, was damals geschehen war. Das furchtbare Massaker von Tassilo Michaelis hatte eine schicksalhafte Kettenreaktion ausgelöst.

»Sie heißt Weissdorn, eine gute Verteidigerin. Aber sie hat sich mit dem Falschen eingelassen. Sie hat Tassilo nicht nur verteidigt, sondern auch gleich noch Geschäfte mit ihm gemacht. Die beiden haben sogar sein Buch gemeinsam rausgebracht. Das war vor drei Jahren. Aber dann ist das mit dem Putzteufel passiert. Ein paar seiner Leute wollten sich Tassilo schnappen. Na ja, und sie war die Einzige, die seine geheime Adresse gekannt hat.«

Fuchs war mit dem Fall nie direkt befasst gewesen, aber die dramatischen Geschehnisse waren seinerzeit auch an ihr nicht unbemerkt vorbeigegangen.

»War das der Brand in dieser Villa? Ich erinnere mich dunkel, dass ich darüber irgendwas gelesen habe«, sagte sie.

»Ja. Weissdorn hat zwar überlebt, aber wie …«

Eva Fuchs merkte ihrem Kollegen an, dass ihn die Erinnerungen belasteten. So kam sie wieder auf den aktuellen Fall zurück.

»Wollen Sie Tassilo jetzt auf eigene Faust suchen? Eine offizielle Fahndung können wir ja kaum einleiten.«

Kern hatte sich darüber bereits ausgiebig Gedanken gemacht.

»Ich glaube, dass ich das gar nicht muss«, antwortete er, während er die Kellnerin darauf aufmerksam machte, dass er etwas bestellen wollte. »Er spielt sein Spiel mit mir. Und dieses Spiel sieht vor, dass ich abwarte, was er als Nächstes macht. Klar könnte ich ihn jetzt suchen, aber wo? Wenn er nicht gefunden werden will, dann findet man ihn auch nicht, darin war er schon immer gut. Also warte ich eben ab und mache inzwischen einfach weiter meinen Job.«

Die Bedienung trat an den Tisch.

»Ich hätte gern erst mal ein stilles Wasser«, bat Kern. Fuchs war überrascht.

»Na, ihr seid aber merkwürdig drauf hier«, sagte sie mit einem freundlichen Lächeln und wandte sich dann der Kellnerin zu. »Bringen Sie ihm zu seinem Wasser bitte ein Weißbier, und mir gleich auch eins.«

Die Bedienung nickte freundlich und lief zum Tresen zurück.

»Wir waren übrigens auch nicht faul«, begann Fuchs dann. »Der Brief wurde eindeutig von einem Linkshänder geschrieben. Der Schläfenmörder bleibt also als Verfasser im Rennen.«

»Das reicht nicht«, winkte Kern ab. »Alles nur Vermutungen.«

Fuchs schüttelte den Kopf.

»Ich befasse mich mit diesem Kerl seit sieben Jahren. Und immer, wenn ich glaube, ihm ganz nah zu sein, verschwindet er und schlägt am anderen Ende des Landes wieder zu. Eine Frau nach der anderen. Dass wir jetzt vielleicht einen handgeschriebenen Brief von ihm haben, ist für mich keine Vermutung. Es ist eine Hoffnung. Und vielleicht sogar die einzige.«

Kern konnte sich nur zu gut vorstellen, was Fuchs ihm damit sagen wollte.

»Was sagen denn die Graphologen?«, fragte er daher.

»Der Verfasser ist männlich, über dreißig, unter fünfzig. Ein kreativer, intelligenter Mensch, der sehr wahrscheinlich zu Aggressionen neigt. Und er legt Wert auf seine Außenwirkung.«

»Passt alles ins Profil«, stellte Kern fest und nickte zustimmend. »Was ist mit dem Text?«

Kern zog die zerknitterte Kopie des Briefes aus seiner Innentasche und legte sie vor sich auf den Tisch.

»Der ist spannend«, begann Fuchs. »Er schreibt wie ein Fachmann, der sich mit einem Kollegen austauscht. Seine Opfer spielen überhaupt keine Rolle, er interessiert sich nur für sein eigenes Erleben. Ein Soziopath vom Feinsten.«

»Und er hasst Frauen«, resümierte Kern.

»Das fügt sich in unser Bild von seiner Impotenz. Für ihn sind Frauen überlegene Wesen, denen er sich nicht nähern kann.«

Kern las den kurzen Text noch einmal durch.

»Was soll das hier heißen: *Ich habe auch wieder … ich hoffe, es gefällt Ihnen!?«*, überlegte er dann.

»Ja, der interessante Teil ist ausgeschnitten, clever. Ich vermute, dass er vielleicht Fotos macht und sie seinen Briefen beilegt. Oder er und Tassilo stehen in irgendeinem Wettbewerb miteinander.«

»Kranke Arschlöcher«, antwortete Kern leise und schüttelte den Kopf.

In diesem Moment trat die Kellnerin an den Tisch und servierte Kerns Wasser sowie zwei frisch gezapfte Biere.

»Ich bin gerettet«, sagte Fuchs erleichtert und griff nach ihrem Glas. »Also, Prost!«

Als Kern daraufhin mit dem oberen Glasrand anstoßen wollte, sagte Fuchs: »Nix da! Weißbier stößt man unten an!«

Sie ließen die massiven Böden der Weißbiergläser zusammenstoßen, bevor sie schließlich beide einen kräftigen Schluck nahmen.

»Bayerische Tradition«, erklärte Fuchs. »Und wenn wir schon dabei sind: Ich heiße Eva.«

Kern lächelte überrascht.

»Julius!«, antwortete er und wollte erneut anstoßen, als Fuchs abwinkte.

»Also, wenn schon – denn schon«, sagte sie und hakte ihren Arm unter den von Kern.

Nachdem sie Brüderschaft getrunken hatten, wunderte es Kern nicht mehr, dass Fuchs hinzufügte: »Ohne Busserl geht's aber net!«

*Ich setze zehn Euro, dass sie auf dich steht!*

Noch ehe Kern dazu kam, zu reagieren, hatte seine attraktive Kollegin sich auch schon zu ihm hinübergebeugt und ihm einen dicken Kuss auf die Wange gedrückt.

*Sie sieht verdammt sexy aus in ihrem Kleid.*

»So, Julius, und jetzt bestellen wir uns was Leckeres zu essen.«

Während Kern sich noch fragte, ob er wohl Lippenstift im Gesicht hatte, griff Fuchs auch schon nach der Karte und überflog das Angebot.

»Was kann er denn eigentlich von dir wollen?«, fragte sie, ohne dabei aufzublicken.

Kern war noch zu sehr mit dem Kuss beschäftigt, um sofort zu verstehen, was seine Kollegin meinte. Erst als sein Blick auf den Brief fiel, war er wieder bei der Sache.

»Ach, Tassilo. Keine Ahnung. Aber das ist sicher: Er wird es mich wissen lassen. Und zwar auf seine Art.«

»Wir werden alles tun, um den Schläfenmörder ohne seine Hilfe zu schnappen«, entgegnete Fuchs. »Die Freude wollen wir ihm doch verderben, oder?«

Kern wusste, dass Fuchs sich nichts sehnlicher wünschte, als den Schläfenmörder endlich aus dem Verkehr zu ziehen. Und dass es ihr vollkommen egal war, ob mit oder ohne Tassilos Hilfe. Doch er nahm es ihr nicht übel. Er selbst hätte an ihrer Stelle nicht anders gedacht.

»Was wissen wir denn über die Tinte und das Papier?«, erkundigte sich Kern darauf und fügte hinzu: »Probier doch mal das Eisbein. Ich meine, wenn du schon in Berlin bist …«

Fuchs lachte.

»Hax'n, nur wabbelig. Na, servus ... Da nehme ich lieber die Leber *Berliner Art*. Der Brief ist leider nur eine Farbkopie.«

»Soll's für die Herrschaften schon wat sein?«, fragte die Kellnerin, die erneut an den Tisch getreten war.

»Einmal die Leber und einmal die wabbelige Haxe, bitte«, bestellte Kern und zwinkerte Fuchs dabei zu.

»Wenn Se wat Wabbeliget sehen wollen, denn kieken Se doch in' Spiegel«, parierte die Kellnerin schlagfertig.

Alle drei mussten lachen.

»So, und jetzt lassen wir die Arbeit mal ruhen und machen uns einen recht schönen Abend«, schlug Fuchs vor, nachdem die Kellnerin wieder gegangen war. »Erzähl doch mal was von dir.«

Kern kam die Auflockerung gelegen. Der Tag hatte ihn viel Kraft gekostet.

»Na, dass ich aus der Gegend um Hannover komme, habe ich ja schon erzählt. Garbsen, ganz gemütlich da, aber kennt kein Mensch. Meine Eltern waren beide Beamte, das hat wohl auf mich abgefärbt.«

Fuchs lächelte.

»Daran kann's nicht liegen«, widersprach sie. »Mein Vater war Künstler und meine Mutter hat in einer Glasbläserei gearbeitet. Ich glaube, zum Polizisten wird man einfach geboren.«

Kern schmunzelte, als er sich an die Zeit seiner Jugend erinnerte, in der sich sein Berufswunsch gefestigt hatte.

»Da magst du recht haben«, antwortete er. »Ich weiß jedenfalls noch, dass ich immer schon beim *Räuber und Gendarm* der Gendarm sein wollte. Ich musste früher dauernd in solche komischen Ferienlager von der Kirche. Hör mir bloß auf ... Da habe ich mich dann immer freiwillig als Flurwächter gemeldet, und was man da sonst noch immer so für blöde Ämter bekommt. Ich glaub, ich hab die anderen ziemlich genervt.«

Fuchs setzte ihre Ellenbogen auf den Tisch und stützte ihren Kopf auf den Händen ab. Ihr volles Haar sah offen viel besser aus als mit dem strengen Zopf.

»Wir können eben nicht aus unserer Haut. Solange es noch Ungerechtigkeit auf der Welt gibt, werden wir keine Ruhe finden«, sagte sie mit ironischem Unterton. »Hast du Geschwister?«

»Einen Bruder, aber den habe ich seit Ewigkeiten nicht gesehen. Der lebt in Kanada.«

»Und was ist mit deiner Frau? Wie habt ihr euch kennengelernt?«

*Warum fragt sie nach meiner Frau?*

Kern lehnte sich zurück.

»Das ist eigentlich eine total langweilige Geschichte. Wir kennen uns seit der Schulzeit. Die erste Liebe.«

Fuchs strahlte.

»Langweilig? Kann nicht sein, erzähl doch mal«, bat sie.

»Na ja, sie war immer unsere Klassensprecherin. Und ich wollte das auch immer sein. Aber ich hatte bei jeder Wahl genau *eine* Stimme zu wenig. Da habe ich ihr irgendwann ein Angebot gemacht, das sie nicht ablehnen konnte.«

»Jetzt bin ich aber gespannt …«, freute sich Fuchs.

Kerns Blick ging kurz ins Leere, als er sich erinnerte.

»Es gab ein paar Typen an der Schule, die sie immer geärgert haben, weil sie aus so einer konservativen Familie kam. Ich hab ihr einfach angeboten, die zu verprügeln, wenn sie mir ihre Stimme bei der Klassensprecherwahl gibt.«

»Und, hat sie?«

»Sie sagt bis heute Ja, aber ich werde es nie wirklich wissen. Jedenfalls wurde ich trotzdem nicht gewählt. Sogar *zwei* Stimmen fehlten mir dann.«

»Und die Typen? Hast du sie verprügelt?«

»Sagen wir mal so: Ich habe es versucht …«

Fuchs lachte laut und nahm dann einen kräftigen Schluck Bier, während Kern hinzufügte: »Na ja, Klassensprecher bin ich nie geworden. Aber seitdem war ich mit Nathalie zusammen.«

»Dann hast du ja nur eine einzige Frau in deinem Leben gehabt«, stellte Fuchs fest und sah Kern dabei tief in die Augen. »So hätte ich dich gar nicht eingeschätzt.«

Kern senkte verlegen den Blick, griff wie in einer Übersprunghandlung den Brief, der noch immer vor ihm auf dem Tisch lag, steckte ihn in seine Tasche zurück und schob sein noch unberührtes Wasserglas von sich. Dann sagte er: »Ich glaube, Wasser brauchen wir heute Abend nicht. Oder?«

# 24

Rufus sprang auf, so schnell er konnte. Er sah sich hektisch um. Alles war noch an seinem Platz. Die Kamera, der Van, die Guillotine. Nur von Josephine war nichts zu sehen.

*Wie weit kann sie sein?*

Rufus durfte jetzt nicht die Nerven verlieren. Er war tief in den Wald hineingefahren. Die verletzte Frau war ohne Orientierung, und es war nicht auszuschließen, dass sie bereits irgendwo zusammengebrochen war. Rufus machte sich bewusst, dass noch nichts verloren war.

Sein Blick fiel wieder auf die Guillotine. Tiefrote Tropfen von Josephines Blut waren darauf zu sehen; vermutlich war bei ihrem Kampf die Wunde an der Schläfe wieder aufgerissen. Schnell überprüfte Rufus den Boden mit seinen Blicken. Da, tatsächlich: Blutstropfen. Entschlossen ging er, so schnell es ihm möglich war, zu seinem Van, öffnete die rechte Tür und griff nach der Ledertasche, die er auf dem Beifahrersitz abgelegt hatte. Eilig entnahm er ihr den Hammer, an dem noch immer Josephines Blut und Haare sowie winzige Knochensplitter klebten. Dann folgte er ihrer Spur langsam und bedächtig mit humpelnden Schritten. Die Blutung an der Schläfe seines Opfers schien sich tatsächlich wieder verstärkt zu haben. Tiefrote Spuren waren überall auf dem Waldboden zu erkennen.

»Eckstein, Eckstein, alles muss versteckt sein!«, rief Rufus mit bedrohlichem Unterton in den Wald.

Es begann langsam zu dämmern. Er würde Josephine schnell

finden müssen, wenn er noch problemlos mit ihr zu seinem Wagen zurückfinden wollte. Doch die Blutspuren wurden weniger. Vielleicht hatte sie sich etwas gegen die Wunde gepresst.

»Eins, zwei, drei – ich komme!«

Je weiter er sich von seinem Wagen entfernte, umso nervöser wurde Rufus. Er konnte Josephine mit seinem Fuß nur langsam folgen. Zwar war sie verletzt, aber was, wenn sie es trotzdem bis zur rettenden Straße schaffen würde?

»Rufus, Rufus, fettes Schwein,
fängt er dich, dann bist du sein!«

Einer von Josephines schwarzen Schuhen lag auf dem Waldboden. Barfuss konnte sie sich schneller fortbewegen als auf ihren hohen Absätzen. Ein Stück weiter fand Rufus den zweiten Schuh. Dann, plötzlich, hörte er ein Rascheln, gefolgt von Schritten, die sich schnell von ihm wegbewegten. Er grinste diabolisch.

»Freischlagen gilt nicht!«, rief er in die Richtung, aus der das Geräusch gekommen war, und humpelte hinterher.

Sein glitzernder Anzug war voll Laub und Erde, der Zylinder eingedellt. Leicht geduckt, mit zusammengekniffenen Augen bewegte er sich auf sein verzweifeltes Opfer zu. Dabei entdeckte er eine weitere Blutspur, die wieder zu seiner Guillotine zurückführte.

»So ist es gut. Lauf brav wieder nach Hause. Du wirst schon erwartet.«

Rufus fragte sich, was Josephine wohl dazu bewogen haben konnte, zu dem Ort zurückzulaufen, vor dem sie eigentlich fliehen sollte. Er hatte in den vergangenen Jahren schon einige Pannen meistern müssen, aber *das* war ihm bisher noch nicht passiert.

Damals, als er noch ein Anfänger war, hatte er einmal vergessen, seiner Assistentin das Handy abzunehmen. Während der

Fahrt hatte sie dann versucht, die Polizei anzurufen. Hätte die Kiste, in der sie lag, nicht den Empfang behindert, wäre diese erste Panne gleichzeitig seine letzte geworden.

Rufus hatte in seinem Leben selten Glück gehabt. Nur bei seinen *besonderen* Aufführungen war bisher alles gut gegangen. Er deutete das nicht als irgendeine Art von Zeichen. Aber er genoss es dennoch, endlich etwas gefunden zu haben, bei dem ihm so schnell niemand etwas vormachen konnte.

Warum Josephine nun aber wieder zurückgelaufen war, erschloss sich ihm noch immer nicht.

Als er hörte, wie eine Autotür zuschlug, wurde es ihm schlagartig klar.

*Verdammt, der Wagen!*

Rufus lief jetzt so schnell er konnte. In dem Moment, als er endlich wieder die blanke Klinge der Guillotine vor sich sah, sprang auch schon der Motor seines Transporters an.

»Wag es nicht!«, schrie er wütend, als sich das Fahrzeug langsam in Bewegung setzte.

Tatsächlich war die verletzte Frau in ihrer Panik zunächst orientierungslos vor ihrem Entführer davongelaufen, bevor ihr bewusst wurde, dass sie so gut wie keine Chance hatte, ihm zu Fuß zu entkommen. Als sie dann seine Rufe gehört hatte, war ihr klar geworden, dass er sich von seinem Fahrzeug wegbewegt haben musste. Diese Chance hatte sie genutzt.

Der Waldboden war uneben, und die Bäume standen zu dicht, um schnell fahren zu können. Rufus war einige hundert Meter zwischen den Bäumen hindurch in den Wald hineingefahren, um absolut ungestört zu sein. Die messerscharfe Klinge seines Fallbeils blitzte kurz in einem der letzten Sonnenstrahlen des Tages auf, als Rufus erkannte, dass sich sein Wagen direkt auf ihn zu bewegte. Wie hypnotisiert starrte er die blutende Frau hinter dem Steuer an, die offenbar vorhatte, ihn zu überfahren.

Erst, als sie ihn fast erreicht hatte, sprang Rufus im letzten Moment hinter eine Eiche. Der Außenspiegel des Vans brach scheppernd ab, als Josephine den Baum streifte. Sie erschrak und würgte dabei den Motor ab. Den Augenblick, den sie benötigte, um den Transporter wieder anzulassen, nutzte Rufus dazu, die Heckklappe zu öffnen und sich auf die Ladefläche zu werfen. Seine Rückenschmerzen waren jetzt vollkommen ausgeblendet.

»Es ist wirklich verdammt schwer, gute Assistentinnen zu finden«, rief er Josephine zu.

Die Ladefläche seines Renault Master war durch eine Wand von der Fahrerkabine getrennt. Durch eine schmale Glasscheibe konnte Rufus die verängstigte Frau am Steuer sehen. Unter Schock setzte sie ihre Fahrt zwischen den Bäumen hindurch fort. Jeden Moment konnte sie dabei verunglücken, doch das furchtbare Wissen, dass Rufus im Wagen war, hielt ihre Konzentration aufrecht.

»Weißt du, was mit bösen Mädchen passiert?«, fragte Rufus, während er mit bedrohlichen Bewegungen die Glasscheibe streichelte, die die beiden voneinander trennte.

Ohne eine Antwort abzuwarten begann er lautstark zu singen: »Willkommen, bienvenue, welcome!«

Josephine hörte ein leichtes Klacken gegen die Scheibe. Zunächst wagte sie es nicht, sich umzudrehen. Als sie es schließlich doch tat, sah sie, dass Rufus noch immer den Hammer bei sich hatte, mit dem er jetzt gegen das dünne Glas tippte, während er dabei unaufhörlich weitersang.

»Fremder, étranger, stranger!«

Nicht alle Spuren von Heike Webers Blut und den Fetzen ihrer Haut hatte Rufus mit seinem Hochdruckstrahler von den Innenwänden des Vans entfernt, doch das kümmerte ihn im Augenblick herzlich wenig.

Da, ein Waldweg. Endlich hatte Josephine aus dem Labyrinth

der eng gewachsenen Bäume herausgefunden und befand sich jetzt offenbar auf einem Pfad, der aus dem Wald hinausführte. Mit letzter Kraft gab sie Gas.

»Glücklich zu sehen, je suis enchanté. Happy to see you! Bleibe, reste, stay!«

Plötzlich durchschlug der Hammer mit erschreckender Wucht die Scheibe. Die Splitter flogen Josephine in den Nacken und brachten ihr weitere Wunden bei. Die zerstörte Scheibe gab jetzt einen Spalt frei, durch den Rufus zwar nicht nach vorn klettern konnte, der es ihm aber ermöglichte, Josephines Kopf zu packen und ihre Augen zu verdecken. In ihrer Not biss sie mit aller Kraft in Rufus' kleinen Finger, den sie als Einziges zwischen ihre Zähne bekommen konnte. Als er daraufhin mit einem hellen Schrei von ihr abließ, sah Josephine eine Straße vor sich.

»Willkommen, bienvenue, welcome!«

Kurz bevor sie die Straße erreicht hatte, packte Rufus ihren Kopf erneut.

»Im Cabarét, au cabarét, to cabaret!«

Josephine trat mit aller Kraft auf die Bremse. Rufus prallte mit voller Wucht gegen die aufgebrochene Trennwand, und Josephine, die sich in ihrer Panik nicht angeschnallt hatte, schlug auf das Lenkrad.

Dann war es still im Wagen.

Rufus hatte sich Sekunden später wieder aufgerafft. Er blutete. Hastig warf er einen Blick in die Fahrerkabine. Sie war leer, die Tür stand offen.

»Fuck!«

Er stieg schnell aus dem Wagen und lief so schnell es ihm möglich war zur Straße vor. Keine hundert Meter entfernt schleppte sich Josephine, sichtlich entkräftet, am Straßenrand entlang. Die Sonne stand jetzt bereits sehr tief. Als sie endlich einen LKW auf sich zufahren sah, sprang sie in ihrer Panik auf die Fahrbahn und winkte heftig.

»Das Schwein ist total irre!«, schrie sie.

Rufus ging schnell in Deckung und sah aus sicherer Entfernung mit an, wie der Laster ungebremst auf Josephine zuhielt. Der Fahrer fuhr direkt auf das Licht der untergehenden Sonne zu.

*Sieht er sie etwa nicht?*, dachte Rufus.

»Bitte!«, war das Letzte, was Josephine noch rief, bevor die Bremsen des LKW laut quietschten, die Reifen zu qualmen begannen und der tonnenschwere Wagen sie mit voller Wucht erfasste.

Der Fahrer hatte versucht, während der Fahrt eine SMS zu schreiben, und die Frau, die plötzlich auf die Fahrbahn gesprungen war, zu spät bemerkt.

»Oh Gott!«, schrie der fassungslose Mann, der aus seiner Fahrerkabine gesprungen war und sich hilfesuchend umsah.

Die Fahrbahn war mit einer breiten Spur von Blut und Körperteilen bedeckt. Unter Schock taumelte der Unglücksfahrer auf der Straße, bis seine Knie schließlich nachgaben und er verzweifelt weinend zusammensackte. Rufus konnte seinen Blick nicht von der grauenerregenden Szene wenden. Erst als der Fahrer schließlich zu seinem Handy griff, kam auch er wieder zur Besinnung.

*In zehn Minuten wimmelt es hier von Bullen,* wurde ihm klar.

Und noch etwas wurde ihm schlagartig bewusst: Nicht allzu weit entfernt im Wald stand noch seine Guillotine. Und die Videokamera.

# 25

Kern und Nathalie saßen einander wortlos gegenüber. Die Geweihe, die ihr Vater früher von der Jagd mitgebracht hatte, hingen verstaubt an den Wänden des alten Hauses und drückten mit ihrer Aura des Todes zusätzlich auf die Stimmung. Die beklemmende Stille war kaum zu ertragen.

»Wie soll es denn jetzt weitergehen?«, fragte Nathalie schließlich und setzte ihre Kaffeetasse ab, aus der sie ohnehin noch keinen Schluck getrunken hatte.

»Ich glaube, ihr könnt wieder nach Hause kommen. Ich kann mir nicht vorstellen, dass wir in Gefahr sind«, antwortete Kern.

Er war schon früh zum Haus von Nathalies Mutter gefahren, in dem sie mit Sophie die Nacht verbracht hatte. Sophies Großmutter war bereits mit der Kleinen zur Schule gefahren. Das Kind sollte im Moment nicht allein im Bus unterwegs sein.

»Du *glaubst?*«, reagierte Nathalie und ließ dabei der Empörung freien Lauf, die sie bisher unterdrückt hatte. »Ihr geht alle davon aus, dass Tassilo dich auf die Spur dieses Irren führen will. Hast du eigentlich schon mal darüber nachgedacht, dass er vielleicht auch was ganz anderes vorhaben könnte?«

Kern senkte den Blick. Natürlich hatte er.

»Was sollte er davon haben?«, wandte er besonnen ein.

Nathalie musste nicht lange überlegen.

»Tassilo ist gefährlich. Ein brutaler, sadistischer Mörder. Er hat seine Opfer stundenlang gefoltert, und während deiner Untersuchungen hat er dann noch nicht mal mit der Wimper gezuckt. Der geht über Leichen!«

»Was soll ich denn machen? Er hat mich ja nicht gefragt, ob er wieder in mein Leben treten darf. Ist es dir lieber, wenn du mit Sophie eine Weile hierbleibst?«

Nathalie fühlte sich unverstanden.

»Er hat unsere Wohnung gefunden. Warum soll er das Haus hier nicht auch finden? Vielleicht beobachtet er uns ja. Genau jetzt. Ich traue diesem Dreckskerl alles zu.«

Kern dachte nach, was er tun konnte, um seine Frau zu beruhigen. Leicht war das nicht, denn im Grunde hatte sie ja recht.

»Ich bin mir sicher, dass er irgendwas von mir will. Wie beim letzten Mal. Warum sollte er dann etwas tun, das mich gegen ihn aufbringt? Er kennt mich gut genug, um zu wissen, was ich mit ihm mache, wenn er meiner Familie zu nahe kommt.«

»Und bist du auch bereit herauszufinden, ob ihn das interessiert? Nach drei Jahren platzt er einfach wieder in unser Leben. Der hat doch was vor! Und dieser Brief – wie in einem schlechten Film! Sophie hatte eine Scheißangst, ist dir das eigentlich klar?«

Kern wusste nicht, wie er seine Frau beruhigen sollte.

»Ich habe absolut nichts gegen Tassilo in der Hand«, versuchte er ihr zu erklären.

»Du verstehst es einfach nicht«, ärgerte sich Nathalie. »Es geht nicht darum, ihm irgendwas zu beweisen. Ich will einfach nur, dass er aus unserem Leben verschwindet! Ich will nicht jeden Morgen aufwachen und mich fragen müssen, ob er vielleicht im Haus ist. Oder unsere Tochter beobachtet. Was weiß ich denn, wozu dieser Geisteskranke fähig ist?«

*Der Anblick des brutal zugerichteten, ausgemergelten Körpers von Jonathan.*

Kern nahm Nathalies Hände.

»Er wird uns nichts tun, das weiß ich. Sophie und du könnt ja ein paar Tage wegfahren. Ich kläre das mit der Schule, und du rufst in deinem Salon an. Deine Mitarbeiterinnen schmeißen den Laden schon mal eine Weile allein.«

Nathalie war nicht bereit, sich darauf einzulassen.

»Das werden wir nicht tun«, erwiderte sie entschlossen. »Wir laufen nicht vor ihm weg! Wenn Tassilo sich mit uns anlegen will, dann kann er das haben.«

Überall an den Wänden hingen antike Schießscheiben; Nathalies Vater war ein begeisterter Jäger gewesen. War jetzt etwa die Familie seiner Tochter zur Zielscheibe geworden?

»Schatz, wir sollten versuchen, uns nicht verrückt zu machen. Was hältst du davon, wenn ich morgen mit Sophie in den Zoo gehe?«, schlug Kern vor, der den Kampfgeist seiner Frau bewunderte.

»Ja, mach das. Bring sie wieder auf andere Gedanken. Und sprich offen mit ihr über die Geschichte. Sie ist schließlich nicht dumm. Wie sie gestern mit dir geredet hat, das kann so nicht weitergehen. Sie ist in einem schwierigen Alter und braucht dich jetzt mehr denn je.«

»Okay, aber sag ihr bitte noch nichts davon. Falls doch wieder was dazwischenkommt …«

Nathalie zog ihre Hände zurück.

»Es *darf* nichts dazwischenkommen!«

Kern widersprach nicht. Stattdessen stand er auf, gab seiner Frau einen zarten Kuss und zog seine Jacke an.

»Holst du die Kleine von der Schule ab?«, fragte er noch.

»Ja. Und heute Abend schlafen wir wieder zu Hause. Noch mal vertreibt uns Tassilo nicht aus unserer Wohnung!«

Die verschiedensten Gedanken schwirrten Kern durch den Kopf, als er zu seinem Wagen ging.

*Übersteht unsere Ehe noch einen Kampf gegen Tassilo? Was kann ich Sophie noch zumuten? Und was will Eva von mir? Ich werde einfach nicht schlau aus ihr.*

Noch immer mit dem Durcheinander seiner Gefühle beschäftigt, stieg er in seinen Wagen und fuhr los. Erst als er bereits einige Meter weit gekommen war, bemerkte er, dass etwas unter seinem Scheibenwischer steckte. Sofort bremste er und stieg aus.

*Verdammt!*

Vorsichtig hob Kern den Wischer an, um den Umschlag, der darunterklemmte, nicht zu beschädigen. Wieder war er mit Zeitungsschnipseln beschriftet. Kern las sich leise vor, was darauf stand: *Man hilft den Menschen nicht, wenn man für sie tut, was sie selbst tun können. Abraham Lincoln.*

Er sah sich um.

*Keiner zu sehen. Hoffentlich hat Nathalie nichts bemerkt.*

Anscheinend war Tassilo ihm tatsächlich gefolgt, denn der Umschlag war noch nicht da gewesen, als er vor dem Haus eingeparkt hatte. Schnell stieg er wieder ein, legte den Umschlag vorsichtig auf den Beifahrersitz und griff nach seinem Handy, um Castella zu informieren. Er wollte die Kurzwahltaste schon betätigen, als ihm plötzlich etwas bewusst wurde.

*Das erwartest du doch von mir, oder? Na, dann pass mal auf …*

Kern legte sein Handy wieder weg, startete den Wagen und fuhr zurück zum Haus von Nathalies Mutter. Dann ging er zur Tür und klingelte.

Jonathan hatte sein Versteck noch nicht verlassen. Aus sicherer Entfernung sah er zu, wie Kern das Haus betrat und schnell sämtliche Vorhänge zuzog. Er nahm sein Handy aus der Tasche und rief Tassilo an.

»Er hat ihn«, sagte er.

»Hervorragend«, antwortete Tassilo. »So viel Spaß kann man für Geld nicht kaufen.«

»Was mache ich als Nächstes?«, wollte Jonathan wissen.

Einen Augenblick lang blieb es still am anderen Ende der Leitung. Schließlich antwortete Tassilo: »Lass uns abwarten. Wie ich Julius kenne, verliert er langsam die Geduld. Und dann habe ich ihn da, wo ich ihn brauche.«

# 26

»Jetzt drehen wir den Spieß um«, begann Kern voll Eifer für seine Idee.

Dennis war so schnell zu ihm gefahren, wie er konnte. Wie besprochen, hatte er im LKA nichts von dem neuen Brief erzählt.

Kern hatte ihn gebeten, vor seinem Haus zu warten. Nathalie konnte diese Seite der Straße von der Wohnung aus nicht einsehen. Kern hatte zwei Müllbeutel dabei, als er aus dem Haus kam. Er hatte behauptet, sie zum Container bringen zu wollen. So blieben ihm nur wenige Minuten Zeit für das Gespräch mit Dennis, bevor Nathalie Verdacht schöpfen würde.

»Das können wir nicht geheim halten, Julius. Castella reißt uns den Kopf ab!«, mahnte Dennis.

»Ich spiele jetzt nicht mehr mit«, entgegnete Kern. »Ich bin doch nicht sein Idiot! Was denkt der sich eigentlich? Er glaubt, dass er jeden unserer Züge vorhersehen kann, und lässt uns schön zappeln. Aber nicht mit mir. Wenn er ein Spiel will, dann soll er es haben. Hier.«

Kern stellte die Müllsäcke ab und reichte seinem Kollegen eine Folie, in die er den neuen Brief gelegt hatte. Dennis las vor.

*Lieber      !*

*Ich habe es wieder getan. Verdammt, war das gut. Fast noch besser als das Mal davor. Von der Säge hat man einfach mehr, das ist was zum Genießen. Unvorstellbar, wie viel ein Mensch*

*bluten kann. Aber das muss ich Ihnen ja nicht erzählen.*
*Ich habe jetzt einen Vorschlag, wie Sie mir antworten können.*
*Was halten Sie davon, wenn ich*
*Wäre Ihnen das recht? Ich bin noch bis zum in Berlin.*

*Mit Verehrung, !*

Dennis verstand sofort, was dieser Brief zu bedeuten hatte.

»Der Kerl ist noch in der Stadt! Und Tassilo reibt es uns unter die Nase.«

»Ich glaube sogar, er verhandelt schon mit uns«, stellte Kern fest. »Er zeigt uns seine Ware und setzt uns unter Zeitdruck.«

»Aber dann verstehe ich nicht, warum er keine Forderung stellt.«

Kern sah sich vorsichtig um. Er hatte Nathalie bewusst nichts von dem neuen Brief erzählt, um sie nicht noch weiter zu verunsichern.

»Das wird er«, antwortete er dann. »Sogar schon sehr bald. Denn was immer er von uns will: Ihm läuft die Zeit genau so schnell davon wie uns.«

Dennis stimmte wortlos zu.

»Wie geht es jetzt weiter?«, fragte er dann.

»Jedenfalls nicht so, wie er es sich vorstellt. Ich werfe Tassilo aus seiner Umlaufbahn.«

Dennis blickte skeptisch.

»Erzähl.«

»Er denkt, dass ich den Brief jetzt ins LKA schleppe. Da sollen wir ihn dann untersuchen. Aber wir werden keine Spuren finden. Wir sollen ihn von den Psychologen analysieren lassen, aber die erzählen uns nichts, was wir nicht längst wissen. Wir sollen aufgeregt umherrennen und glauben, wir seien dem Schläfenmörder direkt auf der Spur, aber das sind wir nicht.

Er ist es. Und er denkt, dass ihm das alle Macht der Welt über uns verleiht.«

»Und was ist dein Vorschlag?«

»Ich gebe ihm zu verstehen, dass mich seine Briefe nicht interessieren.«

»Wie bitte?«

Kern nahm den Umschlag aus der Folie, legte das Schreiben wieder hinein und warf es dann achtlos auf das Dach von Dennis' Dienstwagen.

»Er bekommt seinen blöden Brief zurück. Und den hier noch dazu.«

Mit diesen Worten griff er in seine Innentasche und zog ein Schreiben heraus, das er kurz zuvor verfasst hatte. Dennis wunderte sich.

»Und damit willst du jetzt zu ihm fahren?«

Kern schüttelte den Kopf.

»Nicht ich. Du.«

Dennis verzog verwundert seine Mundwinkel und räusperte sich demonstrativ.

»Wie stellst du dir das vor?«

»Du fährst da einfach hin, drückst diesem Jonathan die beiden Briefe in die Hand und sagst, dass ich Tassilo spätestens morgen sprechen möchte. Und dann sehen wir mal, was passiert.«

»Was schreibst du ihm denn?«

Kern zog den Brief aus seinem Umschlag. Dennis las ihn. Er war überrascht.

»Aber du hast doch überhaupt kein Druckmittel«, gab er zu bedenken.

»Und genau da haben wir uns eben die ganze Zeit über getäuscht«, entgegnete Kern. »Natürlich haben wir eins. Wir kennen es nur nicht.«

»Gar nicht mal so blöd …«, sagte Dennis, der begriff, was sein Freund ihm zu verstehen geben wollte. »Er macht das alles ja nur, weil er was von uns will.«

»Und da sei dir sicher: Es wird ihm nicht gefallen, wenn er es nicht bekommt. Bisher hat er gedacht, er hält alle Fäden in der Hand. Na dann: Zeigen wir's ihm!«

Dennis war überzeugt.

»Also gut, gib her. Aber wie sollen wir Castella erklären, dass wir ein Beweisstück aus der Hand gegeben haben?«

»Ich habe keine Ahnung, wovon du redest«, antwortete Kern mit vielsagendem Unterton.

Dennis nickte. Der neue Brief von Tassilo würde sie auf dem klassischen Weg ohnehin nicht weiterbringen.

»Unser Spiel geht aber noch ein bisschen weiter«, fuhr Kern fort. »Wenn dieser Jonathan dich reinlässt, bekommst du kurz darauf einen Anruf von mir. Tu dann so, als hätten wir etwas Wichtiges rausgefunden und lass ihn einfach stehen. Egal, was er sagt. Tassilo soll denken, wir knacken den Fall vielleicht auch ohne ihn. Er soll unter Druck geraten.«

Dennis strahlte vor stiller Bewunderung.

»Du bist echt gut. Endlich ist der Julius wieder da, den ich kenne!«

»Noch hat es nicht funktioniert. Also, gib mir Bescheid, kurz bevor du da bist. Damit ich weiß, wann ich anrufen soll. Und jetzt muss ich wieder rauf.«

Dennis nahm die beiden Briefe, stieg in seinen Wagen und machte sich auf den Weg zu Tassilos Haus.

Kern hatte noch etwas Zeit, bevor er ins LKA fahren würde. Nachdem er wieder in seine Wohnung zurückgekommen war, setzte er sich noch einmal in Ruhe zu Nathalie, die sich im Wohnzimmer mit einem Buch abzulenken versuchte.

»Ich glaube, wir werden diesen Fall bald gelöst haben«, versuchte er sie zu beruhigen. »Und dann machen wir mal wieder richtig Urlaub zusammen, okay?«

Nathalie blickte nicht von ihrem Buch auf. Kern bemerkte sofort, dass ihr etwas auf dem Herzen lag.

»Ich verspreche dir, dass Tassilo nicht noch mal zwischen uns kommt«, sagte er vorsichtig.

*Glaubst du das wirklich?*

»Tassilo vielleicht nicht«, antwortete Nathalie.

»Wie meinst du das?«, wunderte sich Kern.

»Ich habe gerade die Wäsche sortiert«, entgegnete Nathalie. Dann blickte sie endlich von ihrem Buch auf und sah Kern mit vorwurfsvollem Blick an. »Was ist das für ein Parfum an deinem Hemd?«

# 27

Immer, wenn Rufus an seine *Assistentinnen* zurückdachte, waren es zunächst Geräusche, die ihm dabei in den Sinn kamen. Das dunkle Knacken eines Rückgrats oder der hohle Klang vom Platzen eines Schädels. Das Geräusch, mit dem Schwerter durch einen Körper gleiten, oder das, welches eine Säge verursacht, während sie sich langsam durch einen Beckenknochen arbeitet.

Das Geräusch, das Josephine gemacht hatte, war Rufus neu gewesen. Er hatte zwar über hundert Meter von dem LKW entfernt gestanden, als dieser sie mit der Macht seines Gewichts zermalmt hatte, aber dennoch war ihm kein einziger Laut entgangen. Der dumpfe, fast ungebremste Aufprall ihres Körpers auf die Front des Fahrzeuges, ihr hohler Schlag auf den Asphalt, unmittelbar gefolgt vom Splittern ihres Skeletts unter der Last etlicher Tonnen. Hinzu kamen die Schreie des Fahrers, die so voll von unendlicher Verzweiflung und Angst gewesen waren, dass es sogar Rufus kalt den Rücken hinuntergelaufen war.

*Und? Wer lacht jetzt?*, dachte er voller Genugtuung, während die U-Bahn ihn gemächlich weiter in Richtung Ku'damm brachte.

Rufus benutzte seinen alten Van in Berlin ohnehin nur, wenn er etwas zu transportieren hatte. In der Hauptstadt ist es sehr viel einfacher und schneller, die Innenstadt mit öffentlichen Verkehrsmitteln anzufahren. An diesem Tag hatte er gar keine andere Wahl gehabt, als sein Fahrzeug in einer ruhigen Nebenstraße unweit seiner Wohnung stehen zu lassen. Der Außenspiegel der Fahrerseite fehlte; außerdem war diese von der Eiche verkratzt und eingedellt. Immerhin hatte Rufus den Spiegel wiedergefunden, und auch Josephines Schuhe hatte er rechtzeitig beseitigen können. Es war eine riskante Aktion gewesen, in dem schnell dunkel werdenden Waldstück die große Guillotine und die Kamera abzubauen. Zwar waren Polizei und Rettungswagen mit den Überresten von Josephine und dem unter Schock stehenden Fahrer beschäftigt gewesen, aber die Frage, wer die Frau war, woher sie kam und warum sie ohne Schuhe auf der Straße unterwegs gewesen war, hatte die Berliner Polizei zum Anlass genommen, einen Einsatztrupp weite Teile des Tegeler Forsts abschreiten zu lassen.

Rufus hatte den Wettlauf gegen die Zeit nur knapp gewonnen.

Viele Serienmörder nehmen Andenken an ihre Opfer mit. Teile der Leichen oder ihrer Kleidung. Souvenirs, die sie noch Jahre später an die Macht erinnern sollten, die sie besessen hatten, als sie das Leben ihrer Opfer ausgelöscht hatten. Rufus hingegen gehörte nicht zu diesen Tätern. Seine Andenken behielt er allein in seiner Erinnerung.

Er hatte sich an diesem Tag bereits in seiner Wohnung geschminkt, denn der Abend zuvor hatte deutliche Spuren hinterlassen. Unter seinem linken Auge hatte er eine leichte Schwellung, dazu blaue Flecken überall im Gesicht. Die kleine Platzwunde unter seinem Haaransatz hatte er desinfiziert und mit Sprühpflaster versiegelt. Jetzt, unter der dicken Schicht seiner Bühnenschminke, war nicht mehr viel davon zu erkennen, zumindest nicht bei oberflächlichem Hinsehen. Seinen kleinen Finger hatte er mit einem einfachen Pflaster versorgt. Auf der Bühne würde er heute Handschuhe tragen. Danach hatte er noch über eine Stunde lang seinen Silberanzug in der Badewanne von Laub und Erde befreit.

Es gab keinen Zweifel, dass er im Wald seine DNA hinterlassen hatte – Blut, Haare, Hautschuppen. Doch das sollte eigentlich kein Problem für ihn werden, dachte er. Man würde Josephines Tod nicht mit ihm in Verbindung bringen. Der einzige Hinweis auf ihn wäre die Wunde an ihrer Schläfe gewesen, doch diese hätte man in der Rechtsmedizin nur dann entdecken können, wenn ihr Schädel in einem Stück eingeliefert worden wäre.

*Wohl kaum,* dachte Rufus und schmunzelte zufrieden in sich hinein.

Vom nächsten Tag an wollte er etwas Neues im *Mes Amis* ausprobieren. Es ist zwar nicht üblich, dass Künstler ihre Darbietungen innerhalb eines laufenden Varietéprogramms ändern, doch *Madame* war aufgeschlossen und liebte ihr kleines Theater über alles. Für sie war nur wichtig, dass ihre Bühne mit Leben erfüllt wurde, egal wie. So würde er nach langer Zeit endlich wieder unter Einsatz seiner großen Requisiten arbeiten. Großillusionen, wie Magier sie nennen, waren in den letzten Jahren eher sein Privatvergnügen gewesen. Jetzt wollte er das ändern.

Rufus konnte sich während der Fahrt ins *Mes Amis* wunderbar in seine Gedankenwelt zurückziehen, während Station für Station die Bahn seinem Ziel entgegenrollte. Er empfand es als einen Segen, fast jede noch so furchtbare Erinnerung an sein altes, wertloses Leben, in dem er sich schwach und wehrlos gefühlt hatte, mit einer Erinnerung an sein neues ausgleichen zu können. Während er *Porky* Kilo um Kilo beseitigt hatte, war *Rufus* endlich wieder zu neuem Leben erwacht. Stärker und mächtiger, als er es je zuvor gewesen war.

Rufus hatte zu diesem Zeitpunkt noch keine Ahnung davon, dass er an der nächsten U-Bahn-Station bereits erwartet wurde.

Die Monotonie seiner regelmäßigen U-Bahn-Fahrten hatte ihn von Tag zu Tag unaufmerksamer werden lassen. Die immer gleiche Bahn fuhr die immer selben Haltestellen in den immer gleichen Zeitabständen an. Er achtete daher kaum noch auf das, was sich um ihn herum abspielte. So bemerkte er auch die beiden Polizeibeamten nicht, die zu diesem Zeitpunkt bereits darauf warteten, dass der Zug an ihrer Haltestelle eintreffen würde. Der Zugführer war bereits über Funk davon in Kenntnis gesetzt worden, dass er die Bahn nicht wieder abfahren lassen durfte, bevor der Polizeieinsatz abgeschlossen sein würde. Zügig betraten die Beamten das Abteil, in dem sie Rufus vermuteten. Als dieser im Augenwinkel die Uniformen wahrnahm, war es für ihn bereits zu spät, um zu reagieren. Die beiden Polizisten bewegten sich zügig von zwei Seiten her auf ihn zu.

*Verdammt, wie komme ich hier raus?*, schoss es Rufus durch den Kopf.

Sein Rücken schmerzte, und der Kampf mit Josephine hatte ihn zusätzlich Kraft gekostet. Beim Versuch, einen der Ausgänge zu erreichen, hätte er einem Polizisten direkt in die Arme laufen müssen, und sein Fuß machte es ohnehin vollkommen unmöglich, ihnen davonzulaufen. Bewaffnet war er auch nicht. Bevor er noch überlegen konnte, ob eventuell eine Geiselnahme infrage gekommen wäre, hatten die Beamten ihn auch schon erreicht.

»Bitte folgen Sie uns nach draußen«, forderte einer von ihnen Rufus mit fester Stimme und scharfem Blick auf.

»Was ist denn?«, fragte er und verhielt sich dabei so, wie es jemand tun würde, der nichts zu verbergen hatte.

Konnte diese verdammte Josephine etwa ihren Paul angerufen und ihm brühwarm erzählt haben, wen sie getroffen hatte? Er hatte sie doch keine Sekunde lang aus den Augen gelassen. Hatten sie vielleicht ihr Handy geortet? Er hatte es doch auf einen vorbeifahrenden Pritschenwagen geworfen, bevor man überhaupt ihre Identität hatte herausfinden können. Oder hatte seine Wirtin etwas bemerkt? Nein, wie hätte sie denn von dem Unfall erfahren sollen? Wie sollte bloß irgendjemand so schnell herausgefunden haben, dass die matschigen Reste eines Menschen, die sie von einer abgelegenen Landstraße in Berlin-Tegel gekratzt hatten, in irgendeiner Beziehung zu ihm standen?

Wie, verdammt noch mal, hatten sie ihn gefunden?

»Bitte kommen Sie mit«, sagte der Beamte und forderte Rufus mit einem Handzeichen auf, sich zu erheben. »Sie sind vorläufig festgenommen.«

# 28

»Das ist ja sehr schön gemütlich hier«, spottete Dennis Baum über das heruntergekommene Haus, in dem Jonathan ihn empfangen hatte. »Verbrechen lohnt sich wieder, was?«

»Kommen Sie zum Punkt«, entgegnete sein Gastgeber knapp.

»Hauptkommissar Kern hat keine Lust mehr auf das Kasperletheater Ihres … wie sagt man? … Herrn. Er soll aus seinem Versteck gekrochen kommen und sich stellen wie ein Mann. Falls er dazu überhaupt in der Lage ist. Und hier, das können Sie ihm zurückgeben.«

Dennis zog Tassilos mit Zeitungsschnipseln beklebten Umschlag hervor und schleuderte ihn Jonathan achtlos gegen die Brust. Dieser versuchte nicht einmal, ihn aufzufangen.

»Und den hier geben Sie Herrn Michaelis. Und zwar heute noch.«

Jetzt zog Dennis Kerns Umschlag aus seiner Tasche und streckte ihn seinem Gegenüber entgegen.

Die beiden Männer standen im Halbdunkel des verkommenen Hausflurs und gaben dabei ein Bild ab, das gegensätzlicher kaum sein konnte. Der junge Polizist war sportlich, frisch gebräunt und gut gekleidet. Jonathan dagegen sah aus, als sei er einem Lehrvideo über die verheerenden Wirkungen von Drogen entsprungen.

»Lesen Sie ihn ruhig.«

Jonathan öffnete den Umschlag und zog das Schreiben heraus. Es war kurz gehalten:

*Tassilo!*
*Lassen wir die Spiele. Sie dürfen mir Ihr Angebot bis spätestens morgen Abend unterbreiten. Gibt es zwischenzeitlich ein weiteres Opfer, wird es keine Verhandlungen geben. Fassen wir ihn ohne Ihre Hilfe, werden wir umgehend Untersuchungen gegen Sie einleiten. Wenn Sie verhandeln wollen, tun Sie es sofort.*
*Wie Sie mich finden, wissen Sie ja.*

*J. K.*

»Wenn Sie glauben, das beeindruckt ihn, dann sind Sie genau so dumm, wie Sie aussehen«, erklärte Jonathan zynisch.

Dennis trat darauf blitzschnell an den jungen Mann heran und packte ihn an seinem Unterhemd, das dabei einriss. Er zog ihn mit einem kräftigen Ruck zu sich hinüber und kam mit seinem Gesicht dabei so nah an das von Jonathan, dass er direkt in dessen offen stehenden Mund atmete.

»So, du kleiner Scheißer«, fauchte er erbost, aber kontrolliert. »Was ihr hier für schwule Spielchen abzieht, ist mir scheißegal. Aber das sage ich dir: Wenn Tassilo seinen feinen Arsch nicht bis spätestens morgen Abend zu Kern geschwungen hat, dann kann er seinen miesen kleinen Plan vergessen.«

Jonathan stand reglos da und starrte Dennis an. Bevor einer der beiden noch etwas sagen konnte, klingelte Dennis' Handy. Er zögerte noch einen Moment, bevor er Jonathan schließlich von sich stieß und den Anruf entgegennahm.

»Bist du sicher?«, fragte er den Anrufer, nachdem er einige Sekunden still zugehört hatte. »Wenn das stimmt, dann haltet ihn so lange fest, wie ihr könnt. Okay, ich beeile mich.«

Dennis steckte sein Handy wieder ein und wandte sich noch einmal Jonathan zu.

»Richte deinem gelackten Tassilo aus, dass es gerade eng für ihn geworden ist«, sagte er und wandte sich ab, um zügig das Haus zu verlassen. Vor der Tür befestigte er die Sirene auf seinem Fahrzeugdach und brauste so schnell er konnte davon.

Jonathan blieb verunsichert zurück. Er war nicht dumm und konnte sich gut vorstellen, dass es vermutlich Theater gewesen war, das Dennis ihm vorgespielt hatte. Andererseits konnte er sich dessen aber auch nicht völlig sicher sein.

*Wie auch immer,* dachte er sich. Tassilo hatte ihn ohnehin längst angewiesen, ein Aufeinandertreffen mit Kern zu arrangieren. Daher nahm er den Brief, den Dennis ihm übergeben hatte, schleuderte ihn in die Ecke und rief Tassilo an.

»Es kann losgehen«, erklärte Jonathan ihm.

»Gut, dann morgen. Du informierst mich rechtzeitig über Zeit und Ort.«

»Wird erledigt«, antwortete Jonathan und wollte das Gespräch bereits beenden, als Tassilo noch etwas hinzufügte: »Du wirst später noch ein paar Informationen von mir bekommen. Was du damit zu tun hast, sage ich dir, wenn es so weit ist. Wir wollen ja schließlich nicht, dass uns im Notfall die Optionen ausgehen.«

# 29

»Ich kann ihn nicht erreichen«, sagte Madame beunruhigt, während die anderen Künstler sich bereits auf ihre Auftritte vorbereiteten. »Hoffentlich ist nichts passiert.«

Es war nur noch eine Stunde bis zur Show, und Rufus war bisher weder im *Mes Amis* erschienen noch hatte er sich gemeldet.

»Was soll schon passiert sein?«, warf Jannis ein. »Der kommt in letzter Sekunde reingehumpelt und zieht seine Nummer eiskalt durch.«

Madame hatte längst bemerkt, dass die Chemie zwischen Rufus und Jannis nicht stimmte. Es war nicht nur der Zwischenfall vor ein paar Tagen gewesen, von dem ihr Fredo erzählt hatte. Auch sonst gingen die beiden einander auffallend aus dem Weg. Madame wollte sich aber nicht einmischen. Reibereien unter Kollegen waren in der Welt des Varietés genau so an der Tagesordnung wie an jedem anderen Arbeitsplatz auch.

Während Madame überlegte, was sie tun sollte, wenn Rufus nicht bald auftauchen würde, begann Jannis, sich an seinen Strapaten warm zu machen. Die stabilen Stränge waren unter der Bühnendecke befestigt und hingen fast bis zum Boden hinunter. Jannis hängte sich in die Seile ein und begann, sich zuerst langsam, dann immer schneller an ihnen in die Höhe zu winden. Mit jeder Rolle, die er in der Luft vollführte, wanden sie sich dabei weiter um seine Handgelenke. Die Strapatenakrobatik gehörte zu den schwierigsten und seltensten Kunstformen in der Artistik.

»So ist er nicht, Darling«, hielt Madame dem jungen Künstler entgegen, während dieser sich immer weiter in die Höhe wand. »So war er nie.«

Jannis spürte, dass Madame auf eine merkwürdige Weise Sympathien für Rufus hegte. Deshalb ging er nicht weiter darauf ein und setzte stattdessen seine Aufwärmübungen fort. Erst, als Madame sich in ihr kleines Büro zurückgezogen hatte, rollte er sich wieder zum Boden ab und wandte sich an Fredo.

»Was hältst du eigentlich von Rufus?«

Fredo überlegte nur kurz.

»Er ist schon irgendwie merkwürdig. Aber er ist eben ein Künstler. Wir sind doch alle so.«

»Also, ich kenne keinen Künstler, der *so* ist. Was machen wir denn, wenn er nicht kommt?«

»Wenn's nach mir ginge, würdest du im ersten Teil eine Extranummer machen. Du kommst am besten bei den Leuten an.«

Jannis konnte sich vorstellen, dass Fredo das nicht gern zugegeben hatte. Immerhin stand der Messerwerfer schon seit Jahrzehnten auf der Bühne, während der blutjunge Artist seine Karriere erst vor Kurzem begonnen hatte.

Jannis war gerade neunzehn und zählte in Fachkreisen zu den *jungen Wilden* unter den Nachwuchsartisten. Der muffige Charme alter Wanderzirkusse hatte ihn nie angesprochen. Alte, gequälte Tiere, Glitzeranzüge und alberne, wenig unterhaltsame Clowns – das alles war nicht das, was er sich unter Varieté vorstellte. Jannis trug auf der Bühne stets modische Freizeitkleidung, niemals Kostüme. Er war der Überzeugung, dass man seinem Publikum nicht verkleidet gegenübertreten durfte, wenn man von ihm ernst genommen werden wollte. Außerdem präsentierte er seinen Zuschauern nicht einfach nur seine Äquilibristik. Er verknüpfte sie mit poetischen Geschichten, die bei den Zuschauern echte Emotionen auslösten. Minimalistische

Requisiten und zeitgemäße Musik rundeten seine Darbietungen ab und machten sie zu frischen, modernen Erlebnissen. Tatsächlich war Jannis bei den Zuschauern der mit Abstand beliebteste Künstler in Madames Show.

»Ihr könntet auch besser ankommen, wenn ihr wolltet«, antwortete er deshalb.

Auch wenn er sich denken konnte, dass seine viel älteren Kollegen ihn nicht würden ernst nehmen wollen.

Fredo fühlte sich von dieser Aussage tatsächlich ein wenig gekränkt. Schließlich hatte er schon auf der Bühne gestanden, als Jannis noch gar nicht auf der Welt gewesen war. Dennoch respektierte er, dass der junge Mann eifrig und voll frischer Ideen war.

»Dann lass mal hören«, forderte er Jannis daher auf, ohne dabei beleidigt zu wirken.

Der junge Künstler unterbrach seine Dehnübungen, zog einen Stuhl zu sich heran und setzte sich. Fredo blieb stehen.

»Ihr macht alle einfach das, was ihr immer schon gemacht habt. Eure Nummern, mit denen ihr schon seit Beginn eurer Karriere auf der Bühne steht. Aber das ist ewig her. Die Welt hat sich verändert. Das Publikum hat sich verändert.«

Fredo konnte sich vorstellen, worauf Jannis hinauswollte.

»Die Menschen werden immer Angst haben, wenn man mit Messern nach ihnen wirft. Und sie werden immer erleichtert applaudieren, wenn die Messer sie verfehlt haben. Diese Kunst ist zeitlos«, verteidigte er sich deshalb.

»Und warum sieht man sie dann nirgendwo mehr? Die Idee ist zeitlos, klar. Aber die Umsetzung doch nicht! Diese alten Messerwerfer-Holzräder mit den Frauen dran habe ich schon gesehen, als ich noch ein Kind war. Und da waren die auch schon uralt. Wer nicht mit der Zeit geht, den lässt sie zurück.«

»Um nichts in der Welt möchte ich diese alten Zeiten hergeben«, mischte sich plötzlich Daphne in das Gespräch ein, die gerade in den Backstage-Bereich gekommen war. »Sie waren das, was mich heute am Leben hält. Sie sind jung und voll Ehrgeiz, Jannis. Aber das war ich auch mal.«

*Sie muss einmal eine sehr schöne Frau gewesen sein,* dachte Jannis. Selbst heute noch war es eine Freude, in Daphnes Gesicht zu sehen. So faltig es auch war, so deutlich drückte es doch aus, dass sie während ihrer Bühnenkarriere faszinierende Zeiten erlebt haben musste.

»Die Menschen werden immer nach dem Neuen schreien«, fuhr sie fort. »Höher, schneller, weiter. Und dann freuen sie sich, wenn jemand vor ihnen auf die Bühne pinkelt oder Feuerwerk in seinem Nasenloch explodieren lässt. Aber was kommt danach? Noch mehr pinkeln, größere Feuerwerkskörper in kleineren Körperöffnungen? Wenn die Mode nicht weiter nach vorn kann, dann geht sie zurück. Nennen Sie uns ruhig altmodisch, Jannis. Aber wir bieten den Menschen etwas, das sie brauchen: Beständigkeit.«

Auch wenn Jannis in dieser Aussage eher eine Rechtfertigung dafür sah, nicht mit der Zeit gehen zu müssen, hätte er doch nie gewagt, Daphne zu widersprechen.

»Wie lange kann man als Artist Geld verdienen?«, fragte Fredo dann. »Bis Anfang, Mitte dreißig?«

»Wenn man Topleistungen bringen will? Höchstens«, antwortete Jannis.

»Und das ist der Unterschied. Du musst deine Kunst für den Moment konzipieren. Aber wir beide müssen es für die Ewigkeit tun.«

»Ehrlich gesagt«, antwortete Daphne, »hatte ich nicht vor, das noch so lange zu machen.«

Der Scherz hatte für eine dringend erforderliche Auflockerung gesorgt. Dann kam Madame zu den Künstlern zurück.

»Ich kann ihn nicht erreichen. Wir müssen ohne Rufus spielen. Jannis, kannst du zweimal auftreten?«

Madame hatte das Gespräch nicht mitbekommen. Umso bestätigter fühlte sich der Artist.

»Ich lass mir was einfallen«, antwortete er.

Erst, als Madame wieder gegangen war, flüsterte Daphne den beiden anderen zu: »Ich bin ganz froh, dass Rufus nicht da ist. Irgendwie ist er mir unheimlich.«

# 30

Berliner Polizeireviere sind trostlose Orte voller veralteter Technik, mit unbequemen Holzbänken und kaltem Neonlicht. Die Wände sind behängt mit gut gemeinten Ratschlägen zum Schutz gegen Einbrecher und Taschendiebe. Das Treiben in den Büros und auf den Fluren strahlt nichts von dem spannenden Flair aus, das man normalerweise in Polizeiserien präsentiert bekommt.

Rufus war unmittelbar nach seiner Festnahme belehrt worden, dass er keine Angaben machen müsse, außer zu seiner Person. Er hatte auch bislang von diesem Recht Gebrauch gemacht. So wartete er nun bereits seit über vierzig Minuten in einem ungemütlichen Vernehmungsraum, der offenbar seit vielen Jahren nicht mehr gestrichen worden war, darauf, dass man sich seiner annehmen würde. Ein Beamter hatte ihm auf sein Bitten hin ein Glas Wasser gebracht, Handschellen hatte man ihm jedoch nicht angelegt.

Schließlich ging die Tür nach scheinbar endlosen Minuten des Wartens auf, und ein stattlicher Mann mit drei grünen Sternen auf der Schulterklappe betrat ohne besondere Hektik den Raum. In seiner Begleitung folgte ihm ein jüngerer Polizist, der offenbar dazu da war, der Vernehmung als Zeuge beizuwohnen.

»Ich bin Polizeiobermeister Rackwitz. Guten Abend, Herr Weihrich«, grüßte der ältere der beiden und setzte sich mit einem kleinen Stapel Unterlagen an den Tisch, an dem Rufus gewartet hatte. Der jüngere Beamte nahm hinter Rufus auf einem Holzstuhl neben der Tür Platz.

Während der ohnehin schon kleine Vernehmungsraum für Rufus durch die Anspannung immer kleiner zu werden schien, rief er sich noch einmal seine Techniken der Körpersprache ins Gedächtnis, die ihm bereits bei den Befragungen zu Annes Verschwinden hilfreich gewesen waren. Doch das war lange her, und Rufus war sich nicht mehr sicher, ob er der folgenden Vernehmung wirklich noch würde standhalten können.

Dieses verdammte Zufallstreffen mit Josephine. Warum hatte er nicht einfach widerstehen können? Jeden seiner *Auftritte* hatte er sorgfältig vorbereitet, die zahlreichen Details geplant, abgelegene, zufällige Tatorte ausgesucht, die so weit entfernt von den Fundorten lagen, dass sie niemand finden konnte. Er hatte streng darauf geachtet, Privates und Berufliches zu trennen. Keine seiner *Assistentinnen* hatte er während seiner Shows kennengelernt; man hätte ihn sonst mit Sicherheit innerhalb von wenigen Tagen gefasst. Verdammt, was hatte ihn nur getrieben, eine Assistentin auszuwählen, die in einem persönlichen Verhältnis zu ihm stand – selbst, wenn es Jahrzehnte zurücklag?

»Sie können sich vorstellen, weswegen Sie hier sind?«, begann Rackwitz die Befragung.

Obwohl Rufus jahrelang alles in seiner Macht stehende getan hatte, um sich der Polizei zu entziehen, empfand er jetzt, da sie ihn hatten, ein befremdliches Gefühl der Erleichterung. Zuletzt hatte er es gespürt, als er damals in seinem Keller entschieden hatte, sich nach Annes Tod freiwillig zu stellen.

»Nein«, antwortete er dennoch.

Kampflos würde er nicht aufgeben. Nicht schon in der ersten Vernehmung.

»Ihnen wird vorgeworfen, vor drei Tagen um circa 23.30 Uhr einen Mann in der Linie U9 angegriffen und verletzt zu haben.

Sie müssen sich zu diesem Vorwurf nicht äußern. Möchten Sie etwas dazu sagen?«

*Das glaube ich nicht,* schoss es Rufus durch den Kopf, während sich sein Puls schlagartig verlangsamte.

Die enorme Anspannung fiel augenblicklich von ihm ab, seine Atmung verlangsamte sich wieder, und seine bisher nur gespielt lockere Körperhaltung wechselte, von den Beamten unbemerkt, in eine echte.

»Dazu sage ich nichts«, antwortete er, ohne sich seine Erleichterung anmerken zu lassen.

»Das Opfer hat Sie heute Abend in der U9 als mutmaßlichen Täter identifiziert und uns aus der Bahn heraus verständigt. Er gibt an, Sie wiedererkannt zu haben«, erklärte Rackwitz und musterte daraufhin Rufus' Gesicht. »Was sind denn das für Verletzungen, Herr Weihrich?«

Rufus befand sich in einer Notlage. Sicher, er konnte weiterhin einfach alles abstreiten oder die Aussage verweigern. Dies konnte aber leicht dazu führen, dass die Polizei Ermittlungen gegen ihn einleiten würde. Es war durchaus möglich, dass man seine Berliner Wohnung durchsuchte. Möglicherweise würden sie auch die frischen Beschädigungen an seinem Van entdecken. Wie sollte er diese erklären, ohne sich dabei immer weiter in Widersprüche zu verwickeln? Hinzu kam außerdem etwas noch viel Wichtigeres: Er konnte absolut keine Untersuchungen in dem alten Haus, das er von seiner Großmutter geerbt hatte, gebrauchen.

Rufus war vermutlich der Letzte, der es sich hätte erlauben können, sich mit der Polizei anzulegen.

»Na gut«, kooperierte er daher, um Schlimmeres zu vermeiden. »Ich hab da wohl überreagiert. Der Mann hat diese Frau angegriffen; da hab ich ihm halt eine gegeben.«

Rackwitz nickte zufrieden.

»Gut, dann nehmen wir jetzt Ihre Aussage zu Protokoll. Ihre Personalien haben wir ja. Sonst liegt nichts gegen Sie vor. Nach der Behandlung können Sie wieder gehen.«

Rufus horchte überrascht auf.

»Was für eine Behandlung?«

Rackwitz erklärte ihm in sachlichem Ton die anstehende Vorgehensweise: »Sie werden als Verdächtiger erkennungsdienstlich behandelt. Das ist eine Standardprozedur. Wir machen Fotos für die Kartei und nehmen Finger- und Handabdrücke. Außerdem führen wir noch eine Blutentnahme durch.«

Der Beamte merkte Rufus deutlich an, dass ihm diese Nachricht absolut nicht gefiel. Er war bereits an diese Reaktion von Tatverdächtigen gewöhnt. Gerade Menschen, die nur kleinere Straftaten begangen hatten, kam diese Prozedur so vor, als würden sie wie Schwerverbrecher behandelt.

»Machen Sie sich mal keine Sorgen«, beruhigte Rackwitz ihn deshalb und lächelte freundlich. »Sie sind ja schließlich kein Mörder.«

# 31

»Ist er nicht bei Ihnen? Hier ist er jedenfalls rechtzeitig losgefahren; ich hab ihn gehört«, sagte Ruth Bachmann, Rufus' Wirtin.

Sie war eine freundliche alte Dame, höflich und zu einer Zeit erzogen, als Umgangsformen noch von Bedeutung waren. Ihr weißes Haar war mit einem leichten Blond aufgefrischt, und für ihr Alter war sie noch erstaunlich gut auf den Beinen.

Madame machte sich noch immer Sorgen, denn Rufus war auch nach der Vorstellung nicht im Theater erschienen und hatte sich auch nicht gemeldet. Kurz nachdem der Vorhang gefallen war, hatte sie deshalb seine Wirtin angerufen. Madame kannte Ruth Bachmann seit vielen Jahren. Immer wieder hatten Künstler ihrer Shows sich bei der alten Dame eingemietet.

»Ist Ihnen irgendwas komisch vorgekommen? War er anders als sonst?«, hakte sie nach.

»Ich hab nicht besonders viel mit ihm zu tun. *Guten Morgen* und *Guten Abend,* mehr nicht. Er ist sehr still, und ich will ihn nicht bedrängen.«

»Könnten Sie denn vielleicht mal nachsehen, ob seine Sachen noch in seinem Zimmer sind? Er ist schon seit Tagen so seltsam.«

Ruth Bachmann dachte kurz nach. Sie respektierte die Privatsphäre ihrer Gäste und hatte kein gutes Gefühl dabei, in Rufus' Appartement zu gehen. Niemand sollte ihr schließlich nachsagen, sie sei eine dieser neugierigen alten Weiber, die ihren Gästen hinterherspionierten. Andererseits kannte sie Madame aber gut genug, um zu spüren, dass sie sich ernsthaft Sorgen machte.

»Na gut, ich werfe mal einen kleinen Blick durch die Tür«, rang sie sich schließlich durch. »Warten Sie einen Moment, ich rufe gleich zurück.«

Der Zweitschlüssel für das Appartement im Souterrain hing direkt neben Bachmanns Tür an einem Haken. Sie dachte noch einmal kurz nach und griff ihn schließlich. Danach machte sie sich vorsichtig auf den Weg. Es war schon dunkel, und das Licht im Hausflur schien etwas zu schwach für ihre alten Augen.

»Herr Rufus? Sind Sie da?«, rief sie nur zaghaft durch die Tür, um die anderen Bewohner des Hauses nicht zu stören.

Als sie keine Antwort erhielt, führte sie den Schlüssel ins Schloss und öffnete vorsichtig die Tür.

Alles sah aus wie immer. Ihr Gast hatte den Raum in bester Ordnung gehalten, was nicht selbstverständlich war. Ruth Bachmann rief ein weiteres Mal vorsichtig nach ihrem Untermieter, doch auch dieses Mal erhielt sie keine Antwort. Sie wollte das Souterrain schon wieder verlassen, als ihr einfiel, dass Madame sie gebeten hatte, nach Rufus' Sachen zu sehen. Also ging sie vorsichtig durch das Zimmer, um Ausschau nach etwas zu halten, das er üblicherweise ins *Mes Amis* mitnahm. Nachdem Bachmann nichts Auffälliges entdecken konnte, beschloss sie endgültig, die Wohnung wieder zu verlassen, bevor noch jemand mitbekam, dass sie überhaupt hineingegangen war. Im Umdrehen glitt ihr Blick dabei über einen handgeschriebenen Brief, der auf dem Schreibtisch lag. Ruth Bachmann hielt inne. Schon oft hatte sie von Menschen gehört, die Abschiedsbriefe hinterließen, bevor sie für immer verschwanden oder sich vielleicht sogar etwas antaten. Rufus war ein seltsamer, in sich gekehrter Mensch, und Madames Sorge bestärkte Bachmanns Befürchtungen zusätzlich. Es schien ihr nicht auszuschließen, dass sein plötzliches Verschwinden durch den Brief erklärt werden konnte. Intuitiv griff sie ihn und las, was Rufus geschrieben hatte.

*Lieber Tassilo!*
*Leider bin ich mit meinem Ablauf durcheinandergeraten. Ich wollte Ihnen eine wundervolle Aufnahme meines Lieblingsstücks zukommen lassen, doch meine Assistentin war leider ungeeignet. Bitte verzeihen Sie, aber ich bin sicher, auch Ihnen ist so etwas schon passiert. Ich habe nicht fest genug zugeschlagen. Dumm, aber nicht zu ändern.*
*Statt dass sie von meiner Guillotine verzaubert worden wäre, hat ein LKW sie zerquetscht. Das war, ehrlich gesagt, ein bisschen seltsam. Immerhin, ich hatte dabei eine schöne Idee für ein neues Requisit. Wer weiß, vielleicht überrasche ich Sie ja schon bald damit …*
*Schaffen Sie es noch ins Mes Amis? Ich bin noch eine Weile dort, aber danach komme ich erst mal nicht wieder nach Berlin. Ihr Besuch würde mir sehr viel bedeuten!*

*Mit Verehrung*

*Rufus!*

»Ich habe einen Gast. Wie schön«, erklang plötzlich eine Stimme hinter Ruth Bachmann.

Überrascht und verwirrt drehte sich die alte Dame um. Rufus war nach Hause gekommen. Und jetzt stand er nur einen Meter hinter ihr.

»Ich … äh … entschuldigen Sie bitte, aber Madame …«, rang

sie um Fassung, während Rufus ihr immer näherkam, bis er schließlich kaum noch zehn Zentimeter von ihr entfernt war.

Rufus lächelte seine Wirtin freundlich an.

»Sie müssen sich nicht entschuldigen«, flüsterte er mit süßlichem Unterton. »So was kann ja mal passieren.«

# 32

Tassilo lag vollkommen entspannt in seiner Badewanne, während die Teelichter, die er überall im Bad verteilt hatte, den kleinen Raum in ein warmes Licht tauchten. Das Wasser duftete nach Zedernholz und umschloss seinen Körper mit wohliger Wärme. Er hatte ein schmales Badebrett aufgelegt, auf dem ein dickes Fotoalbum lag. Er blätterte friedlich darin.

*Wer kann dieses Monster stoppen?*, war der Titel eines Artikels aus dem *Fadenkreuz,* den Jan Bittrich verfasst hatte, nachdem man damals das achte Opfer des Schläfenmörders gefunden hatte.

»Wer weiß?«, hauchte Tassilo genüsslich in den Raum.

Er blätterte weiter. *Ist die Polizei machtlos gegen ihn?*, hieß es in einer weiteren Schlagzeile, unter der die Phantombilder des unbekannten Serienmörders abgedruckt waren.

Tassilo hatte erst damit angefangen, Berichte über den Schläfenmörder zu sammeln, nachdem er zum fünften Mal Post von ihm bekommen hatte. Das war vor etwa sechs Jahren gewesen. Tassilo war damals gerade freigesprochen worden, und immer mehr Menschen im Land hatten zu seiner Überraschung damit begonnen, ihn auf eine morbide Art zu verehren. Das wirre Geschreibe des Schläfenmörders hatte er zunächst nicht ernst genommen. Jedenfalls so lange nicht, bis dieser ihn auf höchst beeindruckende Weise von der Echtheit seiner bestialischen Bekenntnisse überzeugt hatte.

Der Film, mit dem er damals jeden Zweifel beseitigt hatte, war zu einem von Tassilos Lieblingsandenken geworden. Er hatte ihn entgegen aller gebotenen Vorsicht stets an einem Ort aufbewahrt, der es ihm jederzeit ermöglichte, ihn sich anzusehen, wenn ihm danach war. Heute war ihm wieder danach.

»Nimm es nicht persönlich«, sagte Tassilo und sah dabei eines der Phantombilder an. »Das hat was mit Julius und mir zu tun. Unsere Verbindung ist einfach schon viel älter.«

Tassilo musste sich eingestehen, dass er ein wenig neidisch auf seinen *Kollegen* war.

Siebzehn tote Frauen. Er selber hatte es bislang nur auf neun Opfer gebracht.

Tassilo trocknete sich noch einmal sorgfältig die Hände ab, bevor er das Album schließlich zur Seite legte und das Badebrett vom Rand der Wanne nahm. Dann griff er nach der Fernbedienung seines Fernsehers, den er mit einer Wandhalterung über seiner Badewanne hatte anbringen lassen. Die DVD war bereits eingelegt. Tassilo stellte den Ton sehr leise ein; die Nachbarn sollten nicht mitbekommen, was er sich nun ansehen würde. Dann startete er die DVD voller Vorfreude auf den kurzen Film, den er sich bereits mehr als hundert Mal angesehen hatte.

»Meine Damen, meine Herren! Werden Sie heute Zeugen einer Herausforderung, welche die Menschen bereits seit Jahrhunderten fasziniert – und ängstigt«, begann der Mann in dem silbernen Glitzeranzug, bevor er sich mit bedeutenden Schritten einem großen Glasbassin näherte, das bis zum Rand mit Wasser gefüllt war.

Tassilo freute sich schon darauf, den verzweifelten Todeskampf der jungen Frau ein weiteres Mal beobachten zu können. Die Aufnahme war ziemlich gut geworden. Sicher, blutig war sie nicht gerade. Aber der Blick der Frau in dem Moment, in dem sie erkannte, dass nichts und niemand sie noch retten würde – Tassilo konnte sich einfach nicht daran sattsehen.

»Siebzehn …«, hauchte er, während das Wasser ihn noch immer wärmend umschloss. »Nun ja, alles Gute geht einmal zu Ende.«

# 33

Es war um diese Zeit noch ganz ruhig im *Mes Amis*. Bis auf das Geräusch, das die Milchdüse von Madames Kaffeeautomat verursachte, der das einzige Gerät an ihrer Bar war, das sie innerhalb der letzten fünf Jahre angeschafft hatte. Es war erst Mittag. Die anderen Künstler waren noch nicht eingetroffen, als sie sich zu Rufus an einen der Bistrotische im Foyer setzte.

»Ich hatte Probleme gestern«, begann er, ohne dass Madame nachfragen musste. »Eine Schlägerei in der U-Bahn.«

»Manchmal muss es einfach raus, oder?«, entgegnete Madame verständnisvoll.

»Dieser Typ hat sie beleidigt. Weil sie dick war.«

Madame nahm einen Schluck von ihrem Milchkaffee. Das Foyer war dunkel und nur durch einen alten, schwarzen Vorhang vom Theatersaal getrennt. Während der Shows gab es keinen Ausschank, ansonsten übernahm Madame den Getränkeverkauf selber.

»Du hast früher sehr viel einstecken müssen, oder?«, fragte sie.

Rufus reagierte nicht darauf.

»Ich möchte wieder Großillusionen zeigen«, begann er stattdessen. »Ist das für dich okay?«

Madame war sichtlich überrascht.

»Das hast du ja schon ewig nicht mehr gemacht. Und dabei waren deine immer besonders gut!«

»Ich hab sie ja auch selbst gebaut. Nicht der Mist, den man so zu kaufen kriegt.«

»Hast du sie denn in den letzten Jahren überhaupt mal benutzt?«

Rufus sah einen Augenblick lang die überraschten Gesichter seiner *Assistentinnen* vor sich, nachdem sie den Hammer aus der Tasche gezogen hatten.

»Selten«, antwortete er dann.

Rufus hatte ein paar Schmerzmittel mehr eingenommen als sonst. In der vergangenen Nacht hatte er nur wenig Schlaf gefunden.

Ab jetzt befanden sich seine DNA und Fingerabdrücke in der Polizeidatenbank. Ab sofort konnte jeder Schweißtropfen, den er an einer seiner Assistentinnen zurücklassen würde, das Aus für ihn bedeuten. Was, so überlegte er seit dem vorangegangenen Abend ununterbrochen, sollte er tun? Sich zurückziehen, sein Pech als Chance nutzen, um in ein normales Leben zurückzukehren? Ein normales Leben – Rufus hatte Schwierigkeiten, sich vorzustellen, was das überhaupt sein sollte.

Vielleicht würde er ja auch ab sofort einfach nur noch vorsichtiger sein müssen.

»Wir haben uns Sorgen gemacht, als du nicht gekommen bist«, erzählte Madame.

Rufus musste sich ein sarkastisches Lachen verkneifen.

»*Wir?* Ich glaube eher, du warst die Einzige. Die anderen mögen mich nicht.«

»Das stimmt so nicht«, erwiderte Madame. »Sie werden nur nicht schlau aus dir. Du bist immer so in dich gekehrt. Théodore hat mir erzählt, dass du vor dem Tod deiner Großmutter fast nie das Haus verlassen hast.«

Madame bemerkte Rufus' angespannte Reaktion. Sein Blick klammerte sich flüchtend an eine Bruchstelle, an welcher der alte Marmor des Foyers aufgesprungen war und einen langen Riss über den schlecht gereinigten Boden verursacht hatte.

»Es war nicht leicht mit ihr, nicht wahr?«, fragte sie nach.

»Sie war krank. Sie konnte nichts dafür.«

Madame wollte sich damit nicht zufriedengeben.

»Dass ein Mensch krank ist, ändert nichts daran, dass es sehr schwer sein kann, mit ihm zu leben. Du warst ihre einzige Bezugsperson, oder?«

Rufus war sich nicht sicher, wie er sich verhalten sollte. Er wollte eigentlich nicht über seine Großmutter sprechen, die ihn viel zu lange in einer seelischen Umklammerung gefangen gehalten hatte. In den Jahren nach Annes Tod war ihre Demenz immer weiter fortgeschritten und hatte aus ihr schließlich einen Menschen gemacht, der mit seiner Großmutter nichts mehr gemeinsam hatte. Es war immer schwerer für ihn geworden, seine Frustrationen zu unterdrücken.

Als Rufus Madames verständnisvolles Lächeln in dem hellen Licht sah, das durch die Fenster in den Raum fiel, brach es plötzlich aus ihm heraus.

»Sie hat mich einfach nicht in Ruhe gelassen«, begann er. »Unter ihrer Schädeldecke war nur noch Grütze. Die ersten Jahre ging's ja noch, da hatte sie nur Aussetzer. Aber später. Sie wusste gar nichts mehr, Uhrzeiten, Tage, Monate. Ihr Hirn hat einfach nichts mehr gespeichert! Das Einzige, was sie sich überhaupt noch merken konnte, war, dass sie nach mir schreien konnte, wenn sie was wollte. *Rufus, welchen Tag haben wir? Rufus, wann kriege ich mein Essen? Rufus, was arbeitest du überhaupt? Kann man davon leben? Willst du nicht mal was Richtiges machen?* Jeden gottverdammten Tag!«

Madame bemerkte, wie Rufus seine Hände zu Fäusten ballte.

Unwillkürlich nahm sie eine angespannte Sitzhaltung ein. Ihren Milchkaffee ließ sie jetzt einfach kalt werden.

»Sie hat immer wieder dasselbe gefragt. Immer wieder! Zehnmal, zwanzigmal, hundertmal. Und wenn ich es ihr zum tausendsten Mal gesagt habe, dann hat sie eine Minute später schon wieder gefragt! Aber glaub bloß nicht, dass ich sie darauf hinweisen durfte. Sie kritisieren, o nein!«

Madame freute sich darüber, dass Rufus ihr sein Vertrauen schenkte.

»Was hat sie denn dann gemacht?«, fragte sie nach.

»Sie ist sofort wütend geworden. Aber wie! Was mir einfiele, ich solle mich nicht so haben, sie sei halt ein bisschen vergesslich, und überhaupt – solange ich meine Füße unter ihren Tisch strecke … Und weißt du, was sie geantwortet hat, wenn ich ihr völlig entnervt gesagt habe, dass sie schon zehnmal gefragt hätte, welchen Tag wir haben? Sie hat gesagt: Stimmt nicht.«

Madame blieb ganz ruhig sitzen und signalisierte Rufus, dass sie ihm zuhörte. Er hatte ganz offenbar noch nie über seine wahren Gefühle in den Jahren gesprochen, in denen er mit seiner Großmutter allein gewesen war. Die verzweifelte Wut, die jetzt aus ihm herausplatzte, musste Jahrzehnte lang in ihm gebrodelt haben.

»Stimmt nicht. Ganz einfach: Stimmt nicht!«

Rufus wurde lauter. Ein unerfahrener Zuhörer hätte ihn vermutlich aufgefordert, sich zu beruhigen. Aber Madame wusste, dass es jetzt wichtig für ihn war, den Zorn, den er so lange in sich hineingefressen hatte, herauszulassen.

»Und glaubst du, irgendwer hätte mir mal geholfen? Nein, *der Rufus kümmert sich doch so toll um sie. Lasst mal, der macht das schon ganz gut; da ist die Frau doch in den besten Händen.* Keine zehn Minuten hat sie mich in Ruhe gelassen! Außer, wenn sie mal wieder eingeschlafen ist, aber glaub nicht, dass das in der Nacht war. Da ist sie durchs Haus gelaufen und hat nach mir geschrien. *Rufus! Rufus! Welchen Tag haben wir heute?* Irgendwann habe ich einen Pflegedienst organisiert, der sie wenigstens eine Stunde am Tag betreuen sollte. Weißt du, was sie gemacht hat? Sie hat die Pfleger rausgeworfen. Die Türen hat sie verriegelt. *Ich brauche keine Hilfe; ich kann alles allein,* hat sie gesagt. Einen Scheiß konnte sie!«

Madame hatte eine Idee.

»Wenn sie jetzt hier wäre, was würdest du ihr gern sagen?«, fragte sie. »Etwas, das du ihr in Wirklichkeit nie sagen konntest. Irgendwas, das du immer runtergeschluckt hast.«

Rufus sah Madame überrascht an. Ihm gefiel die Frage, denn sie traf einen Punkt, der ihn seit vielen Jahren belastete. Jetzt, als seine Erlebnisse der vergangenen Tage ihn so nahe an die Grenzen seiner nervlichen Belastbarkeit gebracht hatten, wie es ihm schon lange nicht mehr passiert war.

»Komm schon«, hakte Madame nach. »Was würdest du ihr sagen?«

Rufus griff sein Wasserglas, leerte es mit einem Zug, sprang so schnell von seinem Stuhl auf, dass dieser dabei umfiel, und brüllte, so laut er konnte, in das leere Foyer:

»Halt die Fresse! Halt die Fresse! Du alte dämliche Kuh, halt nur ein einziges Mal deine verdammte Fresse!«

Dann kehrte vollkommene Ruhe ein.

Erschöpft hob Rufus seinen Stuhl wieder auf und ließ sich auf ihn sinken. Einige Sekunden lang sagte keiner der beiden etwas.

»Das war gut«, brach Madame nach etwa einer halben Minute das Schweigen. »Jetzt weiter. Stell dir den Raum als eine Zeitlinie vor«, fuhr sie fort und deutete auf die Länge des Foyers. »Wenn die linke Wand deine Geburt ist und die rechte Wand der heutige Tag: An welchem Punkt auf dieser Linie hast du dann am meisten unter ihr gelitten?«

Rufus verstand nicht sofort, was Madame von ihm wollte.

»Steh auf und stell dich an die Stelle der Zeitlinie, an der du am dringendsten Hilfe gebraucht hättest.«

Rufus erhob sich zögerlich und versuchte, sich daran zu erinnern, in welcher Phase seines Lebens der Terror seiner Großmutter am schlimmsten gewesen war. Als er glaubte, sich richtig entschieden zu haben, stellte er sich an den Punkt im Raum, der diesen Tag symbolisieren sollte.

»Gut«, sagte Madame. »Wie alt bist du an diesem Punkt?«

»Ende zwanzig«, antwortete Rufus.

»Dann tritt jetzt genau an dieser Stelle wieder aus der Zeitlinie heraus und sieh dir den Punkt an, an dem du gerade gestanden hast.«

Rufus tat, was Madame sagte.

»Du bist heute über vierzig. Und du stehst dir jetzt selber gegenüber. In einer Zeit, in der dir niemand geholfen hat. Was möchtest du dem Rufus von damals jetzt sagen? Hast du einen Rat für ihn?«

»Ich weiß nicht«, zögerte er.

»Doch«, erwiderte Madame. »Ich glaube, du weißt es sehr gut.«

Natürlich hatte sie recht. Rufus wusste sogar sehr genau, was er sich raten würde. Aber wie konnte er das in Madames Beisein aussprechen? Sie spürte seine Verlegenheit.

»Du kannst es dir auch ins Ohr flüstern, wenn du möchtest«, half sie ihm.

Rufus trat einen Schritt näher an die fiktive Zeitlinie heran und beugte sich zu der Stelle vor, an der sein jugendliches Ich jetzt in seiner Vorstellung stand. Dann flüsterte er: »Warte nicht so lange, du Idiot. Befrei dich von ihr. Sofort.«

# 34

*Elf Jahre zuvor.*

Als Rufus' Fuß schließlich vom Wundbrand befallen war, gab es keine andere Möglichkeit mehr als die Amputation.

»Hör mit dem Gejammer auf!«, war die einzige Antwort seiner Großmutter gewesen, wenn er über die anhaltend stärker werdenden Schmerzen geklagt hatte.

Dabei war sie es selber gewesen, die ihm die verrostete Spitze ihres alten Wanderstocks in den Fuß gerammt hatte. Auf dem Weg in ihr Schlafzimmer, bei dem ihr Enkel sie stets begleiten musste, hatte sie plötzlich den Einfall gehabt, ihren Mann davor warnen zu müssen, dass Einbrecher in ihr Haus kommen könnten, sobald sie eingeschlafen waren. Zu diesem Zeitpunkt war ihr Mann bereits seit Jahrzehnten tot gewesen, und in dem alten, verkommenen Haus mitten auf dem Land gab es absolut nichts, was einen Einbrecher auch nur im Geringsten hätte interessieren können. Zu logischem Denken war sie damals aber schon lange nicht mehr imstande. Stattdessen drehte sie sich vollkommen unerwartet um und rammte ihren Gehstock dabei so schnell vor sich auf den Boden, dass der über hundertfünfzig Kilo schwere Rufus keine Chance mehr hatte, ihm noch auszuweichen.

»Hab dich mal nicht so!«, hatte sie ihn in den folgenden Tagen angeherrscht, wenn er über die Schmerzen im Fuß geklagt hatte.

So blieb die Verletzung unbehandelt. Seinen Fuß konnte Rufus aufgrund seines gewaltigen Bauchumfangs selbst nicht mehr sehen, und die starken Schmerzmittel, die er aufgrund seiner Rückenverletzung regelmäßig einnahm, betäubten die Warnsignale zusätzlich. Seine Fettsucht, in die er sich längst ergeben hatte, machte Rufus langsam, träge und unbeweglich. Zudem führte sie ihn zusammen mit seinen chronischen Rückenschmerzen und dem psychischen Druck, unter den seine kranke Großmutter ihn seit Jahren setzte, immer weiter in eine tiefe innere Verweigerungshaltung. Seine daraus resultierende mangelnde Hygiene sorgte letztendlich dafür, dass die Folgen der unbehandelten Fußverletzung ihren Lauf nehmen konnten.

So dauerte es nicht lange, bis sich die Wunde entzündete und heftig zu nässen und zu eitern begann. Rufus reagierte darauf, indem er immer noch größere Mengen seiner Schmerzmittel einnahm. Als der inzwischen eingesetzte Wundbrand schon zum Absterben der schwarz gewordenen Zehen geführt hatte und sein Fuß grauenvoll nach Verwesung zu stinken begann, war Rufus schließlich im Hausflur zusammengebrochen.

Danach dauerte es noch mehrere schreckliche Stunden, bis der Rettungswagen eintraf. Rufus' Großmutter hatte den verzweifelt weinenden Mann entdeckt und tatsächlich aus einem unterbewussten Reflex heraus entschieden, Hilfe zu rufen. Als sie nur Sekunden darauf das Telefon erreicht hatte, wusste sie jedoch schon längst nicht mehr, weswegen sie überhaupt ins Wohnzimmer gegangen war. Rufus musste sich am Ende selber zum Telefon schleppen.

Die zweieinhalb Stunden, die er während der folgenden Notoperation unter Vollnarkose verbrachte, waren möglicherweise die besten in seinem bisherigen Leben. Weit weg von zu Hause, befreit von allen Schmerzen, tief versunken in einen traumlosen Schlaf.

Das Operationsteam hatte hingegen alle erdenkliche Mühe, die Operation, während der Rufus' Vorfuß amputiert werden musste, sicher durchzuführen. Der extrem übergewichtige Mann war auf dem Operationstisch nur schwer zu lagern, und aufgrund seiner enormen Körpermasse mussten ihm gefährlich große Mengen an Narkosemitteln verabreicht werden. Hinzu kamen massive Intubationsprobleme, da der Beatmungsschlauch nur schwer in den Mann hineinzubekommen war. Selbst nachdem es endlich gelungen war, musste Rufus' Beatmung mit immens großer Kraft erfolgen, da sein gesamtes Körpergewicht durch den Druck der Beatmungsmaschine ausgeglichen werden musste. Nachdem die Operation trotz der schwierigen Umstände erfolgreich abgeschlossen war, dauerte es lange, Rufus zu stabilisieren.

Der Chirurg, der nur mit knapper Not Rufus' Leben gerettet hatte, konnte nicht ahnen, wie viele Menschen das ihre noch durch die Hände seines Patienten verlieren würden.

Für Rufus bedeutete der Verlust seines Fußes die Wende in seinem Leben, das er eigentlich schon lange aufgegeben hatte. Direkt nach seiner Erholung von der Operation wurde er in eine Rehaklinik überwiesen. Seine Großmutter wurde in dieser Zeit gegen ihren massiv vorgebrachten Willen von einem häuslichen Pflegedienst betreut.

Volle vier Wochen hatte Rufus nun Zeit, sich vom Psychoterror seiner dementen Großmutter zu erholen. Es war Jahre her, dass er zuletzt von gesunden, freundlichen Menschen umgeben gewesen war, mit denen er wirkliche, geistreiche Gespräche führen konnte. Seine Großmutter äußerte sich längst nur noch in sich ständig wiederholenden Phrasen, die größtenteils von fixen Ideen gespeist waren und jeder Logik entbehrten.

Rufus genoss die Physiotherapie mit den liebenswürdigen

Krankenschwestern, die ihm nicht nur Aufmerksamkeit widmeten, sondern sich auch ehrlich für seine Sorgen zu interessieren schienen. Niemand hatte ihm in den vergangenen Jahren seelischen Beistand geleistet, seine Klagen waren immer nur mit Phrasen wie: *Dafür musst du Verständnis haben; sie ist ja schließlich krank*, abgetan worden.

Zum ersten Mal seit dem Tod seiner Eltern erhielt Rufus in der Klinik eine ausgewogene, gesunde Ernährung und entwickelte ein Gefühl dafür, wie gut Obst und Gemüse schmecken konnten. Der fette, widerliche Porky, für den er sich selbst gehalten hatte, würde nun sterben, damit der tot geglaubte Rufus sich wieder aus seinem Grab erheben konnte.

Rufus war klar, dass er sehr bald wieder zu seiner Großmutter zurückkehren musste. An einem wunderschönen Abend am See, im Park hinter der Klinik, hatte er beim Blick auf das ruhig dahinfließende Wasser eine Entscheidung getroffen, wie er dieses Problem endgültig lösen würde.

»Welchen Tag haben wir heute?«, fragte die verwirrte Frau, während Rufus sie mit der Kartoffelsuppe fütterte, die eine Mitarbeiterin des Pflegedienstes vorgekocht und in Portionen eingefroren hatte.

Seine Großmutter hatte motorische Störungen, sodass sie ohne Rufus' Hilfe kaum noch essen konnte. Nach jedem Löffel, den sie genommen hatte, wischte er ihr sorgfältig den Mund mit einem kleinen Handtuch ab.

»Montag«, antwortete er geduldig.

»Was machst du denn eigentlich?«, erkundigte sie sich, bevor Rufus ihr einen weiteren Löffel Suppe in den Mund führte und ihn danach wieder mit dem Handtuch abwischte.

»Ich zaubere«, gab er zur Antwort, obwohl das zu diesem Zeitpunkt eigentlich gar nicht mehr stimmte.

Er war längst nicht mehr in der Lage, seine Großmutter länger als eine halbe Stunde lang allein zu lassen. Zeit für seine eigenen Dinge hatte er dadurch nicht mehr.

»Was machst du?«, fragte sie erneut, nachdem sie sich unter seiner Antwort nichts vorstellen konnte.

»Ich zaubere.«

Während Rufus sich an die wunderschönen Tage in der Klinik erinnerte, gab er seiner Großmutter einen weiteren Löffel Suppe und wischte ein weiteres Mal ihren Mund ab.

»Ist heute Mittwoch?«, fragte sie.

»Heute ist Montag«, antwortete Rufus freundlich.

Er hatte bereits einen festen Plan, den er in langen, konstruktiven Gesprächen mit seiner Ärztin erstellt hatte.

Er würde ab sofort eine strikte Diät einhalten. Wenig Zucker, kaum Kohlenhydrate, viel Gemüse. Obst nur, wenn es nicht zu süß war. Keine Schokolade. Er wollte ab sofort ausschließlich stilles Wasser trinken und sogar damit beginnen, Sport zu treiben. Hinter dem Haus gab es einen kleinen See, in dem er täglich schwimmen gehen würde. Aber erst nach Einbruch der Dunkelheit, wenn niemand mehr seinen verstümmelten Leib sehen konnte.

»Willst du nicht mal was Sinnvolles machen?«, fragte seine Großmutter, nachdem sie noch immer nicht verstanden hatte, was er mit *Zaubern* meinte.

»Ja, das mache ich«, antwortete Rufus, während er sie weiter geduldig fütterte und ihren Mund abwischte.

»Was machst du denn eigentlich?«

Rufus erinnerte sich an die Berührungen seiner Krankenschwestern. Vielleicht, so hoffte er, würde er bald eine Welt betreten, in der es für ihn vollkommen normal wäre, von anderen Menschen berührt zu werden. Eine Welt, in der er gehen konnte, wohin er wollte. In der niemand nach ihm rufen würde und in der er keine Frage öfter als einmal beantworten musste.

Vielleicht, so hoffte er sehnsüchtig, würde er bald ein Mensch sein. Ein richtiger Mensch.

»Du warst für mich da, als ich dich gebraucht habe, Omi«, antwortete er schließlich, nachdem seine Großmutter einen weiteren Löffel Suppe gegessen hatte. »Und dann, als du mich gebraucht hast, war ich für dich da.«

Er nahm erneut das Handtuch und führte es an ihren Mund.

»Aber jetzt ist es an der Zeit, dass ich an mich denke.«

»Welchen Tag haben wir heute?«, fragte seine Großmutter noch einmal.

Dann, ohne jede Hektik, schob er ihr das Stück Stoff mit den klebrigen Suppenresten daran in den Mund, so lange, bis es vollkommen darin verschwunden war. Die wehrlose Frau versuchte noch, sich das Handtuch aus eigener Kraft wieder herauszuziehen, doch Rufus hatte keine Schwierigkeiten damit, sie daran zu hindern. Dann griff er an ihre Nase und presste vorsichtig deren Flügel zusammen. Es dauerte keine zwei Minuten, bis alles vorbei war.

Rufus zog das Handtuch vorsichtig wieder aus ihrem Mund, warf es beiseite und räumte gemächlich den Esstisch ab. Während er mit einem Pfeifen auf den Lippen den Suppenteller abspülte, sagte er ohne jede spürbare Emotion: »Es ist Montag.«

# 35

Der Zoologische Garten in Berlin gilt als der artenreichste Tierpark der Welt. Er liegt mitten im Herzen des ehemaligen Westteils der Stadt, direkt an dem nach ihm benannten Bahnhof, der wohl der belebteste und gleichzeitig geschichtsträchtigste der Hauptstadt ist.

Julius Kern hätte den Ausflug mit seiner Tochter unter keinen Umständen noch einmal verschieben können. Er hatte die Geduld seiner Familie in letzter Zeit mehr als genug auf die Probe gestellt. Das unangenehme Gespräch mit Nathalie saß ihm noch immer in den Gliedern, und er hatte sich dabei wirklich alle Mühe gegeben, sie davon zu überzeugen, dass sie sich keine Sorgen machen müsse. Das Abendessen mit Fuchs hatte er dabei wesentlich dienstlicher dargestellt, als es tatsächlich gewesen war. Schließlich hatte sie ihm aber geglaubt, dass der Duft an seinem Hemd von einer harmlosen Umarmung nach einem anstrengenden Arbeitsgespräch stammte. Hätte er Nathalie erzählt, wie lange er mit Eva zusammengesessen und wie viel sie dabei getrunken und gelacht hatten, wäre sie vor Eifersucht wahrscheinlich an die Decke gegangen.

Kerns Problem war dabei noch nicht einmal, dass Eva ihm den ganzen Abend über schöne Augen gemacht hatte. Auch nicht, was geschehen würde, wenn Nathalie davon Wind bekäme. Sein eigentliches Problem war, dass er sich ganz und gar nicht sicher war, ob ihm die Zuneigung seiner Kollegin aus München nicht wesentlich besser gefiel, als er es sich eingestehen wollte.

*Verdammt, was passiert mit mir? Wenn ich Nathalie sage, dass nichts zwischen uns kommen kann, lüge ich dann? Was will ich eigentlich?*

Es war ein harter Tag für Kern, denn von seinen privaten Problemen abgesehen gab es auch noch sein Ultimatum an Tassilo, das in wenigen Stunden ablaufen würde.

»Ich will zu den Nilpferden!«, rief Sophie, nachdem die beiden sich ein Eis gekauft hatten.

Bereits seit über einer Stunde liefen Kern und seine Tochter durch den großen, verwinkelten Zoo von einem Gehege zum nächsten, und Kern hatte dabei wirklich alles, was er jemals über die Tiere aufgeschnappt hatte, zum Besten gegeben. Er hatte erzählt, dass Giraffen mit so tiefen Tönen untereinander kommunizieren, dass Menschen sie nicht hören können. Er hatte erklärt, dass Elefanten die einzigen Tiere auf dem Land seien, die nicht hüpfen können, und nun würde er auch noch die Information unterbringen können, dass Nilpferde nicht nur die Tiere seien, durch die in Afrika die meisten Menschen verletzt werden, sondern dass sie außerdem auch nicht schwimmen können. Sie stoßen sich nur am Grund des Wassers ab.

Im Nilpferdhaus angekommen, konnte Sophie sich dann auch gleich davon überzeugen. Hinter zentimeterdickem Panzerglas konnte man das Treiben der Dickhäuter unter Wasser beobachten. Immer wieder kam einer der grauen Kolosse an der Scheibe vorbei und stieß sich dabei tatsächlich überraschend elegant mit seinen kurzen Beinen am Grund des Beckens ab. Obwohl das Wasser sehr schmutzig war, konnte man es gut erkennen.

»Das sind übrigens auch Bullen«, erklärte Kern seiner Tochter. »Nilpferdbullen. Gar nicht so schlecht, oder?«

Sophie verstand die Anspielung und schämte sich ein bisschen.

»Du bist viel zu selten da. Und immer mit derselben Ausrede«, verteidigte sie sich.

»Schatz, das sind keine Ausreden. Du hast doch neulich erzählt, dass der Vater einer deiner Freundinnen auch bei der Polizei ist. Wie findet die das denn?«

Sophie beobachtete während des Gesprächs weiterhin die Nilpferde, wie sie sich betulich aus dem Wasser bewegten oder einfach immer wieder an der Scheibe vorbeitauchten.

»Wenn sie angeben will, erzählt sie, wie toll er ist. Aber wenn ich sie mal besuche, ist er trotzdem nie da. Und Fotos von beiden zusammen stehen auch nirgendwo. Von uns gibt's auch kaum welche.«

Kern erinnerte sich an die Zeiten, als Sophie noch kleiner gewesen war.

»Weißt du noch, früher hast du auch immer mit mir angegeben. Da fandest du es ziemlich gut, dass dein Vater Verbrecher schnappt«, entgegnete er. Dann steckte er sich den letzten Bissen seiner Eiswaffel in den Mund und sagte: »Weißt du was? Wir beide machen jetzt ein Foto von uns vor deinen Lieblingstieren, okay?«

Sophie gefiel die Idee. Und sie musste auch nicht lange überlegen, vor welchem Gehege sie das Bild machen wollte.

»Dann will ich zu den Bären.«

Sophie liebte Bären. Ihr Lieblingsteddy, den sie Pitzel nannte, hatte selbst heute noch einen Ehrenplatz in ihrem Kinderzimmer. Und das, obwohl sie schon längst aus dem Stofftieralter heraus war.

Die Bärenanlage lag nicht weit vom Nilpferdhaus entfernt. Die beiden machten sich deshalb sofort auf den Weg dorthin.

Im bunten Wochenendtreiben des gut besuchten Zoos war es nicht einfach, einen Punkt zu finden, an dem Kern und seine Tochter gemeinsam mit einem der Bären im Hintergrund zu sehen sein würden. Nachdem sie endlich eine geeignete Position gefunden hatten, machte sich Kern daran, einen hilfsbereiten Zoobesucher zu finden, der die Aufnahme von den beiden machen würde.

»Entschuldigung, würden Sie vielleicht so nett sein und meine Tochter und mich fotografieren?«, fragte er schließlich eine ältere Dame, die gemächlich an ihm vorbeilief.

Sie sah ihn unverwandt an. Als Kern noch einmal nachhaken wollte, hörte er plötzlich eine freundliche Männerstimme, die von hinten zu ihm sprach.

»Wenn Sie erlauben; es wäre mir ein wahres Vergnügen, Ihnen behilflich sein zu dürfen.«

Kern erkannte die Stimme sofort. Noch bevor er sich umgedreht hatte, sagte er: »Tassilo. Was für ein Vergnügen, Sie wiederzusehen!«

Das letzte Mal waren Kern und Tassilo einander in einem kleinen Landhaus bei Hamburg begegnet. Beide hatten dem Tod damals nähergestanden als dem Leben, dem geisteskranken Putzteufel wehrlos ausgeliefert. Ihre gemeinsame Notlage hatte sie für einige Minuten zu Verbündeten werden lassen. Die Situation hatte dennoch blutig geendet. Doch das war lange her.

Tassilo hatte seitdem einiges an seinem Äußeren verändert. Seine kurzen Haare waren jetzt schulterlang gewachsen, seine stets perfekte Nassrasur einem gepflegten Vollbart gewichen, und seine schmalen Wangenknochen hatte er mit Silikon aufspritzen lassen. Seine perfekt höfliche, fast schon unheimliche Art hatte er dagegen nicht abgelegt.

»Friedrich Hebbel hat einmal gesagt: *Sehr oft ist das Wiedersehen erst die rechte Trennung*«, antwortete Tassilo nun.

»Machen Sie mir keine falschen Hoffnungen«, entgegnete Kern.

Sophie wurde langsam ungeduldig.

»Papa, was ist denn jetzt?«, rief sie, während sie noch immer auf ihrer Fotoposition darauf wartete, das Bild mit ihrem Vater zu machen.

Tassilo streckte seine Hand mit einer eleganten Geste nach Kerns Kamera aus. Dieser sah ihm fest in die Augen, bevor er sie ihm schließlich aushändigte und dabei sagte: »Achten Sie darauf, dass einer von den Bären im Hintergrund zu sehen ist.«

Danach begab er sich wieder auf seine Position und legte den Arm liebevoll um seine Tochter.

»Bitte recht freundlich«, forderte Tassilo die beiden auf. »Heute ist ein schöner Tag, glücklich und erfolgreich für alle Beteiligten.«

Kern verstand die Anspielung und überlegte, wie er es einrichten konnte, ein paar Minuten lang allein mit Tassilo zu sprechen.

»Schatz, willst du mal kurz allein die Bären angucken? Ich kenne den Mann von früher und würde gern einen Moment mit ihm reden.«

Sophie schien absolut nicht begeistert davon, ihren Vater an dem einzigen Tag, den er seit Langem mit ihr verbrachte, mit einem Fremden teilen zu müssen.

»Ist der etwa von deiner blöden Arbeit?«, fragte sie skeptisch.

»Nein, das ist ein alter Freund«, antwortete Kern und versuchte, nicht darüber nachzudenken, was er gerade gesagt hatte.

Sophie stimmte schließlich zu und lief zur Eisbärenanlage, um sich davon zu überzeugen, wie groß der pelzige Weltstar Knut inzwischen geworden war.

»Mir ist zu Ohren gekommen, dass Sie mir ein Angebot machen möchten«, begann Tassilo, nachdem Sophie außer Hörweite war.

»Von *möchten* kann keine Rede sein«, erwiderte Kern.

Ohne darauf einzugehen wandte sich Tassilo ab, schlenderte zu einer leeren Bank und setzte sich. Kern sah sich die Menschen an, die zahlreich an der Bärenanlage vorbeiliefen, und erkannte, dass es kaum einen anonymeren Ort für ein Gespräch mit Tassilo geben konnte als diesen. Er folgte ihm mit etwas Abstand.

»Seit wann schreibt er Ihnen?«, begann Kern ohne Umschweife, nachdem er sich ebenfalls gesetzt hatte.

»Wissen Sie, Julius, ich bekomme so viel Post. Wie soll ich das alles noch auseinanderhalten? Aber nehmen wir mal an, also rein theoretisch, ich wüsste, wovon Sie reden. Und nehmen wir weiter an, ich hätte das, wovon Sie glauben, dass ich es habe. Das wäre doch eine großartige Ausgangssituation für alle Parteien, oder?«

*Die Fotos der grausam entstellten Leichen. Die zerteilte Frau, achtlos in Müllsäcke gepackt. Die aufgerissenen, toten Augen der Frau, die er mit gefesselten Händen hatte ertrinken lassen.*

»Sie sehen kalt lächelnd zu, wie er alle diese Frauen ermordet. Vielleicht schon seit Jahren. Was für ein Mensch sind Sie eigentlich?«

Tassilo, der bis dahin aufmerksam die Bären beobachtet hatte, wandte sich jetzt Kern zu.

»Warum glauben Sie, dass mich ein paar Muschis interessieren?«

Unter keinen Umständen konnte Kern sich die Blöße geben, auf diese Provokation einzugehen. Er blieb sachlich.

»Wofür interessieren Sie sich dann?«, fragte er.

Tassilo griff in seine Jackentasche und zog einen Schokoriegel hervor. Während er die Verpackung langsam öffnete, begann er: »Sehen Sie den Bären da drüben?«

Er deutete mit dem Riegel in der Hand auf ein besonders großes Tier.

»Er ist eingesperrt. Er kann niemandem etwas tun. Also verspotten die Leute ihn, manche werfen sogar Abfälle in sein Gehege. Einfach, weil er sich nicht dagegen wehren kann. Dumme, schwache Menschen verlachen einen der gefährlichsten Jäger der Welt – blanke Ironie. Oder sie machen mit ihren Kindern Fotos von sich und ihm. Eine nette Erinnerung für das Familienalbum. Aber eben nur, weil er eingesperrt ist. Was, glauben Sie, würde wohl passieren, wenn jemand den Bären freiließe? Ob sie ihn dann immer noch verspotten und bewerfen würden?«

»Kommen Sie zur Sache.«

Tassilo biss von seinem Schokoriegel ab und zelebrierte es, einige Sekunden lang darauf herumzukauen.

»Erinnern Sie sich noch an diesen Braunbären, der damals durch die bayerischen Wälder gezogen ist?«, fuhr er dann fort. »Oh, was war das für ein Spektakel. Sie haben ihn wochenlang verfolgt, schließlich aufgespürt und hinterrücks erschossen.«

Kern war sich im Klaren darüber, dass er sich Tassilos selbstgefälligen Monolog würde anhören müssen. Also schwieg er und wartete ab, worauf die Geschichte hinauslaufen sollte.

»Wir lieben Raubtiere. Aber nur, wenn sie eingesperrt sind. Nur, wenn sie das, weswegen sie uns eigentlich faszinieren, nicht mehr tun können: jagen. Und töten.«

Kern war besorgt, dass Sophie gleich zurückkommen würde.

»Wollen Sie sich noch lange mit einem Raubtier vergleichen oder kommen wir lieber zum Geschäft?«

Tassilo klatschte anerkennend in die Hände.

»Das ist die richtige Einstellung, Julius. Also schön: Wissen Sie, was ich seit der Veröffentlichung meines Buches getan habe?«

»Geld gezählt?«

Tassilo nickte anerkennend.

»Wissen Sie denn auch, *wo* ich es gezählt habe?«, fragte er dann. »In elf verschiedenen Städten. Elf Städte in drei Jahren.«

Tassilo warf den Rest seines Schokoriegels achtlos in einen Mülleimer, der neben der Bank stand. Kern erkannte, dass es jetzt langsam ernst wurde.

»Sie scheinen ja viel herumgekommen zu sein«, antwortete er.

»Allerdings. Sie müssen nämlich wissen, die Menschen haben nicht nur etwas gegen freilaufende Bären.«

Kern verstand.

»Sie meinen, sadistische Massenmörder sind genau so unbeliebt? Warum hat Ihnen das bloß keiner gesagt, *bevor* Sie diese fünf Menschen abgeschlachtet haben?«

Dieses Mal war es Tassilo, der nicht auf die Provokation einging.

»Ich werde Deutschland verlassen«, stellte er stattdessen fest.

»Was für ein Verlust«, kommentierte Kern.

»Jedes Mal, wenn die Menschen mitbekommen haben, wer da in ihre Straße gezogen ist, haben sie angefangen, gegen mich zu demonstrieren. Einige haben Nachtwachen vor meinem Haus gehalten, Spruchbänder gebastelt oder sich beim Bürgermeister beschwert. Manche haben sogar Steine geworfen. Wissen Sie, Julius, in gewisser Weise haben Sie damals mehr erreicht, als mein Freispruch Sie offenbar hat glauben lassen. Freiheit ist nicht gleich Freiheit.«

»Und im Ausland wollen Sie jetzt Ihre Ruhe finden? Viel Glück. Wie komme ich ins Spiel?«

»Meine Geschichte ist auch international ziemlich bekannt. Sie würden lachen, wenn Sie die Spitznamen kennen würden, die mir die internationale Presse gegeben hat. Vor allem die Asiaten sind in solchen Dingen sehr bildhaft. Sehen Sie, mein Aussehen kann ich verändern. Aber meinen Namen trage ich trotzdem mit mir herum. Tassilo Michaelis, der Massenmörder. Wie lange wird es dauern, bis sie auch im Ausland mitbekommen, wer da zu ihnen gekommen ist? Was glauben Sie?«

Kern wusste, dass Tassilo nicht auf sein Mitleid spekulierte.

»Also gut. Ich höre«, sagte er daher nüchtern, als sie plötzlich unterbrochen wurden.

»Papa, Knut ist total dick geworden!«, rief Sophie und fügte hinzu: »Wer ist denn der Mann?«

Noch bevor Kern darauf antworten konnte, streckte Tassilo dem Mädchen auch schon seine Hand entgegen. Er beugte sich zu ihr vor und lächelte, als er antwortete: »Ich bin ein alter Freund deines Vaters. Wir haben gewissermaßen schon im Sandkasten zusammen gespielt.«

»Und war Papa damals auch schon so wie heute?«, wollte Sophie wissen.

Tassilo kostete die Situation genüsslich aus.

»O ja, das war er. Du kannst sehr stolz auf ihn sein. Er hat immer schon tapfer für das Gute gekämpft.«

Kern konnte nicht länger mit ansehen, wie seine kleine Tochter mit einem der grausamsten Verbrecher sprach, die ihm je begegnet waren. Deshalb zog er schnell sein Portemonnaie hervor und nahm einen Geldschein heraus.

»Hier, Schatz. Kauf uns beiden doch mal was zu trinken. Und wenn du zurück bist, gucken wir uns die Affen an, okay?«

Sophie nickte, nahm das Geld und lief wieder los.

»Ein bezauberndes Kind. Ich finde, sie hat Ähnlichkeit mit Ihnen«, bemerkte Tassilo.

»Also los, was wollen Sie?«, kam Kern wieder zum Thema.

Tassilo lehnte sich zurück und beobachtete weiter die Bären dabei, wie sie über ihren Felsen schlenderten.

»Ich will etwas von Ihnen zurück, das Sie mir genommen haben«, gab er dann zur Antwort.

»Was?«

»Was wohl? Mein Leben. Ich bin es leid, mich zu verstecken. Ich will nicht mehr jedes Mal, wenn ich ein Auto miete, Angst haben, aus dem Geschäft geworfen zu werden. Ich will keine Strohmänner mehr vorschicken müssen, wenn ich wieder mal eine neue Wohnung brauche. Ich möchte keinen Hundekot mehr in meinem Briefkasten finden und keine Beleidigungen mehr an meine Hauswand gesprüht bekommen.«

»Und wie stellen Sie sich vor, dass ich Ihnen das geben soll?«

Tassilo musste nicht überlegen.

»Mit einer neuen Identität«, antwortete er.

Jetzt setzte sich auch Kern aufrecht hin.

»Sie werden dafür sorgen, dass ich ins Zeugenschutzprogramm aufgenommen werde. Ich bekomme einen neuen Namen und neue Papiere. Eine neue Vergangenheit mit Zeugnissen und Stammbuch. Und selbstverständlich wird niemand diese neue Identität kennen. Nicht einmal Sie, mein lieber Julius.«

Kern war fast schon beeindruckt davon, wie Tassilo es verstand, das Schicksal anderer zu seinem Vorteil zu nutzen.

»Wenn ich Sie richtig verstehe, ...«, setzte er an.

»... wird Tassilo Michaelis aufhören zu existieren. Ganz genau.«

Kern verschlug es für einen Moment die Sprache.

»Im Gegenzug wird der Zufall es wollen, dass Sie in den Besitz von Unterlagen kommen, mit denen ich nichts zu tun habe und von deren Existenz ich nichts weiß. Diese Unterlagen werden es Ihnen ermöglichen, Ihren Serienmörder innerhalb von maximal zwei Tagen zu fassen. Selbstverständlich verlange ich in dieser Angelegenheit Immunität. Das ist der Deal.«

Kern sah, dass Sophie sich ihm mit zwei Flaschen Apfelschorle näherte.

»Wissen Sie, was Sie da verlangen?«, fragte er deshalb etwas eiliger.

»Lassen wir das«, forderte Tassilo ihn auf. »Ich weiß, dass Sie das nicht entscheiden können. Also reden Sie mit dem Staatsanwalt.«

Er zog einen Zettel hervor, auf dem er etwas notiert hatte, und reichte ihn Kern.

»Unter dieser E-Mail-Adresse können Sie mir Ihre Antwort mitteilen. Lautet sie Nein, werde ich innerhalb weniger Tage das Land verlassen. Meinen Namen muss ich dann mitnehmen. Aber Sie müssen dafür weiterhin machtlos dabei zusehen, wie dieser kranke, kranke Mensch eine unschuldige Frau nach der anderen ermordet.«

Sophie hatte die Bank erreicht, auf der die beiden Männer miteinander sprachen.

»Gehen wir jetzt zu den Affen?«, fragte sie.

Noch einmal mischte sich Tassilo ein.

»Ja, meine Kleine. Ich habe dir deinen Vater jetzt lange genug entführt. Ich spreche sowieso bald wieder mit ihm. Du heißt doch Sophie, oder? Das ist ein schöner Name, er bedeutet *Weisheit.*«

»Danke«, antwortete das Kind höflich. »Und wie heißen Sie?«

Tassilo sah mit einem verschmitzten Lächeln zu Kern hinüber. Während einer der Bären auf seinem Felsen einen markerschütternden Ruf von sich gab, antwortete er: »Ich heiße Tassilo. Noch.«

# 36

Madames Wohnung befand sich im selben Haus wie das *Mes Amis*. Sie lebte schon seit vielen Jahren direkt über dem Varieté, was ausgesprochen praktisch war. Es verhinderte Anwohnerbeschwerden und ermöglichte ihr den kürzestmöglichen Weg in ihr zweites Zuhause.

Der Monitor ihres Computers warf einen bläulichen Glanz auf ihr geschminktes Gesicht, während sie aufmerksam das Internet durchsuchte.

Ihre Wohnung war mit allerlei Kitsch und Trödel ausgestattet; zudem gab es jede Menge altmodische Möbel, die mit Bezügen in schrillen Farben versehen waren. Unzählige Fotos schmückten die Wände, auf denen Madame zusammen mit Stars und Sternchen der Varietészene zu sehen war. Kleider und übergroße Damenschuhe lagen überall wild herum.

»Hab ich's mir doch gedacht«, sagte sie zu sich selbst, nachdem sie die Informationen, die sie innerhalb der vergangenen Tage hatte zusammentragen können, gegeneinander abgeglichen hatte.

Sie schloss den Internetbrowser und sank in ihren mit abgewetztem Kunstleder bezogenen Schreibtischstuhl zurück. Dann griff sie nach ihrem Etui und zündete sich eine Zigarette an. Sie nahm einen tiefen Zug, während sie überlegte, was sie jetzt tun sollte.

»Ach, Rufus. Warum hast du nicht auf Théodore gehört?«, sagte sie leise. »Es hätte doch alles ganz anders kommen können.«

Dann erhob sie sich, lief in den Flur der Altbauwohnung hinaus und sah sich selbst in ihrem großen Biedermeierspiegel an. Sie zupfte ihre Perücke zurecht, korrigierte ihren Lidschatten mit der angefeuchteten Spitze ihres Zeigefingers und richtete dann den Blick auf einen Stapel von Briefen, die sie auf ihrer Flurkommode gesammelt hatte. Anschließend ging sie ins Badezimmer und öffnete den Spiegelschrank. Im Verbandskasten versteckte sie schon seit Jahren etwas, von dem niemand wissen sollte. Sie überprüfte, ob es noch da war, und schloss den Kasten danach beruhigt wieder. Seufzend ließ sie sich auf den Rand ihrer Badewanne sinken.

»The show must go on?«, fragte sie ihr eigenes Spiegelbild. »Was soll's! Irgendwann fällt für jeden der letzte Vorhang.«

## 37

Die Staatsanwaltschaft Berlin ist mit mehr als tausend Mitarbeitern die größte in der ganzen Bundesrepublik. Sie hat ihren Sitz im Kriminalgericht Moabit, das sich in der Turmstraße befindet.

»Dann ist die Katze also aus dem Sack«, stellte Castella fest, während sie sich alle Mühe gab, sich ihren Zorn auf Tassilo nicht anmerken zu lassen.

Sie und Kern waren sofort ins Kriminalgericht gefahren, nachdem sie Staatsanwalt vom Stein über Tassilos Angebot unterrichtet hatten.

Der große, ehrfurchteinflößende Mann mit der Narbe im Gesicht empfing seine Gäste vom LKA in einem der Verhandlungsräume des Gerichts, der gerade nicht in Gebrauch war. Seit Minuten ging er scheinbar ruhig vor dem Fenster auf und ab.

»Einerseits liegt nichts gegen ihn vor, was seinen Wunsch von vornherein ausschließen würde«, stellte er in sachlichem Ton fest. »Andererseits reden wir hier auch nicht über irgendeinen Gemeinderatsvorsitzenden, der sich vor den Unterhaltsforderungen seiner Exfrau verstecken will.«

Castella hielt es nicht länger auf der Zuschauerbank, auf der sie zunächst Platz genommen hatte. Unruhig erhob sie sich und lief zu dem Gummibaum hinüber, den einer der Richter im Verhandlungsraum aufgestellt hatte.

»Was kann er vorhaben?«, fragte sie in den Raum, während sie die Blätter des Baumes mit einem Taschentuch abstaubte.

»Egal, was«, antwortete Kern, der als Einziger ruhig auf seinem Stuhl saß. »Mit neuem Namen und neuen Papieren kann er sich überall verstecken. Ohne dass wir irgendeine Chance haben, ihn je wieder zu finden. Wenn er wirklich nur seine Ruhe haben will, soll mir das egal sein. Aber mal ganz im Ernst: Glauben Sie das?«

»Glauben können wir in der Kirche«, entgegnete der Staatsanwalt. »Hier geht es um eine einfache Abwägung: Ist es uns die Ergreifung des Schläfenmörders wert, einen gemeingefährlichen Psychopathen in die Welt zu entlassen?«

»Haben wir denn eine andere Wahl?«, fragte Castella. »Unsere Aufgabe ist es, die Bevölkerung vor solchen Verbrechern zu schützen. Und das haben wir jetzt schon sieben Jahre lang nicht getan. Außerdem ist Tassilo offiziell unschuldig, das können wir nicht einfach ignorieren.«

Vom Stein richtete seinen Blick jetzt aus dem Fenster, sodass Kern und Castella nicht sehen konnten, wie sein ohnehin schon grobes Gesicht missmutige Züge annahm.

»Ich glaube, dass keiner hier im Raum Lust darauf hat, unseren gemeinsamen Freund zu belohnen. Dafür, dass er uns Informationen zuspielt, die er niemals hätte für sich behalten dürfen«, sagte er dann. »Noch zumal er das sehr wahrscheinlich erst tun wird, nachdem er bereits weitere Morde zugelassen hat.«

Jetzt brachte sich Kern wieder in das Gespräch ein.

»Ich bin mir sicher, wenn der Schläfenmörder nicht nach Berlin gekommen wäre, hätte Tassilo nie was unternommen. Insofern müssen wir sogar noch froh sein.«

»Haben Sie sich eigentlich mal gefragt, warum er ausgerechnet Ihnen helfen will, Herr Hauptkommissar?«, fragte der Staatsanwalt daraufhin.

»Jeden Tag«, gab Kern zur Antwort. »Er ist auf mich fixiert, das ist offensichtlich. Aber ehrlich gesagt will ich gar nicht so genau wissen, warum.«

Castella ließ von dem Gummibaum ab und setzte sich auf die Kante des Tisches, an dem während einer Gerichtsverhandlung die Zeugen Platz nahmen.

»Meine Herren, ich glaube, wir wissen alle, was zu tun ist. Oder etwa nicht?«

Noch immer sah vom Stein aus dem Fenster. Seine Blicke schweiften über das Treiben auf der Straße, als könnte es ihn von der Entscheidung abhalten, die er jetzt fällen musste.

»Sehen wir es positiv«, begann er. »Tassilo wird so schnell nicht wiederkommen.«

»Ich soll ihm also zusagen?«, schlussfolgerte Kern.

Erst jetzt wandte sich vom Stein wieder seinen beiden Gästen zu. Er hatte seine Gesichtszüge wieder unter Kontrolle, sodass ihm der Unmut, der in ihm bebte, nicht mehr anzusehen war. Scheinbar ruhig gab er zur Antwort: »Was denn sonst?«

# 38

»Sind Sie bereit, hier und jetzt dem Tod ins Auge zu sehen?«

Rufus zog das große, schwarze Samttuch, das sein Requisit bis dahin vor den gespannten Blicken der Zuschauer verborgen gehalten hatte, mit einem kräftigen Ruck hinunter. Seine furchteinflößende Guillotine kam zum Vorschein, und ein leises Raunen erfüllte den Saal. An diesem Abend hatte das *Mes Amis* ein sehr angenehmes Publikum, was durchaus nicht täglich der Fall war.

Oft befinden sich Zuschauer in einem Varieté, die dort eigentlich gar nicht sein wollen. Maulende Schüler, die auf Klassenfahrten von ihren Lehrern dort hingeführt werden, betrunkene Geburtstagsgesellschaften, deren Gäste sich den Ort der Feier nicht ausgesucht hatten, oder desinteressierte Arbeitskollegen, denen ihr Chef eine außergewöhnliche Betriebsfeier spendieren wollte. In solchen Fällen stehen die Künstler ihren Zuschauern meist chancenlos gegenüber. Keine noch so gute Darbietung kann funktionieren, wenn das Publikum nicht bereit ist, sich darauf einzulassen.

An diesem Abend hatten sich alle Besucher des *Mes Amis* auf die Show gefreut und waren gern bereit, sich von den Künstlern unterhalten zu lassen.

»Die Geschichte der Enthauptung geht zurück bis zu den alten Ägyptern«, erklärte Rufus mit tiefer Stimme. »Der Legende nach soll Pharao Cheops den Magier Dedi in seinen Palast eingeladen haben, um ihn mit seiner Kunst der Magie zu unterhalten. Dort soll Dedi vor den Augen seines Herrschers drei Tiere enthauptet haben. Danach fügte er deren Köpfe wieder an ihre Körper – ohne, dass die Tiere dabei gestorben waren. So weit die Legende.«

Das Publikum hörte gespannt zu. Sogar das vereinzelte Knistern von Bonbonpapier, das noch kurz zuvor Daphnes Auftritt gestört hatte, war verstummt.

»Der Zauberer Jacob Philadelphia hat bereits im Jahr 1765 mit der Kunst der Enthauptung gearbeitet, obwohl erst 1792 dieses außergewöhnliche Gerät erfunden wurde, das Sie hier neben mir bewundern dürfen.«

Mit gemächlicher Feierlichkeit schritt Rufus um die Guillotine herum, berührte ihre messerscharfe Klinge mit dem Zeigefinger und strich über die Bank, auf die sich gleich ein Delinquent legen würde.

»Ist sie nicht wunderschön?«

Weiter oben, unter den Deckenträgern, beobachtete Jannis aufmerksam Rufus' neue Nummer. Er war über die fest installierten Leitern nach oben geklettert, um sich vor seinem Auftritt noch einmal persönlich davon zu überzeugen, dass die Seile, an denen er später in der Luft hängen würde, sicher befestigt waren. Für die Zuschauer nicht zu sehen, beobachtete er, wie Rufus an diesem Abend zum ersten Mal seine Guillotine präsentierte.

»Laientheater«, flüsterte er.

»Ist es nicht eine bemerkenswerte Vorstellung, sich für einige Minuten so nahe an die Schwelle des Todes zu begeben, dass man dabei seinen kalten Hauch spüren kann? Mit ihm zu tanzen, ihm die Hand zu reichen, sich vielleicht sogar auf ein kleines Rendezvous mit ihm einzulassen? Aber Vorsicht! Schon manch einer ist von diesem Ausflug nie mehr zurückgekehrt.«

Jetzt trat Rufus ganz nah an den Bühnenrand und musterte

die Zuschauer. Die meisten versuchten, seinen Blicken auszuweichen.

»Wer in unserer Runde ist mutig genug, sich im Angesicht des Todes dieser Herausforderung zu stellen?«, fragte er.

Rufus hatte die Guillotine schon seit Jahren nicht vor Publikum vorgeführt; sein altmodischer Text war schon etwas angestaubt. Auch, wenn er damit hervorragend in das Ambiente des *Mes Amis* passte. Schon damals, als er das nicht ungefährliche Kunststück regelmäßig präsentiert hatte, war nie ein Zuschauer freiwillig bereit gewesen, sich zur Verfügung zu stellen. Mit allerlei mystischen Beschwörungsformeln hatte er es dann jedoch immer wieder verstanden, schließlich doch einen Mutigen für das unheimliche Experiment zu gewinnen. Schon deswegen, weil nicht wirklich jemand daran glaubte, sich in Lebensgefahr zu begeben. Sie konnten schließlich nicht ahnen, mit wem sie es zu tun hatten.

»Ich stelle mich!«, rief zur Überraschung aller plötzlich eine männliche Stimme aus dem hinteren Teil des Zuschauerraums, in dem man von der Bühne aus niemanden erkennen konnte.

Rufus war überrascht. Auch Jannis, der von seinem Platz unter der Bühnendecke aus nicht sehen konnte, was sich im Zuschauerraum abspielte, hatte nicht damit gerechnet, dass sich jemand freiwillig melden würde. Kurz kam ihm der Verdacht, Rufus könne sich mit dem Zuschauer abgesprochen haben. Doch dann überlegte er, dass der Aufwand dafür viel zu groß gewesen wäre.

»Ich sehe, wir haben einen couragierten Herrn unter uns. Chapeau, Monsieur! Darf ich den Todesmutigen nach vorne bitten?«

Unter dem Beifall des Publikums, das froh darüber war, dass sich ein anderer zur Verfügung gestellt hatte, erhob sich jemand in der letzten Reihe. Er lief elegant und ohne jedes Anzeichen von Unsicherheit auf die Bühne zu, die man vom Zuschauerraum aus über eine kleine Treppe betreten konnte.

»Und wer, wenn ich fragen darf, ist nun dieser mutige Herr, der sich freiwillig unter die messerscharfe Klinge meines Fallbeils legen möchte?«, fragte Rufus mit dramatischem Unterton.

»Nennen Sie mich einfach Tassilo«, antwortete der Mann freundlich.

Rufus horchte auf. Bei genauerem Hinsehen erkannte er, dass der Herr, der sich gleich unter seine Guillotine legen würde, tatsächlich Tassilo Michaelis war. Er hatte alle Mühe, sich vor seinen Zuschauern keine Reaktion anmerken zu lassen.

»Tassilo, es ist mir eine große Ehre«, sagte er und verneigte sich vor seinem Gast. Ihm war klar, dass dieser nicht zufällig ins *Mes Amis* gekommen war.

»Und, was meinen Sie?«, fragte nun Tassilo, der bemerkt hatte, dass Rufus ihn erkannt hatte. »Wollen wir uns gemeinsam auf ein kleines Rendezvous mit dem Tod einlassen?«

# 39

»So endet also alles«, stellte Kern kapitulierend fest, als er mit Eva Fuchs im Analyseraum des LKA saß und noch einmal die Fotos der Opfer des Schläfenmörders betrachtete.

»Du hättest ihn gern allein geschnappt, oder?«

Kern trat an das Bild von Heike Weber heran. Für sie fühlte er sich in gewisser Weise persönlich verantwortlich.

»Dein Mörder wird bald bestraft werden«, versprach er ihr. »So viel Glück haben nicht alle Opfer.«

Fuchs näherte sich Kern von hinten und betrachtete die Bilder ebenfalls.

»Wollen wir noch mal alles durchgehen, ganz in Ruhe? Vielleicht finden wir ja doch noch was«, schlug sie vor.

Kern drehte sich um. Sie standen jetzt nur einen Meter voneinander entfernt.

»Ich kann nicht mehr«, gab er offen zu. »Manchmal glaube ich, ich sollte das hier alles einfach hinschmeißen.«

»Du bist ein hervorragender Polizist.«

»Bin ich das? Ich stehe vor den Bildern von siebzehn toten Frauen. Ihr Mörder hat jede auf eine andere Weise umgebracht, und er schreit mir förmlich entgegen, was er damit sagen will. Und ich starre nur blöd auf sein Werk und verstehe es nicht. Ich habe versucht, Kontakt zu ihm zu bekommen, aber er spricht einfach nicht zu mir. Nicht mal seine Briefe zeigen mir sein Gesicht. Alles, was ich weiß, ist, dass er mir klar und deutlich zu verstehen gibt, warum er das tut. Und anstatt es einfach zu begreifen, fahnde ich nach humpelnden Linkshändern mit Kleinbussen und handle mit einem Massenmörder einen faulen Deal aus. Ist das deine Vorstellung von einem hervorragenden Polizisten?«

Fuchs antwortete nicht. Stattdessen strich sie Kern leicht mit ihrer Hand über das Kinn.

»Du bist nicht rasiert.«

»Wen interessiert's? Meine eigene Tochter vertraut mir nicht mehr und meine Frau …«

Kern unterbrach seinen Satz. Erst nachdem er nachgedacht hatte, fuhr er fort: »Wie auch immer, morgen schicke ich Tassilo die Zusage. Ich bin mir sicher, er hat sich schon einen passenden Spruch aus seinem Zitatenlexikon rausgesucht.«

Noch einmal sah er kopfschüttelnd die Fotos der Opfer und die Kopie des Briefes an, den Tassilo ihm zugespielt hatte. Dann wandte er sich wieder an Fuchs.

»Und du fährst dann auch bald wieder nach München zurück.«

Sie sah ihn mit einem verheißungsvollen Blick an, als sie antwortete: »Noch bin ich da.«

Während Kern sich noch fragte, was sie ihm damit zu verstehen geben wollte, trat Fuchs auch schon entschlossen an ihn heran und begann ihn leidenschaftlich zu küssen.

# 40

Blitzschnell raste das Fallbeil hinab und zerteilte die Ananas mit einem glatten, sauberen Schnitt. Die Hälften der Frucht fielen dumpf zu Boden, während das Publikum gebannt auf die Bühne starrte.

»Sie sehen also, wir haben es nicht mit einer Attrappe zu tun«, stellte Rufus fest, während Tassilo ihm in einer Pose gegenüberstand, die er früher oft eingenommen hatte, wenn er im Restaurant *Lohengrin* besondere Gäste empfangen hatte.

Jannis saß noch immer unter der Bühnendecke. Er hatte in seiner kurzen Laufbahn noch nicht viele Zauberkünstler mit Guillotinen arbeiten sehen. Dennoch erkannte er, dass Rufus' Eigenkonstruktion nicht so funktionieren konnte, wie es bei den gängigen Standardausführungen üblich war. Neugierig versuchte er, deren Geheimnis herauszufinden.

»Sie werden sich jetzt sicher fragen, aus welchem Grund Sie es wohl wagen sollten, sich auf diese Bank zu legen«, begann Rufus nun zu Tassilo zu sprechen. »Was könnte einen Menschen wohl dazu bringen, sich in eine solche Gefahr zu begeben?«

»Ich denke, dass es derselbe Grund ist, der einen Menschen dazu bringt, ein Fallbeil auszulösen, nachdem sich jemand daruntergelegt hat«, antwortete Tassilo. »Wahnsinn.«

Das Publikum lachte unsicher. Niemand im Zuschauerraum konnte die Situation wirklich einschätzen.

Rufus genoss das Gespräch mit Tassilo und konnte es kaum erwarten, ihn unter seiner geliebten Klinge zu sehen.

»Dann erlauben Sie einem Wahnsinnigen, einem anderen Wahnsinnigen eine Chance einzuräumen«, fuhr er fort. »Sie können dem sicheren Tod entgehen. Doch nur unter einer Voraussetzung.«

Rufus drehte sich um, griff nach dem Seil, welches das Fallbeil auslöste, und zog die schwere Klinge daran wieder nach oben, bis sie in ihrer Sicherung einrastete. Erst dann beendete er seinen Satz. »Sie müssen reinen Herzens sein.«

Jannis schüttelte nur den Kopf über die schwülstigen Texte des Magiers. Dessen Requisit fand er dagegen sehr interessant. Bisher hatte er noch nicht erkennen können, wie Rufus das Fallbeil entschärfen würde.

»Wenn ich da mal nicht der Falsche bin«, antwortete Tassilo und lächelte in den Zuschauersaal.

Rufus trat näher an ihn heran und zog dabei eine Augenbinde aus seiner Tasche.

»Haben Sie etwa ein paar Leichen im Keller?«, fragte er sein Gegenüber.

Tassilo sah sich die Guillotine noch einmal genau an.

»Das werden wir gleich wissen«, antwortete er dann.

Das Publikum lachte erneut. Die beiden Herren auf der Bühne boten eine gute Show.

»Wenn das so ist«, fuhr Rufus fort, »dann darf ich Ihnen nun die Augen verbinden.«

Er breitete das Tuch aus und setzte an, es Tassilo um den Kopf zu wickeln.

»Das wird nicht nötig sein«, wiegelte dieser ab und deutete Rufus an, dass er zurückbleiben solle. »Ich denke nicht, dass ich mir diese Eindrücke nehmen lassen möchte. Es könnten meine letzten sein.«

Anstatt darauf zu antworten, verneigte sich Rufus ein weiteres Mal vor seinem Gast und deutete auf die Bank.

»Dann darf ich Sie bitten, Platz zu nehmen.«

Tassilo folgte der Aufforderung. Rufus griff die obere Hälfte der Lünette, des Holzteils, mit dem der Kopf des Delinquenten unter dem Fallbeil fixiert wird. Er setzte es auf den unteren Teil, nachdem sich Tassilo mit dem Gesicht nach oben dazwischengelegt hatte.

Die Guillotinen, die unter Zauberkünstlern gehandelt wurden, waren allesamt so konstruiert, dass der Zuschauer mit dem Gesicht nach unten darauf liegen musste. Rufus hatte es bei seiner eigenen Konstruktion andersherum gemacht. Er wollte sich die Blicke der Menschen nicht entgehen lassen, die ängstlich die Klinge über ihrem Hals betrachteten.

Als Tassilo nun zwischen den Lünettenhälften fixiert war, fiel sein Blick auf Jannis, der ihm von oben direkt in die Augen sehen konnte. Jannis überlegte, wie er sich verhalten sollte. Doch bevor er zu einer Entscheidung kam, hatte Tassilo ihm auch schon freundlich zugezwinkert, als wolle er ihn grüßen. Jannis erwiderte den Gruß, indem er kurz seine Hand hob.

»Die Klinge wird durch Sie hindurchgleiten, ohne Ihnen auch nur einen einzigen Kratzer zuzufügen. Aber nur, sofern es nichts gibt, dass die Götter Ihres Schicksals dazu bewegen könnte, anders zu entscheiden. Sind Sie sicher, dass Sie diese Prüfung unbeschadet überstehen werden, Tassilo?«

Während der Angesprochene wohlwollend den attraktiven Artisten begutachtete, der direkt über ihm saß und das Geschehen verfolgte, antwortete er: »Es wäre nicht das erste Mal.«

»Also gut«, antwortete Rufus und lief zu dem Seil, das er gleich betätigen würde.

Noch ein letztes Mal wandte er sich an das Publikum, das mit atemloser Spannung auf die Bühne starrte, obwohl es eigentlich keinen Zweifel daran hatte, dass alles gutgehen würde.

»Meine Damen, meine Herren. Die Magie vermag das Unmögliche zu tun. Sie überwindet die Grenzen unseres Verstandes, erstaunt uns, entführt uns. Was ist Schein, was Wirklichkeit? Lassen Sie uns diese Grenze nun für einen Augenblick vergessen. Erleben Sie diese ganz besondere Illusion. Mein freiwilliger Assistent ist bereit, den Hauch des Todes zu spüren. Und was immer auch passieren wird, seien Sie sicher: Was ich Ihnen jetzt präsentiere, werden Sie niemals vergessen. Das verspreche ich Ihnen.«

Er griff entschlossen nach dem Hebel, der das Fallbeil auslöste.

»Haben Sie uns noch etwas zu sagen?«, fragte er Tassilo dann.

Dieser sah noch ein letztes Mal zu Jannis hinauf, schloss dann die Augen und antwortete: »Marc Aurel hat einmal gesagt: *Nicht den Tod sollte man fürchten, sondern dass man nie beginnen wird, zu leben.«*

Während Jannis mit voller Konzentration darauf achtete, welche Bewegungen Rufus jetzt ausführte, rief dieser laut in den Saal: »Wessen Seele rein ist, der hat meine Klinge nicht zu fürchten!«

Mit einem kräftigen Ruck drückte er den Hebel hinunter und gab das Fallbeil damit frei, das blitzschnell auf Tassilos Hals hinabfuhr. Es dauerte keine Sekunde, bis es vollständig zwischen den Lünetten verschwunden war.

Atemlose Momente lang starrten die Zuschauer auf Tassilos Kopf, der, wenn etwas schiefgegangen war, spätestens jetzt zu Boden fallen würde wie noch Minuten zuvor die Hälften der Ananas. Erst, als der Kopf sich nach wenigen Sekunden wieder leicht bewegte, atmeten die Zuschauer im Saal auf. Unter erleichtert aufbrandendem Applaus befreite Rufus seinen Gast und führte ihn noch einmal vor das Publikum.

»Sie haben es gesehen, verehrte Zuschauer. Dieser Mann hat wirklich nichts zu befürchten.«

Rufus verneigte sich. Während der Applaus den Saal mit seinem Klang erfüllte, beugte sich Tassilo zu ihm hinüber und flüsterte ihm unauffällig zu: »Mein lieber Freund, ich muss schon sagen: Live sind Sie noch besser als auf DVD. Wir sollten nach der Vorstellung unbedingt ein Glas zusammen trinken.«

# 41

»Ihre Kunst ist wirklich beeindruckend«, begann Tassilo, nachdem Rufus sich zu ihm an die Bar gesetzt hatte. »Sie sind ein Meister Ihres Faches.«

»Sind wir das nicht beide?«

Madame stand hinter dem Tresen und hoffte darauf, nach der Show noch möglichst viele ihrer überteuerten Getränke verkaufen zu können.

»Darf's denn noch was sein, Darling?«, fragte sie Tassilo und warf ihm einen Blick zu, der zugleich zweideutig und lustig war.

»Sie könnten mir Ihren bezaubernden Artisten bringen«, gab er charmant zur Antwort.

Madame winkte ab.

»Ach, Häschen, der fällt doch noch unter Welpenschutz. Hier, nimm einen Schluck Whisky. Der ist genau so alt wie der Artist. Nur reifer.«

Tassilo nickte freundlich, worauf Madame ihm einen kräftigen Schluck von dem guten Tropfen einschenkte.

»Lässt du uns bitte kurz allein?«, bat Rufus, nachdem sie das Whiskyglas vor Tassilo auf einer Serviette abgestellt hatte.

»Seid ihr etwa Freunde?«, fragte Madame, die befürchtete, die Guillotinennummer sei abgesprochen gewesen.

»Eher Kollegen«, antwortete Tassilo.

»Na dann. Rufus, ich muss morgen mal was mit dir besprechen. Ich melde mich noch mal.«

Dann warf sich Madame mit großer Geste ihre Federboa um

den Hals und trat theatralisch von den beiden Männern weg, um am anderen Ende des Tresens ein älteres Ehepaar in ein Gespräch über die Show zu verwickeln. Nachdem die beiden schließlich ungestört waren, begann Rufus: »Sie haben alles bekommen?«

»Alles.«

»Und?«

Tassilo roch an dem Whisky. Er war hervorragend; das Beste, was die Bar des *Mes Amis* zu bieten hatte.

»Sie ahnen gar nicht, wie viele schöne Stunden Sie mir bereitet haben. Aber diese wundervolle Guillotine habe ich bisher auf keinem der Videos gesehen.«

Rufus fühlte sich an einem wunden Punkt getroffen.

»Da ist mir was dazwischengekommen«, beteuerte er. »Die Assistentin …«

»Schon gut«, unterbrach Tassilo. »Vorfreude ist doch schließlich die schönste Freude, nicht wahr?«

Rufus nickte. Er genoss es, endlich offen über sein Werk sprechen zu können.

»Es gibt nicht viele wie uns. Nicht in Freiheit«, stellte er fest.

»Es geht alles immer nur so lange gut, bis es einmal schiefgeht. Haben Sie schon mal darüber nachgedacht, sich zur Ruhe zu setzen?«

»Das ist es ja«, antwortete Rufus. »Darüber wollte ich mit Ihnen sprechen.«

Tassilo wurde hellhörig.

»Dann mal los.«

»Haben Sie aufgehört? Ich meine, wirklich?«

Tassilo schwenkte seinen Whisky, roch noch einmal daran und nahm einen weiteren Schluck.

Erst als er ihn genüsslich hinuntergeschluckt hatte, antwortete er: »Ich kann nicht einfach machen, was ich möchte. Es gibt Menschen, die nur darauf warten, dass ich rückfällig werde.«

»Rückfällig?«, wiederholte Rufus. »Sie sehen es als Zwang?«

»*Jeder Zwang ist Gift für die Seele,* hat Ludwig Börne einmal sehr treffend bemerkt. Was ist mit Ihnen? *Wollen* Sie es tun oder *müssen* Sie?«

Rufus dachte nach.

»Ich *kann* es tun«, gab er schließlich zur Antwort. »Wann immer ich will.«

»Und können Sie es auch *lassen,* wann immer Sie wollen?«, hakte Tassilo nach. »Wie lange glauben Sie, geht das noch gut? Sie wissen doch wohl, wer Sie gerade sucht, oder?«

Rufus interessierte sich nicht besonders für die Berichterstattung um seine Taten.

»Sollte ich?«, fragte er deshalb.

Tassilo schmunzelte.

»So habe ich auch mal gedacht. Und dann stand Kern plötzlich da und hat mir seine Marke unter die Nase gehalten. Und jetzt ist er auf der Suche nach Ihnen. Wenn Sie also meinen Rat hören wollen: Setzen Sie sich zur Ruhe, so lange es noch geht.«

»Ist dieser Kern so gut?«

Tassilo schüttelte den Kopf.

»Gut, schlecht, völlig egal. Kern ist kreativ, genau wie Sie. Und er verliert nicht gern.«

»Genau wie ich«, konterte Rufus.

Tassilo verneigte sich leicht und entgegnete: »Touché!«

»Wie hat er Sie damals gefunden?«, wollte Rufus jetzt wissen.

»Indem er nicht aufgegeben hat. Und das hat er bis heute nicht. Seine arme Polizistenseele kann einfach keinen Frieden finden, solange sein böser Geist Tassilo nicht hinter Gittern sitzt.«

Rufus dachte nach.

»Warum kümmern Sie sich dann nicht darum, dass seine Seele ihren Frieden endlich findet?«, schlug er dann vor. »Für immer?«

Tassilo hatte diesen Gedanken nie ernsthaft verfolgt. Wie viel langweiliger würde sein Leben schließlich ohne Kern sein? Auch wenn sie nur selten Kontakt hatten.

»Das wäre so, als würde ein Fußballer seinen Ball zerstechen«, antwortete er. »Sie sind ja noch eine Weile in Berlin«, stellte er dann fest. »Wissen Sie was? Ich mache Ihnen einen Vorschlag.«

Rufus war gespannt.

»Geben Sie mir eine Telefonnummer, unter der ich Sie jederzeit erreichen kann. Wenn ich etwas erfahre, das Sie wissen sollten, melde ich mich.«

»Das würden Sie machen?«

Mit einem letzten Schluck leerte Tassilo sein Whiskyglas, zog einen Geldschein hervor, legte ihn auf den Tresen und antwortete: »Wir müssen doch zusammenhalten. Wozu hat man schließlich Kollegen?«

Rufus griff die Serviette, auf der Tassilo sein Glas abgestellt hatte. Auf ihr notierte er mit einem Bleistift, der hinter dem Tresen lag, eine Nummer, während die letzten Besucher des Abends an ihnen vorbeiliefen, um das Varieté zu verlassen. Als Tassilo die Serviette einsteckte, fügte er noch hinzu: »Es wäre übrigens möglich, dass ich Sie demnächst ebenfalls um einen kleinen Gefallen bitten werde.«

Rufus lächelte diabolisch.

»Jederzeit, Tassilo«, antwortete er. »Jederzeit.«

# 42

Quirin Meisner war Erster Kriminalhauptkommissar beim LKA Berlin.

Er war es gewesen, der Kern drei Jahre zuvor aus Brandenburg angefordert hatte, weil er nur ihm noch zugetraut hatte, den Putzteufel zu fassen. Schon seit vielen Jahren verband die beiden Männer eine Freundschaft, die seit Kerns Rückkehr nach Berlin noch tiefer geworden war.

Meisner hatte sich einige Monate zuvor für ein Jahr vom Dienst beurlauben lassen, um sich eine Zeit lang um seine familiären Probleme kümmern zu können. Sein erwachsener Sohn, den er glaubte zu streng erzogen zu haben, hatte sich an einem Raubüberfall beteiligt und dafür mehrere Jahre im Gefängnis verbracht. Meisner hatte es fast das Herz gebrochen. Jetzt war sein Sohn entlassen worden, und Meisner wollte sich in Ruhe um ihn kümmern können, fernab von seinen Pflichten im LKA.

Es war schon sehr spät, als Kern an Meisners Tür klopfte. Er hatte seinen nächtlichen Besuch telefonisch angekündigt.

»Ein Klopfen in der Nacht heißt selten was Gutes«, begrüßte Meisner seinen Freund und führte ihn in den Keller, in dem sie auch um diese Zeit noch ungestört miteinander reden konnten. In dem großen Hobbyraum war eine liebevoll gestaltete Modellkirmes aufgebaut.

»Guck mal, die habe ich mit meinem Sohn gebaut, als er noch ein Kind war«, erzählte Meisner und schaltete die Beleuchtung ein, die die kleinen Karussells mit Hunderten Lichtern in bunten Farben erstrahlen ließ.

»Und jetzt restauriert ihr sie wieder?«, fragte Kern, während er die seltenen kleinen Figuren bewunderte, die Meisner damals in mühevoller Kleinarbeit auf ihre Positionen geklebt hatte.

»Das war die Zeit, in der wir ein gutes Verhältnis hatten. Indem wir wieder an dem Modell arbeiten, versuche ich, sie wieder aufleben zu lassen.«

»Und? Klappt es?«

Meisner pustete eine dünne Staubschicht vom Dach eines Modellkarussells, bevor er mit einem kleinen Pinsel den Rest des Schmutzes entfernte.

»Es ist schwer. Das Gefängnis hat ihn verändert. Aber deswegen bist du doch nicht hier. Also, Julius, was ist los?«

Kern lehnte sich gegen die Wand, während Meisner zwei Flaschen Bier aus einer Kiste nahm, die in der Ecke des Kellerraumes stand.

»Eine Frau«, begann Kern schließlich.

Meisner war sichtlich überrascht.

»Nicht im Ernst«, wunderte er sich.

»Was soll ich machen?«

Meisner öffnete die Flaschen und reichte Kern eine davon.

»Erzähl erst mal«, forderte er Kern dann auf.

»Eine Kollegin aus München. Die Schläfenmördersache, du weißt ja. Sie ist nur noch ein paar Tage in Berlin aber, na ja …«

»Du stehst auf sie?«

»Sie auf mich.«

»Wenn das alles wäre, wärst du nicht hier. Also?«

Kern holte tief Luft. Schon als Kind war es ihm schwergefallen, seine Gefühle zu zeigen oder gar über sie zu sprechen.

»Sie gefällt mir schon«, gab er schließlich zu. »Eine Frau, die meine Arbeit nicht als was Lästiges sieht. Und die mich für alles bewundert, was Nathalie an mir kritisiert. Das hat mir gut getan, nach dem ganzen Mist, den ich in den letzten Jahren erlebt habe. Kannst du dir vorstellen, wie es ist, sich vor seiner eigenen Frau andauernd für das, was einem wichtig ist, verteidigen zu müssen?«

Meisner nickte verständnisvoll.

»Hattet ihr was miteinander?«, fragte er dann.

Kern nahm einen großen Schluck Bier, dann schüttelte er den Kopf.

»Einen Kuss, mehr nicht.«

Meisner gab sich damit nicht zufrieden.

»Aber du hättest gern mehr?«, setzte er nach.

Kern blickte auf die Modellachterbahn. Es hatte sehr viel Zeit und Mühe in Anspruch genommen, sie zu bauen. Meisner und sein Sohn hatten damals ewig daran gearbeitet, bis der Zug schließlich nicht mehr entgleist war.

»Alle sehen in mir den Helden, der die Killer schnappt. *Dem können wir ja den aussichtslosen Fall übertragen; der macht das schon irgendwie.* Weißt du, wie das ist? Wenn man nie ein ganz normaler Mensch sein darf? Alle laden ihren Müll bei mir ab, Nathalie wirft mir vor, dass ich mit Verbrechern zu tun habe, meine Tochter redet tagelang nicht mit mir, wenn ich nicht mit ihr schwimmen gehen kann, weil wieder irgendein Irrer seine Familie abgeschlachtet hat, und ich stehe da und bekomme immer nur zu hören: *Nehmen Sie Ihre Arbeit nicht persönlich.* Ich hatte jahrelang jede Nacht Albträume, meine Familie hat sich von mir getrennt, ich habe zu viel getrunken, und ein Irrer sieht in mir seine Bezugsperson. Wie persönlich kann meine Arbeit denn noch sein?«

Meisner hatte seinen Freund lange nicht so offen über seine Gefühle reden hören. Deswegen antwortete er auch nicht, um Kern Gelegenheit zu geben weiterzusprechen.

»Und dann kommt eine tolle, gutaussehende Frau daher und findet mich attraktiv. Einfach so. Wie einen ganz normalen Menschen«, fuhr Kern fort. »Und, ja, das gefällt mir. Ich bin verdammt noch mal ein Mann. Aus Fleisch und Blut. Und ich mag es, wenn jemand mal keine überzogenen Erwartungen in mich setzt, sondern mich einfach nimmt, wie ich bin.«

»Was weiß Nathalie?«, fragte Meisner schließlich, nachdem er noch einige Sekunden gewartet hatte.

»Noch nichts. Aber sie wird es spüren. Bald.«

Meisner lief um den Tisch mit den wertvollen Modellen herum und betätigte einen kleinen Schalter, der die Fahrgeschäfte in Bewegung setzte.

»Funktioniert tadellos«, sagte er.

Kern nickte bestätigend.

»Wir haben Hunderte Einzelteile zusammengebaut. Mit Spezialwerkzeug, nach Anleitung. Es dauert verdammt lange, so etwas Schönes, Funktionierendes aufzubauen.«

Dann wandte er sich Kern zu und fuhr fort: »Es zu zerstören dauert nur Sekunden. Nathalie und du, ihr seid füreinander bestimmt.«

Kern stimmte zu.

»Schon, aber andererseits …«

Kern stockte. Er beendete den Satz nicht. Meisner hatte ihn auch so verstanden. Der um einiges ältere Mann setzte seine Bierflasche ab, strich sich nachdenklich durch sein graues Haar und fragte Kern dann: »Weißt du, wie man einen Affen fängt?«

Kern signalisierte mit einem aufmerksamen Blick, dass er zuhörte. Meisner fuhr fort: »Man macht einen Schlitz in eine Kokosnuss und legt etwas Süßes rein. Dann bindet man sie fest. Wenn der Affe kommt, greift er gierig in den Schlitz, schnappt sich seine Beute und will die geschlossene Faust wieder rausziehen. Das geht aber nicht, weil sie zu groß ist. Anstatt dann aber einfach seine Beute loszulassen, hält der Affe sie so lange fest, bis schließlich die Jäger kommen und ihn sich schnappen.«

»Du meinst, ich stecke mit meiner Faust in der Affenfalle?«, fragte Kern.

Meisner nickte.

»Diese Frau erscheint dir jetzt wie eine Offenbarung. Aber wie lange wird das so sein? Sie ist der Köder, der dich an die Falle fesselt. Alles, was du tun musst, ist loslassen. Auch wenn es schwer fällt.«

Kern dachte daran, wie unbeschreiblich schön das Gefühl gewesen war, Fuchs' Lippen auf seinen zu spüren. Mit Nathalie war er schon seit Jahren nicht mehr leidenschaftlich gewesen.

»Ich weiß, dass Nathalie mein Leben ist. Aber im Augenblick fühle ich es einfach nicht«, gab er zu.

Meisner war der erste Vorgesetzte gewesen, unter dem Kern nach seinem Dienstantritt im LKA gearbeitet hatte. Die beiden hatten sich immer schon gut verstanden. Meisner gehörte noch heute zu den wenigen Menschen, auf deren Rat Kern auch dann gelegentlich hörte, wenn er ihm nicht gefiel.

»Du hast damals alles dafür gegeben, Nathalie zurückzugewinnen«, erinnerte Meisner ihn. »Und jetzt willst du alles wieder hinschmeißen? Das glaube ich dir nicht.«

Meisner griff wieder seine Flasche und leerte sie in einem Zug. Dann fuhr er fort: »Wenn du diesen Schritt gehst, führt kein Weg jemals wieder zu Nathalie zurück. Und zu Sophie auch nicht. Ich weiß genau, was du durchmachst. Ich habe selbst oft darüber nachgedacht, mein Leben noch mal komplett neu zu ordnen. Aber ich kenne dich einfach schon viel zu lange und viel zu gut, um zu glauben, dass es für dich das Richtige wäre.

Aber das sage ich dir auch: Egal, wie du dich entscheidest – ich werde hinter dir stehen.«

Kerns Blick fiel zufällig auf zwei der kleinen Figuren, die auf der Modellkirmes standen. Ein Vater, der sein Kind an der Hand hielt.

»Ich weiß«, sagte er mit brüchiger Stimme. »Ich weiß.«

# 43

Als Kern den Wohnungsschlüssel aus der Tasche zog, fiel sein Blick auf das Namensschild, das an seiner Haustür angebracht war. Sophie hatte es in der Schule gebastelt, kurz nachdem die Familie vor drei Jahren wieder zusammengezogen war. Auf einer nicht ganz ovalen Tontafel, die mit bunten Farben bemalt war, stand *Familie Kern* zu lesen.

*Das sind wir. Eine Familie. Egal, was kommt.*

Kern hatte sich seine Entscheidung nicht leicht gemacht. Es war nicht immer einfach mit Nathalie gewesen, schon früher nicht. Sie war keine Frau, die gern zurücksteckte. Kern hatte schmunzeln müssen, als er sich daran erinnerte, dass ihr erstes gemeinsames Essen damals daran gescheitert war, dass das frisch verliebte Paar sich nicht auf ein Restaurant hatte einigen können. Am Ende hatten sie sich mit einer gelieferten Pizza auf den Bordstein vor dem Haus von Nathalies Eltern gesetzt. Bis es zu regnen begonnen hatte und sie im Gartenschuppen untergeschlüpft waren. Ihrem äußerst konservativen Vater glaubte Nathalie damals ihren Freund Julius noch nicht vorstellen zu können.

Kern versuchte, so leise wie möglich zu sein, als er den Schlüssel ins Schloss führte. Vorsichtig öffnete er die Wohnungstür, bis er feststellte, dass die Kette von innen eingehängt war. Nathalie hatte auf ihn gewartet.

»Dass du dich überhaupt nach Hause traust«, begrüßte sie ihn unsanft durch den Türspalt.

*Verdammt, woher weiß sie das? Eva wird doch nicht etwa ...?*

»Sophie hat es mir erzählt«, fuhr Nathalie fort, ohne Kerns Reaktion abgewartet zu haben.

»Sophie?«, fragte er verwundert und wollte seine Jacke ausziehen.

»Die kannst du anbehalten«, erwiderte Nathalie.

Ihr Ton war klar und streng, ohne einen erkennbaren Beiklang von Mitgefühl. Sie hatte sich ihre Worte anscheinend genau überlegt und wählte sie nun mit Bedacht.

»Alles hätte ich dir zugetraut, wenn es um deinen Beruf geht«, fuhr sie fort. »Aber nicht, dass du unsere Tochter als Köder benutzt, um an diesen Massenmörder heranzukommen.«

*Verdammt, das Treffen im Zoo.*

»Ich hatte keine Ahnung, dass er ...«

»Das kannst du dir sparen. Du hast dich doch mit ihm verabredet. *Ein alter Freund, mit dem du schon im Sandkasten gespielt hast.* Du hast zugelassen, dass er mit Sophie redet. Er hat ihr sogar die Hand gegeben.«

Kern war sich im Klaren darüber, dass es keine Erklärung gab, die Nathalie in diesem Augenblick hätte besänftigen können. Schon deswegen nicht, weil er an der Situation am Mittag wirklich nicht ganz unschuldig gewesen war. Er war genau an dem Tag mit seiner Tochter in den Zoo gegangen, an dem das Ultimatum an Tassilo abgelaufen war.

*Habe ich es wirklich in Kauf genommen?*

»Lass uns morgen darüber reden. Ich hatte einen verdammt harten Tag«, antwortete er und deutete Nathalie an, dass sie die Tür öffnen solle.

»Den hast du auch immer noch«, antwortete sie. »Heute Nacht kannst du sehen, wo du schläfst. Sonst sitzt Tassilo womöglich morgen noch am Frühstückstisch.«

»Schatz, ich muss mit dir reden«, setzte Kern an.

»Deine Tochter traut dir nicht mehr. Und ich kann sie verstehen. Gute Nacht.«

Noch ehe Kern etwas dazu sagen konnte, hatte Nathalie die Tür auch schon geschlossen.

Kern zog seinen Schlüssel aus dem Schloss, drehte sich um und setzte sich auf die Treppe. Dann griff er sein Handy und wählte Dennis' Nummer. Als das Freizeichen erklang, überlegte er es sich plötzlich anders und brach den Anruf wieder ab. Dann durchsuchte er den Speicher seines Telefons und wählte schließlich eine andere Nummer.

»Julius, was gibt es denn noch so spät?«, meldete sich Eva Fuchs.

»Kann ich zu dir kommen? Jetzt?«, fragte er kurz.

Einige Sekunden lang war es still am anderen Ende der Leitung. Dann erst antwortete Fuchs: »Du weißt ja, wo ich wohne. Zimmer 324.«

# 44

»Dafür, dass sie keine Beine hat, ist sie erstaunlich schnell«, stellte Tassilo fest und starrte dabei auf den abgetrennten Oberkörper der Frau, die verzweifelt zu entkommen versuchte. Doch obwohl sie mit ihrem verstümmelten Körper hastig über den sandigen Boden zu robben versuchte, kam sie nicht voran. Jedes Mal, wenn sie ein Stück geschafft hatte, zog Tassilo sie wieder zurück.

Es war seit drei Jahren Kerns erster Albtraum, in dem Tassilo auftauchte.

»Wissen Sie, Julius, ich verstehe nicht, was alle an Ihnen finden. Ohne mich würden Sie keinen einzigen Fall lösen.«

»Er humpelt«, antwortete Kern leise.

»Sein Opfer nicht mehr«, entgegnete Tassilo und deutete auf den Oberkörper der Frau, die sich mit ihren blassen Händen immer tiefer in den Havelsand grub, um endlich voranzukommen.

Kern wusste, dass er träumte. Eine Stimme, die neben seinem Bewusstsein zu stehen schien, flüsterte es ihm immer wieder zu.

*Wach einfach auf, wenn du es nicht mehr sehen willst.*

Doch Kern kämpfte dagegen an. Er wollte wissen, was Tassilo ihm zu sagen hatte.

Auch, wenn es nur im Traum war.

»Sie haben eine bezaubernde Tochter. Vielleicht will sie Jonathan heiraten. Wir könnten Trauzeugen sein«, überlegte Tassilo, der plötzlich ein Bärenfell trug.

»Dann wäre meine Frau traurig«, wandte Kern ein. »Ich glaube, Nathalie würde Sie gern töten.«

»Ist Eva Fuchs nicht Ihre Frau? Und was ist eigentlich mit Ihnen? Wollen Sie mich nicht töten, Julius?«

Kern dachte nach. Die durchtrennte Frau und das Bärenfell waren jetzt verschwunden; er und Tassilo standen allein in einem düsteren Hauseingang.

»Wenn es keiner sieht, würde es ja eigentlich gehen«, überlegte er.

»Dann gucken Sie doch mal«, antwortete Tassilo und zog an einem Seil, das vorher noch nicht da gewesen war.

Der Hauseingang sank zu Boden wie ein Vorhang und gab den Blick auf die Havel frei. Tausende Menschen standen am Ufer und starrten Kern an. Er konnte Castella und Jonathan erkennen, ebenso Dennis und Nathalie. In einem Rollstuhl glaubte er Tassilos entstellte Rechtsanwältin gesehen zu haben, doch er war sich nicht sicher. Ihr Gesicht hatte sich nach den Operationen zu oft verändert.

»Und jetzt, wo es alle sehen können?«, fragte Tassilo, der noch immer keine Antwort auf seine Frage bekommen hatte.

»Jetzt wache ich auf«, entschied Kern und öffnete die Augen.

Es war ganz ruhig im Hotel; die Uhr neben dem Fernseher zeigte fünf Uhr früh an. Kern würde noch ein bisschen schlafen können, bevor er sich auf den Weg ins Büro machen musste. Die Couch, auf der er lag, war etwas zu klein, um es gemütlich darauf zu haben. Trotzdem schloss er noch einmal seine Augen. Immerhin lag ein anstrengendes Gespräch mit Eva Fuchs hinter ihm.

Sie hatte gespürt, in welche Lage sie ihn gebracht hatte, und sich viel Zeit genommen, über alles in Ruhe mit ihm zu reden.

Doch jetzt, das war ihm klar, musste Kern seine privaten

Probleme beiseiteschieben. Der bevorstehende Tag würde ihm viel abverlangen. Ganz egal, was auch immer ihn erwarten würde.

Er wollte zwanzig Minuten vor Fuchs das Hotel verlassen. Er wollte nicht, dass sie gemeinsam im LKA ankamen.

# 45

Tassilo war erholt und ausgeschlafen, als er aus seinem Wagen stieg. Seine italienischen Schuhe hatte er gewissenhaft auf Hochglanz poliert und seine Krawatte zu einem Windsorknoten gebunden. Es war ein besonderer Tag für ihn. Ganz gleich, welche Entscheidung Kern ihm auch mitteilen würde, er hielt alle Fäden in der Hand. Ganz, wie er es liebte.

»Ich stehe unmittelbar vor dem Ziel«, erklärte er Jonathan, der ihn in einem kleinen Café in der Simon-Dach-Straße in Berlin-Friedrichshain erwartet hatte.

»Hat er sich schon entschieden?«, fragte der junge Mann, dem es offensichtlich schwergefallen war, um diese frühe Zeit aufzustehen.

»Noch keine Nachricht«, antwortete Tassilo, während er ein weiteres Mal auf seinem iPhone den E-Mail-Eingang überprüfte. »Bist du vorbereitet?«

Jonathan nickte.

»Ich lasse dir meinen Wagen da«, fuhr Tassilo fort. »Unter dem Beifahrersitz liegt eine kleine Tasche mit einer Pistole. Sei vorsichtig damit; ich habe sie von einem Albaner gekauft. Keine Ahnung, ob sie noch funktioniert. Das Zielobjekt hast du unter Kontrolle?«

»Ich kann jederzeit loslegen.«

»Gut.«

Tassilo wusste, dass er sich auf Jonathan verlassen konnte. Er war ihm nicht nur hörig, sondern zudem auch vollkommen von ihm abhängig. Als er ihn wie verloren auf seinem Barhocker sitzen sah, überlegte Tassilo kurz, was wohl aus ihm werden würde, wenn er ihn ab morgen nicht mehr brauchte. *Er wird sich schon irgendwie durchschlagen,* verscheuchte er den sentimentalen Gedanken. Berlin war genau das richtige Pflaster für Menschen wie ihn.

»Dein Handy muss rund um die Uhr eingeschaltet sein. Also sieh zu, dass du es regelmäßig aufladst. Wenn ich mich melde, kann es sein, dass alles sehr schnell gehen muss.«

Jonathan nickte erneut.

»Was tust du, wenn ich mich nicht mehr melde?«, fragte Tassilo dann.

In diesem Augenblick ertönte das Geräusch, mit dem ihm angezeigt wurde, dass er eine Mail empfangen hatte. Tassilo griff sein Telefon und holte sich die E-Mail auf das Display.

»Sie ist von Kern«, bestätigte er.

Der Text war kurz gefasst: *Morgen, 15 Uhr, Büro des Staatsanwalts vom Stein.*

»Hervorragend«, sagte Tassilo. »Ich freue mich schon auf meinen alten Freund Carl. Er sieht umwerfend aus, wenn er böse ist.«

Jonathan sah Tassilo mit leerem Blick an.

»Also?«, wiederholte dieser darauf. »Was machst du, wenn ich mich nicht mehr melde?«

Jonathan musste nicht überlegen.

»Ich leite Plan B ein.«

Tassilo rieb sich zufrieden die Hände.

»Dann kann ja nichts mehr schiefgehen«, sagte er, erhob sich und griff dabei in seine Tasche.

Er zog etwas heraus, das er seit dem Abend zuvor sicher in einem Plastikbeutel aufbewahrt hatte.

»Den wirst du in der Wohnung verlieren, wenn es zu Plan

B kommt«, wies er Jonathan an und reichte ihm den Bleistift, mit dem Rufus im *Mes Amis* seine Telefonnummer aufgeschrieben hatte.

Danach übergab er dem jungen Mann noch seinen Autoschlüssel und etwas Geld. Dann schlenderte er mit einer Hand in der Tasche durch das Café, lief auf die Straße hinaus und winkte das erste Taxi heran, das er sah.

Es lief gut.

# 46

»Hast du gestern Nacht bei mir angerufen?«, fragte Dennis, kaum, dass Kern im LKA eingetroffen war. »Ich hatte deine Nummer auf dem Display.«

Kern versuchte, den Blicken seines Kollegen auszuweichen.

»Es gab Probleme. Mit Nathalie«, antwortete er zögerlich.

»Wegen Tassilo?«

Es war gerade fünf Minuten her, dass Kern die Mail mit dem Termin für die Vertragsunterzeichnung an ihn geschickt hatte.

»Tassilo hat uns schon mal auseinandergebracht. Warum soll er es nicht auch ein zweites Mal schaffen? Sie hat mich gestern vor die Tür gesetzt.«

Dennis war überrascht.

»Und du wolltest zu mir? Wäre doch kein Problem gewesen.«

»Ich weiß.«

»Und warum hast du dann wieder aufgelegt?«

Anstatt zu antworten stand Kern auf, griff in seine Hosentasche und zog zwanzig Euro heraus.

»Da«, sagte er und drückte sie Dennis in die Hand.

Es dauerte einige Sekunden, bis Dennis verstanden hatte. Dann riss er überrascht die Augen auf und sprach plötzlich viel leiser.

»Das ist nicht dein Ernst! Habt ihr etwa – ich meine, ihr habt doch nicht …?«

Kern winkte ab.

»Darum geht's doch gar nicht«, antwortete er. »Ich weiß absolut nicht mehr, wie das jetzt alles weitergehen soll. Ich stehe unter Beschuss von allen Seiten. Was ich auch mache, es ist garantiert falsch.«

Dennis konnte sich gut in die Lage seines Freundes hineinversetzen.

»Ich hatte mal was Ähnliches«, erzählte er. »Letztes Jahr, als Suzi mit ihrer Freundin im Urlaub war. Eine alte Studienkollegin, so was von heiß …«

»Du bist fremdgegangen?«, wunderte sich Kern.

»Nicht direkt«, antwortete Dennis. »Die Versuchung war jedenfalls groß. Weiß Nathalie denn Bescheid?«

»Da gibt es nicht viel Bescheid zu wissen. Das eigentliche Problem ist was ganz anderes«, seufzte Kern. »Wir haben im Moment so viel Ärger wegen Tassilo. Aber wenn sie jetzt auch noch mitbekommt, dass Eva auf mich steht, ist alles aus.«

Dennis klopfte Kern auf die Schulter.

»Gut, dann bekommt sie es eben nicht mit. Sobald wir den Schläfenmörder haben, reist unsere schöne Bayerin sowieso wieder ab. Die ganze Nummer bleibt einfach unser Geheimnis. Und gestern warst du bei mir, okay?«

Kern sah ein, dass Dennis recht hatte.

»Okay«, antwortete er. »Hoffen wir nur, dass Eva das auch so entspannt sieht.«

# 47

Madame hatte merkwürdig geklungen, als sie Rufus gebeten hatte, an diesem Tag früher ins *Mes Amis* zu kommen. Es gebe, so hatte sie angekündigt, etwas Wichtiges zu besprechen.

»Komm doch bitte zu mir in die Wohnung hoch«, bat sie ihn über die Gegensprechanlage, nachdem er zunächst einige Male erfolglos die Klingel des *Mes Amis* betätigt hatte.

Es kam selten vor, dass Madame Besuch in ihrer Wohnung empfing. Langsam humpelte Rufus nun Stufe für Stufe das Treppenhaus hinauf, bis er schließlich im zweiten Stock angekommen war. Madames Wohnungstür unterschied sich von den anderen im Haus vor allem dadurch, dass kein Namensschild daran angebracht war. Ebenso wie Rufus mochte auch sie es nicht, an ihren bürgerlichen Namen erinnert zu werden. Er hatte für sie keinerlei Bedeutung mehr; sie hatte ihn abgestreift wie eine Schlange ihre Haut.

Die Tür war nur angelehnt.

»Komm schon mal rein!«, rief Madame ihrem Gast aus dem Badezimmer zu.

Rufus trat zögerlich ein und sah sich im Flur um. Schon lange war hier offenbar weder aufgeräumt noch geputzt worden. Halbvolle Gläser und Tassen standen ebenso herum wie Aschenbecher mit etlichen Zigarettenstummeln darin.

»Setz dich ins Wohnzimmer, ich bin gleich da!«, rief Madame.

Das Zimmer war groß, ein solider Berliner Altbau. Die Wände waren hoch und mit Stuck verziert; ein prachtvoller Kronleuchter hing von der Decke herab und erhellte den abgenutzten Esstisch, der darunterstand.

Rufus setzte sich nicht sofort. Er sah sich zunächst interessiert um, betrachtete die vielen kleinen Dekorationen, die Madame im Laufe der Jahre zusammengesammelt hatte, und erkannte sogar einige der Künstler, mit denen sie auf den Fotos abgebildet war. Seine Rückenschmerzen waren dabei höchstens eine Vier. Erst als die Geräusche aus dem Bad lauter wurden, nahm er schließlich am Esstisch Platz. Dabei fiel sein Blick auf den Briefstapel, den Madame noch am Tag zuvor im Flur aufbewahrt hatte. Jetzt lag er ordentlich sortiert auf dem Esstisch.

»Rechnungen, Mahnungen, Vollstreckungsbescheide«, erklärte Madame, als sie schließlich aus dem Bad kam. »Die Bank spielt nicht mehr mit.«

Rufus saß so, dass er ihr den Rücken zugewandt hatte. Trotzdem bemerkte er am Klang ihrer Stimme sofort, dass etwas anders war als sonst. Er drehte sich um.

Madame bot ein trauriges Bild. Sie trug nicht, wie sonst, ein prunkvolles Kleid und auffällige Schminke. Sie war nur mit einem Kimono bekleidet, und ihre einzige Schminke war ein blasser Lippenstift.

»Die Show ist vorbei. Was soll ich sagen?«, stellte sie fest. »Ich hab lange die Augen verschlossen. Aber jetzt ist es so weit: Das *Mes Amis* wird geschlossen.«

Rufus wusste nicht, was er sagen sollte. So vertraut ihm Madame auch war, so fremd kam sie ihm nun vor, als sie sich resignierend zu ihm setzte und einige ihrer Briefe in die Hand nahm.

»Ich mache jeden Monat Verlust, schon seit Jahren«, sagte sie.

»Aber deine Show ist doch …«

»… eine Katastrophe. Versteh mich nicht falsch, ich liebe meine Künstler. Ich liebe das Varieté. Aber ich bin auch nicht dumm. Ich hör die Zuschauer doch tuscheln. In jeder Pause, nach jeder Vorstellung. Ich stehe an der Bar und sehe in ihren Blicken, dass es ihnen nicht gefallen hat. Jannis hat ganz recht.«

Rufus überlegte, was er sagen konnte.

»Die Zuschauer müssen doch spüren, dass du das alles nur für sie machst«, sagte er schließlich.

Madame schüttelte den Kopf.

»Ach, Darling«, widersprach sie. »Du weißt doch genau, dass das nicht stimmt. Ich mache es für mich. Das *Mes Amis* ist meine kleine Welt. Mein Planet, auf dem ich sein kann, wie ich bin. Ohne mich dafür schämen oder beschimpfen lassen zu müssen.«

»Wie hoch sind denn die Schulden?«, wollte Rufus wissen.

»Vergiss es. Keine Chance.«

Madame schob den Stapel mit den Mahnungen beiseite, fasste sich und sprach nach einer kurzen Pause schließlich tapfer und konzentriert die Worte aus, die sie gehofft hatte niemals sagen zu müssen: »Heute Abend ist die letzte Show.«

Rufus bemerkte, dass er für die alt gewordene Madame, die ihm jetzt traurig gegenübersaß, Mitgefühl verspürte. Eine Emotion, die er nur sehr selten empfand.

»Wissen es die anderen schon?«, fragte er.

»Das sollen sie nicht. Ich will, dass es eine ganz normale Vorstellung wird. Keine Tränen, kein Trost. Ein letztes Mal will ich im Rampenlicht stehen, bevor es für immer erlischt.«

Madame stieß ein kurzes Lachen aus, das mit einem Weinen vermischt war.

»Aber dein Varieté ist deine Welt«, sagte Rufus. »Was soll denn ohne das *Mes Amis* aus dir werden?«

»Darüber mache ich mir keine Sorgen. Ich bereite mich schon seit Jahren darauf vor«, antwortete Madame.

Dann stand sie auf, lief zu ihrem antiken Sekretär und öffnete ihn. Sie griff einige Unterlagen, die sie in den vergangenen

Tagen zusammengesammelt hatte, und legte sie vor Rufus auf den Tisch.

»Ich mache mir Sorgen um dich«, sagte sie dann.

Es war Rufus anzumerken, dass er nicht verstand, was sie ihm damit sagen wollte. Madame wandte sich von ihm ab und lief zurück ins Badezimmer.

»Als ich dich vor zwei Jahren für meine Show buchen wollte, hast du mir abgesagt, weil du schon in Kassel engagiert warst«, begann sie durch die angelehnte Tür des Bads zu ihm zu sprechen. »Das wusste ich noch. Es gab nämlich etwas, weswegen ich damals an dich denken musste.«

»Was meinst du?«, fragte Rufus, der nicht verstand, worum es ging.

Nur oberflächlich betrachtete er dabei den Stapel mit den Unterlagen.

»Ich hatte kurz danach wieder von Kassel gehört. In den Nachrichten«, erklärte Madame. »Der Mord an dieser jungen Frau.«

Rufus horchte auf. Seine Rückenschmerzen kamen ihm jetzt plötzlich stärker vor, eine Sechs. Atmung und Puls beschleunigten sich. Er griff wahllos in den Unterlagenstapel und stieß dabei auf den Ausdruck eines Zeitungsberichts, in dem es um eine seiner *Assistentinnen* ging.

»Jetzt bist du in Berlin. Und was lese ich kurz danach in der Zeitung? Wieder eine tote Frau. Diesmal in Berlin. Derselbe Täter.«

Rufus hatte verstanden. Alles, was vor ihm lag, waren Berichte über seine Taten und Belege dafür, dass er jeweils zur Tatzeit in der fraglichen Stadt gewesen war. Ausnahmslos. Er sah sich noch einmal im Raum um. Während Madame noch immer im Bad war, glitt sein Blick über einen schweren, versilberten Elefanten. Rufus griff ihn und schlich zur Tür des Badezimmers.

»Was willst du …«, setzte Rufus an, doch Madame unterbrach ihn.

»Psssst.«

Die Tür des Badezimmers öffnete sich.

Ein Schrecken fuhr Rufus durch die Glieder. Es war, als stünde ihm ein Geist gegenüber.

»Was …?«, suchte er nach Worten, den Elefanten noch immer in der Hand.

»Es ist alles gut«, erhielt er zur Antwort.

Es war nicht mehr Madame, die nun mit hängenden Schultern und leerem Blick vor ihm im Türrahmen stand. Vor Rufus stand, in zu weite Jeans und ein verwaschenes Hemd gekleidet, Eugen Zerkowitz. Schon lange war Madame niemandem mehr in ihrer männlichen Gestalt gegenübergetreten. Der Haarkranz um seine Glatze war kurz geschoren und vollkommen ergraut, und seine Haut war deutlich von den Spuren der Schminke gezeichnet, die er sich schon viel zu lange viel zu dick auftrug.

»Was ist? Willst du mich jetzt erschlagen?«, fragte Eugen den überraschten Rufus und deutete dabei auf den Elefanten.

Rufus war unsicher. Er hatte noch nie einen Mann getötet.

»Ich glaube nicht«, antwortete er schließlich und stellte den Elefanten nach einigen Sekunden des Zögerns auf den Boden.

»Gut, dann mache ich uns jetzt Tee«, erwiderte Eugen und ging an Rufus vorbei in die Küche.

Gerade als er den alten Teekessel aufgesetzt und die Tassen aus dem Küchenschrank genommen hatte, erschien Rufus in der Tür.

»Sie haben mich gehasst. Alle«, gestand er leise.

Eugen sah ihn nicht an. Er fuhr in aller Ruhe damit fort, den Tee zuzubereiten.

»So hab ich auch lange gedacht«, entgegnete er dann. »Und vielleicht hatte ich sogar recht. Hast du als Junge manchmal das Gefühl gehabt, man hätte dich auf einem fremden Planeten ausgesetzt?«

Rufus nickte leicht; Eugen konnte es im Augenwinkel erkennen. Er sprach ruhig weiter.

»Egal, ob du dick bist oder ein Junge, der lieber ein Mädchen sein möchte. Wenn du anders bist, fühlst du dich immer allein. Und irgendwann beginnst du vielleicht, dich zu hassen. Aber nach einer Weile willst du das nicht mehr, weil es dich sonst umbringen würde. Also richtest du deinen Hass auf andere.«

»Sie haben so getan, als ob sie mich interessant fänden«, erzählte Rufus und dachte dabei an die Frauen, die er getötet hatte. »Weil ich nicht mehr fett war. Und weil ich sie verzaubern konnte.«

»Sie hätten dich auch gemocht, wenn du noch dick gewesen wärst. Warum hast du ihnen nicht einfach geglaubt?«, fragte Eugen, der inzwischen alles auf ein Tablett gestellt hatte, was sie zum Tee benötigen würden. Das Wasser im Kessel kochte noch nicht.

»Sie haben gelacht, mich wahrgenommen, mit mir geredet. Und dann wollten sie mit zu mir kommen.«

Eugen hatte sich Rufus noch immer nicht zugewandt. Er glaubte, dass die Worte so leichter aus ihm herauskommen würden.

»Warum der Hammer?«, fragte er dann.

»Sie hatten die Wahl. Alle«, antwortete Rufus.

Das Wasser im Kessel begann langsam zu brodeln.

»Wofür hast du dich so geschämt, dass du sie lieber töten wolltest, als es ihnen zu offenbaren? Etwa für deinen Fuß?«

»Das habe ich noch nie jemandem gezeigt«, antwortete Rufus und begann langsam damit, sein Hemd aufzuknöpfen.

Nach dem Tod seiner Großmutter, den damals niemand ernsthaft untersucht hatte, begann Rufus' Wandel. Das tägliche Schwimmen im See hinter dem Haus und die gesunde Ernährung hatten dazu geführt, dass er schon sehr bald begonnen hatte abzunehmen. Etwa zwei Kilo hatte er jeden Monat verloren. Das reduzierte Gewicht hatte seine Rückenschmerzen erträglicher werden lassen. Auch wenn er wusste, dass sie niemals ganz verschwinden würden. Selbst nachdem Rufus schon über fünfzig Kilo verloren hatte, erinnerten sie ihn noch immer an den Menschen, der er zuvor gewesen war.

Durch seinen zur Hälfte amputierten Fuß war es ihm nicht mehr möglich, normal zu laufen. Die Erinnerung an den faulen Gestank, der in den Tagen vor seiner Operation von den abgestorbenen Zehen ausgegangen war, hatte ihn in die Sucht getrieben, seinen gesunden Fuß jeden Abend mindestens zwanzig Minuten lang auf Wundmale untersuchen zu müssen.

So sehr er sich auch verändert hatte, seine Vergangenheit steckte tief in ihm und hatte alle ihre schrecklichen Bilder in sein Gedächtnis eingebrannt. Er konnte tun, was er wollte, seinen Ekel vor sich selbst verlor er nie. Seine Wandlung, so erfolgreich sie auch gewesen war, blieb ihm selber verborgen. Entgegen jeder Vernunft.

»Wie attraktiv hätten sie mich noch gefunden, wenn sie das gesehen hätten?«, fragte Rufus, nachdem sein Hemd vollständig aufgeknöpft war.

Eugen sah ihn jetzt an. Durch den enormen Gewichtsverlust hatte Rufus sehr viel überschüssige Haut an Bauch und Hüften, die nun schlaff an ihm hinunterhing.

»Du hast gedacht, du kannst dich ihnen körperlich nicht nähern«, stellte Eugen fest. »Das kenne ich. Sich vor seinem eigenen Körper zu ekeln.«

Während Rufus begann, sein Hemd wieder zu schließen, fragte er: »Warum hast du nicht die Polizei gerufen?«

Das Teewasser kochte, ein schrilles Pfeifen erklang. Während Eugen den Kessel von der Herdplatte nahm und das heiße Wasser in die Kanne goss, antwortete er: »Es war vor fast dreißig Jahren.«

Er griff die Teekanne, stellte sie auf den Küchentisch, nahm daran Platz und forderte Rufus mit einem Wink auf, sich zu ihm zu setzen.

»Die Zeiten waren nicht so liberal wie heute«, fuhr er fort. »Männer wie ich mussten sich oft verstecken, wenn sie so sein wollten, wie sie waren. Ich war mit meinem alten VW-Käfer unterwegs, von irgendeinem Kaff im hessischen Bergland zu irgendeinem anderen Kaff in der Gegend. Travestieshows waren sehr gefragt in dieser Zeit. Solange wir alle nur immer brav erzählt haben, dass wir verheiratet sind und nur den Spaß an der Verkleidung genießen.«

Eugen goss den Tee ein.

»Die Fahrten waren für mich immer sehr langweilig, und an dieser Tankstelle sprach mich ein junger Mann an. Ob ich ihn ein Stück mitnehmen könnte. Ach, Rufus, ich sage dir: *Diesen* Mann hätte ich überallhin mitgenommen.«

Eugen nahm ein Stück Kandiszucker aus einer silbernen Schale und begann es in seiner Tasse aufzulösen.

»Er hat mir erzählt, dass er von zu Hause abgehauen sei. Weit weg wollte er, irgendwo ein neues Leben anfangen. Dabei war er gerade mal Anfang zwanzig und hatte sein altes Leben noch nicht mal richtig verstanden. Na ja, er brauchte Geld, und ich mochte ihn. Er hatte was Rebellisches an sich, ein bisschen wie Jannis. Nur, dass ich damals noch jung war.«

Rufus saß ganz ruhig da, während Eugen die Erinnerungen wieder aufleben ließ.

»Ich glaube nicht, dass er auf Männer stand, aber das war mir egal. Ich hatte Geld, und er war bereit, einiges dafür zu tun. Wir hatten ein paar wunderschöne Tage.«

»Tage?«, wiederholte Rufus überrascht.

»Als ich eines Morgens wach wurde, war er weg. Und mit ihm alles, was er greifen konnte.«

»Er hat dich beklaut?«

»Vielleicht hätte ich das an seiner Stelle auch gemacht. Aber ich wäre weiter gekommen als er.«

Eugen setzte an und nahm den ersten Schluck Tee. Ganz vorsichtig; er war noch sehr heiß.

»Ich habe ihn am Bahnhof gefunden. Armer kleiner Kerl. Er war so schön, aber er hatte so wenig Fantasie. Dann hat er versucht, mir alles zu erklären. Wir sind wieder in mein Auto gestiegen und einfach losgefahren, immer die Landstraße entlang. Und er hat geredet, sich entschuldigt, angeboten, alles wiedergutzumachen.«

»Und du?«

Eugen schloss die Augen.

»Ich habe angehalten und mich mit ihm ins Gras gesetzt, irgendwo am Straßenrand«, sagte er dann. »Er hat weitergeredet, dass ich ihm verzeihen soll und dass alles wieder gut werden würde.«

»Aber du wusstest, dass es nicht wieder gut werden konnte.«

»Seine Stimme klang so wunderschön«, erinnerte sich Eugen. »Und dann lag da dieser Stein.«

Rufus setzte seine Tasse ab.

»Hast du …?«, fragte er zögerlich.

Eugen reagierte nicht darauf.

»Wir sind uns sehr ähnlich«, antwortete er nach einigen Sekunden. Dann streckte er seine Hand aus. »Siehst du das hier?«

Eugen zeigte Rufus einen Ring. Im Gegensatz zu denen, die

er in seiner Rolle als Madame trug, war dieser unauffällig und maskulin.

»Den hatte ich für ihn gekauft. Einen Tag vorher. Rufus, du kannst es noch ändern. Du hast immer noch die Chance zu wählen. Wenn du weitermachst, werden sie dich finden. Irgendwann. Ich weiß, du hast nie Liebe erfahren. Das habe ich auch nicht. Aber willst du deswegen immer mehr Hass in die Welt bringen? Frauen töten, die dir nichts getan haben? Du bist Magier, das ist deine Bestimmung.«

»Den Magier Rufus kennt kein Mensch«, hielt er entgegen. »Aber den Mörder kennen sie.«

»Du bist wie ein Goldfisch«, erwiderte Eugen. »Sie werden immer nur so groß, wie es ihre Umgebung ermöglicht. Solange du nur in kleinen Varietés auftrittst, wirst du nie bekannt werden. Du musst auf die großen Bühnen gehen. Théodore hat nie daran gezweifelt, dass das deine Zukunft sein wird. Verlass dein kleines Goldfischglas und tauch endlich in den großen Teich ein.«

Der unscheinbare Eugen, den Rufus noch nie zuvor gesehen hatte, war ihm jetzt sogar noch näher, als es zuvor Madame gewesen war.

»Und jetzt muss ich dich bitten, mich allein zu lassen«, beendete Eugen das Gespräch. »Ich hab heute Abend eine Show zu spielen. Und ich will, dass sie gut wird.«

# 48

Die letzte Show, so ist es altes Bühnengesetz, gehört den Künstlern. Sie dürfen Späße in ihre Nummern einbauen, sich unpassend kostümieren oder den Kollegen Streiche spielen. Die sogenannte Dernière ist üblicherweise ein großer Spaß für alle Beteiligten.

An diesem Abend war es anders.

Rufus hatte keinem seiner Kollegen von der bevorstehenden Schließung des *Mes Amis* erzählt. So spielten sie die letzte Aufführung, die das alte Haus nach den mühsamen Jahren des voranschreitenden Verfalls sehen sollte, wie jede andere auch. Ganz, wie Madame es sich gewünscht hatte.

»Wundervoll«, schwärmte Madame, während sie hinter dem Vorhang mit Fredo gemeinsam Jannis' Darbietung zusah.

Als sei er leicht wie eine Feder, schwang sich der junge Artist an den Strapaten in die Höhe, indem er sie durch gleichmäßiges Abrollen nach vorn um seine Unterarme wickelte. Es war ein Bild voll Anmut und Leichtigkeit. Als er schließlich mehrere Meter hoch in der Luft hing, streckte er seine Beine langsam nach hinten, bis er in einem Winkel von neunzig Grad geradezu in der Luft zu schweben schien. Jannis' Körper zitterte nicht, obwohl die Kraftanstrengung enorm war. Die Popballade, mit der die Darbietung unterlegt war, zauberte im Zusammenspiel mit dem sanften Licht der Scheinwerfer eine geradezu besinnliche Stimmung, die auch das Publikum emotional ergriff.

Daphne hatte eine unruhige Hand gehabt, sodass ihr sonst

so melancholisches Thereminspiel mehrere Male durch schiefe Töne gestört wurde, bis die Zuhörer schließlich zu der Auffassung gekommen waren, dass die ältere Dame ihr Handwerk wohl verlernt haben musste.

Rufus war mit seinen Gedanken ohnehin nicht voll bei der Sache gewesen, weswegen seine Darbietung nur durchschnittlich ausgefallen war. Sowohl das Gespräch mit Madame als auch das Treffen mit Tassilo hatten ihn zu sehr beschäftigt. Immerhin hatte Tassilo sein Bedauern darüber ausgedrückt, dass er noch keinen Film gesehen habe, in dem die Guillotine aufgetaucht wäre. Rufus hatte vor, ihm diesen Gefallen so bald wie möglich zu tun. Doch das gezwungenermaßen vorzeitige Ende seines Berlinaufenthalts hatte seine Planung durcheinandergebracht. Er würde schon wieder improvisieren müssen.

Fredo war viel zu routiniert, um seine alte Messerwerfernummer nicht planmäßig abzuliefern. Er hatte die Spielkarten mit derselben zentimetergenauen Präzision getroffen, mit der er die Zuschauerin an der Drehwand um Haaresbreite verfehlt hatte. Das Publikum war trotzdem wenig begeistert von dem alten Mann gewesen, der in ihren Augen eine Frau aus ihren Reihen in Gefahr gebracht hatte.

»Jannis wird seinen Weg gehen«, antwortete Fredo, während der Artist seine Darbietung unter dem Staunen der Zuschauer fortsetzte. »Er hat alles, was er braucht. Eine hervorragende Ausbildung, viel Talent und vor allem Leidenschaft.«

Madame erinnerte sich daran, wie sie damals zum ersten Mal auf einer Bühne gestanden hatte. Ein kleines Dorftheater hatte jeden Monat eine *Offene Bühne* veranstaltet, bei der jeder aufführen konnte, was er wollte. Es hatte den damals noch sehr jungen Eugen jedoch schon so viel Mut gekostet, sich öffentlich in Frauenkleidern zu präsentieren, dass er kaum über seine eigentliche Darbietung nachgedacht hatte. So blieb es schließlich bei einer laienhaften Vollplaybackinterpretation eines Schlagers von Peggy March, der einen allenfalls verhaltenen Publikumszuspruch fand.

»Wäre ich so begabt gewesen wie er, dann würde ich heute auf den großen Bühnen stehen«, sagte sie nachdenklich, während Jannis im freien Fall von der Decke in Richtung Boden stürzte, um sich unmittelbar vor dem Aufprall gekonnt abzufangen.

»Das würden wir beide nicht«, antwortete Fredo kopfschüttelnd. Dann lächelte er Madame an und fügte hinzu: »Aber du hast was, das sehr wertvoll ist. Dein eigenes Theater. Einen Ort, an dem du jeden Tag sein kannst, was du dir wünschst.«

Während Jannis sich unter tosendem Applaus an seinen Strapaten über die Köpfe der Zuschauer kreisen ließ, verdrückte Madame eine Träne. Sobald Jannis seine Darbietung beendet hatte, würde sie zum letzten Mal ihre Bühne betreten.

Die Zuschauerbänke, der alte, schwere Vorhang, der abgenutzte Boden – nichts davon erschien Madame in diesem Augenblick so, wie es war. Im Gegenteil, es schien zu strahlen. Ein allerletztes Mal schien es den Glanz der Vergangenheit in einem einzigen Rausch der Erinnerung bündeln zu können, bevor es direkt danach für immer erlöschen würde.

»Wir sind alt geworden, Fredo. Und du bist schon so lange allein«, sagte Madame. »Willst du einsam sterben?«

Fredo war von der unerwarteten Frage überrascht. Er legte seine Messertasche beiseite, um Madame drücken zu können.

»Was redest du denn da?«, antwortete er dann. »Wer ist einsam? Und wer wird sterben? Heute Abend sind wir alle zusammen. Und heute Abend leben wir!«

»Du hast recht«, erwiderte Madame und nahm tapfer wieder Haltung an. »Heute leben wir.«

Während die beiden einander zulächelten, war Jannis nach einer beeindruckenden Darbietung seiner Artistik schließlich wieder in dieselbe Körperhaltung zurückgekehrt, aus der heraus er sie Minuten zuvor begonnen hatte.

Als die Musik endete und der Applaus aufbrandete, stieß Madame einen kaum hörbaren Seufzer aus.

»Mach dich bereit für das Finale«, sagte sie zu Fredo.

Rufus und Daphne würden gleich ebenfalls aus ihren Garderoben kommen, um für den Schlussapplaus bereitzustehen.

»Lass uns diesen Abend gemeinsam genießen«, sagte Madame. »Wir waren gut heute. Und wenn alle gegangen sind, dann trinken wir zusammen. Das Leben ist kurz.«

Als Madame auf die Bühne hinaustrat, um Jannis mit einer überschwänglichen Abmoderation zu verabschieden, spürte Fredo deutlicher als zuvor, dass etwas mit ihr nicht stimmte. Ein unbestimmtes Gefühl von Trauer stieg langsam in ihm hoch. Seine Familie in Rumänien war sehr abergläubisch gewesen und hatte ihn dementsprechend erzogen. Als er Madame durch den Vorhang betrachtete, schien es für ihn, als gehe der nahende Tod in ihrer Begleitung.

Und Madame schien es zu spüren.

# 49

Es war schon spät, doch keiner der Beteiligten konnte in dieser Nacht wirklich schlafen. Sobald die Sonne aufgehen würde, sollte der letzte Tag einer Mordserie anbrechen, die Polizei und Bevölkerung jahrelang in Atem gehalten und viele unschuldige Menschen das Leben gekostet hatte.

Kern hatte noch einmal alles gegeben. Obwohl der Fall als ausermittelt galt, war er zusammen mit Fuchs und seiner Mordkommission alle Unterlagen wieder und wieder durchgegangen, um vielleicht doch noch den entscheidenden Hinweis auf den Täter zu finden. Doch Kerns persönliche Probleme waren zu groß gewesen. Sie hatten ihn so sehr eingenommen, dass seine Arbeit darunter gelitten hatte. In wenigen Stunden, so versuchte er sich zu beruhigen, würde der Staatsanwalt ohnehin die Dokumente unterzeichnen, die seine Intuition und seinen sonst so verbissenen Spürsinn überflüssig werden ließen. Und er gestand sich ein, dass er Tassilo fast dankbar dafür war.

Rufus hatte den ganzen Abend kein einziges Wort darüber verloren, dass das *Mes Amis* am kommenden Tag nicht mehr öffnen würde. Er hatte sich still zu Madame an den Tresen gesetzt und ihr zugesehen, wie sie den Künstlern und Gästen Freigetränke ausgab. Dabei hatte er sich Gedanken darüber gemacht, wie er Tassilo so bald wie möglich eine Aufnahme seiner Guillotine würde präsentieren können, auf der er ihm das zeigen konnte, was ihm auf der Bühne nicht möglich gewesen war.

Die Idee, die ihm schließlich kam, gefiel ihm gut. Tassilo würde stolz auf ihn sein.

Sowohl Castella als auch Carl vom Stein waren erst sehr spät zu Bett gegangen. Beide waren sich einig darüber, dass der Handel mit Tassilo die letzte Lösung war, zu der sie greifen wollten. Sie hatten noch einmal ausführlich miteinander besprochen, dass sie bis zur letzten Sekunde alles versuchen würden, um ihren Pakt mit dem Massenmörder, der sie damals beide an der Nase herumgeführt hatte, zu verhindern. Selbst dann, wenn es riskant werden würde.

Nathalie hatte Kern wieder in die Wohnung gelassen, doch anstatt mit ihm über alles zu reden, hatte sie ihn mit eisigem Schweigen gestraft. Sie fühlte sich selber unwohl dabei, aber ihre verzweifelte Wut darüber, dass ihr Mann, den sie über alles liebte, ihre gemeinsame Tochter womöglich in Gefahr gebracht hatte, überwog noch immer. Von Fuchs' Gefühlen für Kern ahnte sie nichts. Und auch nicht von dem, was sie schon sehr bald würde durchstehen müssen.

Sophie hatte Tassilo eigentlich nicht als bedrohlich empfunden. Sie hatte Nathalie eher beiläufig von ihrer Begegnung im Zoo erzählt. Erst die Reaktion ihrer Mutter hatte sie schließlich in Angst versetzt. Für das Kind war es viel schlimmer, dass sie ihrem Vater anscheinend noch immer nicht vertrauen konnte. Als sie langsam in den Schlaf sank, konnte sie noch nicht ahnen, wie sehr sie dieses Vertrauen schon bald benötigen würde.

Tassilo zündete sich in seiner geheimen Brandenburger Wohnung eine erstklassige Cohiba an. Während der süßliche Duft der edlen Zigarre den Raum langsam zu füllen begann, wurde er ein wenig sentimental. Die Erinnerungen, die er mit seinem Namen verband, den er schon bald für immer ablegen würde, ließen ihn einen Moment lang daran zweifeln, ob er die richtige Entscheidung getroffen hatte. Erst nachdem er einen kräftigen Zug genommen hatte, besann er sich auf die vielen wunderbaren Dinge, die er mit seiner neuen Identität würde tun können. Natürlich waren ihm die Menschen, die gegen ihn protestiert hatten, auf die Nerven gegangen. Seine wahren Gründe, aus denen er sich neue Papiere wünschte, waren allerdings ganz andere. Als *Tassilo* hatte er sich nichts mehr erlauben können. Zu viele hatten darauf gewartet, dass er auch nur den kleinsten Fehler machen würde, allen voran Kern. Mit neuer Identität, noch dazu im Ausland, würde er sich bald endlich wieder dem widmen können, was er am liebsten tat.

»Leb wohl, Tassilo«, sagte er zu einem Foto von sich selbst, das ihm in einem edlen Rahmen gegenüberstand. »Ab morgen beginnt ein neues Leben. Und was für eins.«

## 50

Carl vom Stein hatte den Vertrag bereits vorbereitet, als Tassilo sein Büro auf die Minute pünktlich betrat. Der Raum war so kühl wie die Atmosphäre, die jetzt in ihm herrschte. Weiße, fast nackte Wände, ein großer Schreibtisch mit Stempeln und Unterlagen darauf, außerdem Gesetzestexte und Aktenordner. In der Ecke stand eine Kaffeemaschine, die aber nicht in Betrieb war.

»Sie kommen ohne Ihre Anwältin?«, empfing vom Stein seinen Gast.

Tassilo grüßte den Staatsanwalt mit einer dezenten Verneigung.

»Sie meinen Frau Dr. Weissdorn?«, antwortete er etwas zu freundlich. »Ich fürchte, sie wäre wohl die Treppen nicht hinaufgekommen. Außerdem werden Sie mich doch wohl nicht übervorteilen wollen, oder?«

Vom Stein schüttelte den Kopf und erwiderte: »Auf diesem Gebiet würde ich mich nie mit Ihnen messen.«

Der Staatsanwalt forderte Tassilo auf, sich zu setzen. Dann drehte er die schwarze Ledermappe, die auf seinem Schreibtisch lag, zu Tassilo herum und klappte sie auf. Ein offiziell aussehender, mehrseitiger Vertrag kam zum Vorschein.

»So viel Lektüre. Denken Sie, ich muss das alles lesen?«, fragte Tassilo, lehnte sich zurück und schlug die Beine übereinander.

»Sie sollten.«

Tassilo winkte ab.

»Dazu werde ich später noch genug Zeit haben. Vielleicht haben Sie ja die Güte, den Inhalt für mich zusammenzufassen?«

Der Staatsanwalt nahm hinter seinem Schreibtisch Platz und drehte den Ordner wieder zu sich.

»Sie erhalten eine neue Identität gemäß den Richtlinien des Zeugenschutzprogramms. Nur ein Mitarbeiter kennt diese Identität. Er ist zum Stillschweigen verpflichtet. Jedem gegenüber.«

»Und die Immunität?«

»Die tritt in Kraft, sobald der gesuchte Serienmörder gefasst wurde. Sie können dann in dieser Angelegenheit nicht belangt werden – für den Fall, dass Sie den Ermittlungsbehörden Hinweise unterschlagen haben. Sollten Sie allerdings aktiv an einem Mord beteiligt gewesen sein, erlischt die Immunität.«

Tassilo winkte lächelnd ab.

»Als ob ich so was jemals tun würde«, spottete er.

Vom Stein ließ sich seinen wachsenden Unmut über die Situation, die Tassilo genüsslich auskostete, nicht anmerken. Dennoch war ihm bewusst, dass dieser sich vollkommen im Klaren darüber war, wie der Staatsanwalt sich in diesem Augenblick der Machtlosigkeit fühlte.

»Ihre neue Identität erhalten Sie, wenn der Gesuchte innerhalb der kommenden achtundvierzig Stunden gefasst wird. Und *nur* dann.«

»Habe ich Einfluss auf meine neue Vita?«

»Nein. Aber sie wird Ihrer echten in puncto Alter und Ausbildung entsprechen.«

»Und meine bescheidene Habe?«

»Wird auf den üblichen Wegen übertragen.«

Tassilo nickte zufrieden.

»Hätten Sie sich das träumen lassen?«, fragte er dann. »Dass

Sie einmal derjenige sein würden, der mich in meine neue Freiheit entlässt?«

Vom Stein verzog keine Miene.

»Noch ist es nicht so weit«, entgegnete er.

Tassilo schüttelte verständnislos den Kopf.

»Ganz wie Oliver Cromwell schon so treffend bemerkte: *Jeder will Freiheit haben, und niemand will sie geben.*«

Dann verneigte er sich ein weiteres Mal, bevor er aus der Innentasche seines maßgeschneiderten Sakkos einen in Leder gefassten Füllfederhalter zog. Er schraubte den Deckel geruhsam ab.

»Also, wo muss ich unterschreiben?«

# 51

Kern saß auf dem großen Badetuch, das er sich von zu Hause mitgenommen hatte, und blickte auf die Havel hinaus.

»Jetzt unterschreibt er wahrscheinlich gerade«, sagte er zu Fuchs, nachdem er zum wiederholten Mal auf die Uhr gesehen hatte.

Sie waren zu der Stelle gefahren, an der eine Woche zuvor die Leiche von Heike Weber angeschwemmt worden war.

»Also dann: auf das Ende des Schläfenmörders«, prostete Fuchs und erhob ihr Glas, in dem sich Orangensaft befand.

»Und auf eine Welt ohne Tassilo Michaelis darin«, entgegnete Kern.

Nachdem sie getrunken hatten, griff Fuchs nach Kerns Hand und streichelte sanft seine Finger.

»Wie geht es jetzt weiter?«, fragte sie, während eine der Enten an ihnen vorbeilief, die sich längst an die Menschen an der Havel gewöhnt hatten.

»Ich schätze, dass wir heute oder morgen die entscheidenden Informationen bekommen. Dann holen wir ihn uns.«

Fuchs drückte Kerns Hand etwas fester.

»Das habe ich nicht gemeint.«

Kern erwiderte den Druck.

»Ich weiß«, antwortete er fast stimmlos.

Es war ein wundervoller Tag. Viele Ausflügler spazierten am Havelufer entlang und genossen die Wärme der Sonne, die vom strahlend blauen Himmel auf sie hinunterschien. Außerdem brausten Motorboote über das Wasser und erzeugten Wellen, die ruhig am Ufer ausliefen.

»Du machst es so, wie wir es neulich in meinem Zimmer entschieden haben«, sagte Fuchs, als kurz darauf ein paar Kinder lachend an ihnen vorbeiliefen. »Alles andere kann ich nicht akzeptieren.«

»Und du?«

Fuchs schwieg einen Augenblick lang.

»Männer und ich, das geht nie gut. Mein erster hat mich nur ausgenutzt, und der zweite hat mich mit jeder Frau betrogen, die nicht bei drei auf dem Baum war. Wenn deine Frau dich wirklich liebt, dann musst du bei ihr bleiben. Und bei deiner Tochter.«

»Nathalie und Sophie bedeuten mir alles«, erwiderte Kern.

»Das habe ich an deinem Kuss gespürt«, antwortete Fuchs. »Das war blöd von mir, tut mir leid. Aber was soll's, bald bin ich wieder am anderen Ende des Landes, und das Leben geht weiter.«

Irgendwo weiter hinten am Ufer sprang ein Hund ins Wasser, um seinem Herrchen einen Stock zu apportieren.

»Harras, komm bei Mutti bei!«, kommentierte Fuchs die Situation und musste lachen. Dann ließ sie Kerns Hand los. »Du wirst mir fehlen.«

*Du mir auch. Verdammt, du mir auch.*

»Wenn ich zaubern könnte, würde ich mich in zwei Hälften teilen«, sagte Kern. »Aber so würde ich damit nur der Gerichtsmedizin Überstunden bescheren.«

Fuchs nahm noch einen Schluck Saft und blickte wortlos weiter auf das Wasser hinaus.

Plötzlich bemerkte sie, dass Kern von einem Moment auf den nächsten wie versteinert zu sein schien. Wortlos starrte er mit fragenden Blicken ins Leere.

»Was ist denn los?«, fragte sie verwundert.

Anstatt zu antworten sprang er vollkommen überraschend auf, schleuderte sein Glas wütend in den Sand und griff hektisch in seine Hosentasche.

»Verdammte Scheiße!«, schrie er. »Wie blind kann man denn sein?«

Kern wählte so schnell, dass ihm sein Handy dabei fast aus der Hand fiel.

»Daniela?«, rief er schließlich. »Sind Sie beim Staatsanwalt?«

Fuchs stand jetzt ebenfalls auf und starrte Kern fragend an. Was konnte er von seiner Vorgesetzten wollen?

»Dann rufen Sie ihn sofort an!«

Kern schrie beinahe. Die umstehenden Spaziergänger sahen ihn verunsichert an, als er nachdrücklich hinzufügte: »Tassilo darf auf keinen Fall unterschreiben! Ich weiß jetzt, wie wir den Schläfenmörder ohne ihn schnappen!«

# 52

Tassilo hatte bereits die Ränder der ersten beiden Seiten der Vereinbarung mit seinem Kürzel abgezeichnet.

»Vielleicht werde ich eine kleine Posada in Venezuela eröffnen«, überlegte er laut, während sein Füller schließlich eine ausdrucksstarke Unterschrift unter der Vereinbarung hinterließ. »Man lebt dort sehr angenehm, wenn man es sich leisten kann. Und die Behörden sind viel unkomplizierter als bei uns. Vielleicht lade ich Sie mal ein. Dann können Sie mit Ihrer Familie Urlaub bei mir machen.«

Vom Stein zog die Mappe mit dem Vertrag zu sich hinüber und griff nach seinem Kugelschreiber, als das Telefon klingelte. Daniela Castellas Name erschien im Display; Tassilo konnte es von seiner Position aus gut erkennen.

»Sehen Sie nur, da möchte Ihnen jemand zu Ihrem Fahndungserfolg gratulieren«, sagte er süffisant.

Vom Stein war klar, dass die Dezernatsleiterin einen wichtigen Grund für ihren Anruf haben musste. Er hatte mit ihr bereits am Vortag besprochen, dass sie sich sofort melden sollte, wenn sich der Vertragsabschluss mit Tassilo doch noch auf irgendeine Art verhindern lassen würde. Intuitiv steckte er deshalb seinen Kugelschreiber wieder ein und schloss die Mappe mit dem Vertrag.

»Dann hören wir doch mal, was sie zu sagen hat«, entgegnete er.

Tassilo zweifelte zwar nicht an dem Erfolg seines Plans. Dennoch war er sich im Klaren darüber, dass es nichts geben würde, dass Kern davon abhalten konnte, ihn zu durchkreuzen, wenn er auch nur die geringste Chance dafür sah. Entsprechend beunruhigt beobachtete er, wie vom Stein den Hörer abhob.

»Noch nicht«, war seine Antwort auf Castellas erste Frage.

Tassilo begriff sofort, dass dies nichts Gutes zu bedeuten hatte. Er konnte nicht verstehen, was die Dezernatsleiterin sagte, aber er beobachtete vom Steins Reaktionen dafür umso genauer. Mit jedem Wort, das Castella zu ihm sprach, lockerte sich seine versteinerte Miene ein bisschen mehr.

»Ich danke Ihnen«, sagte er schließlich und legte auf.

Die Stille, die nun im Raum stand, hielt vielleicht fünf Sekunden. Tassilo kamen sie jedoch wie eine halbe Ewigkeit vor. Er spürte, dass etwas nicht nach seinem Wunsch verlaufen war.

»Wie es scheint, werde ich meine Unterschrift wohl noch zurückstellen müssen«, sagte vom Stein schließlich.

»Zurückstellen?«, wunderte sich Tassilo, der trotz seiner Besorgnis Haltung bewahrte.

»Wenn Sie mich jetzt bitte entschuldigen möchten, ich habe zu arbeiten«, entgegnete der Staatsanwalt, erhob sich und reichte Tassilo die Hand. Dieser ergriff sie nicht.

»Sie rechnen sich Chancen aus, ihn allein zu fassen?«, entgegnete er stattdessen.

Vom Stein zog seine Hand zurück.

»Sie werden verstehen, dass ich über solche Interna nicht sprechen kann«, gab er zur Antwort. »Sie finden allein nach draußen?«

Tassilo stand auf, schraubte den Deckel auf seinen Füller und steckte ihn wieder ein. Bevor er sich umwenden konnte, fügte der Staatsanwalt seinen Worten noch etwas hinzu: »Bitte verlassen Sie das Land in den nächsten Tagen nicht. Für den Fall, dass wir noch Fragen an Sie haben.«

Tassilo sah den Staatsanwalt zum ersten Mal an diesem Tag mit einer gewissen Ernsthaftigkeit an.

»Sie werden sogar schon sehr bald welche haben«, erwiderte er, drehte sich um und ging.

Vom Stein war sich alles andere als sicher, dass er die richtige Entscheidung getroffen hatte. Abgesehen von seiner persönlichen Abneigung gegen Tassilo hatte formal nichts gegen die Vereinbarung mit ihm gesprochen.

»Wenn das mal gut geht«, sagte er zu sich selbst, während er den Vertrag in seine Schublade legte, sie abschloss und den Schlüssel in seine Hemdtasche steckte.

Tassilo wusste, dass, was immer auch dazwischengekommen war, das LKA die Identität des Schläfenmörders noch nicht herausgefunden hatte. Ansonsten, davon war er überzeugt, wäre er unverzüglich festgenommen worden, bis seine Verbindung zu ihm überprüft worden wäre. Nervös, wenn auch nach außen gefasst, rief er Jonathan an. Dieser ging sofort an sein Handy.

»Bleib auf Standby«, sagte er knapp. »Es gibt Komplikationen. Wenn ich mich nicht mehr melde, greifst du in einer Stunde zu. Wo du hinkommen musst, weißt du?«

»Ich werde da sein.«

»Hervorragend.«

Erst, als Tassilo wieder aufgelegt hatte, fügte er noch hinzu: »Gut, Julius. Dann eben auf die harte Tour.«

# 53

»Wir haben uns die ganze Zeit von dem blöden Hammer ablenken lassen«, erklärte Kern, als er so schnell er konnte mit Fuchs in Richtung LKA raste. »Der verdammte Schlag gegen die Schläfe hat überhaupt nichts mit seiner Idee zu tun. Der dient ihm nur als Hilfe, damit die Frauen später stillhalten.«

Fuchs hörte aufmerksam zu.

»Er ist Zauberer. Deswegen kann er seine Schläge auch so gut steuern«, fuhr Kern fort. »Er kann seine Bewegungen professionell kontrollieren. Mann, das war so offensichtlich.«

»Jetzt mal der Reihe nach«, versuchte Fuchs Ordnung in Kerns übersprudelnde Gedanken zu bringen.

Dieser sah in den Rückspiegel, bevor er rasant in eine Kurve bog und eine rote Ampel überfuhr.

»Heike Weber war die zersägte Jungfrau. Deswegen hat er zum Zerteilen auch die schwerste Stelle ausgesucht. Er muss so eine Kiste haben, in der die immer ihre Assistentinnen zersägen.«

»Stimmt, das machen die immer auf Beckenhöhe«, bestätigte Fuchs.

»Deswegen war auch kein Schweiß auf der Leiche. Sie war von der Kiste abgedeckt. Und dann die Hand im Tigerkäfig. Zauberer verwandeln ihre Assistentinnen dauernd in Tiger.«

»Und umgekehrt. Was war mit der Frau, die er ertränkt hat?«

»Die war gefesselt. Das gehört zum Trick. Eine Entfesselungsnummer. Ich glaube, die ist von Houdini.«

Fuchs ging die Opfer des Schläfenmörders in Gedanken durch. Kerns Theorie ergab Sinn.

»Deswegen hat er die eine Frau auch von allen Seiten mit Schwertern durchbohrt«, wurde ihr klar. »Da gibt es doch diese Kisten. Und die vielen Nägel im Rücken. Das war dann wahrscheinlich irgendein Fakirtrick. Aber warum hat er die Frau in Aachen vom Dach geworfen? Was soll das für ein Trick sein?«

»Was weiß ich. Die schwebende Jungfrau vielleicht.«

Fuchs lief es kalt den Rücken hinunter. Es war so naheliegend gewesen, dass keiner der bisherigen Ermittler darauf gekommen war. Und sie selbst auch nicht.

»Wie gehen wir jetzt vor?«, fragte sie, während Kern seinen Wagen abbremsen musste, um nicht in eine Schlange von Fahrzeugen zu rasen, die an einer roten Ampel warteten.

»Ich hatte neulich eine Idee. Ich dachte, wenn ich seine Taten im Gesamtbild betrachte, ergeben sie ein anderes Bild, als wenn ich sie mir einzeln angucke. Und so ist es auch. Jede einzelne Frau ist durch einen anderen Trick gestorben.«

»Aber im Gesamtbild zeigt sich eine vollständige Zaubershow«, kombinierte Fuchs.

»Er reist durch die Gegend und verzaubert Frauen. Das ist sein Motiv: die Verwandlung.«

Fuchs dachte weiter nach. Ihr kamen erste Zweifel.

»Aber wenn du recht hast, warum sollte er die Frauen dann umbringen? Wenn sie sterben, dann hat er als Zauberer ja nichts gekonnt. Worin liegt die Magie?«

»Ein kluger Mann hat vor ein paar Jahren mal was zu mir gesagt«, antwortete Kern. »Er meinte, dass es ein grundsätzliches Problem mit Wahnsinnigen gäbe. Nämlich, dass in ihrer kranken Fantasie alles immer irgendwie einen Sinn ergibt. Vielleicht versucht er ja einen Weg zu finden, dass die Frauen auch ohne Tricks überleben. Was weiß ich.«

»Oder er will beweisen, dass es keine Zauberei gibt«, überlegte Fuchs.

»Auch gut. Wir müssen jetzt rausfinden, welcher Zauberer jeweils zu den Tatzeiten in den fraglichen Städten gewesen ist.«

»Julius, das klappt nur, wenn er da auch aufgetreten ist. Ich wette, es gibt Hunderte Zauberer in Deutschland. Und wenn er Vertreter für Schnürsenkel ist und das Zaubern nur sein Hobby, dann finden wir ihn nie.«

Kern nickte.

»Wir müssen jetzt einfach Glück haben.«

Als sie auf die Stadtautobahn fuhren und Kern den Wagen noch einmal beschleunigte, kam Fuchs eine weitere Idee.

»Es gibt doch sicher einen Dachverband für Zauberer. Irgend so was in der Art. Vielleicht können die uns helfen.«

»Sehr gut«, sagte Kern. »Ruf Dennis an, der soll das rausfinden. Wenn die in Berlin sind, fahren wir gleich hin.«

Mit diesen Worten griff er in seine Tasche und reichte Fuchs sein Handy.

Noch bevor sie wieder von der Autobahn abgefahren waren, hatte Dennis im LKA auch schon in Erfahrung gebracht, was sie suchten.

»*Der magische Zirkel von Deutschland e.V.*«, las Dennis vor, was er im Internet recherchiert hatte. »Die Vorsitzenden wohnen alle in der Gegend um Düsseldorf. Aber die haben auch eine Vertretung in Berlin.«

Dennis gab Namen und Anschrift durch.

»Gut, da fahren wir hin«, rief Kern.

Dann ließ er sich sein Telefon von Fuchs zurückgeben und übernahm das Gespräch mit seinem Kollegen.

»Und ihr recherchiert in der Zwischenzeit, welche Zauberer wann und wo aufgetreten sind. Fangt mit den kleinen Städten an. Stadttheater, Varietés, Galas. Alles, wo ein Zauberer reinpassen würde.«

»Na dann«, antwortete Dennis. »Hoffen wir, dass du recht hast.«

Kern fühlte sich alles andere als wohl in seiner Haut. Er wusste, dass er Tassilo provoziert hatte. War seine Idee falsch, konnte das weitere Frauen das Leben kosten.

Und so oder so hatte er nun keinen Zweifel mehr daran, dass Tassilo ihn ab jetzt niemals mehr in Ruhe lassen würde.

## 54

Der Pariser Platz liegt unmittelbar hinter dem Brandenburger Tor. Zahlreiche Hotels, darunter das weltberühmte *Adlon,* und verschiedene gastronomische Betriebe erleben dort täglich wahre Anstürme von Berlinbesuchern. Tassilo hatte auf einem der gemütlichen Sessel des *Coffeehouse* Platz genommen, das dem *Adlon* direkt gegenüberlag.

»Verzeihen Sie die Eile«, begrüßte er Rufus, als dieser an seinen Tisch trat.

Tassilo hatte keine Zeit verloren. Wenn Kern wirklich auf der Spur des Schläfenmörders war, dann musste er handeln. Jede Minute, die Rufus noch auf freiem Fuß war, musste er nutzen, wenn sein Plan doch noch aufgehen sollte.

»Wie gesagt: jederzeit«, antwortete Rufus und setzte sich.

»Lassen Sie mich offen sein. Es gibt Schwierigkeiten.«

Rufus sah sich reflexartig um. Sein Rücken schmerzte stärker als am Vortag, eine Sechs.

»Kern?«, fragte er besorgt.

»Er scheint Ihnen auf die Schliche zu kommen. Und das ist nicht nur Ihr Problem.«

Rufus verstand.

»Die Filme?«, fragte er besorgt. »Aber ich habe Ihnen doch geschrieben, dass Sie …«

»… ich weiß. Habe ich auch. Aber wenn Kern sie sucht, dann findet er sie auch. Früher oder später.«

»Weiß er, wer ich bin?«

Tassilo schüttelte den Kopf.

»Aber er scheint eine heiße Spur zu haben«, sagte er dann.

Rufus' Schmerzen nahmen zu. Eine Sieben.

»Was weiß er denn?«

»Er ist Ihnen nahe, mehr kann ich nicht sagen. Wir müssen jetzt sofort handeln.«

Rufus sah durch das Fenster hinaus auf das Brandenburger Tor. Während er nervös dessen Pfeiler zählte, ging ihm erneut sein Gespräch mit Madame durch den Kopf. Tassilo bemerkte, wie sein Gegenüber sich innerlich zurückgezogen zu haben schien, und riss ihn aus seinen Gedanken.

»Ich habe mir etwas überlegt, wie Sie ihm noch zuvorkommen könnten«, behauptete er.

Rufus sah Tassilo unverwandt an, dachte noch einige Sekunden nach und sagte dann: »Ich glaube nicht, dass ich das will.«

Tassilo war sich nicht sicher, ob Rufus verstanden hatte, was er ihm gerade erklärt hatte.

»Das ist nicht Ihr Ernst«, reagierte er überrascht.

Rufus sah Tassilo an und antwortete: »Er soll ruhig kommen. Das kann ja schließlich nicht ewig so weitergehen. Ich hab schon lange keine Lust mehr.«

Tassilo war sprachlos. Natürlich hatte er nicht ernsthaft vor, Rufus vor Kerns Zugriff zu bewahren. Er musste dessen Ergreifung aber lange genug hinauszögern, um doch noch zu seinem Vertrag mit der Staatsanwaltschaft kommen zu können. Er hatte sich verschiedene Notfallszenarien ausgedacht, aber Rufus' Kapitulation war in keiner davon vorgesehen gewesen.

»Sie wollen Ihre Show einfach abbrechen? Vor dem großen Finale?«, kommentierte er daher dessen Reaktion.

Rufus lehnte sich zurück. Das Polster des Sessels fing den Druck auf seinen schmerzenden Rücken etwas ab.

»Es ist viel passiert, seit ich in Berlin bin«, begann er. »Ich hab nachgedacht. Alles, was passiert ist, meine Kunst, meine Filme, meine Show – es geht einfach zu Ende. Sie haben den Menschen Ihre Geschichte erzählt, Tassilo. Jetzt bin ich dran. Aber dafür müssen sie mich erst mal haben.«

Tassilo sah auf die Uhr. Es war kostbare Zeit verstrichen, seit Castella den Staatsanwalt davon abgehalten hatte, den Vertrag zu unterschreiben. Jonathan war in Bereitschaft und wartete nur auf seine Anweisungen. Tassilo konnte das Blatt immer noch zu seinem Vorteil wenden, aber dafür musste Rufus jetzt mitspielen. Und zwar schnell.

»Es ist also vorbei?«, fragte er daher.

»Zeit für den Schlussapplaus.«

Tassilo kam eine Idee.

»Gut«, erwiderte er. »Wenn Kern Ihnen erst mal auf den Fersen ist, hat er Sie früher oder später sowieso. Und wenn Sie sich stellen, holen Sie vielleicht noch ein paar Vorteile raus.«

»Was ist mein Werk schließlich wert, wenn es niemand sieht?«, ergänzte Rufus.

»Bin ich etwa niemand?«

Rufus sah Tassilo betroffen an.

»So war das nicht gemeint.«

Tassilo stand entschlossen auf und tat, als wolle er gehen.

»Ich werde Ihnen schreiben. Und grüßen Sie Kern von mir«, sagte er und zog seinen Mantel an. »Schade, dass Sie Ihr Werk vor dem Showdown beendet haben.«

Rufus horchte auf.

»Sie meinen …«

»… genau. Aber was soll's. Solange noch ein Kapitel offen ist, stirbt die Legende nie.«

Tassilo zwinkerte Rufus zu und verließ das *Coffeehouse*. Anstatt sofort nach einem Taxi zu rufen, zündete er sich vor der Tür zunächst eine Zigarette an. Er musste nicht lange warten.

»Wie viel Zeit haben wir denn noch?«, hörte er Rufus hinter sich fragen.

Tassilo drehte sich nicht um. Stattdessen lächelte er diabolisch, warf seine Zigarette zu Boden, trat sie gemächlich aus und antwortete erst dann: »Genug.«

# 55

»Das ist also Ihre Vorstellung von Zauberern.«

Hartmut Wegener war der Zirkelvorstand des Zaubererverbandes *Magischer Zirkel von Deutschland*. Er hatte Kern und Fuchs ins Wohnzimmer seiner Charlottenburger Wohnung gebeten und sich ihr Anliegen mit wachsendem Unbehagen angehört.

»Scharlatane, Hexenmeister, Betrüger. Und jetzt auch noch Serienmörder. Wissen Sie, wie lange wir gebraucht haben, um von diesem Image wegzukommen?«

Kern sah sich um. Die Wohnung war alt und verwohnt, die Räume waren mit diversen Zauberrequisiten vollgestellt. Der Staub darauf überzeugte Kern davon, dass Wegener die Kunststücke offenbar lieber sammelte, als dass er sie vorführte. Den Büchern in den Regalen entnahm er zudem, dass Wegener die Geschichte der Magie sehr viel wichtiger zu sein schien als deren Praxis.

»Es geht ja nicht gegen Ihren Berufsstand. Aber was sollen wir machen? Die Indizien sprechen eben dafür.«

Während Kern versuchte, Wegener zu beruhigen, griff Fuchs neugierig nach einer auffälligen Kerze, die auf einer Anrichte lag. Ehe sie sich's versah, spürte sie einen Ruck und stand plötzlich mit einem Kunstblumenstrauß in der Hand da. Wegener sah die überraschte Frau mit strengem Blick an und fuhr dann fort: »Sie nehmen wahrscheinlich an, dass Zauberer eine Horde von Verrückten sind. Wissen Sie, wie viele ich kenne? Da ist nicht einer dabei, dem ich auch nur zutrauen würde, einer Fliege was zuleide zu tun.«

Fuchs legte den Blumenstrauß ab und entgegnete: »Die beste Tarnung eines Serienmörders ist, dass alle denken, sie würden es merken, wenn er einer wäre. Sie würden sich wundern, was für freundliche Menschen die grausamsten Morde begehen können.«

Wegener, der leger in Jeans und Rollkragenpullover gekleidet war, lief daraufhin wortlos zu seinem Computer und öffnete eine Datei. Der Rechner war ein älteres Modell und arbeitete entsprechend langsam.

»Der *Magische Zirkel* hat fast dreitausend Mitglieder, überall auf der Welt«, begann er und sah dabei suchend auf seinen Monitor. »Und nicht jeder Magier ist Mitglied bei uns. Was wollen Sie denn jetzt konkret wissen?«

»Wir suchen nach einem Zauberer, der zu bestimmten Zeiten in bestimmten Städten gewesen ist«, erklärte Fuchs.

Wegener lachte.

»Na, Sie sind gut. Glauben Sie, der Zirkel führt da Buch drüber? Was waren denn das für Städte?«

Fuchs zählte alle Orte auf, in denen die Opfer des Schläfenmörders gefunden worden waren.

Wegener dachte kurz nach, bevor er sagte: »In Viechtach findet einmal im Jahr der *Magische Abend* statt. Mehr machen die da nicht mit Zaubern. Da könnten Sie Glück haben. Die anderen Städte, na ja, da müsste ich erst mal telefonieren. In denen ist ziemlich viel los.«

»Können Sie denn herausfinden, welche Zauberer in Viechtach vor sieben Jahren dabei waren?«, fragte Kern.

Wegener öffnete das Adressbuch seines Rechners.

»Moment«, sagte er, griff nach seinem Telefon und wählte eine Nummer, die er vom Monitor ablas.

Sekundenlang passierte nichts. Nach einer halben Minute legte Wegener wieder auf.

»Ich hab die Organisatorin angerufen. Geht nicht ran.«

Kern gab sich damit nicht zufrieden.

»Können Sie jemand anderen fragen? Oder ins Internet gucken?«

Wegener schüttelte den Kopf.

»Wen soll ich denn da anrufen? Und im Netz finden Sie das nicht. Jedenfalls nicht so schnell.«

Dann wandte sich Wegener noch einmal Fuchs zu.

»Hatten Sie Essen und Kassel gerade auch auf Ihrer Liste?«

Fuchs nickte bestätigend.

»Das kann ja Zufall sein, aber ich hatte vor ein paar Tagen einen Anruf. Da wollte jemand eine ganz ähnliche Auskunft.«

Kern horchte auf.

»Interessant. Erzählen Sie mal.«

»Das war Madame. Die hat hier ein kleines Varieté. Das ist aber eigentlich ein Mann. Er hat gesagt, er will jemanden überraschen.«

Kern zog sofort sein Notizbuch heraus.

»Welches Varieté?«

»Das *Mes Amis*. Ziemlich mieser Laden. Und die Gagen sind auch schlecht.«

»Und wie heißt diese Madame wirklich?«

»Den nennen alle nur Madame. Warten Sie mal«, antwortete Wegener und gab erneut etwas in seinen Rechner ein. »Hier, auf der Website steht's. Impressum … stimmt, so heißt der: Zerkowitz, Eugen Zerkowitz. Aber jetzt erzählen Sie mir nicht, dass der ein Serienmörder ist.«

Wegener klickte sich noch etwas weiter durch die alte, schon lange nicht mehr aktualisierte Internetseite des Theaters. Die aktuellen Künstler waren darauf nicht zu finden. Kern stand auf.

»Finden wir es raus«, sagte er energisch und legte Wegener seine Visitenkarte auf den Schreibtisch. »Und Sie versuchen bitte weiter die Dame in Viechtach zu erreichen.«

Kern und Fuchs wollten bereits gehen, als Fuchs noch etwas einfiel.

»Sagen Sie, humpelt diese Madame zufällig?«

»Ich habe die seit Jahren nicht gesehen. Keine Ahnung.«

»Fällt Ihnen sonst ein Zauberer ein, der humpelt?«, hakte Kern nach.

»Wie gesagt: dreitausend Mitglieder ...«, antwortete Wegener und verschränkte die Arme.

Als die beiden Polizeibeamten zügig die Wohnung verlassen hatten, stand er noch eine Weile wie verloren in seinem Wohnzimmer.

»Das hat uns gerade noch gefehlt«, sagte er zu sich selbst und schüttelte ungläubig den Kopf.

# 56

Jonathan war genau instruiert. Tassilo war seinen Notfallplan immer wieder mit ihm durchgegangen. Risiken, die es zu beachten gab, Verhaltensregeln für Notfälle und genaue Instruktionen, wie die Geisel zu behandeln sein sollte.

Jetzt parkte er mit Tassilos blauem Jaguar S-Type vor dem Mietshaus in Berlin-Kreuzberg und sah auf die Uhr am holzvertäfelten Armaturenbett. In fünf Minuten würde er sie holen. Jonathan zog die Pistole unter seinem Sitz hervor und überprüfte das Magazin. Dann griff er nach dem Klebeband, mit dem er sein Opfer fesseln und knebeln würde. Schließlich steckte er sich den Nylonstrumpf in die Tasche, den er sich im Hausflur über das Gesicht ziehen würde, und stieg aus dem Wagen. Er ging zum Kofferraum und öffnete ihn. Dann lehnte er die Klappe nur leicht an, sodass er sie problemlos öffnen konnte, wenn er gleich mit seiner unfreiwilligen Begleitung zurückkehren würde.

Es war früher Abend, die meisten Bewohner waren bereits zu Hause. Er würde also schnell sein müssen. Kein langer Kampf, keine Schreie. Was aber, wenn er bei seinen Recherchen etwas übersehen hatte? Wenn sie nicht allein war? Oder ein Nachbar zu Hilfe kommen würde?

Die Zeit drängte. Jonathan lief zum Hauseingang und prüfte, ob die Tür offen war. Er hatte Glück. Es hätte wertvolle Zeit gekostet, darauf zu warten, dass ein Mieter das Haus verlassen und ihm dabei die Tür öffnen würde. Wie er es vor ein paar Tagen schon einmal gemacht hatte, stieg er bis zum zweiten Stock hinauf und blieb vor der Tür mit dem kindlich naiven Namensschild stehen. Er horchte einige Sekunden an der Tür. Es war ruhig in der Wohnung. Also zog er sich, ohne zu zögern, die Strumpfmaske über den Kopf und klingelte.

Nathalie Kern öffnete nach wenigen Sekunden. Sie erkannte sofort, dass der Mann vor ihr eine Maske trug. Instinktiv wollte sie die Tür wieder zuschlagen, aber Jonathan war schneller.

Mit einem Sprung rammte er sie in ihre Wohnung und schloss sofort die Tür hinter sich. Noch ehe Nathalie sich bewusst wurde, was geschah, hatte Jonathan ihr auch schon mit der Faust gegen den Kehlkopf geschlagen. Das hatte sie nicht nur zu Boden gebracht, sondern auch verhindert, dass sie schreien konnte. Dann packte Jonathan den Arm seines Opfers und verdrehte ihn so, dass Nathalie nicht mehr aufstehen konnte. Als er annahm, ihren Widerstand gebrochen zu haben, ließ er den Arm wieder los und drückte stattdessen sein Knie in den Nacken der keuchenden Frau. Jetzt hatte er Gelegenheit, das Klebeband zu greifen.

»Willkommen in der Welt der Magie«, hauchte er. Tassilo hatte Jonathan angewiesen, diesen Satz zu verwenden. Nathalie würde später Rufus als ihren Entführer benennen. Falls sie den Tag überlebte.

Nathalie ließ sich überraschend leicht knebeln, viel leichter, als Jonathan es angenommen hatte. Sie stand unter Schock, sodass sie kaum Gegenwehr leistete.

»Hier sind die Regeln«, begann er schließlich, nachdem er ihr auch noch die Augen verbunden hatte. »Keine Schreie, kein Fluchtversuch.«

Nathalie nickte.

»Dein Mann kann dir nicht helfen. Und wenn du ihn und deine Tochter wiedersehen willst, dann bist du brav.«

Jonathan zog die Pistole und drückte den Lauf gegen Nathalies Kopf.

»Haben wir uns verstanden?«

Dann öffnete er vorsichtig die Wohnungstür und sah in den Flur hinaus. Erst jetzt fiel ihm ein, dass er beinahe etwas vergessen hätte. Er steckte die Pistole in seinen Gürtel, griff den Bleistift, den Tassilo ihm gegeben hatte, warf ihn direkt aus der Plastiktüte in den Korridor der Kerns und setzte sich dann langsam mit seiner Geisel in Bewegung. Er hatte Nathalie eng an sich gedrückt und schob sie behutsam vor sich her. Noch immer ohne Gegenwehr ließ Nathalie sich zum Wagen führen.

»Schluck das«, sagte Jonathan und zog eine Tablette aus der Tasche, die Tassilo ihm gegeben hatte.

Nathalie nickte. Kurz zog Jonathan ihr das Klebeband vom Mund, schob ihr die Tablette in den Mund und befestigte das Band danach schnell wieder. Dann warf er Nathalie in den Kofferraum des Jaguars und fesselte auch noch ihre Füße. Danach schloss er die Kofferraumklappe. Er sah sich um. Offenbar hatte sie niemand beobachtet. Erst jetzt zog er sich die Strumpfmaske wieder vom Kopf und setzte sich schnell ans Steuer. Die Pistole legte er unter den Fahrersitz zurück. Dann fuhr er los. Nathalie hatte sich sehr viel leichter entführen lassen, als er es sich vorgestellt hatte. Er dachte aber nicht darüber nach, woran das gelegen haben könnte.

Niemals hätte sie riskiert, dass der Entführer sich ihrer Tochter annehmen würde, die in ihrem Zimmer gewesen war und alles mitbekommen hatte.

## 57

Rufus war auf der Bühne noch immer mit seinen Vorbereitungen beschäftigt, als Tassilo den vorfahrenden Wagen bemerkte.

»Du bist wirklich gut, Julius, Respekt«, sagte er anerkennend, während Kern und Fuchs ausstiegen und das Gebäude von außen musterten.

»Ganz schön runtergekommen«, stellte Fuchs fest, während Kern sich die vergilbten Fotos vergangener Shows in dem Schaukasten ansah, den Madame vor Ewigkeiten am Eingang des Varietés angebracht hatte.

»Das waren diese Touristenfallen in den Achtzigern«, sagte er. Er zog und drückte an der Tür, stellte fest, dass sie verschlossen war, und klingelte.

»Ist er das?«, fragte Rufus, der bereits die Guillotine in der Bühnenmitte platziert und ausgeleuchtet hatte.

»Viel zu früh«, antwortete Tassilo. »Jonathan lädt die Assistentin gerade erst ein. Wir brauchen noch eine halbe Stunde. Mindestens.«

»Und jetzt?«

Tassilo beobachtete die beiden Besucher vom LKA unbemerkt durch eines der Fenster, die von außen verspiegelt waren.

»Ich glaube, ich muss noch mal nach oben«, antwortete er, nachdem er bemerkt hatte, dass Kern das Klingelschild des Hauses absuchte.

»Zerkowitz steht hier nicht«, stellte Kern fest, nachdem er die Namensleiste an der Haustür zweimal überflogen hatte.

»Und Madame?«, fragte Fuchs, die vor dem Fenster stand und erfolglos versuchte, in das Varieté hineinzusehen.

»Auch nicht. Warte mal.«

Kern drückte einfach mehrere Klingeln auf einmal. Es dauerte tatsächlich nicht lange, bis sich eine ältere Dame über die Gegensprechanlage meldete.

»Ich suche nach Herrn Zerkowitz«, erklärte Kern freundlich.

»Kenne ich nicht.«

»Er ist der Besitzer des *Mes Amis*. Er soll hier im Haus wohnen«, setzte Kern nach.

»Ach so, der Transvestit«, antwortete die Frau mit abfälligem Ton. »Das ist die Klingel ohne Namen dran. Erster Stock. Steht auch kein Name dran.«

Noch bevor Kern sich bedanken konnte, hatte die Hausbewohnerin auch schon den Summer betätigt, der das Schloss automatisch entriegelte.

»Dann wollen wir mal«, sagte Kern zu Fuchs und öffnete die Tür.

»Kommst du mich mal in München besuchen?«, fragte Fuchs, während sie mit Kern an den mit Werbung vollgestopften Briefkästen vorbei zum Treppenhaus ging.

»Ich weiß nicht«, antwortete er. »Vielleicht, wenn sich alles gelegt hat.«

»Wird es sich denn jemals legen?«

Kern griff Fuchs' Hand, drückte einen kleinen Kuss darauf, strich dann kurz durch ihr Haar und antwortete: »Hoffentlich nicht.«

Sie stiegen die knarrenden Stufen des alten Treppenhauses hinauf, bis sie schließlich die Wohnungstür erreicht hatten. Sie war nur angelehnt. Kern und Fuchs sahen einander verwundert an. Sie hatten Madames Klingel nicht betätigt. Sie konnte also nicht wissen, dass sie besucht wurde.

»Herr Zerkowitz?«, rief Kern durch den Türspalt in die Wohnung hinein.

»Madame?«, versuchte es Fuchs, nachdem sie keine Antwort erhalten hatten.

Dann erst öffnete Kern die Tür vorsichtig ein Stück weiter, bis sie in den Flur sehen konnten.

»Wir sind von der Polizei. Können wir Sie bitte kurz sprechen?«, rief Kern in die Leere.

Sie erschraken, als plötzlich laute Musik aus der Wohnung ertönte. Jemand hatte offenbar ein Radio eingeschaltet. Edith Piaf sang mit ihrer einzigartigen Stimme *La vie en rose.*

»Kommen Sie schon mal rein«, rief jetzt eine Stimme, die erkennbar zu einem Mann gehörte, der versuchte, weiblich zu klingen.

Für einen kurzen Moment meinte Kern die Stimme zu erkennen, doch er verwarf den Gedanken so schnell wieder, wie er ihm gekommen war. Er und Fuchs folgten der Aufforderung und traten ein.

»Kommen wir ungelegen?«, fragte Fuchs in Richtung des Zimmers, aus dem die Musik zu ihnen vordrang.

Wieder erhielten sie keine Antwort. Stattdessen bewegte sich die Klinke, und die Tür öffnete sich. Der Gesang der Piaf war jetzt so laut, dass eine normale Kommunikation nicht mehr möglich war.

*Irgendwas stimmt hier nicht.*

»Du bleibst da stehen«, flüsterte Kern Fuchs zu.

Er überlegte kurz, ob er seine Pistole ziehen solle, entschied sich dann aber dagegen. Nur vorsichtig näherte er sich der Tür.

»Darf ich reinkommen?«, fragte er.

»Ich bitte darum«, antwortete dieselbe Stimme, die sie bereits in die Wohnung gebeten hatte.

*Ich kenne diese Stimme doch.*

Als Kern nun vorsichtig die Tür zum Schlafzimmer aufstieß, fiel sein Blick direkt auf das Himmelbett.

Und auf die Leiche, die darauf lag.

»Raus hier!«, rief er so laut er konnte zu Fuchs, bevor ihn ein stumpfer Gegenstand traf und er unkontrolliert zu Boden sank.

Das Letzte, was Kern sah, bevor er das Bewusstsein verlor, war eine dunkle Gestalt mit einem Zylinder auf dem Kopf, die sich Fuchs, die mit entsetztem Gesichtsausdruck zu ihm hinübersah, zügig von hinten näherte.

*Dreh dich um, Eva! Dreh dich um!*

# 58

Es war dunkel und bedrückend in dem kleinen Raum, in dem Kern zu sich kam. Es gab kaum Licht, sodass seine Augen lange brauchten, um ihm ein wenig Orientierung zu verschaffen. Nur langsam fand er wieder zu sich zurück; wie lange er bewusstlos gewesen war, wusste er nicht. Erst nach mehr als einer Minute wurde ihm klar, dass er gefesselt war. Seine Hände waren mit stabilem Klebeband an die Armlehne des Stuhles gebunden, auf dem er saß. Mit demselben Band hatte man ihn außerdem geknebelt.

*Bitte nicht!,* schoss es ihm schlagartig durch den Kopf.

Je schneller sein Verstand sich wieder klärte, umso bewusster wurde ihm, dass er die Umstände, denen er jetzt ausgesetzt war, nur zu gut kannte. Die Erinnerungen, die sie wieder hochkommen ließen, waren grausam.

»Da sind wir ja wieder«, flüsterte eine ihm wohlbekannte Stimme von hinten in Kerns Ohr. »Ich hoffe, Sie haben keine Kopfschmerzen.«

Kern war in diesem Augenblick derselben Situation ausgesetzt wie die fünf Menschen, die Tassilo Jahre zuvor in einem Blutrausch hingerichtet hatte. Ihre entstellten Leichen waren teilweise noch immer gefesselt und geknebelt gewesen, als Kern sie damals in dieser Scheune vorgefunden hatte. Sie hatten nicht die geringste Chance gegen ihren Peiniger gehabt, und in diesem Augenblick konnte Kern nur zu gut nachvollziehen, wie sie sich gefühlt haben mussten.

»Tassilo«, versuchte er trotz seines Knebels zu sagen.

»Ich habe keine Ahnung, wen Sie meinen«, antwortete der Angesprochene und legte seine Hand vorsichtig auf Kerns Mund. »Ich bin gar nicht hier. Und ich war es auch nie.«

Kern bekam mit, dass Tassilo sich jetzt offenbar hinter ihm eine Zigarette anzündete. Das Feuerzeug erhellte den Raum für einen kurzen Moment. Kern konnte Tische erkennen, die mit Tüchern abgedeckt und auf denen die Stühle hochgestellt waren.

*Ein Abstellraum.*

Seine Augen rangen weiter um Orientierung. Doch das schwache Licht, das unter der Türschwelle in den Raum vordrang, ermöglichte es ihm nur noch, grobe Umrisse zu erkennen, nachdem Tassilos Feuerzeug erloschen war.

»Sie sind wirklich ein exquisiter Gegner, das muss ich Ihnen lassen. Hermann Hesse hat das mal sehr schön formuliert: *Gegner bedürfen einander oft mehr als Freunde, denn ohne Wind gehen keine Mühlen.*«

Vorsichtig zog Tassilo nun das Klebeband von Kerns Mund.

»Sie haben mir heute einen kleinen Streich gespielt«, sagte er dabei.

»Wo ist meine Kollegin?«, fragte Kern als Erstes, nachdem er wieder frei sprechen konnte.

Er redete leise genug, um Tassilo nicht zu reizen. Ihm war klar, dass ein berechnender Mensch wie er ihm den Knebel nicht gelöst hätte, wenn es sinnvoll gewesen wäre zu schreien. Im Gegenteil. Tassilo hätte nur einen weiteren Anlass gehabt, ihn mit seinem Sarkasmus zu überziehen.

»Ich bin wie der Wind«, antwortete dieser. »Überall und nirgends, da und doch nicht da. Ich habe keine Ahnung, wovon Sie reden.«

»Was hat er mit ihr gemacht?«

Tassilo zog erst gemächlich an seiner Zigarette, bevor er antwortete: »Sie stellen die falschen Fragen.«

Der Rauch stieg Kern in die Nase und brachte ihn zum Husten.

Verzweifelt versuchte er sich an die letzten Sekunden zu erinnern, bevor er das Bewusstsein verloren hatte. Es war ihm nicht möglich.

»Sie haben es genossen, den Staatsanwalt zurückzupfeifen, oder?«, fragte Tassilo.

»Und das würde ich jederzeit wieder tun«, gab Kern zur Antwort.

»Wir wollen uns jetzt mal nicht zu weit aus dem Fenster lehnen, Julius. Sie wissen, dass ich nicht Ihr Feind bin. Aber ich habe ein Geschäft abzuschließen, und in diesem Punkt bin ich, nun ja, äußerst durchsetzungswillig. Leider hat sich allem Anschein nach meine Verhandlungsposition zwischenzeitlich etwas verschlechtert.«

»Sehen Sie es sportlich«, erwiderte Kern.

»Das tue ich, Julius. Keine Sorge. Aber, um beim Sport zu bleiben: Ein Spiel ist nicht zu Ende, bevor der Schiedsrichter es abgepfiffen hat. Haben Sie schon einen Pfiff gehört?«

»Wenn Sie Fuchs was getan haben, dann …«

Kern spürte einen unerwarteten Ruck. Sein Stuhl wurde gepackt, zurückgezogen und auf die Hinterbeine gekippt. Tassilo war jetzt so nah an ihm dran, dass Kern seinen Atem riechen konnte.

»Wir spielen jetzt die letzte Runde«, sagte er überraschend ruhig und freundlich. »Aber trödeln Sie lieber nicht. Die Nachspielzeit läuft schon, und Sie liegen, fürchte ich, wieder hinten.«

Tassilo ließ den Stuhl vorsichtig wieder nach vorn sinken und lief dann langsam um Kern herum. Dann legte er etwas vor ihn auf den Tisch. Kern konnte den Gegenstand im Dunkeln nicht erkennen.

»So geht es weiter: Ich öffne jetzt Ihre linke Fessel. Sie nehmen ihr Handy vom Tisch und sehen auf das Display. Danach rufen Sie erst Ihre Tochter an, dann den Staatsanwalt. Sie teilen ihm mit, dass Jonathan in wenigen Minuten in seinem Büro stehen und den unterschriebenen Vertrag entgegennehmen wird. Sobald das geschehen ist, können Sie gehen. Wie klingt das für Sie?«

*Meine Tochter? Wenn du ihr auch nur ein Haar gekrümmt hast …*

Kerns Herzschlag beschleunigte sich rasant. Ihm war klar, dass Tassilo etwas unbegreiflich Perfides vorhaben musste. Die eiskalte Grausamkeit des eigentlich so unscheinbar wirkenden Mannes hatte er damals in dieser Scheune ungeschminkt erkennen müssen. Ihm jetzt ausgeliefert zu sein, machte ihm bewusst, dass er keine Wahl hatte.

»Also los«, sagte er daher trocken.

Kern konnte hören, wie Tassilo eine Klinge herausklappte, vermutlich aus einem Taschenmesser. Sekunden später war seine linke Hand vom Klebeband befreit. Jetzt hielt ihn nur noch die rechte an dem Stuhl. Er hätte sich nun selbst befreien können, doch Tassilo stand mit dem Messer direkt hinter ihm. Die Bilder seiner fünf Opfer hatte Kern nie aus dem Gedächtnis bekommen, und er hatte keine Lust herauszufinden, wie weit Tassilo dieses Mal gehen würde. Also griff er wie vereinbart nach seinem Handy und ließ sich durch einen Tastendruck das Display anzeigen. Was er zu sehen bekam, war in seiner schlichten Grausamkeit so bedrohlich, dass Kerns Kampfgeist nun vollständig verebbte. Er erkannte, dass Tassilo ihn tatsächlich vollkommen in der Hand hatte: *Sophie: 57 Anrufe in Abwesenheit.*

»Ich habe mir erlaubt, das Telefon stumm zu schalten, es hat ein wenig bei der Arbeit gestört«, erklärte Tassilo. »Sie waren ja leider zwischenzeitlich unpässlich. Ich könnte mir vorstellen, dass das Kind schon auf Ihren Rückruf wartet.«

Ohne darauf einzugehen wählte Kern die Nummer seiner Tochter. Es klingelte nur ein Mal, bevor sie das Gespräch aufgeregt annahm.

»Papa, wo bist du denn!?«, rief Sophie mit einer Mischung aus Wut und Erleichterung in ihr Handy.

»Schatz, es gibt große Probleme. Was ist denn passiert?«

»Mama! Er hat sie entführt!«

Kern, der von dem Schlag gegen seinen Kopf noch immer benebelt war, fand mit einem Mal wieder zu seiner vollen Konzentration zurück.

»Sophie, ich muss gleich auflegen. Ruf Dennis an und sag ihm, er soll dich abholen. Und glaub mir, ich bringe Mama zurück.«

»Das sagst du immer!«, weinte seine Tochter. »Glaub mir, ich verspreche es; du kannst mir vertrauen.« Was macht der mit ihr?

Kern musste darum kämpfen, sich nicht anmerken zu lassen, in welcher Lage er sich gerade befand.

»Hast du gesehen, wer sie entführt hat?«

»Nein, aber er hat was von Magie gesagt. Wer war das?«

»Sophie, hör mir jetzt genau zu: Ich verspreche dir, dass ich deine Mutter gesund nach Hause bringe. Aber jetzt *muss* ich auflegen.«

»Papa, ich hab Angst!«

»Ich liebe dich!«

Noch bevor Sophie etwas dazu sagen konnte, beendete Kern das Gespräch.

»Ich weiß nicht, ob der Staatsanwalt unterschreibt, nur weil ich es ihm sage«, flüsterte Kern Tassilo mit verzweifeltem Unterton zu.

Dieser klopfte ihm ermutigend auf die Schulter, zog noch einmal an seiner Zigarette und sagte: »Na, dann: toi, toi, toi!«

# 59

Carl vom Stein war über die aktuellen Entwicklungen auf dem Laufenden. Castella hatte ihn darüber informiert, dass die Mitglieder von Kerns Sonderkommission seit fast einer Stunde versuchten, einen Zauberkünstler zu ermitteln, der für die Taten des Schläfenmörders infrage kommen könnte.

Das Problem dabei war jedoch, dass die wenigsten Varietés ihre Programme der vergangenen sieben Jahre im Internet veröffentlichten oder ohne Weiteres rekonstruieren konnten. Nicht selten, so wurde ihnen von einer Künstleragentin im Vertrauen erzählt, engagierten Häuser ihre Künstler auch schwarz. Es war daher sehr viel schwerer als vermutet, den Kreis der Verdächtigen einzugrenzen.

So wunderte es den Staatsanwalt auch nicht, dass Kern ihn anrief.

»Sie müssen den Vertrag unterschreiben«, kam er schnörkellos zum Punkt.

»Er hat sich was einfallen lassen, oder?«, antwortete vom Stein.

Seit Tassilo sein Büro verlassen hatte, befürchtete er, dass dieser noch ein Ass im Ärmel haben konnte.

»Der Schläfenmörder hat sein nächstes Opfer schon in seiner Gewalt. Es reicht nicht, wenn wir ihn in ein paar Stunden fassen.«

»Ich verstehe. Wir brauchen ihn sofort.«

»Der Vertrag wird hinfällig, wenn es einen neuen Mord gibt«, fasste Kern zusammen, um die Dringlichkeit seines Anliegens noch zu verdeutlichen. »Tassilo bekommt seine neue Identität dann nicht, und wir haben eine Leiche mehr. Beide Seiten verlieren.«

»Was bietet er an?«

»Sein Freund holt den Vertrag bei Ihnen ab. In fünf Minuten. Danach bekommen wir den Namen und den Aufenthaltsort des Schläfenmörders. Ohne Spielchen und Schnörkel.«

Carl vom Stein fasste sich nachdenklich ans Kinn. Nach den Entwicklungen der vergangenen Stunden war er nicht mehr dazu bereit, sein Spiel mit dem gefährlichen Massenmörder Tassilo auf dem Rücken eines möglichen unschuldigen Opfers auszutragen. Er nickte erst, bevor er Kern antwortete: »Sagen Sie ihm, ich unterschreibe.«

Ohne eine Antwort abzuwarten, legte er auf.

Minuten später klopfte es an seine Tür. Jonathan hatte an diesem Nachmittag viel zu tun gehabt. Sobald er den Vertrag in der Hand hatte, würde er in einer Seitenstraße des Ku'damms auf Tassilo warten.

»Richten Sie ihm bitte aus, er soll seine Posada so weit weg wie möglich eröffnen«, sagte der Staatsanwalt, als er dem mittlerweile stark entkräfteten Jonathan den Vertrag aushändigte.

»Er ist wie der Wind. Überall und nirgends«, antwortete dieser, bevor er ging.

Als Carl vom Stein wieder allein in seinem Büro war, klingelte sein Telefon. Es war Castella.

»Es gibt eine neue Entwicklung«, rief sie aufgeregt in den Hörer. »Bei mir sitzt Kerns Tochter.«

»Erzählen Sie«, antwortete der Staatsanwalt.

»Sie sagt, jemand hat ihre Mutter entführt. Ich befürchte, Kern wird erpresst, Sie dürfen auf keinen Fall …«

Vom Stein unterbrach Castella.

»Zu spät. Und wissen Sie was? Ich bin froh, wenn es endlich vorbei ist.«

# 60

»Hervorragend«, sagte Tassilo und beendete das Gespräch mit Jonathan. »Es scheint fast so, als wäre mein Feierabend gerettet.«

»Was haben Sie mit meiner Frau gemacht?«, fragte Kern ein weiteres Mal.

Tassilo schnalzte mit der Zunge.

»Was denken Sie denn von mir? Sie sollten mich wirklich besser kennen. Ich habe gar nichts mit ihr gemacht. Im Gegenteil, ich stehe von Anfang an auf Ihrer Seite und versuche, Ihnen zu helfen. Wissen Sie, das Problem mit Ihnen ist, dass Sie einfach zu eindimensional denken. Gut und Böse. Schwarz und Weiß. Sie haben heute Abend ohne Sinn und Verstand Menschen in Gefahr gebracht. Und das nur, weil Sie mir einfach nicht meine Freiheit gönnen wollten. Daran sollten Sie unbedingt arbeiten.«

»Wo ist Nathalie?«, wiederholte Kern, der noch immer nicht wieder bei vollen Kräften war.

»Keine Angst, es ist noch nicht zu spät.«

*Zu spät? Wofür?*

Kern hatte genug. Er versuchte, sich selber zu befreien. Die Klinge an seiner Kehle unterbrach den Versuch abrupt.

»Ich habe, was ich wollte. Und jetzt bekommen Sie, was Sie wollten«, zischte Tassilo in Kerns Ohr. »Das war der Deal, und ich werde mich daran halten. Und wissen Sie, was das Beste daran ist? Sie bekommen sogar noch ein Gratisgeschenk dazu. Einfach so.«

Tassilo nahm das Messer von Kerns Hals und schnitt dann mit einem einzigen Ruck auch noch die Fesseln seiner rechten Hand los. Kern war frei. Er tastete sich ab und stellte dabei fest, dass seine Pistole nicht mehr in ihrem Holster steckte.

»Ich habe Ihnen den Schläfenmörder versprochen. Und – voilá, da ist er.«

Kern, dessen Augen sich inzwischen an die Lichtverhältnisse gewöhnt hatten, konnte erkennen, dass Tassilo auf die Tür deutete, unter der das schwache Licht in den Raum durchschien.

»Und Ihr Geschenk hat er auch dabei. Ich wünsche Ihnen viel Vergnügen damit.«

Tassilo griff etwas von einem Tisch, der hinter Kerns Rücken stand, und schob es vorsichtig zu ihm hinüber.

»Ihre Waffe. Er hat sie Ihnen abgenommen. Ich kann allerdings nicht völlig ausschließen, dass Sie sie benötigen werden.«

Jetzt hielt Kern nichts mehr. Er griff seine Pistole, sprang auf, tastete sich, noch immer leicht benommen, zur Tür vor, fand die Klinke und drückte sie nach unten.

»Ich hoffe, Sie mögen Theater«, sagte Tassilo mit vorzüglicher Höflichkeit, bevor Kern die Tür öffnete.

Der Magier in dem glitzernden Anzug bemerkte von der Bühne aus, dass Kern endlich aus dem Abstellraum gekommen war. Er setzte die Nadel auf den Kofferplattenspieler seiner Großmutter und ließ knirschend die Musik aus Cabarét erklingen. Es konnte losgehen.

»Meine Damen, meine Herren«, eröffnete er seine Präsentation. »Werden Sie nun Zeuge einer ganz besonderen Illusion.«

Kerns erster Blick fiel auf Rufus. Sein zweiter auf die Guillotine.

Erst sein dritter Blick fiel auf die Frau, die unter ihr lag.

# 61

»Sie müsste doch längst da sein«, wunderte sich Daphne.

Sie war an diesem Tag als Erste am *Mes Amis* eingetroffen; kurz darauf war auch Fredo erschienen.

»Haben Sie es auch in ihrer Wohnung versucht?«, fragte er seine Kollegin, die sich nicht erklären konnte, warum Madame nicht längst im Varieté war.

»Ja. Keine Reaktion.«

Fredo nickte stumm. Seine Gedanken vom Abend zuvor gingen ihm wieder durch den Kopf. Madame war auf eine unheimliche Weise anders gewesen.

»Was ist denn los?«, fragte Jannis, der nun als Letzter am Theater eingetroffen war.

»Sie macht nicht auf. Und in ihrer Wohnung ist sie auch nicht.«

Jannis versuchte daraufhin, durch die verspiegelten Fenster ins *Mes Amis* zu sehen, doch wie zuvor schon Fuchs hatte auch er keinen Erfolg. Nur der Eingangsbereich und ein kleiner Teil des Foyers waren von außen einsehbar.

»Sie hätte sich doch gemeldet, wenn was gewesen wäre«, sagte Jannis und sah sich besorgt um.

»Ich weiß nicht, sie war so anders gestern. Was, wenn …?«

Daphne wagte es nicht, ihren Gedanken auszusprechen.

»Ich hatte auch so ein Gefühl«, bestätigte Fredo zögerlich. »Ich weiß noch, wie sie *es* gesagt hat.«

»Was?«

»*Heute leben wir.* Der Klang in ihrer Stimme. Ihr hättet es hören sollen.«

Jannis lief zügig auf die gegenüberliegende Straßenseite und musterte die Fassade des Hauses.

»Ihr Fenster ist offen!«, rief er Fredo und Daphne zu.

Die beiden älteren Künstler sahen einander an. Es bedurfte keiner Worte, um sich darüber einig zu werden, dass irgendetwas nicht stimmte.

»Ich komm da rein«, befand Jannis.

Daphne packte daraufhin entrüstet den trainierten Arm des Artisten.

»Bist du verrückt, Junge?«, entfuhr es ihr. Dann fasste sie sich wieder und fügte hinzu: »Denken Sie nicht mal daran.«

»Ich ruf lieber die Polizei«, entschied Fredo und zog sein Handy aus der Umhängetasche, in der er auch seine Wurfmesser bei sich trug.

»Bis die hier sind …«, wandte Jannis ein.

Noch ehe Daphne und Fredo etwas einwenden konnten, hatte Jannis auch schon seine Sporttasche auf den Boden geworfen, seine Jacke ausgezogen und begonnen, mit unglaublicher Geschicklichkeit an der mit Stuck und Vorsprüngen verzierten Fassade des Altbaus nach oben zu klettern.

»Nicht so schnell!«, rief Fredo, der sich um den jungen Artisten sorgte.

Mit einem Satz war Jannis zunächst auf die Fensterbank des Erdgeschosses gesprungen und von dort auf das kleine Vordach gekommen, das über dem Eingang des *Mes Amis* angebracht war. Das Varieté war über die Höhe von zwei Etagen gebaut, sodass Madames Wohnung in der dritten lag. Trotzdem verlangsamte Jannis seine Klettergeschwindigkeit nicht. Das Fallrohr der Regenrinne ermöglichte es ihm, daran bis zum Boden des Balkons der Wohnung zu klettern. Daphne und Fredo hielten den Atem an, als er sich mit einem Schwung von dem Rohr löste und nun mit beiden Händen an dem Vorbau hing. Dann zog sich Jannis mit einem kräftigen Klimmzug hinauf, schlang sein Bein um die Brüstung und gelangte so schließlich sicher auf den Balkon.

»Ich suche den Schlüssel und werfe ihn runter!«, rief er seinen Kollegen zu, bevor er durch das offene Fenster in die Wohnung einstieg.

Als er sich umdrehte, erstarrte er.

# 62

»Gehen Sie sofort von der Guillotine weg!«, rief Kern und richtete seine Waffe auf Rufus.

»Sind Sie sicher?«, fragte dieser theatralisch und wandte mit großer Geste den Blick auf seinen rechten Arm.

Kern folgte dem Wink und stellte fest, dass Rufus sich mit einer Kette, die keinen Meter lang war, an dem Hebel festgebunden hatte, der das Fallbeil auslösen würde.

»Und jetzt?«, fragte Rufus.

Kern senkte seine Waffe nicht. Stattdessen trat er unter den Klängen der Musik langsam näher an die Bühne heran, Rufus dabei immer im Visier.

Der Magier war genauso gekleidet wie bei seinem Versuch, die Guillotine mit Josephine zu präsentieren. Sein Paillettenanzug strahlte in leuchtendem Silber, und der nur leicht beschädigte Zylinder ließ Rufus noch größer und bedrohlicher wirken, als er es ohnehin schon war. Der Kopf der Frau, die regungslos unter der Klinge lag, war mit einem schwarzen Leinensack verhüllt.

»Was wollen Sie?«, fragte Kern, der sich der Pattsituation bewusst geworden war.

»Was kann ich denn schon wollen? Ich bin Zauberkünstler«, warf ihm Rufus entgegen.

*Natürlich. Du willst Publikum.*

»Wenn Sie eine falsche Bewegung machen, schieße ich. Lassen Sie sofort die Geisel frei.«

Rufus blieb unbeeindruckt.

»Es endet hier und jetzt«, antwortete er. »Ich gehe mit Ihnen und gestehe alles. Aber diese letzte Vorstellung lasse ich mir nicht nehmen. Das ist mein Angebot, und es ist nicht verhandelbar. Und jetzt setzen Sie sich, ich möchte beginnen.«

Kern sah wieder zu der Frau, die unter der Guillotine lag. Er konnte nicht erkennen, wer sie war. Nathalie war entführt worden. Doch auch von Fuchs fehlte jede Spur.

»Willkommen, bienvenue, welcome«, begleitete Rufus den Gesang von der alten Schallplatte. »Nehmen Sie endlich Platz«, forderte er Kern erneut auf und deutete auf die vorderen Sitzreihen. »Und werden Sie Zeuge meiner allerletzten Vorstellung.«

# 63

Sie sah friedlich aus.

Madame lag mit gefalteten Händen in ihr schönstes Kleid gehüllt auf ihrem Bett, das sie mit vielen der Fotos bedeckt hatte, auf denen die glanzvollsten Momente ihres bewegten Lebens festgehalten waren. Jannis bemerkte, dass auf ihrem Nachttisch neben einer leeren Flasche Champagner auch der Whisky stand, den sie im *Mes Amis* nur ihren liebsten Gästen angeboten hatte. Der offene Verbandskasten stand auf dem anderen Nachttisch, die leeren Tablettenpackungen lagen daneben. Was ihm nicht auffiel, war, dass Madame, anders als sonst, nur einen einzigen, schlichten Ring am Finger trug.

Jannis war in seinem jungen Leben dem Tod noch nicht oft begegnet. Starr vor Entsetzen stand er noch immer vor dem Fenster, durch das er gerade eingestiegen war, und sah Madame an.

»Wir waren doch da«, hauchte er leise, als hätte sie ihn hören können.

Gerade als er sich endlich aus dem Fenster beugen und seinen gespannt wartenden Kollegen berichten wollte, was geschehen war, hörte er aus einem der anderen Räume ein Stöhnen. Als er daraufhin sofort loslief, um herauszufinden, von wem es gekommen war, stolperte er über den versilberten Elefanten, der achtlos neben einer kleinen Blutlache auf dem Boden lag. Noch ehe Jannis sich Gedanken darüber machen konnte, was in dieser Wohnung geschehen war, hörte er wieder dieses Stöhnen. Er stand auf, lief auf den Flur und erkannte, dass hier ein Kampf stattgefunden haben musste. Die Kleidungsstücke von der Garderobe waren überall im Flur verteilt, und die Kommode, die unter dem Spiegel gestanden hatte, war umgestoßen. Zudem war eine Blumenvase zu Bruch gegangen.

»Holen Sie Hilfe«, keuchte die Frau, die im Wohnzimmer lag, undeutlich durch ihren Knebel.

Jetzt erst wurde Jannis auf sie aufmerksam und lief, ohne zu zögern, zu ihr. Er löste das Klebeband von ihrem Mund.

»Was ist denn passiert?«, fragte er Fuchs, die an Händen und Füßen gefesselt war.

»Die Zange«, antwortete sie entkräftet.

Ihrem Gesicht waren deutlich die Spuren eines Kampfes anzusehen.

»Was für eine Zange?«, fragte Jannis und sah sich um.

Es gab keine Zange in diesem Raum; auch im Flur konnte er keine sehen.

»Sie hat mich gerettet«, antwortete Fuchs, die offenbar nicht ganz Herrin ihrer Sinne war.

Jannis, der mit der Situation vollkommen überfordert war, verstand kein Wort. Die Leiche von Madame, die verletzte, gefesselte Frau im Wohnzimmer, die wirren Worte … Er musste Fredo sofort die Schlüssel hinunterwerfen und die Polizei verständigen.

»Ich muss sie jetzt kurz allein lassen«, sagte Jannis, der sich nicht traute, Fuchs zu befreien.

Er konnte schließlich nicht einschätzen, wer sie war und was sie mit dieser verwirrenden Situation zu tun hatte.

»Die Zange«, wiederholte Fuchs wie im Fieber.

»Was denn für eine Zange?«, fragte Jannis jetzt etwas nervöser. Er verstand einfach nicht, was sie von ihm wollte.

»Ich habe eine Zange eingepackt. In dem Haus. Er hat es

nicht gewusst. Er dachte, ich hätte einen Hammer mitgenommen. Die Zange hat mich gerettet.«

Jannis kam zu der Überzeugung, dass die Frau verwirrt war. Er ging daher zügig in den Wohnungsflur, um nach Madames Schlüsselbund zu suchen.

# 64

»Die Kunst der Magie ist, so meint man, die Kunst der Täuschung«, erklärte Rufus seinem Zuschauer, der nicht aufhörte, seine Waffe auf ihn zu richten. »Was aber, wenn die eigentliche Täuschung darin liegt, dass es gar keine gibt?«

Kern überlegte verzweifelt, was er tun konnte. Entgegen Rufus' wiederholter Aufforderung hatte er sich nicht gesetzt. Er war ganz nahe an den Bühnenrand getreten und behielt sein Gegenüber genau im Blick. Die Kette war fest an den Hebel geschraubt. Die Klinge würde sofort niedersausen, wenn Rufus zu Boden fallen oder von der Guillotine wegtreten würde. Kern konnte nicht schießen.

*Aber es einfach geschehen lassen kann ich auch nicht. Verdammt!*

»Sie sind kein Zauberer«, unterbrach Kern die Vorstellung. »Alle Frauen sind gestorben. Es gibt keine Magie des Todes.«

»Alle sind gestorben? Was wissen Sie denn schon?«, widersprach Rufus entrüstet. »Gestorben sind nur die, die den Hammer behalten haben.«

»Wie meinen Sie das?«

»Sie werden alles erfahren. Hinterher.«

Als wolle er Kern einen Schrecken einjagen, senkte Rufus mit einem plötzlichen Ruck die Hand, die an den Hebel gekettet war. Gerade so tief, dass die Fallbeilmechanik nicht ausgelöst wurde. Kern zuckte, drückte aber nicht ab.

»Setzen Sie sich endlich!«

Die Frau auf der Bank rührte sich auf einmal. Rufus bemerkte, dass Kern erleichtert war.

»Wollen Sie sie sehen?«, fragte er, während die Musik dabei unaufhörlich weiterklang.

Ohne eine Antwort abzuwarten trat Rufus einen Schritt an sein Opfer heran und zog ihr den Sack vom Kopf. Es war tatsächlich Nathalie. Jonathan hatte sie ins *Mes Amis* geschafft, kurz bevor Kern wieder zu Bewusstsein gekommen war. Nathalies Schläfe war unverletzt.

»Sie verdammter …«

Kern musste sich beherrschen. Rufus hatte ihn in der Hand, und er hatte nicht die kleinste Idee, was er tun konnte. Nathalies Kopf war zwischen den Lünetten eingeklemmt. Es war unmöglich, schneller auf die Bühne zu springen und sie zu befreien, als Rufus den Hebel hätte betätigen können.

*Bitte, lass es ein Trick sein. Vielleicht will er ja nur, dass ich ihn erschieße.*

»Es ist furchtbar, Menschen sterben zu sehen, die man liebt«, sagte Rufus, nachdem er wieder in seine Ausgangsposition zurückgekehrt war. »Deswegen habe ich mich auch dafür entschieden, niemanden mehr zu lieben. Das ist sicherer.«

»Nehmen Sie mich und lassen Sie meine Frau gehen«, schlug Kern vor.

»Heldenhaft«, lobte Rufus. »Aber das wäre Unsinn. Ich möchte Ihnen schließlich noch meine Geschichte erzählen können. Und ich glaube, dass Sie sie viel besser verstehen werden, wenn Sie jetzt erleben, was ich erlebt habe.«

*Den Tod eines geliebten Menschen. Er wird sie enthaupten, und es gibt nichts, was ich dagegen tun kann. Höchstens vielleicht …*

Kern hatte eine Idee. Die verzweifelte Angst um das Leben seiner Frau hatte ihn aus heiterem Himmel auf etwas kommen lassen, das bei Tassilo bereits funktioniert hatte. Nur dass der Einsatz nicht so hoch gewesen war. Es war vollkommen verrückt und konnte Nathalie das Leben kosten. Andererseits, darüber war sich Kern auch im Klaren, hatte er in diesem Augenblick absolut nichts mehr zu verlieren.

*Das ist es, was er will. Publikum. Er hat extra gewartet, bis Tassilo mich freigelassen hat. Er will, dass ich erlebe, was er erlebt hat. Ich soll zusehen!*

»Vergessen Sie's«, sagte Kern und steckte seine Pistole ins Holster zurück.

»Vergessen?«, wunderte sich Rufus.

»Ich habe keine Lust auf Ihre Show. Machen Sie doch, was Sie wollen.«

Mit diesen Worten drehte sich Kern um, ließ Rufus allein auf der Bühne stehen und ging zügig Richtung Ausgang, während der Conférencier aus *Cabarét* dabei weiter aus dem alten Plattenspieler klang.

# 65

Dennis raste in Richtung Ku'damm. Er hatte Kerns Aufenthaltsort bereits über Wegener herausgefunden, bevor das Ergebnis der Handyortung vorgelegen hatte. Ihm folgten zwei Einsatzwagen der Schutzpolizei. Die Kollegen von der Streife würden kurz vorher eintreffen und den Eingang von außen sichern.

*Ich hoffe, du machst keinen Scheiß, Julius,* sagte er zu sich selbst.

Der dichte Feierabendverkehr hatte die Hauptstraßen, wie jeden Tag, vollkommen verstopft. Nur mühsam fuhren die Autos an den Straßenrand, um den Polizeifahrzeugen eine schmale Gasse freizugeben.

»Das schaffen wir nie«, sagte Dennis, der den Rest der vor ihnen liegenden Strecke gut abschätzen konnte.

Nur ein einziger Gedanke ging ihm jetzt noch durch den Kopf. Was sollte er Sophie sagen, wenn das geschehen sein sollte, vor dem jetzt alle am meisten Angst hatten?

Jeder Schritt, mit dem sich Kern von Nathalie und ihrem Geiselnehmer entfernte, schmerzte ihn, als steckten Tausende Messer in seinem Körper. Die Angst, das Herabfallen einer Klinge zu hören, schnürte ihm die Kehle zu. Das Geräusch seiner Sohlen auf dem Steinfußboden dröhnte unerträglich in seinen Ohren, und er musste darum kämpfen, nicht bewusstlos umzufallen. Es war absolut falsch, was er tat. Und andererseits doch wieder richtig. Kern steckte in einer Zwickmühle, aus der es keinen Ausweg zu geben schien.

»Wer sind *Sie* denn?«, fragte er überrascht, als ihm auf dem Weg zum Ausgang Fredo und Daphne entgegenkamen.

»Und Sie?«, antwortete die Thereminspielerin.

Kern hatte keine Ahnung, was er jetzt tun sollte. Rufus hatte ihm nichts hinterhergerufen, das Geräusch einer ausgelösten Guillotine hatte er auch nicht gehört. Seine Hoffnung bestand darin, dass Rufus vielleicht seine Kette lösen würde, um ihm nachzueilen. Aber bislang war nichts von alledem passiert.

»Sie müssen sofort verschwinden«, beschwor Kern die beiden Künstler.

Daphne sah Fredo an und sagte dann ohne jeden Zweifel in ihrer Stimme: »Das werden wir nicht tun. Wer ist da drinnen?«

Kern antwortete nicht. Sein Gesichtsausdruck verriet ohnehin mehr, als Worte es gekonnt hätten.

»Es ist Rufus, oder?«, schlussfolgerte Fredo, der sich vorstellen konnte, dass sein seltsamer Kollege auch hinter den Vorfällen in Madames Wohnung steckte. »Wir müssen ihn aufhalten.«

»Sie verstehen nicht ... Meine Frau ist in Lebensgefahr«, beschwor Kern die beiden. »Er ist verrückt.«

»Ein Grund mehr. Dieser verdammte Kerl«, antwortete Fredo und lief entschlossen an ihm vorbei in den Zuschauersaal.

Kern wollte den Messerwerfer aufhalten, doch seine Kräfte waren aufgezehrt. Vollkommen planlos folgte er den beiden wie in Trance und sah dabei zu, wie das Geschehen seinen Lauf nahm.

»Was soll das? Was ist mit dir los?«, rief Fredo in Richtung der Bühne.

Rufus hatte sich bis zu diesem Augenblick noch nicht entschieden, wie er nach Kerns überraschendem Abgang weitermachen sollte. Das Eintreffen seiner Kollegen hatte die Situation jetzt ohnehin grundlegend geändert.

»Was macht ihr hier? Es gibt heute keine Show. Das *Mes Amis* ist Geschichte.«

»Lassen Sie die Frau frei«, sagte Daphne, als sie die Situation erfasst hatte.

Rufus wandte den Blick wieder von seinen Kollegen ab und fiel in seine Rolle zurück.

»Meine Damen, meine Herren. Der Tod ist der mächtigste aller Hexenmeister. Er zaubert das Nichts dahin, wo zuvor noch die Welt gewesen ist.«

Fredo und Daphne sahen verunsichert zu, wie Rufus seine makabre Vorführung fortsetzte. Der Zauberer, der nun wieder Publikum hatte, schien plötzlich nicht mehr auf das Geschehen vor der Bühne zu reagieren. Wie hypnotisiert zog er seine Vorstellung weiter durch. Allein den Klang der Musik nahm er wahr. Immer wieder sang er leise mit, ohne es selber zu bemerken.

»Was hat er vor?«, flüsterte Fredo Kern zu.

»Er ist ein Serienmörder. Und er will sie köpfen, das ist kein Trick. Ich habe keine Ahnung, was ich tun soll.«

Daphne hielt sich vor Schreck die Hand vor den Mund. Langsam begann sie zu begreifen, dass es bitterer Ernst war, der sich vor ihren Augen abspielte. Fredo hatte jetzt ebenfalls die Kette gesehen und den Ernst der Lage erfasst. Er griff in seine Tasche und zog seine Wurfmesser heraus, die er erst am Tag zuvor geschliffen hatte. Viele Messerwerfer arbeiten mit stumpfen Klingen, die dann in dem besonders weichen Holz der Wurfscheibe stecken bleiben. Fredo hielt davon nichts. Er nahm seine Kunst sehr ernst.

»Madame ist tot, und wir brauchen nicht noch mehr Leichen«, sagte er. »Lass es gut sein, Rufus.«

Doch der Angesprochene ließ sich nicht beirren.

»Derjenige, der reinen Herzens ist, dem wird meine Klinge nichts zuleide tun. Wollen wir herausfinden, ob unsere mutige Freiwillige reinen Herzens ist?«

»Sie müssen auf die Bühne laufen und ihn stützen, wenn er umfällt«, sagte Fredo zu Kern und wiegte die Messer in seiner Hand.

*Vielleicht ist das wirklich die letzte Chance.*

Kern lief vorsichtig nach vorn und setzte sich in die erste Reihe. Direkt vor die Stufen, über die man die Bühne erreichen konnte. Wenn es losging, musste er so schnell sein, wie er es noch nie gewesen war.

*Ich bin verletzt. Und er ist schwer. Aber es muss einfach klappen.*

Während Kern verzweifelt versuchte, Herr seiner Sinne zu bleiben, schätzte Fredo ab, wie präzise er aus seiner jetzigen Entfernung werfen konnte. Vorsichtig verringerte er seinen Abstand zu Rufus. Nur Daphne bemerkte dabei, dass die Strapaten, die bisher locker auf die Bühne hinuntergehangen hatten, langsam hinter Rufus' Rücken nach oben gezogen wurden.

»Jannis. Er hat was vor«, flüsterte sie Fredo zu.

Der Artist hatte durch das Loch im Vorhang mitbekommen, was sich auf der Bühne abspielte, und war daraufhin leise unter die Bühnendecke geklettert. Er musste aufpassen, dass Rufus keinen Luftzug spürte. Deshalb zog er seine Strapaten sehr langsam zu sich hinauf.

»Ich weiß, wie es geht!«, rief Kern plötzlich Rufus zu.

Dieser unterbrach seinen Vortrag überrascht und sah Kern an.

»Was wissen Sie?«

»Der Trick. Ich habe es gesehen.«

Kern wusste, dass Zauberer es hassen, wenn Zuschauer ihnen

zurufen, dass sie ihre Tricks durchschaut hätten. Er hatte das bei seiner Tochter bemerkt, als sie einmal auf einem Kindergeburtstag einen Magier damit aus der Fassung gebracht hatte.

*Ich muss irgendwie Zeit gewinnen.*

»Er darf nicht umfallen, wenn ich ihn treffe«, hauchte Fredo Daphne zu. »Ich will ihn nicht töten.«

»Vielleicht treffen Sie ja irgendeine Sehne am Arm, sodass er ihn nicht mehr bewegen kann«, überlegte sie.

»Ich bin Messerwerfer, kein Arzt«, antwortete Fredo. »Mal sehen, was ich tun kann.«

Rufus hatte sich von Kerns Zwischenruf nur kurz ablenken lassen.

»Ein Trick? Nun, wenn Sie an einen Trick glauben, dann wollen wir doch mal sehen.«

Rufus trat einen kleinen Schritt vor, hob seinen Blick und rief in den Zuschauerraum: »Wir alle sind allein das Ergebnis der Entscheidungen, die wir treffen!«

*Er tut es. Ich muss …*

»Jetzt!«, schrie Jannis so laut er konnte, während er sich im freien Fall von der Bühnendecke stürzte.

Fredo zögerte keinen Wimpernschlag lang und warf innerhalb von einer Sekunde zwei Messer auf Rufus. Das erste traf seine ausgestreckte Hand, die soeben im Begriff war, nach dem Hebel der Guillotine zu greifen. Das zweite traf seine Schulter, ohne dabei allerdings eine wichtige Armsehne zu verletzen.

Noch während die Messer in Rufus' Körper einschlugen, sprang Kern so schnell er konnte von seinem Stuhl auf, um den völlig überraschten Zauberer zu packen. In der Hektik seiner Bewegungen blieb er dabei aber mit seinem Fuß an Rufus' Plattenspieler hängen und fiel der Länge nach auf die Bühne. Die Nadel sprang von der Schallplatte, und die Musik verstummte abrupt. Tatenlos musste Kern nun mit ansehen, wie die Ereignisse ihren Lauf nahmen.

Zeitgleich hatten die Strapaten den Fall abgebremst, durch den Jannis jetzt direkt hinter der Guillotine von der Decke herabhing. Als der verletzte Rufus entschlossen nach dem Hebel greifen wollte, traf ihn ein drittes Messer direkt in die Brust.

Mit weit aufgerissenen Augen starrte Rufus in den fast leeren Zuschauersaal, während das Blut in Strömen an seinem glitzernden Anzug hinunterfloss und sich dabei über die Bühne des *Mes Amis* ergoss. Das Rampenlicht blendete noch ein letztes Mal seine Augen, und während der Duft des muffigen Varietés noch einmal in seine Nase stieg, zogen innerhalb von Sekundenbruchteilen die wenigen Bilder der glücklichen Momente seines furchtbaren Lebens an seinem geistigen Auge vorbei.

»Anne«, röchelte er noch, während das Blut weiter aus seiner Brust strömte und sein Rücken zum allerletzten Mal ein Schmerzsignal an sein Gehirn sendete. Eine Zehn.

Als das Leben schließlich aus ihm entwichen war, sank sein Körper in sich zusammen. Die Kette an seinem Handgelenk spannte sich und löste das Fallbeil aus.

In dem Moment, als Rufus zusammengesackt war, hatte Jannis den kleinen Hebel umgelegt, der auf der Rückseite der Guillotine, für die Zuschauer unsichtbar, verborgen lag. Der Sicherungsmechanismus wurde aktiviert, und die Klinge blieb in der Abdeckung über den Lünetten stecken, anstatt auf Nathalie hinunterzuschnellen.

Es waren atemlose Sekunden, bis alle Anwesenden schließlich davon überzeugt waren, dass Nathalies Kopf nicht abgetrennt worden war.

»Ich habe gesehen, wie das Ding funktioniert. Vorgestern«, sagte Jannis erleichtert.

Dann befreite er sich von den Strapaten und half Kern auf die Beine.

»Und ich habe in vierzig Jahren noch nie einen Menschen verletzt«, fügte Fredo fassungslos hinzu.

Kurz darauf trafen Dennis und seine Kollegen ein.

Im allgemeinen Chaos, das nun im *Mes Amis* ausgebrochen war, hatte keiner bemerkt, dass die ganze Zeit über noch ein weiterer Zuschauer Rufus' letzter Vorstellung beigewohnt hatte. Von einem der hinteren Plätze aus, die im Dunkeln kaum zu sehen waren, hatte er die gesamte Vorstellung mit angesehen. Er war äußerst zufrieden.

»Gut gemacht, Junge«, sagte Tassilo leise und sah Jannis dabei mit anerkennenden Blicken zu, wie er Kern dabei half, seine Frau zu befreien. »Aus dir wird mal was.«

Und noch bevor sich das Varieté mit Notärzten und Polizisten füllte, erhob sich Tassilo und schlich unbemerkt durch einen Hinterausgang aus dem *Mes Amis*.

## 66

*Zwei Tage später.*

»Er hat alles gewusst. Die ganze Zeit über.«

Castella saß noch immer fassungslos vor der Kiste mit den Briefen und DVDs, die am Mittag bei der Staatsanwaltschaft eingetroffen war. Die bestialischen Morde, die Rufus mit seiner Videokamera aufgezeichnet hatte, waren so verstörend inszeniert, dass sogar die Dezernatsleiterin des LKA nicht lange hatte zusehen können. Die Anzahl der Briefe, die Rufus Tassilo geschickt hatte, war enorm. Es mochten über hundert gewesen sein.

Tassilo hatte sich keine große Mühe mehr damit gegeben zu verbergen, dass er der Absender des grausigen Pakets war. Seine diesbezügliche Immunität war ohnehin wasserdicht.

»Ich bin mir nicht sicher, wer die größere Bestie ist – Rufus oder Tassilo«, überlegte Carl vom Stein, dem die schrecklichen Eindrücke ebenfalls noch immer in den Gliedern steckten.

»Ich weiß nur, dass einer von beiden noch lebt. Und frei ist«, bedauerte Castella. »Mit der neuen Identität lässt sich nichts mehr machen?«

Vom Stein winkte ab.

»Wir haben die Bedingungen vorher gekannt.«

Castella blätterte noch einmal den Stapel mit den Briefen des Schläfenmörders durch. Immer wieder blieb sie an einem davon hängen und überflog die Zeilen.

»Er erzählt Tassilo alles. Jedes Detail. Wenn wir nur einen

oder zwei davon im Original gehabt hätten …«, stellte sie ungläubig fest.

»Erstaunlich, dass er Tassilo so vertraut hat.«

Castella wunderte sich nicht darüber.

»Der Kerl war verrückt«, antwortete sie und zuckte mit den Schultern.

Vom Stein erhob sich von seinem Sessel, legte seine Robe ab, hängte sie über die Lehne und setzte sich dann direkt neben Castella auf seinen eigenen Besucherstuhl. Sie verstand, dass er nun offenbar etwas privater mit ihr sprechen wollte.

»Was ist das mit Kern und Tassilo? Hat er was mit ihm vor? Oder haben Sie eine Erklärung für sein Verhalten?«

Castella hatte schon oft darüber nachgedacht. Dennoch zögerte sie mit ihrer Antwort.

»Absolut nicht. Ich sage Ihnen jetzt mal was ganz im Vertrauen: Tassilo macht mir Angst.«

Vom Stein nickte.

»Wegen der Entführung kriegen wir ihn jedenfalls nicht dran«, erklärte er dann. »Kerns Frau und Tochter belasten Weihrich. Außerdem haben wir einen Bleistift mit Weihrichs Spuren in Kerns Wohnung gefunden. Und was genau sich in diesem Theater abgespielt hat – na ja. Kern war verletzt, und wer ihn niedergeschlagen hat, haben weder er noch Fuchs gesehen. Weihrich ist eindeutig für den Mordversuch verantwortlich, und Tassilo leugnet sowieso alles. Mal ganz davon abgesehen, dass Kern ja im Ergebnis auch nur aussagt, dass Tassilo ihn befreit und ihm seine Waffe ausgehändigt hat.«

»Und die erpresste Unterschrift?«

Vom Stein lächelte vielsagend.

»Ich bin der Staatsanwalt. Ich lasse mich nicht erpressen.«

Castella sah es ein.

»Also ist Tassilo wieder mal davongekommen.«

Vom Stein senkte seinen Blick.

»Bleibt zu hoffen, dass wir es nicht bereuen müssen«, sagte er dann.

Castella schüttelte den Kopf und korrigierte ihn: »Hoffen wir, dass *Kern* es nicht bereuen muss.«

# 67

»Hast du schon gepackt?«, fragte Nathalie, während sie ihrer Tochter den Blusenkragen zurechtrückte.

»Später. Ich fühl mich nicht so gut«, antwortete Kern, der seit Stunden nicht vom Sofa aufgestanden war.

Nathalie war bereits am Tag nach ihrer Entführung wieder aus der Klinik entlassen worden. Es war Rufus nicht möglich gewesen, sie auf seine mentale Reise zu schicken, die ihm sonst als Prüfung dafür gedient hatte, ob sich eine Frau als *Assistentin* eignete. Die Schlaftablette, die Jonathan sie hatte schlucken lassen, war zu stark gewesen. Dieser Umstand hatte sie vor dem Hammer bewahrt, der sonst schon vor der gescheiterten Enthauptung ihr Ende hätte gewesen sein können.

»Mach's nicht wieder auf den letzten Drücker«, mahnte sie ihren Mann.

Er war erst am Tag zuvor wieder nach Hause entlassen worden. Der versilberte Elefant, mit dem er im Schlafzimmer von Madame niedergeschlagen worden war, wies lediglich Rufus' Fingerabdrücke auf. Auch wenn Kern sich sehr genau denken konnte, wer ihn wirklich damit verletzt hatte.

Aufgrund der Tatsache, dass seine Frau als Geisel genommen worden war, hatte Castella Kern bis zum Ende der Untersuchungen beurlaubt. Sie hatte ihm geraten, sich mit seiner Familie ein paar Tage von den Schrecken der vergangenen Woche zu erholen.

Bereits am kommenden Tag wollten die drei übers Wochenende nach Wien fliegen. Nathalie und Kern liebten die Stadt und hatten dort auch ihre Flitterwochen verbracht.

»Wenn wir deinetwegen das Flugzeug verpassen, ist es aus mit der Freundschaft!«, drohte Sophie ihrem Vater, bevor sie zu ihm hinüberlief und ihn an den Füßen zu kitzeln begann.

Nathalie sah den beiden mit einem Lächeln zu.

So sehr sie auch glaubte, dass ihr Mann dafür mitverantwortlich gewesen war, was ihr und Sophie zugestoßen war, so sicher war sie sich auch, dass er nichts davon gewollt oder vorhergesehen hatte.

»Wenn du jetzt schon über Kopfschmerzen jammerst, dann bin ich ja mal gespannt, was du erst nach einem Abend beim Heurigen sagst«, spottete sie, während Kern seine Tochter geschnappt und fest an sich gedrückt hatte. »Aber lass mal. Ich packe für dich.«

Als sie das Wohnzimmer verlassen hatte, sagte Kern leise zu Sophie: »Und, was ist mit dir? Besser?«

Die Kleine hatte nach Nathalies Entführung schreckliche Stunden durchlebt. Die Furcht um das Leben ihrer Mutter saß noch immer tief.

»Ich hatte gar keine Angst«, log sie. »Du hast mir ja versprochen, dass Mama nichts passiert.«

Kern drückte seiner Tochter einen Kuss auf die Stirn.

»Ach so. Jetzt sind meine Versprechen also wieder was wert, oder wie?«

Sophie ging nicht darauf ein. Stattdessen drückte sie ihren Vater so fest sie konnte und flüsterte ihm dann ganz leise ins Ohr: »Danke.«

# 68

Dennis hatte die Leitung von Kerns Sonderkommission übernommen, um den Fall zügig zum Abschluss zu bringen.

»Haben Sie was gefunden?«, fragte er seinen niedersächsischen Kollegen, der mit einem Team des Erkennungsdienstes den Keller untersuchte, in dem Rufus gelebt hatte.

»Ein Fass ohne Boden«, antwortete er. »Alles, was hier steht, ist voll. Blut, Haare, Kleidungsfetzen. So was habe ich noch nie gesehen. Die Schwerter, die Seile, einfach alles. Er hat nicht mal versucht, das sauber zu machen. Der muss sich in seinem Keller sehr sicher gefühlt haben.«

»Hat er. Das war immer sein Rückzugsort«, erklärte Dennis. »Das geht alles aus seinen Briefen hervor. In seinem Bus haben wir auch noch die DNA von einer Frau gefunden, die von einem LKW überfahren worden ist. Was immer da auch gewesen sein mag. – Was war denn mit der Wand?«

»Unglaublich«, erhielt Dennis zur Antwort. »Er hat sie selber umgebaut. Das muss Wochen gedauert haben.«

Dennis hatte aus einem der Briefe die Geschichte von Anne entnehmen können. Rufus hatte Tassilo in allen Einzelheiten erzählt, was er nach ihrem Tod mit der Leiche des jungen Mädchens gemacht hatte.

»Da wären wir nie drauf gekommen. Ich hab einen Kollegen, der war damals schon an der Sache dran«, erklärte der Einsatzleiter vor Ort. »Die haben ihn immer schon im Verdacht gehabt. Und dabei saßen sie die ganze Zeit direkt neben der Leiche.«

Rufus hatte schon lange vor Annes Tod an einem Trick gearbeitet, mit dem er eine beliebige Person unter den Augen seiner Zuschauer spurlos verschwinden und wieder erscheinen lassen konnte. Dazu hatte er die Ziegelwand seines Kellerzimmers so umgebaut, dass sich ein Teil von ihr wie eine Geheimtür aufklappen ließ. In einem kleinen Hohlraum konnte sich dann die jeweilige Assistentin verstecken.

»Er hat den Hohlraum sogar luftdicht versiegelt, damit kein Geruch durchkommen konnte«, sagte der Polizist, der von den Entdeckungen in dem alten Haus noch immer schockiert war. »Er hat die Leiche einfach weggezaubert.«

»Und es hat fünfundzwanzig Jahre gedauert, bis sie wieder erschienen ist«, ergänzte Dennis. »Habt ihr die Familie verständigt?«

»Ja. Sie lassen Ihnen Dank ausrichten. Jetzt können sie endlich Abschied nehmen.«

»Wir haben hier auch noch eine Leiche gefunden«, berichtete Dennis. »Ruth Bachmann, seine Wirtin. Die lag schon seit ein paar Tagen tot in ihrem Bett. Das untersuchen wir noch. Keine Ahnung, ob er das war.«

»Ich schicke Ihnen die Fotos von seinem Haus. Dann zweifeln Sie nicht mehr daran. Seien wir froh, dass er tot ist. Ein Irrer weniger.«

Dennis besprach noch einige weitere Details mit seinem Kollegen, bevor er das Gespräch schließlich beendete.

Er hatte zunächst nicht bemerkt, dass zwischenzeitlich ein Fax eingetroffen war. Jetzt stand er auf, zog es aus dem Gerät und las, was ihm das Polizeilabor mitgeteilt hatte.

»Das glaube ich jetzt einfach nicht«, sagte er fassungslos.

Er überlegte, wie Kern reagieren würde, wenn er es erfuhr. Castella wusste es bestimmt schon; sie war sicher lange vor ihm informiert worden. Gleich, dessen war er sich sicher, würde sie ihn in ihr Büro bitten. Und zweifellos war sie genau so sprachlos wie er.

»Nur ein paar Tage früher … na ja, was soll's …«

Das Labor hatte die DNA-Probe, die man Rufus nach seiner Verhaftung in der U-Bahn entnommen hatte, mit der Datenbank abgeglichen. Sie ergab eine Übereinstimmung mit den Haaren, die man damals, vor sieben Jahren, am ersten Opfer des Schläfenmörders gefunden hatte.

»Nur eine kleine blöde Körperverletzung«, sagte Dennis und zerknüllte kopfschüttelnd das Fax.

# 69

»Und morgen geht's nach Wien?«, fragte Fuchs.

Kern hatte sich am Nachmittag noch einmal auf den Weg zu ihrem Hotel gemacht, um sich vor ihrer Abreise noch zu verabschieden.

»Nicht weit von München weg«, antwortete er.

»Weit genug.«

Kern setzte sich auf das Hotelbett und nahm einen Schluck von dem Wasser, das er aus der Minibar genommen hatte.

Auch Fuchs war zwei Tage im Krankenhaus gewesen. Dort hatte sie ihre Aussage zu den Ereignissen in Madames Wohnung zu Protokoll gegeben. Sie hatte von ihrer Position im Flur aus nicht erkennen können, wer Kern im Schlafzimmer niedergeschlagen hatte. Nachdem Rufus sie dann gepackt und im Kampf niedergerungen hatte, war sie zudem eine Zeit lang bewusstlos gewesen. Als sie gefesselt wieder aufgewacht war, hatte Rufus sie dann auf seine *magische Reise* schicken wollen. Doch erst, als er gedroht hatte, Kern zu töten, hatte sie sich schließlich darauf eingelassen.

»Du hättest seinen Blick sehen sollen, als ich *Nein* gesagt habe.«

»Wozu?«

»Zu seinem Hammer. Er war sich so sicher.«

Kern stellte das Wasser ab und nahm Fuchs in die Arme. Sie spürte, dass seine Umarmung nur freundschaftlich gemeint war, und erwiderte sie daher nur kurz. Dann löste sie sich wieder aus

Kerns Armen und ging ins Badezimmer, um ihre Pflegeartikel zusammenzupacken. Kern griff daraufhin in seine Umhängetasche und zog ein kleines Päckchen heraus, das er in Geschenkpapier eingewickelt hatte.

»Für dich«, sagte er und reichte es Fuchs, die gerade vor dem Spiegel stand.

Sie sah ihn überrascht an. Dann griff sie nach dem Geschenk und begann es auszupacken.

»Nur eine Frage noch«, sagte Fuchs, während sie die Schleife löste. »Wenn es Nathalie nicht gäbe …?«

Kern musste nicht nachdenken.

»Sofort«, antwortete er und strahlte sie liebevoll an.

Fuchs zwinkerte ihm noch einmal zu, wie sie es schon bei ihrer ersten Begegnung getan hatte, und öffnete dann das Päckchen.

»Eine Zange?«, wunderte sie sich und musste lachen.

»Pack sie in deine Tasche«, antwortete Kern. »Und vergiss nicht: Du wirst sie brauchen.«

Jetzt lachte auch er.

»Wir sind das Ergebnis der Entscheidungen, die wir treffen«, fügte Fuchs hinzu.

Kern trat noch ein letztes Mal an sie heran und drückte ihr einen kleinen Kuss in den Nacken. Bevor er das Hotelzimmer verließ, sagte er noch: »Wir haben die richtigen getroffen.«

# 70

Ein warmer Sommerregen prasselte vom Himmel und weichte die Erde auf. Das Wasser ergoss sich über den weißen Sarg, um in unkontrollierten Bahnen daran hinunterzulaufen.

Madame hatte keinen Abschiedsbrief hinterlassen. Doch auch so hatte keiner der Gäste ihres Begräbnisses einen Zweifel daran, was sie in den Freitod getrieben hatte.

»Sie hat diesen schäbigen, kleinen Laden wirklich geliebt«, sagte Fredo. »Und ich kann sie gut verstehen.«

Daphne und Jannis waren in Schwarz gekleidet; Fredo trug seinen auffälligsten Bühnenanzug. Er war davon überzeugt, dass Madame es sich so gewünscht hätte. Ein paar Kollegen und Madames wenige Freunde waren auf dem Waldfriedhof erschienen, um ihr die letzte Ehre zu erweisen.

»Es muss für sie gewesen sein, als ob man ihr das Kind genommen hätte«, sagte Daphne, während die Totengräber damit begannen, das Grab zu schließen.

»Was wird jetzt aus dem *Mes Amis?*«, fragte Jannis.

»Was wohl? Die Gläubiger stürzen sich drauf«, antwortete Fredo.

Es war ein seltsames Gefühl für die drei, von einem Menschen Abschied zu nehmen, den sie eigentlich kaum gekannt hatten. Es war vermutlich das, wofür Madame gestanden hatte, das sie in diesem Augenblick der Trauer miteinander vereinte. Die Liebe und Hingabe für ein Leben auf der Bühne.

»Wie geht es jetzt weiter?«, wollte Daphne von Jannis wissen.

»Morgen fliege ich nach Köln. Mein Terminkalender ist voll.«

Jannis' Agentur hatte die Ereignisse im *Mes Amis* medienwirksam ausgeschlachtet. Jetzt wollten alle den Artisten buchen, der mit seinen Fähigkeiten dem letzten Opfer des Schläfenmörders das Leben gerettet hatte.

»Und ihr?«, fragte er Daphne und Fredo.

»Ich weiß eigentlich nicht, ob ich nach all dem noch weitermachen möchte«, antwortete der Messerwerfer. »Aber ich weiß, dass ich es muss.«

»Du kannst doch gar nicht anders«, antwortete Jannis und strahlte ihn an.

»Ach, Junge«, erwiderte Fredo sanft. »Wenn du wüsstest, wie recht du hast. Wieder mal. Ich bleibe eben einfach ein alter, verrückter Mann, der allein durch die Welt reist.«

Daphne trat einen Schritt an Fredo heran, griff vorsichtig nach seiner Hand und drückte sie sanft.

»Vielleicht ja nicht mehr ganz allein«, sagte sie. »Falls es Ihnen, also ... dir ... recht ist – wir könnten vielleicht ein paar Shows zusammen machen?«

Und während der Regen weiter unaufhörlich auf sie hinunterprasselte, lächelte Fredo verlegen wie ein Teenager. Als er den Druck erwiderte, lächelte auch Daphne.

# 71

Tassilo hatte die Sicherheitskontrollen mit seinen neuen Papieren problemlos passiert und wartete nun darauf, dass seine Maschine endlich starten würde. Er stellte die Lehne seines bequemen Sitzes in der ersten Klasse ein wenig zurück, um in entspannter Haltung das *Fadenkreuz* lesen zu können.

*Aus der Zauber!,* lautete die Schlagzeile zu dem Artikel von Jan Bittrich, den Tassilo bereits mehrere Male gelesen hatte.

»Ich werde es vermissen«, sagte er leise und schloss die Augen, während der Flieger auf das Rollfeld fuhr.

»Bitte stellen Sie Ihren Sitz während des Startens aufrecht«, bat die Flugbegleiterin plötzlich.

Während er ihrer Bitte nachkam, fragte Tassilo höflich: »Würden Sie mir wohl nach dem Start ein Glas Champagner bringen? Ich habe etwas zu feiern.«

»Sehr gern«, antwortete die junge Frau und wandte sich wieder ab.

*Jonathan wird schon zurechtkommen,* überlegte Tassilo. Immerhin, in dem heruntergekommenen Haus konnte er bleiben. Er hatte es ihm überlassen.

*Habe ich ihn eigentlich schon von seinen Fesseln befreit?,* fragte er sich, während das Flugzeug vom Boden abhob und zum Steigflug ansetzte. Tassilo lächelte zufrieden. Noch einmal griff er in seine Innentasche, zog seinen neuen Personalausweis hervor und legte ihn vor sich auf den ausgeklappten Tisch. Der Name, den ihm der Mitarbeiter des BKA gegeben hatte, gefiel ihm.

»Der Mann hat mehr Geschmack als meine Eltern«, sagte er zufrieden.

Und während die Maschine sanft ihrem fernen Ziel entgegensteuerte, sah Tassilo sich noch einmal das Foto von Kern an, das unter dem Artikel im *Fadenkreuz* zu sehen war.

*Du musst jetzt eine Weile ohne mich zurechtkommen,* dachte er und erinnerte sich an Kerns Lächeln, als er ihm zum ersten Mal begegnet war.

Doch ab jetzt, beschloss Tassilo, wollte er seinen Blick nach vorn richten. Er hatte mit seinem neuen Leben einiges vor, und welche Rolle Kern darin spielen würde, hatte er noch nicht entschieden.

*Lassen wir es auf uns zukommen.*

Plötzlich wurde er von einer freundlichen Stimme aus seinen Gedanken gerissen.

»Was feiern Sie denn, wenn ich fragen darf?«, erkundigte sich die Flugbegleiterin, als sie mit dem Champagner an Tassilos Platz trat.

Dieser steckte seinen neuen Ausweis wieder in die Tasche zurück, lächelte die junge Frau an und antwortete: »Ein Ende. Und einen Anfang. Suchen Sie sich was aus.«

# DANKSAGUNG:

Nach dem Erfolg von »Die Reinheit des Todes« war es eine echte Herausforderung für mich, einen würdigen Nachfolger zu schreiben. Ohne Hilfe und Unterstützung hätte ich es nicht geschafft.

Zuerst möchte ich mich bei meiner Agentin Julia Krischak bedanken. Nicht nur, dass sie mich zur Agentur »Thomas Schlück« geholt hat, sie ist darüber hinaus eine unschätzbar wertvolle Hilfe während der gesamten Entstehung des »Todeszauberers« gewesen. Stundenlange Telefon-Brainstormings, Ideen, Ratschläge und nicht zuletzt ein großartiges Vorab-Lektorat gehen auf ihr Konto. Besonders der Prolog ist durch sie erst wirklich rund geworden. (Gerüchten zufolge stammen ein paar Sätze darin von ihr, was ich im Zweifel aber natürlich leugnen werde …)

Suzana »Suzi« Migric (deren Namenscousine es dieses Mal leider nur zu einer kurzen Erwähnung gebracht hat – worüber sie so was von überhaupt nicht traurig war) ist auch dieses Mal wieder vom ersten Satz an als Testleserin und Beraterin dabei gewesen. Und wieder ist während unserer ungezählten Besprechungen Wein geflossen. Viel Wein. Und das, weil unser gemeinsamer Lieblingsweinhändler Stefan Rittger vom Weingut Allendorf nach der Lektüre der Danksagung in »Die Reinheit des Todes« spontan entschieden hat, unsere kreativen Meetings fortan mit Gratiswein zu sponsern.

Bei solcher Art von Unterstützung brainstormt es sich dann natürlich fast von selbst.

Der »Hauptstadtzauberer« Andreas Axmann ist beim letzten Buch noch mit einem freundlichen Lob dafür abgespeist worden, dass er mich »nicht allzu oft beim Schreiben gestört hat«. Dieses Mal fällt der Dank nun allerdings größer aus, denn ohne seine Beratung wäre der Blick in die Welt der Zaubererszene nicht so realistisch ausgefallen. Neben jeder Menge Rat und Tat zum Thema Zaubern ist außerdem auch nur ihm aufgefallen, dass man auf einer Guillotine nicht mit dem Gesicht nach oben liegt. Okay, man kann ja nicht alles wissen. Dafür ist ihm, als waschechtem Niederbayern, etwas anderes nicht aufgefallen. Später mehr dazu …

Adrian Obladen hat nicht nur dafür gesorgt, dass die medizinischen Fakten fachlich korrekt sind. Er hat mit seinen kreativen, oft herrlich unappetitlichen Ideen auch Schwung in die Anamnese meines Serienmörders gebracht.

Na, Adrian, dafür hat es sich doch gelohnt, Medizin zu studieren, oder?

(Für die Stelle als Handchirurg vermutlich auch, okay. Aber in erster Linie für die Entwicklung von Rufus' Krankengeschichte. Und noch was: In der nächsten Danksagung möchte ich dann einen »Dr.« vor deinen Namen setzen! )

Nicola Bartels, meine Lektorin bei Blanvalet, hat sich auch bei diesem Thriller wieder für einen tollen Programmplatz eingesetzt und ein großartiges Buchmanagement betrieben. Außerdem hat sie bereits vor dem Erscheinen des »Todeszauberers« sichergestellt, dass ich auch in Zukunft meine Bücher bei Blanvalet werde veröffentlichen können. Danke!

Alexander Merk, deutscher Meister der Zauberkunst, hat mich mit einer beeindruckenden Vorführung seiner Mentalmagie zu meinem Prolog inspiriert. Er gehört zu den wenigen Künstlern, die es schaffen, ihr Publikum emotional wirklich zu berühren, was seine Magie zur Kunst erhebt.

Claudia Blume, meine Showkollegin aus dem Filmpark Babelsberg, hat mir »Madames« Geschichte von den Hühnern und dem Stinktier erzählt. Und ja, das ist wirklich so passiert, inklusive der gerissenen Hose. (Zum Glück ihr, nicht mir …)

Die Arbeitsweisen der Polizei habe ich wie schon in »Die Reinheit des Todes« bei der Autorenberatung des LKA Berlin recherchiert. Aber ich gebe es lieber gleich zu: Ich konnte nicht immer absolut realistisch bleiben. Ich habe es so gut wie möglich versucht, aber im Zweifel habe ich der Spannung den Vorrang gelassen.

In meiner ersten Fassung des Todeszauberers bestellte Eva Fuchs (waschechte Bayerin) zwei »große Weizenbiere«. Andreas Axmann (waschechter Bayer) las das und nickte es ab.

Wen braucht man in so einem Fall?

Genau: Dr. Rainer Schöttle, den Superredakteur! Er ist zwar kein waschechter Bayer, lebt aber lange genug in München um zu wissen, dass Weizenbier in Bayern ausschließlich groß getrunken wird. Keine Bayerin würde das extra dazusagen. Auch nicht in Berlin. Außerdem hat er auch dieses Mal wieder den finalen Schliff in den Text gebracht und zudem noch hingebungsvoll Tausende »D« korrigiert, weil ich einfach nicht anders kann, als »Du«, »Dir« und »Dein« groß zu schreiben.

Rainer, ich danke D(!)ir.

Den Buchhändlern und Verlagsvertretern, die es mit ihrer Arbeit ermöglichen, dass mein Buch überhaupt den Weg zu Ihnen finden kann, danke ich ebenfalls sehr!

Mein letzter und besonderer Dank gilt aber Ihnen, die Sie mein Buch gelesen haben. Ich habe mich wahnsinnig darüber gefreut, dass Sie »Die Reinheit des Todes« zu einem so großen Erfolg gemacht haben, und hoffe, dass Sie mir auch nach dem »Todeszauberer« treu bleiben werden.

Ohne Sie könnte ich nicht das tun, was ich liebe. Und das ist mir auch jederzeit bewusst.

Vielen Dank!

Vincent Kliesch